U0136969

詩·畫·遊·賞
晚明文化及審美意涵

毛文芳 著

臺灣學生書局印行

出版漫步・歲月星芒・學術景深
（代序）

步履散落的六年漫行

打開電腦，檔案儲存時間標示著這部書稿早在 2016 年初已悉數寄給臺灣學生書局的超級執編蕙文小姐，出版社付郵的一校稿也於當年 5 月初寄達。翻查郵箱，給蕙文的一封電郵提到有位在歐洲盧比安納大學攻讀博士、研究明代茶書的 Livio Zanini 讀者來函詢問兩部拙著《晚明閒賞美學》、《圖成行樂：明清文人題詠析論》的購書事宜，我把 Livio 的電郵轉寄給蕙文，請代為回應處理並附筆：

> 妳上次賜寄的書稿早就收到，但一直未能有空進行校訂，真的很對不起。接掌系主任後，時間嚴重緊縮，能自由運用的時間極少了，看著該書的出版遙遙無期，實在很焦慮……。（2016 年 5 月 11 日）

沒想到這疊初排的一校稿在書房一放就是四年。到了 2020 年 8 月 24 日的電郵寫著：

> Dear 蕙文：一部多年前就寄來「作者校」的拙稿，適逢擔任系主任及赴美交流一路耽擱到現在。今年暑假沒有出國行程，終於靜下心來校訂完畢，等會兒就用包裹寄出，請留意收件。「附編」尚有二文當初未能脫稿，今附上電子檔，亦請查收併入書稿……。先前與妳洽商出版的幾種書，其一、本人的「盛世畫廊」專著；其二、越南漢學論叢；其三、韓國漢學論叢；其四、與美國學者合編圖像文化專輯，以上諸書刻正構思、整稿中。……卸下主任職務的我，今後將專力於著述與編纂，貴書局永遠是我最信任的靠山，感謝蕙文一路協助書局提

攜與栽成我，合十感恩。……上周本想與妳通電話未果，編輯部人員說妳正休假，有空再與妳通話，忙碌的彼此能聊上幾分鐘，也是奢侈的事了:)

再度奉函給蕙文又過兩年，已是「新年吉祥，福虎生豐」的 2022 春節後：

《詩・畫・遊・賞》五校稿，我需要全本寄還，或只需有校紅那幾頁寄還即可？應不到 10 頁。我的代序正在寫，請等等我。……妳還在年假中，書局人員請妳連繫我，想想也不必勞駕了，問題都已陳述如上。休假愉快！（2022 年 2 月 9 日）

這是奉寄五校稿的聯繫，現在終於來到出版前寫序的時刻。屈指一算的六年間，頭緒紛繁，步履散落，出版漫行。筆者另有一部由上海復旦大學出版社編刊之《行樂・讀畫：明清名流畫像題詠》，於 2013 年開始籌劃，直到 2020 年 8 月始出版，前後亦歷七年，出版漫步的命運相仿。忙碌似乎有理，感謝老東家臺灣學生書局給我最大的寬容。

十五年的學術景深

時序上溯，筆者 2007 年底完成教授升等著作迄今的十五年，可看作是一道與本書相互映照的學術景深。前七年間，筆者承接本系《中正漢學研究》總編輯任務（2009-2015），歷經延攬海外諮顧陣容、籌設特色專輯、更改刊名與封面、確立本刊風格……等一連串舉措，致力於規劃向國內外知名學者邀集優質文稿，苦心經營一年兩刊的編審業務，各期學報出刊前必親自審校清樣多次直至無誤後始送印，本學報很幸運的在 2010 年躋入臺灣中文核心期刊之列，總編輯重擔直到承接系主任一職始卸下。

前七年以學報編輯為平臺，展開學術社群的締建與擴延，成為接續發展的礎石。後八年開端於 2015 年 2 月起接掌系務，三年半主任期間，筆者主力推動國際漢學，積極拓墾學術疆域，成果菲然。略作上下延伸，經由筆者策劃推動者，迄今共召集三屆「近世意象與文化轉型」國際學術會議，榮邀美、日、韓、越、馬、星、港、中等多國地區近四十位高端學者蒞臨發表。

又籌辦五次「東亞漢學」國際學術工作坊，主題包括：「韓國漢學及研究文獻」、兩屆「文獻與進路：越南漢學」、「東亞經典詮釋新路向」、「性別、圖像、知識：東亞漢學新路向」，邀集指標性學者蒞臨共創論學平台。期間還邀辦二十個系列四十場「國際漢學講座」，講者分別來自美、中、英、捷、德、日、韓、越、馬等國，莫不博得好評。

2002 年赴香港大學開會後，便頻繁受邀往來於中國各地參加學術會議與採集文獻，而接掌系主任職務前，業已展開亞歐行程的契機，陸續與國際社群交流對話。2013 年兩赴首爾開會，因緣促成次年（2014）暑假於韓國高麗大學民族文化研究院的訪問計畫，從而與高麗大學民研院、國語國文系、漢學系的崔溶澈、沈慶昊、鄭雨峰、朴英敏、朴京男等諸位教授密切往來，經常互訪，持續不輟。2016 年 7 月底，筆者整裝前往聖彼得堡參加歐洲漢學會議，同時安排俄、英、德、法四國六都的訪學之旅，開拓歐洲漢學視野。2016 年下半年，亦開始與越南漢喃研究院結緣，大力促成本校文學院與該院於 2017 年簽署 MOU，合辦學術會議。2018 年 2 月和 5 月，分別受邀前往越南漢喃院、韓國高麗大學演講，6 月底前往馬來西亞檳城與馬來西亞漢學研究會余曆雄會長合辦國際會議。稍早的 3 月中旬，榮獲美國柏克萊大學著名漢學家奚如谷教授（prof. Stephen H. West）之邀，前往其受亞利桑那大學延聘創建的東亞系參加會議並發表主題演講。同年 7 月 31 日筆者系主任職務卸下當天，搭機前往美國波士頓，於哈佛大學東亞系進行為期一年的訪問研究。原本擔心忙碌的主任職務會讓自己與學術疏離，卻反而成為筆者更好的推力，前進亞、歐、美等國，走向世界。

八年來的學術行腳，除頻繁的中國行之外，迄今走訪韓、俄、英、德、法、美、越、馬等國，踏履韓國中央研究院、漢陽大學、高麗大學、梨花女子大學；俄羅斯聖彼得堡大學；英國倫敦大學、大英圖書館；德國漢堡大學、海德堡大學；法國國家圖書館、艾克斯・馬賽大學；越南漢喃研究院；馬來西亞漢學研究會；美國亞利桑那大學、哈佛大學、萊斯大學等，與各國學者互動密切，建立學術情誼。環繞著這些活動，又為核心期刊《中正漢學研究》主編東亞漢學一系列專輯。

異常緊湊忙碌的十五年如白駒過隙，十五年銜接前後兩期，恰是筆者學術觸角不斷向外延伸的階段。研究著述、會議發表、獲邀演講、學報編輯、活動策辦、講座邀約、專書企劃等種種事務接踵而至，應接不暇。透過頻繁的學術行腳，蒐得廣方文獻，締結四鄰學誼，與國外漢學家問學往還，默契為天涯知己，陸續促成合作計畫，用茲擴大研究視野、深化個人著述、締結學術網絡、建構對話社群，形成了一道標幟個人特色的學術景深。

美學、晚明與畫史紐結三十年的來時路

十五年的學術景深，若說奠基於這部拙著，似乎也不為過。本書編刊之初心原為「抓漏」，將前幾部專著結集後的零散篇章，以一個有機架構統整成冊，沒想到漏網魚竟也有餘閒從容、悠遊自得之姿。在運思過程中，一個「詩・畫・遊・賞」的標目於焉形成。驀然回首，真箇是：「卻顧所來徑，蒼蒼橫翠微」。碩、博士階段展開問學之旅，除兩部學位論文之外，陸續發表的學習心得恰好落在審美思維與晚明文獻兩端，多數環繞著晚明的詩畫題材，並出於遊觀賞玩的審美策略，書名由此而來。

本書共收錄十一篇文章，皆曾發表於學報或專書，前後跨越二十年，可略窺筆者的研究軌跡。碩士階段的我，受到當代中國美學熱潮的啟引而留意於此，本書有四篇介於 1991 到 1996 的作品，除了〈詩畫一律：董其昌之「逸品畫」與王漁洋之「神韻詩」〉是對錢鍾書〈中國詩與中國畫〉一文的闡釋性習作外，〈莊子觀物思惟與中國繪畫鑑賞〉、〈試論國畫手卷的美學意涵〉、〈纏綿悱惻與超曠空靈：宗白華美學思想試探〉三文，均可謂筆者美學思想發微的嘗試之作，功力尚淺，不免稚拙。值得一提的是，筆者當年靈感湧現，曾為五代趙幹〈江行初雪圖卷〉手繪視點連線假擬圖，將空間藝術的繪畫與時間藝術的音樂並置思考，畫卷物象的疏密造成視點聚散的連線，有如音樂旋律疾徐快慢般的節奏，感謝外子當時以工程曲線座標協助精製此圖。此圖現在看來雖頗感羞澀，或可憶取一股初生之犢不畏虎的年少輕狂，也銘記一段美學思潮吹拂過的歲月風華。

回望求道之路。1990 年碩二租屋在熟悉的泰順街，一面在臺大藝術史研究所聽課讀畫，一面在中文研究所課程繼續研閱李澤厚、葉朗的中國美學史讀本，二者同步進行。1993 年完成的碩士論文《董其昌逸品觀念之研究》，可以說是在臺大藝研所旁聽石守謙教授整整兩年課程的學思心得。連續聆聽石教授四門課，加上碩士論文大量參引藝術史學者的論文，指導教授龔鵬程先生邀請石先生擔任我的碩士論文口考主試委員，又得其面授指教。因著這樣的殊勝機緣，當 1993 年初夏臺灣師大中文研究所博士班入學考試上榜後，我斗膽電話聯繫，幸運得到石教授撥冗約見。在臺大文學院充滿書香的教授研究室中，聆聽老師對我有意從事晚明閒賞文化的研究方向給予肯定，並悉心指點晚明藝文界的學術動向，其中最重要的是提及柯律格 Craig Clunas 探討晚明物質文化的經典之作：*“Superfluous Things: Material Culture and Social Status in Early Modern China”*。老師拿著柯律格在英語世界剛出版不久、迄今影響甚鉅的原著循循導讀，諄諄教示藝術史學者儘量避談玄虛疏濶的美學，並慷慨借我攜回參考。碩士畢業四年後，筆者於 1997 年完成的博論《晚明閒賞美學》，既受到碩士階段龔教授引進中國美學思潮的影響而作了若干嘗試性考察，後蒙受石教授點撥拜覽柯律格大作而受其影響，領略醍醐灌頂之法益，對晚明閒賞文化找出富有靈感的詮釋策略。雖名為「閒賞美學」，卻不循葉朗、李澤厚的美學式闡釋，而由目錄學視角對晚明物質文獻進行全面考辨，探究閒賞思潮及知識型態。

本書 2000～2001 年先後發表的四篇論文，無疑就是這種產物。〈玩弄光景：晚明的「狂禪」〉一文，是以博班選修宋明理學思想課堂報告為基底的擴大考察，發表於國家圖書館編刊的《漢學研究》，此文曾收到幾位國外讀者函詢，引用率頗高。〈閱讀與夢憶：晚明的旅遊小品〉、〈時與物：晚明「雜品」書的旅遊書寫〉、〈風雅生活指南：文震亨的《長物志》〉等文，皆為博論相關文獻的後續研究，四文分由思想史、小品文、目錄學等不同範疇，紮深筆者晚明文化的研究功柢，堂廡亦漸次擴大。諸篇的寫作，恰與博論修訂版《晚明閒賞美學》（2000）與副教授升等著作《物・性別・觀看：明末清初文化書寫新探》（2001）二書相周旋，時代由晚明下延至明末清初，研究議題擴展至物質、性別與圖像，為往後的研究作出預示。

至於〈俗世雅賞：《唐詩畫譜》圖像營構之審美品味〉（2001）與〈寫我心曲：項聖謨詩畫文本的世變氛圍〉（2011）二文，雖發表時間相距十年，前者處理唐詩／版畫，後者處理繪畫／題詩，皆筆者文圖學的個案考察，迄今研究不輟。筆者曾結集出版兩部以畫像／題詠為核心素材的代表作，第一部《圖成行樂：明清文人畫像題詠析論》（2008），共四十四餘萬字，附圖約百幅，採文圖並置研究的跨領域取向，獲得中文與藝術史兩方讀者關注，引用率高。曾榮膺 2008「國科會人文學專書補助出版」，亦獲學者撰文評介：孫瑩瑩〈圖像視野中的文人世界：讀毛文芳《圖成行樂：明清文人畫像題詠析論》〉（《書目季刊》44:2(2010.09)，p.133-136）；復旦大學中國古代文學研究中心鄭利華教授專文推薦（《文學遺產》「學人薦書」欄，2011:01）。第二部《卷中小立亦百年：明清女性畫像題詠探論》（2013），約四十萬字，附圖約百幅，與前書《圖成行樂》為姊妹作。《男女》學刊（Nan Nu: Men, Women, and Gender in China, Leiden: Brill Academic Publishers）書評主編劉詠聰教授（香港浸會大學歷史系）曾邀專家撰寫書評。

特別值得一提的是，上述《圖成行樂》一書，於 2014 年初秋獲得韓國高麗大學沈慶昊教授青睞決以韓文翻譯，慶昊教授在極繁忙的教研工作隙縫中，費時七年精譯校勘完成後出版（高麗大學出版文化院，2021）。沈慶昊教授，韓國首爾大學畢業，日本京都大學博士，為韓國高麗大學漢文系教授暨漢字漢文研究中心主任，古典翻譯研究院資深編譯，兼槿域漢文學會會長，著述、編撰、翻譯三棲，著作等身。曾膺獲第一屆白川靜東洋文字文化獎、2006 振興財團人文領域優秀學者獎、2016 高麗大學校友學術賞，為公認的博學大家。韓譯版前有沈教授序，說明翻譯動機與學術價值，筆者亦撰一文敬敘因緣二三事，「韓譯版二序」譯成中文已刊行（《書目季刊》55:3(2021.12)，p.97-117）。這部書的翻譯出版，無疑為筆者戴上一頂學術桂冠，慶昊教授的知遇之恩，筆者永銘不忘。

本集「附編」末篇是書評：Jamie Greenbaum, *Chen Jiru (1558-1639): The Background to, Development and Subsequent Uses of Literary Personae 陳繼儒*

（1558-1639）：文人之背景、發展及繼起之用。日本東京大學東洋文化研究所刊行學報：The International Journal of Asian Studies（published by Cambridge University Press in University of Tokyo），2008 年底，學報主編大木康教授來函邀寫書評，雖然只有兩頁英文文稿，卻花了筆者九牛二虎之力草成，祈請畢業於 The Johns Hopkins University 比較文學系、現任教於 South Carolina State University 的姊妹淘郭劼教授以優美的英文為我修潤。既覽閱 Jamie Greenbaum 英語大作，筆者心得遠超過東京大學學報承載的有限字數，後來擴大篇幅寫成中文書評，刊登於國家圖書館編刊的《漢學研究》，成為 Jamie Greenbaum 的跨海知音。

一師一友的人文私房記憶

漫漫問學求道之旅，極慶幸在 1991 年端點便有良機蒙獲石守謙教授的學問洗禮，因緣持續不輟。經常遠遠瞻眺老師演講與著作的風采，聆受法益，愈發仰之彌高，鑽之彌堅。教授升等後五年，筆者向中研院文哲所遞交 2013 年「科技部人文社會學者國內訪問研究」申請案，研究主題：「明清雅集畫像文本的抒情向度」，偏向繪畫史領域，科技部徵詢將本案改歸史語所的意願，筆者欣然同意，因能再獲石守謙教授指導而份外驚喜。前後超過二十年，這一次與老師相約在他史語所的研究室進行學術諮詢，我的懷裡揣著一罐特選的阿里山老茶作為伴手禮獻上，竟得喜愛品茗的老師隨心歡喜，當天一仍過往仰望的心，難掩粉絲面對偶像時的興奮激動。

普林斯敦大學考古藝術史博士出身的石守謙院士，是中國藝術史領域的國際權威，桃李滿天下，優秀弟子們任職於臺北故宮、中研院、各大學中國藝術史研究所。筆者雖無福正式忝列石教授門牆，然有昔日旁聽四門課、口試論文與多次請益的因緣，石教授一直就是我的私淑恩師。有幸獲得老師親筆簽贈《移動的桃花源》一書，受寵若驚，置於案頭如一方寶鎮，讓伸一隻觸角到東亞漢學的我有個很好的起步式。學術地位崇隆的老師，謙謙君子，即使親切稱我文芳，卻誠摯讚許學生的勤奮努力，我若能迢遙地敬陪於弟子末座，實屬萬幸。2013 年南港中研院石老師研究室的晤談，時光彷彿倒流到二十多年前臺大藝術史擠滿旁聽生的課堂（藝研所圖書室），石老師抽絲剝繭，循循善誘，對圖像風格不厭其煩的細節性比對，永遠超時授課的豐實內容，讓人如沐春風，長期造福著我。2013 年亦然，得到來自老師對於插圖書籍研究的支持力量，半年後，老師在史語所為我主持以《鴻雪因緣圖記》為主題的結案演講，及此後陸續展開明清與東亞文人履歷圖誌的系列研究，星星火苗是 2013 年那個寒冬黃昏、由老師在史語所研究室為我點燃。

轉回前述，關注明代文人文化，擔任東京大學學報主編的大木康教授於 2008 年邀請筆者撰寫書評，開啟彼此兩人十數年的學術情誼。除了平日互贈出版新書外，我為本系學報邀稿成功並有幸為先生鴻稿進行中文修潤。2013 年中研院明清研究國際學術研討會首度開放徵稿，他加入筆者組織日、美、中、臺四位成員的 Panel：「文本、媒介與近代轉型」，在中研院同臺論學。承蒙盛意，大木康先生多次接受筆者邀請，蒞臨本系參與國際會議或專題演講。2012 年國際會議餘暇，外子盧維新教授陪同前往臺南關仔嶺泡湯，享受「臺灣第一溫泉美譽」的泥漿溫泉，關仔嶺為全世界三大泥漿溫泉之一，與日本鹿耳島與義大利西西里島齊名。外子摯交陳浩然教官是位深度導遊，他開車陪同一行人探勘阿里山鐵路沿途木造車站與周邊遺址，並尋訪古碑。兩年後，2014 年大木教授再次蒞系講座，適逢《KANO》上映，這部描述臺灣日治時期嘉義農林棒球隊的電影，捲起一股棒球風，片名《KANO》取自嘉義農林棒球隊，簡稱「嘉農」（國立嘉義大學前身）的日語讀音「KANO」。躬逢其時，我們陪同木大先生在嘉義市檜意森活村觀看 KANO 特展。再次擔任地陪的浩然教官恰好就是嘉農校友，他特別驅車載往嘉農校園，親臨現場，體察由原住民、日本人與漢人共同組成的一支嘉義農林棒球隊，如何在日本教練近藤兵太郎的訓練之下，突破連連敗績奪下全島冠軍並遠征第 17 屆夏季甲子園大會的歷史榮光。研究晚明小說與秦淮文化出類拔萃的大木教授，或置身於嘉農的青綠校園草坪時，或持著鏡頭等待阿里山小火車由蜿蜒車道穿越山洞而來的屏息瞬間，或關仔嶺泥漿溫泉泡完後一杯冰啤下肚臉上微紅的暢快表情，或奮起湖荒煙蔓草堆裡百年漫漶石碑尋問時的精亮眼神……。Jamie Greenbaum 英文專著處理的是晚明文士陳繼儒的崛起與接受，而來函邀請本人撰寫書評的大木康教授，作為鐵道迷、溫泉癖、棒球癡的他，豈非晚明的陳繼儒上身，也成為一位今之古人了嗎？

其實，大木先生也蘊含著彬彬有禮的英倫風，2012 年應邀蒞臨本系「近世意象與文化轉型」國際會議時，與其他學者打著領帶的正式著裝不同，大木教授繫了個黑色小領結，完全是經典的英倫休閒風。大木教授性情中人，2015 年 8 月下旬，北京召開「明代文學思想與文學文獻國際學術研討會」，筆者巧與大木教授同席用餐，席間他笑談閨女出閣的喜事，西裝上衣口袋裡抽出貼身攜帶著千金公主美麗的婚紗照，與為父的驕傲與寬慰相互輝映。2021 年，大木康教授慷慨允諾為外子的花甲壽慶撰文誌賀，文稿的字裡行間，閃耀著一位傑出日本漢學家靈動的生活意趣，筆者特此娓述多年來珍貴的學術情誼。

一師一友，繫連著筆者浸淫於畫史與晚明兩端學術的人文私房記憶。

封面設計：明珠雛鳳的女兒

封面設計央請女兒詮詮出馬，俾拙書有銘刻母女知音默契的機會。與許多望女成鳳的父母一樣，我和外子給予兩個女兒德智體群美的均衡培育，勉勵她們樂觀自信、謙卑惜福、追求卓越。姊姊冠冠現在韓國留學，已具中、英、西、韓、日等多語能力，暫且不表。妹妹詮詮幼年曾大病一場，蒙佛菩薩護佑與天啟，以白袍使命自許行醫濟世之路。大學期間，曾陪同我前往英、德、法、韓、美等國學術參訪與遊歷，除精學英語外，曾隻身前往海德堡學習德語，亦常與閨密規劃異國自助旅行，體會跨文化的共性與差異，建構其世界文明櫥窗。喜愛運動的詮詮，由規律的操場慢跑轉進健身房強化心肺與肌耐力的訓練，已獲取美國 NSCA 體能訓練的 CSCS 證照。運動使醫者的她，維持良好體態與健康管理，調和情緒與紓壓，更培養堅毅自律的人生態度。

詮詮擁有動靜兩如脫兔處子的平衡性格，除運動外，喜好嫻靜沈思，以畫為樂。早些年，我們在起居室為女兒保留一塊塗鴨壁面，成為點燃她繪畫熱火的窯爐，不間斷在畫室手繪塗鴨，大量畫布留下她觀察世界而捕捉到花木鳥獸蟲魚的繽紛踪影。詮詮的審美觀展現在大開油畫鍥而不捨的精雕細琢中，屢屢參與美術競賽，積累不少盡力打磨的參賽得獎畫作。尤其那兩幅高中時期嘔心瀝血的油畫作品：〈晨曦湖畔的提琴女孩〉、〈空中婚禮〉，接連獲得嘉義縣美展二獎與首獎，前者曾被就讀高中選為學生手冊「紅土坡」的封面。兩幅畫面都有貓的身影，置入貓的視野讓畫幅具有獨樹一格的抒情意味，耗費數個月課餘的精力，透過線條、筆觸、色彩層層塗染的是她締造的詩意境界，詮詮以畫筆寫詩，也將美術才華與創意應用於繪本製作、燈罩彩繪、書籍封面或衣飾設計等。2016 年大三暑假，她隨筆者到法國參訪，精製童話繪本贈送給普羅旺斯主人家臺法混血小姊妹，讓她們愛不釋手，拿到學校獻寶，法國鄉間庭院桌紙的手繪塗抹，成為女神姊姊高妙的即興表演。

專注敏銳觀察與水磨耐性工夫，推動她往更深奧的領域探索，天下之美莫不蘊藏著神異的韻律，而世界最美者莫過於人體。回溯 2011 年一個偶然機緣，高二的詮詮參觀 Dr. Gunther Von Hagens: “The Body Worlds” 在臺巡迴展，展出人類病體的標本。希臘巨匠以黃金比例塑造永恒不朽的完美雕像，令人崇慕，而詮詮在這個特展中透視了身體內部的世界，目睹人體層層器官組織在生命週期的百種模樣，血管、細胞、骨骼、肌肉變化交錯出生、老、病、死的奧祕。比天地山川萬物更為精緻繁複的是人體版圖，衝擊著畫家的感官，這是一把探索知識的鎖鑰，開啟詮詮醫學之夢的大門。樂此不疲的創作過程，讓詮詮在藝術世界裡領悟到美感蘊含的秩序與定律，而敏銳觀察與高階構圖能力在醫學系「大體解剖學」課程有出色表現。

基於對審美律則如黃金比例的崇敬與執著，詮詮在同樣強調秩序、定律與邏輯的數理領域具有不凡領悟。2010 年，高一的詮詮與幾位學長被選拔組成全國物理辯論競賽的校隊，從組織團隊、分析原理和定律、分工設計實驗，驗證系列物理現象，費時半年進入賽場與友隊進行攻防辯論，最終奪得全國銀牌獎。她得到深刻啟示：無懈可擊的成果，仰賴優異的領導統馭、團隊合作，還有實驗設計的縝密完善，以及耐心的操作，這些珍貴經驗，延續運用於解決臨床問題與導入醫療決策。

詮詮的審美人生走勢，形塑她成為獨特的詩畫家，不僅動靜皆宜，也讓藝術的感性能力與科學的理性能力和諧並存。選擇就讀長庚中西醫系雙主修，同時汲取傳統與現代醫學知識，已取得中、西醫師兩張執照的女兒，完成實習訓練，即將負笈前往美國哈佛大學攻讀公衛碩士學位。她深信：卓越不應只是一個靜態的形容詞，而是一種勇於築夢、突破框架、堅持不懈、超越自我、胸懷淑世的人生動能。此刻的詮詮，如大鵬拍擊雙翼，風生水起，乘著夢想高飛。

繪畫抒發情志，以線條筆觸與顏色堆疊揮灑出令人感動的美景，詮詮擁有一支人生綵筆，欣然為媽媽這部學術小書進行封面設計，她邀請明清巨匠仇英、陳洪綬、任伯年聯袂上座，集錦端出：素淡簡淨的白描文房物具、清亮絢美的青綠山水軸扇、璀璨富麗的高瘦瓷瓶折技，加上現代書家圓美草體之書法集字的書名：詩畫遊賞，多種元素綴合成晚明時代的文化意涵與美感氣氛。我們心中的詮詮，如耀眼明珠，如清聲雛鳳，仔細端詳這款封面設計，既是摯愛的雛鳳女兒為媽媽的學術禮服別上一枚金玉徽章，豈不也是在媽媽的粧臺前，映照出明珠女兒人生自我勾描皴染的優雅鏡像呢？

尾聲：何妨是一冊輕薄小書

拙作不同於筆者過往幾部專書，動輒三、四十萬字的巨帙篇幅，若學術著作也有厚薄重輕之分，此書無疑是盈巧的，輕薄扉頁若能吐露筆者些許才華，則幸甚、美甚！

這部書稿橫亙於筆者最緊湊忙碌的六年行腳旅程，以致步履散落，一路漫行，終於出版。本書映照著筆者三十年美學、晚明與畫史三大範疇紐結而成問學求道的來時路，更深刻拉出筆者研究生涯近十五的一道學術景深。每篇論文莫不綰合著精彩的師友人事記憶，形成無數的歲月星芒，在繽紛多姿的若夢浮生裡曖曖放光！願將道不盡人生況味、猶能勾稽母女深情的這冊輕薄小書，獻給有緣的讀者知音。

❀本書各篇原始出處一覽

上編　詩・畫

〈詩畫一律：董其昌之「逸品畫」與王漁洋之「神韻詩」〉，原題：〈論詩畫融通：以王漁洋「神韻詩」與董其昌「逸品畫」之關係為例〉，《鵝湖月刊》第 253 期（1996 年 7 月），p.35-41。

〈俗世雅賞：《唐詩畫譜》圖像營構之審美品味〉，原題：〈於俗世中雅賞：晚明《唐詩畫譜》圖象營構之審美品味〉，中興大學中文系主編：《第一屆「通俗文學與雅正文學」全國學術研討會論文集》（臺中：中興大學中文系，2001 年 2 月），p.313-364。

*本文獲得國科會「研究甲種獎」。

〈寫我心曲：項聖謨詩畫文本的世變氛圍〉，原題：〈寫我心曲：甲申事變氛圍下項聖謨（1597-1658）的詩畫文本探析〉，施懿琳、楊雅惠主編：《時空視域的交融：文學與文化論叢》（高雄：中山大學人文中心，2011 年 10 月），內文 p.369-403；附圖 p.482-488。

下編　遊・賞

〈玩弄光景：晚明的「狂禪」〉，原題：〈晚明「狂禪」探論〉，《漢學研究》第 19 卷第 2 期（2001 年 12 月），p.171-200。

〈閱讀與夢憶：晚明的旅遊小品〉，原題：〈閱讀與夢憶：晚明旅遊小品試論〉，《中正大學中文學術年刊》第 3 期（2000 年 9 月），p.1-44。

〈時與物：晚明「雜品」書的旅遊書寫〉，原題：〈時與物：晚明「雜品」中的旅遊書寫〉，中山大學文學院主編：《「旅行與文藝」國際會議論文集》（臺北：書林出版社，2001 年 12 月），p.291-375。

*本文獲得國科會「研究甲種獎」。

〈風雅生活指南：文震亨的《長物志》〉，原題：〈風雅生活的指南：文震亨《長物志》探論〉，《中國古典文學研究》第 6 期（2001 年 12 月），p.139-172。

附編

〈莊子觀物思惟與中國繪畫鑑賞〉，原題：〈莊子的觀物思惟及其對中國繪畫鑑賞的影響〉，〈中國學術年刊〉第 16 期（1995 年 3 月），p.99-128。

〈試論國畫手卷的美學意涵〉，同題刊於《國立編譯館館刊》第 20 卷第 1 期（1991 年 6 月），p.297-318。

〈纏綿悱惻與超曠空靈：宗白華美學思想試探〉，同題刊於《中國文化月刊》第 141 期

（1991年7月），p.111-120。

〈書評：Jamie Greenbaum, *Chen Jiru (1558-1639): The Background to, Development and Subsequent Uses of Literary Personae 陳繼儒（1558-1639）：文人之背景、發展及繼起之用*〉

原為英文書評：*Chen Jiru (1558-1639): The Background to Development and Subsequent Uses of Literary Personae*. By Jamie Greenbaum. Sinica Leidensia Series 81. Leiden: Brill 2007. Pp. 350. ISBN 10: 9004163581; 13: 9789004163584. The International Journal of Asian Studies（published by Cambridge University Press in University of Tokyo), Volume 6, Issue 02, Jul 2009, pp 269-270。

後擴寫為中文書評：Jamie Greenbaum, *Chen Jiru (1558-1639): The Background to, Development and Subsequent Uses of Literary Personae.* Leiden: Brill 2007. (Volum 81 in the Series Sinica Leidensia). Pp.43+292. ISBN 978 90 04 16358 4. 《漢學研究》第27卷第4期（2009年12月），p.369-376。

詩·畫·遊·賞
晚明文化及審美意涵

目　次

下編　遊・賞

附　編

上編
詩・畫

詩畫一律：
董其昌之「逸品畫」與王漁洋之「神韻詩」

一、緒言

錢鍾書在〈中國詩與中國畫〉一文中認為「神韻派」詩在舊詩中公認的地位，不同於「南宗畫」在畫史上公認的地位，因為傳統詩評否認神韻派是標準詩風，而傳統畫評則始終認為南宗文人畫為最高理想，故在正宗與正統的關鍵點上，詩與畫並不一律。如錢所說：「相當於南宗畫風的詩不是詩中高品或正宗，而相當於神韻派詩風的畫卻是卻是畫中高品或正宗。」顯示了詩和畫的標準分歧是批評史裡的事實。[1]錢鍾書這篇名文主要論點以為神韻詩的地位不及推尊杜韓之風的宋詩，且宋人論詩應為詩歌史的正宗。

錢鍾書這個說法有兩個疑點：其一，錢主宋詩的意見，概受其為同光體詩派後學身分的影響；其二，宋詩與神韻詩判然對立的說法亦不盡可信。[2]關於神韻詩在詩史中的地位如何？此為詩評史上的一個重大公案，牽涉甚廣，此處不擬探討。本文則縮小論述範圍，針對神韻詩與逸品畫二者之融通，鎖定明清之際同列詩畫界高峰之王漁洋與董其昌二人的意見相關處，作美學背景與特質的探討。

---

1 請詳參錢鍾書著〈中國詩與中國畫〉，收於舒展編選《錢鍾書論學文選》（廣州：花城出版社，1990）第 6 卷。

2 對錢文的第一個疑點，乃得自龔師鵬程課堂上的說法；關於第二個疑點的探討，請詳參龔鵬程著《詩史本色與妙悟》，臺北：臺灣學生書局，1992。

二、詩畫一律的發展歷程

詩與畫的融合，始自以詩人為主體的題畫詩，由於詩人在畫中引發詩興，如董源的山水畫：「使覽者得之……，足以助騷客詞人之吟思」（《宣和畫譜》卷 11「董源」條），便是將畫作為詩歌吟詠的對象，此風氣大致以唐代杜甫的題畫詩開始顯著。[3]北宋時期，文人以詩意表達畫境，加上素有文化修養之徽宗皇室畫學政策：以詩題甄試畫士的推導，[4]於是畫家為主體，以畫的形象去掌握由文字疊合而出的詩的意象，這種作風，又將詩畫融通的歷程向前推進了一大步。

由唐宋詩人在畫外題詩，到兩宋畫家以詩意作畫，發展到元末，文人（詩人）畫家普遍在畫幅上題詩，他們透過絹素上詩與畫的互相闡發，表達胸中意興，這是詩與畫於精神意境融合後藝術形式表現的必然結果，此一進展，遂將詩畫融通的歷程推上高峰。[5]

宋代以來，關於詩畫二者關係的探討頗多，如南宋吳龍翰云：「畫難畫

---

3 王漁洋云：「六朝以來，題畫詩絕罕見，盛唐如李白輩，間一為之，拙劣不工。……杜子美始創為畫松、畫馬、畫鷹、畫山水諸大篇，搜奇抉奧，筆補造化。……子美techn始之功偉矣。」（《蠶尾集》）這類作品約有 18 首，將杜甫視為題畫詩成熟之發端。

4 關於徽宗畫院畫學以詩題試士，鄧椿有段記載：「益興畫學，教育眾工，如進士科下題取士，復立博士，考其藝能。……所試之題，如『野水無人渡，孤舟盡日橫』，自第二人以下，多繫空舟岸側，或拳鷺於舷間，或棲鴉於篷背。獨魁則不然，畫一舟人臥於舟尾，橫一孤笛，其意以為非無舟人，止無行人耳，且以見舟子之甚閒也。又如『亂山藏古寺』，魁則畫荒山滿幅，上出旛竿，以見藏意。餘人乃露塔尖或鴟吻，往往有見殿堂者，則無復藏意矣。……故一時作者，咸竭盡精力，以副上意。」（《畫繼》卷 1「徽宗皇帝」條）徽宗所立畫學政策，不但拉近了畫與詩的距離，繪畫本身的發展，亦因此政策，而有新作風的產生，請詳參李慧淑著〈宋代畫風轉變之契機：徽宗美術教育成功的實例（上）（下）〉（故宮學術季刊 1:4 與 2:1 兩期，1984）。

5 詩與畫融合的歷程，由題畫詩，到以詩意作畫，到以作詩的方法來作畫，到北宋如蘇黃等文人談「無形畫」、「不語詩」，使二者可以換位，再到元代文人畫家其畫幅留白以題詩的風氣大開，成為融合歷程的頂點。詳參徐復觀著〈中國畫與詩的融合〉，收於其著《中國藝術精神》（臺北：臺灣學生書局，1966）附錄一。

之景，以詩湊成；吟難吟之詩，以畫補足」（曹庭棟《宋百家詩存》卷 19），說明詩人與畫家由於命意相似，詩與畫二者可互相補足。此外，有以畫之形象立場判別二者的說法：「詩是無形畫，畫是有形詩」（郭熙〈林泉高致〉「畫意」、張舜民《畫墁集》卷 1「跋百之詩畫」）；有以聲音立場判別二者的說法：「畫以有聲著，詩以無聲名」（岳珂《寶真齋法書贊》卷 13「薛道祖白石潭詩帖」）。至於詩與畫分別跨越形與聲的藩籬，互相換位，[6]如蘇東坡闡發王維「詩中有畫，畫中有詩」，因而提出「詩畫本一律，天工與清新」的共通原則作為理論基礎。

「抒情寫意」的本質，似已成為詩畫共通之一律，無論是詩以文字、音韻或畫以圖像、線條，皆為表達創作者的內在情意，而真正決定作品感動者，乃是創作者內在情意的真摯與否。於是作品將情意再現的同時，亦為人品之再現，當詩畫的抒情原則確立後，亦同時確立了人品原則。中國詩畫理論家，始終保持著對藝術家人品的高度關注，甚至以藝術家之人品及其蘊發出來的情志為詩畫內涵與外顯之最高指導原則，簡言之，可以人格修養視為詩畫創作的最深根源。是故文人以為詩畫風格因詩人或畫家之性情與人品而有不同，風格與人格統一，這是文人特有之審美意識，審美價值也因此而定型。人格與風格一旦統一，詩格與畫格亦將趨於統一。

文人畫以詩為養料的發展歷程，在宋代，仍著重於宣導這個新的文化意見，表現在繪畫創作上，還在墨戲性質的嘗試階段。入元，大量的題畫詩與

---

6 詩與畫雖為兩種藝術，但由於二者在創作者心中命意的相似性，如吳龍翰所說，難畫的意象，可用詩文來完成；難以詩詠的景緻，可用畫來補足，便說明了二者關係的密切，但仍未跨越二者的藩籬。及至詩與畫跳出了自己形與聲的領域，向另一方借取資源，如以詩意作畫，以畫境入詩等，各自侵入對方的畛域，營造新的表現，這便是所謂的換位。在藝術史上，由於文人的主導，使得畫向詩靠攏發展的傾向較為明顯。所謂的換位，大致是以畫易其位到以詩為主。關於畫換位到詩的發展，詳參龔鵬程著〈說「文」解「字」：中國文學藝術發展的結構〉，收於其著《文學批評的視野》，臺北：大安出版社，1990。又「藝術換位」此一名詞原為西方藝術理論家如法國 Gautier 所提出。關於此一命題的探討，請參饒宗頤著〈詞與畫：論藝術的換位問題〉，故宮季刊 8:3，1972。

書法性線條的寫意助力，強化了繪畫抒情的功能。到明朝，文人則常將詩畫互喻，尤其是以詩的情意法則、創作法則、境界風格來比喻畫。[7]到了晚明，文人畫的正統地位已定，反而借畫來抨擊前後七子以來所持的詩論。如前所述人格與風格的關連性，晚明文人亦要求人文學問需回歸於性情人格，詩畫作品並不歸屬於知識理性的範疇，而是以透過文化涵養而來的性情與人格面貌出現，因此明人詩畫共通理論歸結到最終之人格修養上，自會以平淡、自然、天真這些規範人品的文化概念，作為追求詩與畫成為「逸品」的最高標準。

畫壇的主導由工匠轉入文人的手中，繪畫理論多藉文人熟悉的詩歌原理轉化而來，逐漸演變成將詩歌的情意思考模式取代繪畫原本的形似系統，促成元明時期文人畫風之大盛。經此一轉折，詩與畫二者皆以藝術主體情意的表現為創作中心。明代文人詩畫共通的理論，便在宋元的基礎上發展而來，在繪畫放棄形似的堅持之餘，由詩論的啟發，更強調依於純粹直覺的創作方式，要以營造縹緲天趣的境界為最高旨歸，這正是在畫境上要求「逸品」，在詩境中要求「神韻」，此乃詩畫二者融通所共同具有的美學意識。[8]

三、「神韻詩」與「逸品畫」的融通

（一）美學背景

以上探討了詩畫一律的歷程，與以結合人品的「抒情寫意」性質作為二者融通的意識基礎。儘管詩畫有如此親密的關係，然二者在歷史上有各自不同的發展脈絡，以及面臨的不同問題，詩史與畫史呈現出各自的美學進程。在畫史傳統中，屬於南宗「逸品畫」的正統地位，自宋代以來逐步建立，至晚明始完備；而「神韻詩」的地位，則似乎在詩論史上經過幾次翻轉仍擾嚷

7　關於明代詩畫融通的理論分析，請參鄭文惠著〈詩畫共通理論與文人文化之成長：以宋明二代之轉化歷程為例〉《中華學苑》41期，1991。

8　由宋至明詩畫共通理論詳細的發展歷程，請參同上註，鄭文。

不休，直到晚明，詩與畫的美學標準可謂達到了空前的一致性。[9]

由於反對七子的格調說，晚明的詩論，要追求含蓄、深刻、有寄託、溫柔敦厚而不刻削直斥的藝術效果，因而產生對「詩史」說的反省與比興傳統的再發現，認為杜詩非風雅正宗，杜甫直陳時事的手法，不值學習。[10]這種主張以景敘情、言情不盡而得溫柔敦厚之意，講究比興含蓄詩風的詩論，由王夫之作前導，[11]一變而成為王漁洋的神韻說。明末清初的詩學由詩史的反省到神韻的提倡，其前驅恰好是畫論上南北宗逐漸定型的階段，漁洋將神韻視為詩的本色，欣賞司空圖「不著一字，盡得風流」，認為李、孟詩「色相俱空，正如羚羊掛角，無跡可求，畫家所謂逸品也。」（〈分甘餘話〉）似乎已將「神韻詩」接上了「逸品畫」。在這個意義上，漁洋詩論的內涵，某種程度是由董其昌繪畫的南宗逸品觀推展而來。

王漁洋雖較董其昌晚約一個世紀，但董為繪畫所提出的南宗逸品理論，一方面入清為以模仿重建古法代表正宗畫派的六家：四王（王鑑、王時敏、王翬、王原祁）、吳（歷）、惲（壽平）所繼承；另一方面則由講究獨創繪畫語言的八大山人與石濤所繼承。這個後董其昌時代，亦正是詩壇上大舉神韻的時期，明末清初的「逸品畫」與「神韻詩」的確呈現互相激盪融通的狀況。董其昌、王漁洋兩人理論的相關處，可作為此期藝術史的一個觀察切面。

（二）二者接合的關鍵：王維

在藝術史上，「逸品畫」與「神韻詩」能彼此融通的一個關鍵性人物是王維。王維為董其昌南宗畫的始祖，為逸品的先驅，董一生所見王維畫蹟，

---

9 詩與畫各自發展，到晚明達到了空前的一致性，此說法參自同註1錢鍾書文。

10 明末清初的詩學，因為要反七子，追求含蓄、深刻有寄託的藝術效果，又開始強調比興的重要，認為杜甫直陳時事的手法，正是杜詩的病痛所在。這些由反省詩史，而重新對比興傳統的重視，進而發展出幾種詩歌的新路向，王漁洋的神韻說，即為其中重要的一支。請詳參龔鵬程著〈論詩史〉，收入《詩史本色與妙悟》第二章，同註2。

11 神韻詩的理論內涵，郭紹虞認為是由王夫之情景融浹的說法作前導，而由王漁洋拈出了「神韻」二字。詳參郭紹虞著《中國文學批評史》（臺北：藍燈出版社，1988）第68條〈從王夫之到王士禎〉。

僅有郭忠恕摹本的〈輞川圖〉，以及傳為其作的〈江山雪霽圖〉與〈江干雪意圖〉兩幅手卷。[12]不但傳作極少，且無可考定為真跡，〈雪霽圖〉甚至是董憑想像而論定其為王維真跡，[13]以此可疑的畫蹟，董仍將王維列為逸品的宗祖。再者，一方面是由北宋的米芾畫論中，得知王維接近於董巨畫風；另一方面，董的南宗畫系既要以董巨為主幹，而董巨的身分尚不夠格為文人之祖，便推出盛唐的王維堪為文人最佳典範。王維在董其昌的心中，地位之所以如此崇高，何惠鑑先生有精闢的見解，大致如下所述：

因為王維在盛唐具有幾項非常重要的特質：第八世紀是中國社會史的轉捩，擁有土地家族的新興文人階層，逐漸取代了原先具有支配優勢的貴族地位。董其昌發現在王維身上兼備兩種最高貴的品質：一是出身上流社會具有政治崇高地位的紳士；一是詩畫第一流的天才；同時又揉合儒家與佛學精神和諧一致的退隱文人。更重要的是，中唐是個文藝復興時期，六朝以來的南方傳統開始復甦，王維的崛起，象徵這種在異域文化滲透下恢復傳統的懷舊精神，文藝復興的部分原因，則是將佛教禪宗與日常生活審美的直覺敏感整合起來，王維就是這種轉變中最具代表性的人物。抬高王維的地位，就是：推崇中晚唐的文學典型，反對初唐及盛唐時期專橫的文學風格；崇尚六朝時期的南方文化，反對拘謹僵硬的北方文化；贊成自然而成的南禪，反對北禪……等諸如以上這類暗示性意義。董其昌揭示了文化道德核心的歷史洞察

12　董其昌〈畫旨〉中有〈王右丞江山雪霽卷〉與〈王右丞江干雪意卷〉兩跋。前者傳說是京師後宰門拆古屋，於折竿中得之，為好友馮宮庶所收；後者藏嚴文靖家，皆不可信為真跡。

13　董以趙孟頫一幅雪圖推定其學王維的理由相當地任意：「趙子昂雪圖小幅，頗用金粉，閒遠清潤，迥異常作，余一見定為學王維。……凡諸家皴法，自唐及宋，皆有門庭，如禪燈五家宗派，使人聞片語單詞，可定其為何派兒孫。今文敏（子昂）此圖行筆，非僧繇、非思訓、非洪谷、非關仝，乃知董巨李范皆所不攝，非學維而何？」（〈畫旨〉）在馮宮庶家中所見的〈江山雪霽卷〉，董一見宛然為趙之筆意，因此便以上述的理由推定其應為王維無疑。董自詡：「余未嘗得睹其跡，但以想心取之，果得與真肖合，豈前身曾入右丞之室，而親覽其盤礡之致，故結習不昧乃爾」（同上）。由此可知，董對王維的畫蹟鑑識，想像的成分居多。

力，這個觀念與晚期中國藝術社會和藝術批評的審美意識是分不開的，這便是董其昌在藝術領域建立新正統觀念體系最重要的部分。[14]

何惠鑑先生的看法對吾人明瞭董其昌的美學理念，深具啟發性。然而王維的地位隨著文人意識的抬昇，本來便已節節升高。原來王維在唐代畫壇上的地位並不高（按張彥遠的《歷代名畫記》與荊浩的《筆法記》皆推張璪於其上），入宋，則御府所藏其蹟便有 126 幅（《宣和畫譜》），極可能多是贋品，可見北宋已開始重視王維。北宋文人由王維詩境推想其畫境，這正是山水畫盛行之後，對繪畫意境「得之象外」轉求而得的結果。例如北宋蘇東坡曾評王維的畫：

> 吾觀畫品中，莫如二子尊。……吳生雖妙絕，猶以畫工論。摩詰得之於象外，有如仙翮謝樊籠，吾觀二子皆神俊，又于維也斂衽無間言。（〈王維吳道子畫〉）

這段推崇曾為董其昌所引用：「要之，摩詰所謂雲峰石跡，迴出天機，筆意縱橫，參乎造化者。東坡贊吳道子、王維壁畫，亦云：吾於維也無間然。知言哉！」（〈畫旨〉）王維能為「逸品畫」，同時又能兼「神韻詩」，如蘇子由對他的詩評：「摩詰本詞客，亦自名畫師。平生出入輞川上，鳥飛魚泳嫌人知。……行吟坐詠皆目見，飄然不作世俗詞。」（《欒城集》卷 16），蘇子由所謂的「飄然不作世俗詞」，即是王漁洋稱與王維齊名的孟浩然詩「色相俱空，正如羚羊掛角，無跡可求」（如前引）。即因王維這種天生飄逸的藝術秉賦，而得東坡「詩中有畫，畫中有詩」（《東坡題跋》卷 5〈書摩詰藍田煙雨圖〉）的贊語。王漁洋先參考沈括引用張彥遠對王維繪畫的說法：

> 書畫之妙，當以神會，難可以形器求也。……如彥遠畫評言：王維畫物，多不問四時，如畫花，往往以桃、杏、芙蓉、蓮花同畫一景。余家所藏摩詰畫袁安臥雪圖，有雪中芭蕉，此乃得心應手，意到便

[14] 關於王維之所以會被董列為南宗始祖，在大多數的學者以批判的眼光評其為專斷之餘，唯何惠鑑先生以為此中有深意，何先生精闢的分析，詳參其著 *Tung Ch'i-Ch'ang's New Orthodoxy and the Southern School Theory*。

成。……此難可與俗人論也。（《夢溪筆談》卷 17）

畫花不問四時，以及雪中芭蕉的作風，漁洋以之論詩：

世謂王右丞畫雪裡芭蕉，其詩亦然。如九江楓樹幾回青，一片楊州五湖白。下連用蘭陵鎮、富春郭、石頭城諸地名，皆遼遠不相屬。大抵古人詩畫，只取興會神到。（〈池北偶談〉）

王漁洋接續著董其昌上溯北宋文人將王維詩境與畫境融通的基礎，將王維的「神韻詩」與「逸品畫」貫通了起來。

（三）辯證性過程

董其昌與王漁洋二人均持有一個很重要的藝術原理，即運用參禪的方法——悟，強調不涉理路，不落言詮的直觀創作法，不求於繩墨之中，須求之於蹊徑之外。其所達到的境界，如董所言，是要含味外味，遙隔塵境，求在筆墨蹊徑之外，蕭散簡遠之平淡天真的化境。而漁洋論詩特標神韻，不著一字，盡得風流，其神韻境界，如翁方綱所言「神韻徹上徹下，無所不該。其謂羚羊掛角，無跡可求。其謂鏡花水月，空中之象，亦皆即此神韻之正旨也。」（《復初齋文集》卷 8「神韻論」）董其昌要脫去的，是浙派畫風的狂態邪學，與吳派畫風末流的甜俗堆砌與繁瑣；王漁洋要擺脫的是七子們格調說的圈套。漁洋講求詩境虛和，不執於物象，都近董其昌的南宗逸品畫，故能無工可見，無法可言，渾然天成，色相俱空，這便是逸品畫與神韻詩共同的意境所在。這樣的一個境界，要如何達到呢？以下將從兩人的學養背景開始探討。

漁洋的詩學歷程如下：

- 公之詩非一世之詩，……籠蓋百家，囊括千載。自漢魏六朝，以及唐宋元明人，無不有咀其精華，探其堂奧。（《清文錄》楊繩武〈資政大夫經筵講官刑部尚書王公神道碑銘〉）
- 阮亭詩用力最深，諸體多入漢魏唐宋金元人之室。（林昌彝《射鷹樓詩話》卷 7）

漁洋博取漢魏唐宋元諸家，不能以一家一詩籠罩，與董其昌畫學歷程的豐富相當：

畫平遠師趙大年，重山疊嶂師江貫道，皴法用董源麻皮皴及瀟湘圖點子皴。樹用北苑、子昂二家法，石用大李將軍秋江待渡圖及郭忠恕雪景。李成畫法有小幀水墨及著色青綠，俱宜宗之。集其大成，自出機軸。（《畫禪室隨筆》）

他們皆從層層的擘積學習而來，王漁洋浸淫於陶孟王韋諸家，得其象外之音，意外之神，故能「不雕飾而工，不錘鑄而鍊，極沈鬱排奡之氣，而彌近自然，盡鑱刻絢爛之奇，而不由人力」（同上楊繩武語），這便與董其昌廣學前賢，又有自我面貌，力創歸於平淡天真的畫風相與一致。

董、王二人自己的藝術創作過程已如上述，他們所執的理論亦然。

董其昌說：「淡乃天骨帶來，非學可及」，似乎橫斷了學習與創作之間的鴻溝，有以「離合說」綜攝法與變、正與奇的辯證性思維。「法」就是古人的規模，「正」指有法可循，可以意料，「合」是入古人神理，神會意得。而「變」則是用己之意，「奇」是了無定法，出乎想像，「離」要拋開習氣。董的「破法求變」、「以奇為正」的見解，皆可總結到「離合說」，深入古人神髓，又能呈現脫胎換骨的新貌。如其所述，巨、黃、米、倪四家皆從董源來，各有面貌：巨然學到了礬頭皴，黃子久學到了披麻皴，米芾學到了點畫，倪瓚學到了一河兩岸式構圖。可見自趙孟頫以下學古，是以自己所理解的古人一隅，為自己的作品詮釋出新義，非一成不變的臨摹，要在離合間顯露出無可雷同的本我，通過古人來表現自己。[15]儘管給予南宗畫無上的推崇，董對北宗一派似乎貶中留褒：

李昭道一派為趙伯駒、伯驌，精工之極，又有士氣。後人仿之者，得其工不能得其雅，若元之丁野夫、錢舜舉是也。五百年而有仇實父。（〈畫旨〉）

而對南宗的米氏與王洽，也保持了高度警覺：

畫家以神品為宗極，又有以逸品加於神品之上者，曰失於自然而神

15 關於董其昌「離合說」的解析，請詳參拙著《董其昌逸品觀念之研究》（淡江中文研究所碩論，1993），第伍章第四節。

也，此誠篤論，恐護短者竄入其中。士大夫當窮工極妍，師友造化能為摩詰，而後為王洽之潑墨；能為營丘，而後為二米之雲山，乃足關畫師之口而供賞音之耳目。（同上）

董一方面反對仇英「耳不聞鼓吹闐騈之聲，如隔壁釵釧，顧其術亦近苦矣。」（〈畫旨〉）這種刻畫之習，對王洽潑墨、米氏雲山的揮灑極表讚揚；另一方面又認為北派精工有士氣之難得，而對米氏雲山與王洽潑墨產生警覺，借以打擊偽逸品，於是為王洽潑墨找到了王維，為二米找到了營丘作根柢。董所主的逸品，仍要借重北派層層鍛鍊的工力而來。

王漁洋主張的神韻，亦是從擘積重重中脫胎換骨而來，正如郭紹虞所言，漁洋是在言格調的骨幹上，披上了神韻的外衣。[16]漁洋論詩舉南宗畫作譬說，其標舉逸品，要做的就是融合南北的工作，這豈非董其昌意見的翻版？其曰：

♦ 近世畫家專尚南宗，而置華原、營丘、洪谷、河陽諸大家，是特樂其秀潤，憚其雄奇，余未敢以為定論也。不思史中遷、固，文中韓、柳，詩中甫、愈，近日之空同、大復，不皆北宗乎？牧仲中丞論畫，最推北宋諸大家，真得祭川先河之義，足破聾瞽，余深服之。（《帶經堂詩話》卷22）

♦ 一日秋雨中，茂京丞攜畫見過，因極論畫理，其義皆與詩文相通，大約謂始貴深入，既貴透出，又須沈著痛快。又謂畫家之有董巨，猶禪家之有南宗，董巨後，嫡派元唯黃子久、倪元鎮，明唯董思白耳。余問倪畫以閑遠為工，與沈著痛快之說何居？曰：閑遠中沈著痛快，唯解人知之。又曰：仇英非士大夫畫，何以聲價在唐沈之間、徵明之右？曰：劉松年、仇英之畫，正如溫李之詩，彼亦自有沈著痛快處，昔人謂義山學杜子美，亦此意也。（《居易錄》）

漁洋曾以為詩中王、孟、高、岑、大曆、元和是南宗，陶、謝、沈、宋、陳

16 見郭紹虞著《中國詩的神韻、格調及性靈說》（臺北：華正書局，1981）四〈王士禎〉。

子昂、李、杜是北宗（〈王氏芝廛集序〉），此二宗俱以沈著痛快為極至，不過南宗逸品是在古澹閑遠中沈著痛快而已。優游不迫與沈著痛快皆有神韻，所以漁洋才會通過格調，通過北宗甫愈，通過根柢於學問的沈著痛快，以得南宗優游不迫，羚羊掛角的興會。

四、結語

董、王二人皆主超曠空靈的境界，要經由鍛鍊工力而得，又要化去臨橅之跡，還原成各自面貌，才有令人玩味不窮的韻致。就用這樣一層合而離的轉折過程，使得漁洋宗唐音，而不會與前後七子一樣，徒成膚廓之音。[17]董的逸品也因多了一層天然不可湊泊的化工，使得同具墨戲性質的文人逸筆草草與粗惡無古法的浙派劃清了界線。可知「逸品畫」與「神韻詩」並非以偏於一局為滿足，漁洋想於神韻風調中，內含雄渾豪健之力；於雄渾豪健之中，別具神韻風調之致。[18]融合詩之兩端，成為理想詩境的典範，故其取於少陵、昌黎、子瞻與標舉王孟之旨，不必然衝突。王漁洋說：「捨筏登岸，禪家以為悟境，詩家以為化境，詩禪一致，等無差別。」（《香祖筆記》）此意指禪師行腳遍遊，求訪善知識，從工夫上來，一旦得悟大智慧法，工夫可為陳跡，此乃「捨筏登岸」。這與董其昌由學而不學，由法而無法的立意皆相同，為一個辯證性的創作過程，這種辯證性思維，可以董其昌對蘇東坡的一段名言作結語：

> 東坡云：筆勢崢嶸，文采絢爛，漸老漸熟，乃造平淡，實非平淡，絢爛之極也。（〈畫旨〉）

---

[17] 郭紹虞言王漁洋的神韻由格調而來，但主格調之七子，乃從唐音之法、之格著手，而成徒事摹擬之嫌，漁洋則自格法上再進一層，使神韻化去了格調之跡，便直達詩人意旨，脫去了作古人影子之識。參見如同上註，郭文。

[18] 此乃郭紹虞根據王漁洋自述：「自昔稱詩者，尚雄渾則鮮風調，擅神韻則乏豪健，二者交譏。」（〈蠶尾續文〉卷 20「跋陳說巖太宰丁丑詩卷」），為漁洋的詩論所作的評語。參見同註 16，郭文。

俗世雅賞：《唐詩畫譜》圖像營構之審美品味*

一、緒論

（一）關於《唐詩畫譜》

《唐詩畫譜》為明末新安集雅齋主人黃鳳池[1]編輯，萬曆晚年刊行，天啟年間，黃氏又將此書與集雅齋所刻《梅竹蘭菊四譜》、《草本花詩譜》《木本花鳥譜》與清繪齋之《古今畫譜》、《名公扇譜》合刊為「黃氏畫譜八種」行世。[2]八種畫譜的內容為何？梅蘭竹菊乃文房清供的雅物集合，[3]

* 本文撰述期間，承蒙彰化師大顏天佑教授與暨南大學楊玉成教授悉心指點；另研討會特約講評人清華大學陳萬益教授不吝提供寶貴意見，在此一併致謝。

1 黃鳳池為新安人，身分筆者未及細考，惟明史中無立傳，應非從政之士大夫，由於其經營集雅齋書坊，概係徽州一名出版商人。徽州地區刻書頗負盛名，明代晚期，被稱為徽刻時代，當地版畫插圖一向精緻典雅，這些插圖十之八九又出自徽州歙縣虬村黃氏家族，故有「徽刻之精在于黃，黃刻之精在于圖」之說。黃氏始祖於唐末遷歙，延至道光共有卅三代止，清道光初，有黃開簇纂《虬川黃氏宗譜》四冊，享有盛譽者在百人之譜，現存系名刻書更多達二百餘種。黃鳳池應係黃氏家祖之一員。吾人從黃鳳池出版的圖書類型、書坊名稱，以及《唐詩畫譜》中所動員的書法繪畫雕刻名家看來，黃鳳池應具有文藝修養，並且與當代文人名匠保持友好的情誼。關於徽州黃氏名刻家族種種，詳參瞿屯建〈虬村黃氏刻工考述〉，《'95 國際徽學學術討論會論文集》（合肥：安徽大學出版社）；徐學林〈明清時期的徽州刻書業〉，《安徽師大學報》第 20 卷（1992:2）；劉尚恒〈明清徽商的藏書與刻書〉，《安徽師大學報》第 18 卷（1990:1）。

2 關於《唐詩畫譜》的出版資料，請詳參（明）黃鳳池輯《唐詩畫譜》（上海：上海古籍出版社，1982，據上海圖書館、北京大學圖書館、上海師範大學圖書館等單位收藏

《梅竹蘭菊四譜》均以圖解「為之肢節，為之脈絡，為之體幹」（陳繼儒序），梅菊二譜各圖極盡生態描寫，圖上一隅附以名詩，竹蘭二譜則一筆一畫純粹教授畫法。《草本花詩譜》有汪躍鯉序，《木本花鳥譜》有董其昌跋，二譜體例相同，皆一圖一文開頁對照，圖畫為木本花鳥或草本花圖，文字則為花鳥生態特徵與封植灌溉之法。[4]

題為唐六如作的《古今畫譜》，其體例與一圖一詩相互對照的《唐詩畫譜》相同，惟並未標榜詩為唐人之作。〈唐六如畫譜序〉指出人物、山水、花卉、獸類、禽鳥、臺殿宮觀、衣紋林石……等體裁，各有繪畫的訣竅，該譜在當時必定是一部習畫者實用的範本大全。《名公扇譜》有陳繼儒序，提及「武林金氏以大梁張白雲所集名公扇譜數百頁」為本刊刻而成，包括山水、人物、花卉等體裁，扇形圖框橫跨對頁，圖框外上方，題寫內容相互應和的詩文。

黃氏八種畫譜，由上述五種簡介看來，一方面是作為繪畫初學者的範本，另一方面也成為文士「朝夕臥遊其間」[5]，「披圖清玩」[6]的雅賞對象。而《唐詩畫譜》三種原先是單行本，在短短的一、二十年後，又與上述五種畫譜合成一帙行銷上市，必定在編輯方針上，符合作為藝文範本與提供清玩雅賞這兩個目的。《唐詩畫譜》詩選唐人五言、七言及六言；[7]染翰者有曾

明「集雅齋本」早期印本擇精影印）〈出版說明〉，以及王伯敏撰〈影印《唐詩畫譜》序〉二文；另參《八種畫譜》（日本京都：美乃美美術出版，1978，據日本國立公文書館藏內閣文庫、紅葉山文庫本影印），大槻幹郎〈解說〉，頁2。

3 陳繼儒〈題梅蘭竹菊四譜小引〉：「夫三春舒麗，百卉競芳，大都非妖艷則濃華，為俗眼睜之，而文房清供獨取梅四君者無他，則以其幽芬逸致，偏能滌人之穢腸，而澄瑩其神骨……」。參見黃鳳池輯《梅竹蘭菊四譜》前引，收入《八種畫譜》（同上註）。

4 惟《草本花詩譜》圖文對照之後，還附上不同花卉的題詩文字，以便習畫者參用。

5 陳繼儒曰：「俾爾我朝夕臥遊其間，亦平生一大快事」（〈選刻扇譜敘〉）。

6 汪躍鯉曰：「物之生者，臨冬易萎而畫之刻者，愈久不渝，以故，黃公按景作圖，品彙二冊，選入丹青，以流布天下，俾好事君子披圖清玩之……」（〈新鐫草本花詩譜序〉）。

7 經筆者蒐尋，《唐詩畫譜》許多五、七言的選詩，可以在《全唐詩》中比對找到，其

以畫《圖繪宗彝》聞名的蔡元勳，以及六言部分的畫家唐世貞；書法有篆有楷與晚明流行的各體行、草，書家有明代名士焦竑、董其昌、陳繼儒等人參與揮毫；刻版則屬徽派名工劉次泉等人，劉曾刻《湯海若先生批評琵琶記》，頗得湯顯祖的嘉許。這部為時人稱許為詩書畫刻四絕的畫譜，甚至超越了較早出版可供案頭展玩，流連光景的《詩餘畫譜》，「後來居上」，[8] 評價很高。

（二）問題的導出

《唐詩畫譜》包含了「詩」與「畫」，此二者一直是中國文人關注的兩個藝術門類：[9]代表時間藝術的「詩」，與代表空間藝術的「畫」，在中國

中亦有若干考證不精的情況產生，例如王建的〈田園樂〉，作者應係王維，概係書家一時不察誤植之故，另亦有詩題與詩文不符的現象，例如五言畫譜中盧照鄰〈葭川獨泛〉題文不符，原詩文之題應為〈浴浪鳥〉，而題為〈葭川獨泛〉之詩文應為：「倚櫂春江上，橫舟石岸前，山暝行人斷，迢迢獨泛仙」。另外，《全唐詩》蒐羅六言者寡，六言畫譜的選詩不易檢出原作出處，而六言詩中，確有許多舛誤，例如題為杜牧之的〈野望〉：「清川永路何極，落日孤舟自攜，鳥向平蕪遠近，人隨流水東西」，實是由劉長卿一首六言律詩〈苕溪酬梁耿別後見寄〉之前四句割裂而來，後四句則別為六言畫譜另一首詩，題為劉長卿的〈感懷〉。又畫譜另題為岑參的〈春山晚行〉：「洞口桃花帶雨，溪頭楊柳牽風，鳥度殘陽上下，人隨流水西東」，與前詩之末句幾乎完全相同，偽作的成分很高，顯示了六言詩可能有部分並非唐人之作，而是偽託，誠如俞見龍所云：「唐詩畫譜五言七言大行宇內膾炙人口，無庸稱述，乃六言詩家獨少……近時事事好奇，而詩追宗六言，遍索罕見，是亦缺典，黃鳳池……旁披慱採，僅得五十首」（〈六言唐詩畫譜跋〉）。晚明的出版品並不重視考證，偽託名家之作，以提高書名或書價符合大眾求新求奇的現象充斥坊間。儘管有偽託之作，筆者以為黃鳳池之所以繪刻唐代並非主流詩體的六言詩畫譜，以與五、七言唐詩畫譜配套銷售，應該是基於市場的考量。

[8] 此為王伯敏言，詳參氏著〈影印《唐詩畫譜》序〉頁1，同註2。

[9] 詩可以「興、觀、群、怨」在孔門教育中，是個重要的訓誨，雖然後來在文學史上，有對於詩之本質為載道言志或融景抒情的兩端爭議，詩始終是文人表達心跡的重要媒介。儘管長久以來，繪畫始終被認為是工匠之事，然六朝時，宗炳以「臥遊」來說明繪畫給予文人的慰藉，宋以後，文人們喜愛舉莊子以畫家「解衣磅礴」之放曠瀟洒的意象，推舉自由逍遙的心靈，創造了特有的文人寫意畫風。自此，詩是無形畫或有聲

關係密切，有著很長的交融歷程。在詩與畫並存的藝術表現形式裡，二者交融的關係，有以詩為先或以畫為先之別，例如題畫詩，是以畫為先，詩人在畫中引發了詩情，隨而藉畫寫詩，唐代杜甫的題畫詩可謂首開其風。郭熙「嘗所誦道古人清篇秀句，有發於佳思，而可畫者」（《林泉高致・畫意》），則是以詩為先，畫家根據詩意來作畫，宋代畫院便有以詩題取士的制度。[10]另外，《宣和畫譜》曾記錄李公麟是以寫詩的方法來作畫；[11]而黃山谷說「李侯有句不肯吐，淡墨寫出無聲詩」（〈次韻子瞻子由題憩寂圖〉），直接說李公麟以畫表達胸中詩，這都在說明文人畫家李公麟是在意境上融和了詩畫。至於在畫面空白處題詩跋，這種形式上的融和，入元後始盛。[12]

詩畫關係中，以詩為先、以畫為先、或在意境上合一，這都是站在創作主體（如藝術家杜甫、郭熙或李公麟）的立場所作的區判，若套一句晚明袁中郎的話：「吳中詩畫如林，……而無一人解語」[13]來追問：題詩如何解釋畫面？繪畫又當如何解語？或是換個方式來問，詩人與畫家究竟在題詩與畫面中傳達了些什麼？怎麼傳達？傳達給誰？這些問題，還要牽涉到觀眾（讀者）的層次，畫家（詩人）如何傳達圖像與文字？以及觀眾（讀者）如何解語？這是詩畫融通課題外另一項重要任務。

城市發達、手工業興盛、商品流通、經濟繁榮等種種有利條件，促使晚明成為一個富裕繁華的時代。另一方面，人口穩定成長，而科舉官額有限，

畫、畫是有形詩或無聲詩、詩畫一律、詩畫共通等觀念的探究，便成為文人們重要的藝術課題。

10 關於宋代畫院以詩題取士的制度，及其對南宋畫風的影響，請詳參李慧淑〈宋代畫風轉變之契機：徽宗美術教育成功的實例（上）、（下）〉，《故宮學術季刊》1:4-2:1。

11 《宣和畫譜》云：「蓋深得杜甫作詩體制，而移於畫，如甫作縛雞行，不在雞蟲之得失，乃在於『注目寒江倚山閣』之時。伯時……畫陽關圖，以離別慘恨，為人之常情；而設釣於水濱忘形塊坐，哀樂不關其意。」（卷七「李公麟條」）

12 關於中國詩畫融和歷程之微曲，請詳參徐復觀著〈中國畫與詩的融和〉一文，收於氏著《中國藝術精神》（臺北：臺灣學生書局，1983）附錄一，頁474-484。

13 見袁宏道《袁中郎全集》卷20（臺北：偉文圖書公司，1976，據明刊本影印），頁940。

使得讀書人愈多，而仕進之途愈不暢，造成了許多閒置在野的文人，[14]文人不得不另謀處世之道。於是在觀念上，不再標榜士農工商的舊有階第，甚至重新認定儒商、士商的關係，[15]盛極一時的山人現象，可說為晚明時期的文士，開闢了另一種立身的處境。在這樣變動甚鉅的時代裡，主導文化走向的角色，相較以往，有很大的不同。許多傳統的價值觀與文化標準，隨著四民階級流動所帶來的讀書人立身處境的變遷，也有了相當幅度的鬆動。晚明審美品味中最具關鍵之雅俗分野的問題，會有如何的因應？這是關心晚明美學的學者亟欲探索的問題。

著名的影像觀察家約翰・柏格（John Berger）認為，每一個形象都體現了一種看的方法，因為「我們看事物的方式，受我們已知的、相信的觀念所影響」，攝影者的觀看方式，反映在他的對象選擇上，因為攝影者是在無數其他可能的視界中攝取了這一景。畫家的觀看方式，則重構於他在畫布上的塗繪中，我們也以自己獨特的信念與經驗反映了觀看方式，並以此觀看方式去感知或占用某個形象。[16]以此觀點而言，整部《唐詩畫譜》如何傳意？如何解語？其實就是去探究其「觀看方式」如何展現，其中涉及了圖像設計者（畫家與刻工）持著獨到的審美觀念與眼光，處理唐代的詩文資料，並將之轉化為圖像的途徑；也涉及了圖像設計者如何揀擇與佈置這些圖像？他為何要如此佈置？他要給觀眾什麼？他如何導引觀眾的視線？這些問題皆與圖像設

---

14 由於人口長期穩定的成長，明初為數僅三到六萬名的生員，到了十六世紀已經增加到卅餘萬名，明末更是高達五十餘萬名，在科舉名額無大增加，僧多粥少的情形下，生員晉身為貢生的競爭率從明初的 40:1，一下子激增到 300:1 或 400:1，鄉試的競爭率也從 59:1 增加到 300:1，百分之六十到七十的生員終其一生不可能更上一層樓，造成了大量文士賦閒在鄉的現象。參見林皎宏撰〈晚明徽州商人文化活動：以徽商族裔潘之恒為中心〉（《九州學刊》6 卷 3 期，1994，頁 35-60），頁 40。

15 關於明清學者所提的新四民論與士商階層的變化，以及發展出的近代精神，詳參余英時〈中國商人的精神〉第二節「新四民論：士商關係的變化」，《中國近世宗教倫理與商人精神》（臺北：聯經出版事業公司，1987）。

16 詳參約翰・柏格著，陳志梧譯《看的方法：繪畫與社會關係七講》（臺北：明文書局，1991），頁 4。

計者的「觀看方式」密切相關。站在畫譜的立場而言，畫家的「觀看方式」展現在畫幅世界的營構手法上，這同時亦是畫家審美品味的展現。從這樣的角度出發，本論文鎖定晚明黃鳳池編輯之《唐詩畫譜》為焦點，從詩畫關係的角度，考索畫譜以文字到圖像的營構方式，[17]進而探討畫譜的審美品味，及其在晚明美學之雅俗關鍵課題上的典型意義。

二、《唐詩畫譜》營構的圖像世界

本節將針對構圖特色、細節處理、山水與庭院書齋場景，以及宕出詩意之外等項，嘗試梳理《唐詩畫譜》的圖像世界。

（一）構圖特色：敘事、分句與近景

《唐詩畫譜》選詩的作者相當廣泛，並不特別侷限於某幾家。畫譜畫家針對文與圖的對照，希冀達到詩／畫物象並置、畫忠於詩的程度。但是畫家處理畫面的核心原則偏重於詩中敘事，而敘事部分通常以人物活動來傳達。即使是寫景詩，景物仍只是人物活動的襯景，並非圖像描繪的重心。因此，除了若干詠物詩以梅、竹、蘭、禽作為描繪主體外，畫譜畫面極少純粹的詠物與寫景。一般來說，畫譜中人物活動的場面，是由絕句裡具有敘事成分的詩句所鋪就，如果四個詩句均有人物敘事的成分，畫家自然採取分句構圖的方式，這種情形在六言絕句中最為常見。

《唐詩畫譜》的六言絕句，其物象佈置與構圖模式，是以句為單位，一首絕句下來，景物是由四個片段組合而成，例如王建〈田園樂〉〔圖 1〕：

---

[17] 若以「觀看方式」而言，《唐詩畫譜》的整體美感呈現，實應包括詩書畫刻四個藝術門類，惟由於筆者探討的重心在文字（詩）與圖像（畫）之轉譯過程所透露出來雅俗品味變異的問題，因此，只能芟除枝節，僅就文字與圖像二端細作探討，書與刻暫置一旁，特此回應陳萬益教授之指點。

圖 1

採菱渡頭風急，杖策林西日斜。

杏樹壇邊漁父，桃花源裡人家。

畫譜在畫幅中段安排兩人，一人乘桶舟在水中俯身採菱，另一人在渡頭岸上彎身提籃接應，此寫第一句。渡頭岸邊，有一人背對觀眾扶杖徐行，轉頭望向遠處山邊，此寫第二句。渡頭繼續延伸至遠方，林木掩映中，屋宇隱約，此寫第四句。畫面前段兩船上有姿態不一的三名漁夫，一人收網，一人搖槳，一人執竿，山壁橫出一株杏樹，此寫第三句。本畫譜的構圖基本上是將四句詩分段刻劃成數個小景，然後加以組合而來，小小畫幅中，共安排了六個姿態與活動不一的人物，以活潑熱鬧的方式呈現田園之「樂」。

又如王建〈三臺〉〔圖 2〕：

酌酒會臨泉水，抱琴好倚長松。

南陽露葵朝折，東谷黃粱夜舂。

畫面很明確地由四段景物組構而成，前段坡岸上一人手捧酒碗，轉頭眺望石壁下洩的泉水，此寫第一句。坡岸上面對觀畫者的一人，抱琴膝上，背倚高松，此寫第二句。抱琴人旁邊，一站立僮僕兩手扶著一株葵花，此寫第三句。畫幅左上角遠景處，幾畦田畝，旁有小屋，屋裡有人執杵舂物，

圖 2

此寫第四句。這幅畫譜是依著4個詩句的展開來鋪陳構圖。然而此畫譜的時態有矛盾，由原詩來看，第三句寫「朝」，第四句寫「夜」，有時序的進行感，然而畫譜為了能與詩句的物象並置，乃採取分句併合的構圖，於是就將「朝折露葵」與「黃粱夜舂」兩個不同時態的畫面放在一起。畫譜為了達成詩／畫物象並置的目的，採取分句構圖的方式，因此將具有時間行進意味的詩以時間凝固的畫來表現，王建這首詩例的畫面不免具有拼湊的痕跡。

《唐詩畫譜》的畫幅是冊頁型式，[18]而畫譜重敘事，特別著意於人物動態的描寫，因此〈田園樂〉〔圖 1〕前景的杏崖漁父與中景渡頭採菱人、策杖人，並沒有明顯的比例差等，還刻意將人物比例放得很大，以利於各種形象與動態的描繪。畫譜大部分的畫面都是採取這樣近景式的處理，這與南宋詩意圖傳統的冊頁很不一樣。南宋畫院扇面冊頁山水畫為數眾多，雖多無款，但詩意充滿其間，這與畫工具備誦詩涵養有關。例如夏圭的〈松溪泛月圖〉[19]〔圖 3〕，畫幅中僅有近景兩棵交枝的松樹；中景四人泛舟；遠景一輪圓月，留白甚多，蓄意空闊，泛舟人物的形象，只有簡筆交待，與觀畫者拉開一個較大的距離。南宋冊頁儘管有堂蔭、水閣、柳塘、漁艇等人物活動，但從比例上來看，與溼山、煙水、桃雨、柳風的江南景物相較，點景人物通常縮得很小，畫工僅能意筆交待人物的衣著與動態，這些點景人物畢竟不是畫家著意的描寫主題。[20]

圖 3

[18] 明集雅齋本原書版框寬 18.5cm×高 27cm，較現行 A4（21cm×29.9cm）的紙張稍小。

[19] 夏圭〈松溪泛月圖〉為絹本設色，尺寸為寬 25.2cm×高 24.7cm。

[20] 參見《中國美術全集》（臺北：錦繡出版社，1989）「繪畫編 4・兩宋繪畫下」〈湖山春曉圖〉等相關圖例。

圖 4

畫譜大部分畫面採取近景式處理，將畫面的距離拉近到觀者的眼前。有的即使在近景之外，有向中、遠景延伸的企圖，然由於畫幅不大，無法用廣闊的水域或綿延的山勢來幻化。例如王建詩句「遙憶征夫遠戍」（〈秋閨新月〉）〔圖 4〕，畫譜在下半段畫近景秋閨美人思見落花，在中段畫水域與坡岸叢林，畫幅上方遠景山脈深處，為邊防武備城牆之景。近景佔了二分之一畫幅，而中、遠景要壓縮在另二分之一的畫幅中，詩句中「遙」與「遠」的感覺相形之下顯得很虛假。這種虛假感，可能還來自於圖像空間的虛擬方式，由近到中景，為一沒有地面連續性並不空闊的水域，遠景所畫的，根本是閨中女子的幻想，是夢境，並非視線所見，近、中、遠各景獨立成片段，使得合理的景深在「佈置迫塞」、「遠近不分」[21]的空間裡，具有拼貼的效果。

畫譜創造這樣繁密的近景式構圖，也因為遠景僅以輪廓線作為背景交待而更形突出；而畫譜的描繪重心，大致集中在中心線以下的二分之一處，通常以一平臺作為人物伸展活動的場域，這樣的輪廓背景與平臺近景的處理方式，與戲曲舞臺有著密切的關係。

（二）細節處理

《唐詩畫譜》所選為五、六、七言絕句，由於詩短，因此畫家充分把握

[21] 元畫論家饒自然認為「佈置迫塞」與「遠近不分」是繪畫之最大的兩個忌諱：「一曰布置迫塞……若充天塞地，滿幅畫了，便不風致……二曰遠近不分……作山水先要分遠近，使高低大小得宜……」參見饒自然〈繪宗十二忌〉，收入俞崑編《中國畫論類編》（臺北：華正書局，1984）第六編「山水」下，頁 691。

圖 5

圖 6

四句詩中的物象。在尋求詩／畫物象對應的結構中，畫譜特別重視詩中敘事的呈現，往往講究細節處理。例如高駢的五絕〈送春〉〔圖 5〕：

水淺魚爭躍，花深鳥競啼。

春光看欲盡，拼卻醉如泥。

畫譜以近、中、遠三段呈現詩中景象。中景的流水有五尾魚正由各自不同的方向聚游而來，以合「爭躍」意，畫家以魚幾乎是飄浮在水面的方式表示「水淺」。中景的坡岸上明顯的植有兩棵桃樹，樹上綻放桃花借以點出「春光」。在桃花松枝間有三隻飛姿不一的鳥鵲，正張口啼叫，另有一鳥棲在桃幹上相互爭鳴，這就是「花深鳥競啼」。近景的坡岸邊，一位長衫裝扮的慵懶文士，右臂繞掛在僮僕肩背上，較主人矮一截的僮僕趁勢將整個身體傾靠在肩的主人拖將離去，這個景象生動地描繪出本詩末句：「醉如泥」。本詩畫譜藉淺水、魚爭躍、花深、鳥競啼、醉如泥等物象鋪寫春遊之趣。

又如郎士元的七絕〈柏林寺南望〉〔圖 6〕：

谿上遙聞精舍鐘，泊舟微徑度深松。

青山霽後雲猶在，畫出西南四五峰。

畫譜繪出一文士策杖沿著小徑，往深山精舍的方向漫步走去，夾著小徑的是攲壁與虯松，以此描繪「微徑度深松」。一舟泊於谿岸，舟上僮僕作勢側耳傾聽，表出「泊舟」與「谿上遙聞精舍鐘」。遠景雲氣繚繞，間出五峰，描繪出「雲猶在」與「畫出四五峰」的物象。

以下再分別從人物活動、故事趣味、物象陳設、場面佈置等幾個層面，探討畫譜如何處理細節。

圖 7

1.人物活動與故事趣味

偶向江頭採白蘋，還隨女伴賽江神。
眾中不解分明語，暗擲金錢卜遠人。

這是于鵠的〈江南意〉〔圖 7〕，畫譜在近景江頭岸邊，畫了四位女子，其中三人專注於採蘋事，一立、一跪、一蹲，三人皆用一手掀著上衣一角，以兜盛摘下的蘋花。另有一執扇女子，繞到眾女身後的岩石後方，與三女不同方向地臨水遠望，右手似乎正進行（或已完成）某個舉動。由詩句可知，繞到岩石後方這名女子的舉動是「暗擲金錢卜遠人」。

圖 8

施肩吾的〈春詞〉〔圖8〕，同樣描繪女子的動態：

黃鳥啼多春日高，紅芳開盡井邊桃。
美人手煖裁衣易，片片輕雲落剪刀。

在池邊庭院中，畫兩美人倚坐方形桌案，桌案上置一針黹圓籃，其中一位美人握柄剪刀，另一位美人一手攏布，一手翹起纖指拈針，兩人一同望向圖右井邊桃花滿樹上一對啼飛的黃鶯。畫譜以陳述活動細節的方式，來暗示人物的心緒。

盧綸的〈山中〉〔圖9〕，是閒適山居生活的寫照：

饑食松花渴飲泉，偶從山後到山前。

陽坡軟草厚如織，因與鹿麛相伴眠。

畫譜在中景山徑上畫一僮僕，摘折一松枝正走向山前，以合「饑食松花」句。近景溪澗水流淙淙，坡岸上一文士倚石閒坐在鋪就的軟草上，文士右側靠近溪澗處，有一提壺可以取飲流水，文士視線落在其身左側伏臥作陪的一對子母鹿身上。畫譜的畫面，將盧綸詩以故事情節的手法刻劃出來。

圖9

圖10

賀知章〈偶遊主人園〉〔圖10〕：

主人不相識，偶坐為林泉。莫漫愁沽酒，囊中自有錢。

畫譜近景岸叢中有一酒招輕颺，中景橋岸邊有三個人物，其中一人偏頭望向林泉，合於「偶坐為林泉」句。面對觀畫者應係主人，主人旁邊有僮僕一手執提壺，另手伸向主人，由詩句可知，僮僕正向主人討錢，以便過橋對岸沽酒。這樣一組人物活動，描繪出「莫漫愁沽酒，囊中自有錢」的故事趣味。

熊孺登〈春郊醉中〉〔圖11〕，著重描寫文士春醉的情景：

三月踏青能幾日，百回添酒莫辭頻。

看君倒臥楊花裡，始覺春光為醉人。

畫譜在岸邊楊花樹下刻劃四個人物：一背對觀畫者，側面執碗；右一僮僕傾壺注酒；一人面對觀畫者，以左手作勢擋酒。這三個人的舉動在描寫「百回添酒莫辭頻」句；另有一人倒臥樹下，以合「倒臥楊花裡」句。畫家皆以細膩的肢體動作描繪人物形象，希望達成畫面的生動與趣味。為了表達詩中敘事的生動與趣味，畫譜作者必需在人物的姿態、動作與表情上講究。

圖 11

圖 12

李白的〈示家人〉〔圖 12〕：

三百六十日，日日醉如泥。雖為李白婦，何異太常妻？

「三百六十日」點明時間，「何異太常妻？」提出疑問，語言可以很恰當地表示時間與疑問，但是對圖像設計者來說則是難題。畫家其實越過了這道難題，圍繞著「醉如泥」來展現詩意生動的趣味。頭戴烏紗帽的文士醉坐在地，交著兩腳的身體右側倚枕一個大酒甕，文士左前方的女子左手伸指似乎正在數落文士之醉，而坐地文士則以左手掌作勢擋之，形成巧妙的對應。文

圖 13

士右方的女子，手執酒壺，不但未斟酒，卻像有意將酒壺轉移離向文士較遠的一側，該女子可與前一位女子的態度相呼應，似乎都對「醉如泥」之文士提出反對的姿態。雙眼合閉的文士，其視線停留的方向並不在左右兩側的女子身上，而是落在地上的盃筷菜肴間，強化了「醉如泥」的人物形象與故事趣味。

夾岸人家臨鏡，孤村燈火懸星。

喬木千枝鷺下，深潭百尺龍吟。

這是曾參的〈村居〉〔圖 13〕，一位齋室點燈閒坐的文士，望向窗外，窗外波紋潭面之上，作者具象畫出一尾張口舞爪的蛟龍騰躍，以合「深潭百尺龍吟」之句。這樣一個蛟龍躍潭的畫面，就詩意的角度而言，太過著相，卻為村居的寫景畫，添加了故事幻想的趣味。又如王建〈村居〉後兩句：「牛羊自歸村巷，童稚不識衣冠」，畫譜在中景岸上小徑，畫了一牛二羊，揚頭前行，近景坡岸上，兩名小童對一位著官服文士指劃交談。故事的趣味性在動物與人物的情態中顯現出來。

圖 14

李太白的〈蓮花〉〔圖 14〕：

輕橈泛泛紅妝，湘裙波濺鴛鴦。

蘭麝薰風縹緲，吹來都作蓮香。

畫譜畫了兩隻各有仕女乘坐的輕舟，遠舟舷外有一對鴛鴦拍翅張喙，濺起浪花，舟中仕女高執紈扇，彷彿前一刻仕女正以紈扇戲弄鴛鴦，近舟執荷葉作傘蓋的正面立身仕女，與坐在船首的背面仕女，正興味地觀看此幕。畫譜以仕女與鴛鴦的生動姿態表現了「湘裙波濺鴛鴦」熱鬧活潑的故事趣味。「洞裡仙人碧玉簫」句（顧況〈葉道士山房〉），畫山壁岩洞中，一位女仙端坐褥墊、噘口吹簫的畫面；「近得麻姑盡信否」句（同上），畫一位披短麻肩、著短麻裙、提壺由拱橋上走來的麻姑。《唐詩畫譜》講究畫面細節的經營，細膩地注意人物動態的描繪與故事趣味的安排。

2.物象陳設與場面佈置

以人物活動為主的描繪，還需有細緻的物象陳設與場面佈置來襯托，由於重視這些人物活動的襯景，畫譜作者往往超出詩文，作了許多延伸的圖像安排。在物象陳設方面，最常表現的是建築與文房的細節描繪，例如前引李白〈示家人〉〔圖 12〕中的臺榭，畫家畫出了屋脊上的兩個獸吻、[22]屋椽與簷間的帶狀飾紋、臨水臺基冰裂紋狀的砌磚、直櫺格子門扉、門內懸起的印花帘幕……等。其他如柳宗元的〈遣懷〉，有臨水磚砌基座的雕飾折檻、直櫺格子門、懸起的帘縵、牆垣大門外有鋪地等。王維的〈春眠〉，有沿床刻飾的床榻、圓凳。李白的〈夏日〉，簷間有帶狀回紋等。另外，文房書齋中作為隔景兼裝飾之用的畫屏，也是畫譜極力描寫的物象陳設之一，如〔圖 17〕、〔圖 19〕。

圖 15

清川永路何極，落日孤舟自攜。

鳥向平蕪遠近，人隨流水東西。

這是杜牧之的〈野望〉〔圖 15〕，舟中有船夫撐篙，一對主僕坐望，船篷下小几上有香爐、筆插與書冊。這些物象已超

---

22 獸吻這個屋頂飾物在李群玉〈靜夜相思〉、袁暉〈三月閨怨〉、張九齡〈答靳博士〉、王維〈少年行〉、竇鞏〈秋夕〉、朱繹〈春女怨〉、鄭谷〈蜀中賞海棠〉、盧綸〈鞦韆〉、王建〈秋閨新月〉、李邕〈題畫〉、白樂天〈溪村〉等《唐詩畫譜》中之水榭齋室等建築屋脊上均可見。

圖 16

圖 17

出詩人文字的範圍，乃畫家為了佈置舟中野望活動，將文房物象所作的延伸設計。《唐詩畫譜》常將詩人抒情主觀的心緒，以客觀描繪方式呈現，如劉長卿的〈對琴〉〔圖 16〕：

淨几橫琴曉寒，梅花落在弦間。

我欲清吟無句，轉頭門外青山。

畫幅前半段畫牆圍的書齋，圍齋植梅已開，齋中几上有梅花插瓶，並橫置一琴。布衣文士撫琴暫歇，抬頭望外，隔岸有一帶平緩山脈，琴絃上一朵梅花，具體描繪了「梅花落在弦間」。畫譜以淨几、橫琴、瓶插、香爐等物象陳設文房書齋；以書齋、圍齋的梅竹石、水域、遠山來佈置「對琴」的場面。這首詩是詩人對某個撫琴時刻之審美體驗的記錄，畫幅則將這個主體體驗客體化，呈現一個客觀的劉長卿在對琴的畫面。

如李邕的〈題畫〉〔圖 17〕：

對雪寒窩酌酒，敲冰暖閣烹茶。

醉裡呼童展畫，笑題松竹梅花。

畫譜畫了一間門牖敞開的書齋，齋圍植有松竹梅，松針沾滿了雪，門外小僮蹲在池邊，一手提壺，一手敲冰。門內身披鶴氅，腳煨暖爐一位文士，正在小僮展卷的畫幅上，執筆題寫。案上有一酒瓶及文房用物，案後爐上有壺，文士後有一山水小景屏風。畫家以細緻的文房陳設與人物活動來佈置「題畫」的故事場面。畫譜細膩地陳設物象與佈置場面，一方面是發揮版畫媒材的表現特性，另一方面亦藉此將唐詩的詩人主觀體驗，轉化成客觀的圖像世界。

杜牧一首送行的詩〈送人遊湖南〉〔圖 18〕：

貫傳松醪酒，秋來美更香。

憐君片雲思，一棹去瀟湘。

四句中唯有「秋」字點景，主要在描述友人即將遠別之意。畫面則著重送行的場景，坡岸上主人正與友人話別，泊在岸邊的孤舟，一名舟夫正在發棹，岸上掛有招子的建築物可能就是代表釀有松醪的酒號，一名僮僕雙手捧著由該酒號新沽的酒甕待欲上船（按由酒甕封口的標籤與酒招同一型式可以想見），岸上一官一文士正在話別，近景用了四個不同人物的活動姿態來表現杜牧這首送行詩的場面。

圖 18

圖 19

又如皮日休〈閒夜酒醒〉〔圖 19〕：

醒來山月高，孤枕群書裡。

酒渴漫思茶，山童呼不起。

畫譜詳細描繪這個酒醒閒夜的場面，圓月高掛天上。一文士坐在木雕床榻上，榻上鋪有蒲蓆，置書籍數冊，文士右手置於枕上，頭傾側，左手微起，正向床邊小童作呼喚狀。蹲坐在地的小僮，下顎抵著伏右膝的雙手，已然睡著，蒲扇置於身側。小僮後方的桌檯上，茶壺正在爐上，爐旁置有一茶碗，另置有一冰裂紋的高瓶。床榻後方有一水景屏風，旁有扶手斜伸，暗示有梯可拾級而下，標明這個場景座落在山中高處。

又如韋應物〈寄諸弟〉〔圖 20〕：

圖 20

秋草生庭白露時，故園諸弟益相思。

盡日高齋無一事，芭蕉葉上獨題詩。

畫譜的描繪以後兩句為主軸，地點在書齋外臨池庭院中，一文士站立執袖舉筆，正在芭蕉葉上題字，僮僕一旁捧硯磨墨。這幅畫譜如何細緻地鋪敘場景？植芭蕉旁有太湖石與梧桐，書齋屋頂的脊與椽、簷飾回紋、直櫺格扉、印花布帘、書齋外圍的欄杆，一一盡寫。書齋外置有一石桌，桌上擺設了筆插、孔雀翎插，盆栽、茶壺……等。這首詩所提及的物象僅有「秋庭」、「故園」、「高齋」、「芭蕉葉」等，明白的敘事亦僅「芭蕉葉上獨題詩」一句，畫譜作者卻將人物活動與細緻物象來佈置「題詩」場面，頗為細緻。

圖 21

在畫面上表現豐富的情節、生動的人物姿態與細膩的物象細節，這是職業畫風的特色，例如明初浙派畫家汪肇的〈起蛟圖〉〔圖 21〕。畫叢樹岩壁下，一對童叟急急俯身逆風前行，老叟回顧高空墨雲間騰飛之蛟龍，將雷電的聲勢以具體的龍騰風旋來呈現。汪肇將驟雨來臨之際，草樹飄搖，勢驚雷電，老叟童稚驚惶的神態，描寫得淋漓盡致。浙派畫風，特別擅長以飆風下的人形與物象來強調畫面的動感，[23]代表職業畫師活潑外放的風格。至於文人畫與職業畫則大異奇趣，畫風內斂含蓄，例如沈周的〈落花詩意圖卷〉[24]〔圖 22〕。作者自題：「山空無人，水流花謝」，題詩使畫面充滿抒情氣氛，山中暮春時節，林花謝盡，紅白滿地，一文士倚杖臨流，頗有感慨。畫中人物僅以簡筆寫出，沒有僮僕，亦沒有多餘的肢體動作，除了一座板橋外，亦無其他鋪陳的物象細節。這是文人畫含蓄寫意的風格。《唐詩畫譜》雖以詩人題材描繪文人生活，然而特別重視人物活動、故事趣味、物象陳設、場面佈置等細節，偏離文人畫傳統，採取職業畫風格來營構畫面。

圖 22

---

23 關於浙派畫家的風格，請參見《中國美術全集》（同註 20）「繪畫編 6‧明代繪畫上」相關圖例。

24 沈周〈落花詩意圖卷〉，紙本設色，尺寸為寬 60.1cm×高 35.9cm。

（三）山水與庭院書齋場景

詩大抵是詩人由自然山川之物起興寫成。自宋元以來，中國繪畫史以山水畫為主流，《唐詩畫譜》文字與圖像的選材，自然不偏離山水詩畫的傳統。誠如前文所述，畫譜的細節經營，著重在詩中敘事情節的描繪，尤重人物活動與物象陳設，以及一個故事趣味的場面佈置。《唐詩畫譜》這些詩中人物故事的活動場景多選在何處？自然是以山水景物作為主要的活動場景。山景大致有山郊、林麓、荒徑、野橋或坡岸；[25]水景多以舟艇為中心，或是荷塘蓮舟、野水釣舟，或為溪河泊舟。[26]以山水為場景的畫幅，比例超過二分之一。

畫譜除了取材自然的山水景物外，尚有一類來自於文人生活起居活動的庭院或書齋。關於庭院或書齋，據筆者統計，五言部分，以書齋或庭院為場景的畫譜，50 幅中佔了 15 幅；七言部分，50 幅中佔了 21 幅；六言部分，44 幅中佔了 17 幅，加總起來，以書齋與庭院為人物活動場景的畫譜比例超過三分之一，若扣除完全沒有人跡的詠物或風景詩共 11 首，則人物活動以書齋庭院場景為描繪中心的圖譜，實際比例趨近於二分之一。

整部畫譜有超過二分之一的山水場景，又有二分之一以庭園書齋為場景，經此統計，畫譜莫不以這兩類物象作為場景設計。當然，以上的人物活動場景並不截然分開，同幅畫譜，有時庭院望向舟流；有時渡頭接著山齋；有時，一方有人盪水流釣艇，另一方有人行叢草野徑；有時坡岸泊舟，拾級而上林麓……。

由唐詩延展出來對山水場景的癖好，或是書齋庭園的文人遊憩，正是晚明文人所嚮往與努力經營的審美生活。[27]

---

25 據筆者粗估，以山景為場景的畫譜，五言約佔 26 幅，七言佔 18 幅，六言佔 16 幅，共計佔了 60 幅，全部畫譜共 144 幅，扣除 11 首詠物詩，以山景為場景的畫譜約佔將近二分之一。

26 有水流舟景的圖，五言佔 9 幅，七言佔 7 幅，六言佔 20 幅，共 36 幅，全部 133 幅，水流舟景佔了超過四分之一的比例。

27 遊歷山水或是書齋庭院的作息遊憩，幾乎可說是晚明文人閒賞生活中的大體，明人文

（四）宕出詩意之外

詩是文字，擅長表達時間的連續性與抽象的抒情心緒；畫是圖像，擅長組構一剎那的虛擬空間與具體的物象，文字與圖像本來就各有專擅與限制，這是藝術媒材各自的表現特性。站在詩／畫物象並置的立場而言，畫譜的圖像儘量要忠於唐詩的文字，這是圖像對文字的服從性，但是，由於媒材的限制，當對於抽象的、時間性的文字，無法服從時，圖像會有自己的獨立性格出現，似乎無可厚非，這種獨立性，通常是宕出詩文之外去尋找。[28]《唐詩畫譜》在圖像的獨立性這個層面表現得相當突出，如上所述，由於精細的物象陳設與場面佈置，常常使得畫譜的描繪超出詩句，有時詩中隱晦或抽象的詩意無法以具體的圖像表達時，畫家會將無法表達的詩意，轉而呈現他種圖像安排，觀者因而得到詩意之外的興味。例如劉禹錫〈夜泊湘川〉〔圖 23〕：

圖 23

夜泊湘江逐客心，月明猿苦血沾襟。

湘妃舊竹痕猶在，從此因君染更深。

詩全題為〈酬瑞州吳大夫夜泊湘川見寄一絕〉，[29]劉禹錫以月明猿啼與湘妃淚竹兩

集、札記小品或繪畫作品中，均有大量的紀錄可稽。以山林或書齋作為繪畫題材的作品，不勝枚舉，請參鄭文惠《詩情畫意》（臺北：東大圖書公司，1995），第四章「園林山水題畫詩」、「書齋山水題畫詩」，頁 211-224。

28 關於服從性與獨立性，詳參彭錦華〈《西遊記》人物的文字與繡像造形：以李卓吾批評《西遊記》為主〉（輔大碩論，1992）第五章第五節「繡像的服從性與獨立性」，頁 263-278。

29 《全唐詩》第 6 卷第 3 冊收入這首詩，詩題為「酬瑞（一作端）州吳大夫夜泊湘川見寄一絕」，參見《全唐詩》第 6 函第 3 冊 365 頁（上海古籍出版社，1993 年第 10 刷，總頁 912）

種湘川物象，表達夜泊湘江吳姓友人異地為客的心境，以及深切的思念。畫譜在左半側畫藤蘿蔓生的山壁，一猿攀藤張口作啼狀，中天懸一圓月，近景有數竿斑竹彎向江面，岸邊舟篷外有一對主僕，表情彷彿是對猿啼聲音的回應，小僮正向主人舉臂遙指山壁啼猿，主人的視線與小僮的指向合一。雖然畫譜作者忠實地圖繪了詩中的一景一物，仍無法表達出劉禹錫詩中那樣深切的思念與對友人異鄉客的心境體察，而從詩句出發而刻畫的細膩物象，反而有了另一種原詩所沒有的故事情節與興味。

筆者在前一節文中，說明《唐詩畫譜》的作者重視人物形象、物象陳設、場景佈置，用以表現生動的故事趣味。在這種狀況之下，詩人原意有時因而會被忽略甚而被犧牲了，如王昌齡〈觀獵〉〔圖 24〕：

角鷹初下秋草稀，

鐵驄拋鞍去如飛。

少年獵得平原兔，

馬後橫捎意氣歸。

圖 24

王昌齡這首詩安排了鐵驄飛奔、馬後橫捎獵兔的景象來表達少年獵人的意氣風發，畫譜則有不同的描繪重點。在近景草叢邊，安排了三位武裝駐馬的觀者，以及一隻獵犬，視線皆朝向中景的獵雁少年。少年騎馬飛奔，舉弓的雙手尚未放下，而箭已射入雁頸，另二雁疾疾高飛，驚起草叢間的雀鳥，畫譜將鐵驄一句添加了箭入雁頸等豐富的情節。遠景天空一鷹作勢俯衝，正向活脫奔逃的草際野兔，這是畫譜作者將「角鷹初下」與「平原兔」兩句相加轉化而來。畫譜的描繪重心，宕出了王昌齡少年獵人意氣的詩意之外，以三位近景草叢邊的隱含觀眾，觀看秋野狩獵場面的熱鬧與趣味上。

又如張喬〈夜漁〉〔圖 25〕：

釣艇去悠悠，煙波春復秋。

惟將一點火，何處宿蘆洲。

圖 25

構圖為一河兩岸式，畫幅中心為一艘有遮篷的漁船，載有漁家夫婦與一小兒，漁夫站在船尾牽繩握棹，漁婦坐著手持一管正對爐口吹風，小兒坐在漁婦身後。近景有樹石蘆叢，對岸蘆荻叢中，有數鳥飛鳴，遠景以苔點稜線帶出山形。張喬原詩在描述漁家歲歲年年之煙波生涯，有逍遙，亦有艱辛，讀者特別能在詩句「釣艇悠悠」、「煙波春秋」、「一點火」之中，覺察到詩人張喬將渺小漁船置於浩渺時空下的對比感。畫譜卻將作為點景人物的比例放得很大，突顯漁船中的人物活動，使之成為畫面中心，失去了上述詩人有意設想的大小對比，而將觀畫者的視線吸引到漁船的人物活動上，產生了風俗畫的趣味。

由於強烈的敘事企圖，故事的展開必需透過人與物之間的互動，因此，畫譜畫面有細膩的人物情態與物象展示。物象的展示，除了不錯過詩句的描寫之外，有時還有加油添醋的情形，例如屋頂的獸吻、門牖的窗帘、圍牆、畫屏……等。畫譜特重詩句的敘事，將人物行、住、坐、臥等活動，作鉅細靡遺的刻劃，有時詩句描寫的是不同時間的動態，畫譜便分由不同人物來展現，如前例王建的〈三臺〉。因此，畫譜畫面中的人物，常常不只一人，有時竟不惜宕出詩意之外，擅加人物的動態，以得致豐富的敘事意味。近距離的物象展現與人物活動，使得畫譜圖像宕出詩意之外，具有自主的獨立性格，畫面充滿著豐富熱鬧的故事情節與趣味，古典唐詩的幽遠意境，在畫譜的畫面上，反而淡薄。

圖像宕出詩意之外取得了若干的獨立性，難道只是畫譜的物象比唐詩「多」這個問題嗎？其實還牽涉到文字與圖像之間的關係。詩是簡練的、有限的文字，在簡練與有限中，隱含著多義性與未定性，當讀者讀詩時，其實所作的工作，是將這些多義與未定的空間，加以澄清與映象化。因此，從唐代的詩到晚明的版畫，跨越時代鴻溝，之間有讀者將文字轉譯為圖像的過程。宕出詩意之外的細節描繪，造成圖像的獨立性，吾人不妨看作是晚明人閱讀唐詩產生的一種視域填補反應。

三、《唐詩畫譜》的觀看方式

（一）置放觀者：觀畫視線的起點人物

在《唐詩畫譜》中，「觀看」是一個很重要的描繪主題，詩題或詩句中，明確地出現「觀看」的意思，則畫譜必然忠實地紀錄這個活動，例如左偃〈郊原晚望〉、王勃〈早春夜望〉、郎士元〈柏林寺南望〉、王建〈十五夜望月〉、王昌齡〈望月〉、杜牧之〈野望〉、王昌齡〈觀獵〉、鄭谷〈蜀中賞海棠〉等，詩題已很明確地點出動詞「望」、「觀」、「賞」作為全詩人物的核心活動。此外，也有在詩句中表達「觀看」之意者，如「徒令睇望久」（左偃〈郊原晚望〉）、「盡日門前獨看松」（李涉〈題開聖寺〉）、「慣看山鳥山花」（李白〈春景〉）、「曠望悠悠新水」（張渭〈白鷺〉）、「驚看雁度平林」（李白〈秋景〉）等，針對這些文字描寫的視覺動作，畫譜據以忠實描繪人物的觀看。

除了「觀看」之外，畫譜中的「聽」、「聞」，亦被描繪成類觀看。例如「谿上遙聞精舍鐘」（郎士元〈柏林寺南望〉），「那知石上喧，卻憶山中靜」（皇甫曾〈山下泉〉）、「聽月樓高太清」（王昌齡〈望月〉）、「鐘聲遠帶斜陽」（張仲素〈山寺秋霽〉）等幾首詩，畫譜均以視覺觀看來描繪「聽」、「聞」的人物動態。詩原即紀錄詩人情思感發的心緒歷程，因物感興本應由詩人的視聽感官活動作為起點，再由外物進入內心，引發一連串的情思心緒，因此物象在詩中是很重要的感興媒介，晚明《唐詩畫譜》很明顯地強化詩人感興過程的起點，以圖像表現了人物的「觀看」動作。

筆者上文說明了畫譜喜好採取近景圖式，以加強人物動態的細部描繪，由於畫譜的敘事意味濃厚，觀畫者易為畫面中的人物活動所吸引，畫譜作者在近景舞臺般的圖式裡，著意於安排引導觀者視線的起點人物。這些畫中觀景視線的起點人物，亦可看作是畫外的隱含觀眾，例如：李群玉〈靜夜相思〉〔圖 27〕中那位袒胸閒坐、觀看荷池的文人；高駢〈送春〉〔圖 5〕有僮僕攙扶，望向春樹的醉人；左偃〈郊原晚望〉佇立岸邊、抬眼遠望的文人；杜甫〈絕句〉對語指劃、望眼山水的一對士夫；王維〈竹里館〉幽篁石坐、抱琴撫絃的文士；李白〈村居〉岸徑策杖、轉頭仰望的文人；白浩然〈秋晚〉桐蔭芭蕉旁，山齋倚窗閒坐的文士……等。

或山徑漫行、或舟中輕颺、或背手佇立、或憑欄倚坐、或踽踽獨行、或僮僕隨侍、或對立無言、或友朋伴語……。畫譜作者置放這些人物，一方面是畫中景物的實際觀賞者，另一方面亦是賞畫觀眾一個視線的參考起點。

即使在詩題或詩文中，沒有明確地標明著「觀」、「看」與「聽」、「聞」等字眼，吾人肯定詩人成詩前這個「感物→興情」的過程。但是詩意圖一定要將感官的起點——「觀看」表露出來嗎？難道畫者只有這個選擇嗎？宋元許多詩意圖，並不具備有意識的觀景人物，他們通常是作為點景之用，詩中可以無我、無人、無觀者。那麼詩意圖同樣地也可以無我、無人、無觀者。站在詩／畫物象並置的立場而言，詩句或詩題上有「觀」或「聞」等字，則畫譜忠實地描繪著相對等的人物活動，並不奇怪，但是那些沒有明確主角、沒有指陳感官活動的詩，畫譜卻一樣安排了人，這個人通常還是個正在「觀看」的人，並且置於觀畫的視覺起點，這十分值得注意。例如李約〈江南春〉〔圖 26〕：

池塘春暖水紋開，隄柳垂絲間野梅。
江上年年芳意早，蓬瀛春色逐潮來。

圖 26

這是一首寫景詩，詩句中並無人物蹤跡，而畫譜卻畫了三個人，近景岸邊檻欄內，一位文士坐凳微笑觀看池塘春色，二僮執卷捧冊隨侍。又如李群玉的〈靜夜相思〉〔圖 27〕：

山空天籟寂，水榭延輕涼。浪定一浦月，藕花閒自香。

詩句並無明確的觀者，詩人隱伏在「靜夜相思」的背後，而畫譜卻在水榭中，描畫一位袒胸敞衣閒坐在椅的文人，垂袖於榭檻上，一僕執扇侍側，主僕均望向池中蓮叢。

圖 27

圖 28

純粹詠景詠物的詩，畫譜一樣要安排觀者在畫面中出現，例如徐凝〈廬山瀑布〉〔圖 28〕：

虛空落泉千仞直，雷奔入江不暫息。

千古長如白練飛，一條界破青山色。

詩人吟詠廬山瀑布，畫譜則在前景古松旁，安置兩位文士：著官服者抬眼望向山壁隙間的落泉，著布衣者俯視飛泉奔落之激浪處。李太白〈村居〉：

徑曲萋萋草綠，谿深隱隱花紅。梟雁翔飛煙火，鷓古啼向春風。

則畫一對主僕岸邊閒步觀玩。張謂〈早梅〉〔圖 29〕：

一樹寒梅白玉條，迥臨村路傍溪橋。

不知近水花先發，疑是經冬雪未消。

這是一首詠物詩，山壁邊斜出一株姿態屈曲的梅樹，溪橋上一位文士雙手執攏，當風觀梅，僮僕隨後，視線亦同。另外，韋元旦的〈雪梅〉，純粹寫冬梅雪景的詩文，畫譜亦安排雪齋中一文士坐觀小橋流水與雪梅景色，橋上一僮僕正提壺執杖走來。李太白的〈雪梅〉描寫江邊雨雪梅景，畫譜則在江上置舟，披蓑衣笠帽的船夫撐舟，文士披巾坐望。李義府〈詠烏〉〔圖 30〕：

圖 29

日裡颺朝彩，琴中半夜啼。

上林如許樹，不借一枝棲。

圖 30

這是以烏鳥為主角的詠物詩，畫譜則在山林水榭中，將夜半點燭撫琴的人畫作群烏棲枝的觀者。這些觀者身在畫中，可成為畫中一景，可是就詩意來說，又彷彿是不相干的外加人物，畫譜在畫面中置放觀者，是對於隱含觀眾的一種有意識的設計。另一方面，畫中人物在「觀看」，畫外觀眾正在「觀看」「畫中人觀看」，換句話說，畫譜本身是一份提供觀看的材料，在這份觀看材料中，又特別強調了「觀看」這件事。從後設的觀點來說，晚明的《唐詩畫譜》

用這種方式來突顯「觀看」的重要性，具有非常特殊的意義。

圖 31

（二）戲劇性的「觀看」

無論詩句中有無觀看的人跡，《唐詩畫譜》卻是有意地置放觀者，將觀者視覺導引與傳遞的路徑成為一個明確的觀看線索。如王維〈少年行〉〔圖31〕：

新豐美酒斗十千，咸陽遊俠多少年。

相逢意氣為君飲，繫馬高樓垂柳邊。

中景為樓中飲酒的咸陽少年，近景為二少繫於垂柳邊的馬，在高樓侍候二少的僮僕是個重要的觀看角色。他所在的樓中位置，正進行著對飲酒桌盤肴碗箸的酒席，經由他望向近景的視線，將飲酒的少年與柳邊的繫馬拉上緊密的關係，柳邊一馬舉腳、另馬伏地懶臥的姿態，使畫面的景物具有豐富的趣味。當然，沒有僮僕，吾人仍然可以很明白地意想到飲酒少年與柳邊繫馬的關聯，但是《唐詩畫譜》如此地強調「觀看」，安排僮僕這個角色，具有導引讀者觀看的重要任務。

圖 32

再如杜甫〈江畔獨步尋花〉〔圖32〕：

黃四孃家花滿蹊，千朵萬朵壓枝低。

留連戲蝶時時舞，自在嬌鶯恰恰啼。

這首詩原詩在描繪花團錦簇，鶯啼蝶舞的春日熱鬧一景。《唐詩畫譜》在屋外桃樹間畫出一對蝴蝶、兩株柳樹相望的一對鶯鳥活動刻畫本詩的三、四句，三兩株開花的桃樹來表示「千朵萬朵」，倒是未畫出「花滿蹊」、「壓枝低」的物象。而畫譜所要呈現的，卻是另一個重點：近景江畔小徑上一位執扇著官服的文士；中景柳樹邊牆裡樓上掩在半窗後女子，以及文士與女子相互對望的視線交會，這完全是該首杜詩以外的情節了。畫譜由詩中的「黃四孃家」，引出了一名窗扉半掩的樓中女子，由〈江畔獨步尋花〉的詩題將作者從幕後引到幕前，而讓兩個詩外的人物在畫譜中以「觀看」的方式發生關聯，將這首原來是描寫春景的詩，添加了故事情節，充滿著濃厚的戲劇性。

版畫的戲劇性，是指在故事進行的一連串人物活動中，選擇其中最具衝突、緊張或關鍵性的一幕，加以凝結成瞬間的畫面，由觀眾的眼睛來看，那個瞬間凝結的關鍵性畫面，是個未完的情節，訴說著之前與之後的連續性，這就是版畫的戲劇性。如司空圖〈偶題〉〔圖 33〕：

水榭花繁處，春情日午前。

鳥窺臨檻鏡，馬遇隔墻邊。

圖 33

畫譜仔細描繪詩的場景：中景的水榭、四圍水榭的柳樹桃花、桃樹上一對鶯鳥，水榭中桌案上的粧鏡與胭脂盒、圍牆……等。如何刻劃春日午前的一幕情景？由「鳥窺臨檻鏡」句，畫譜描繪水榭中臨鏡的那名女子步出門外，半掩身子臨水窺望；由「馬遇隔牆邊」句，在近景畫出一道圍牆，騎馬文士執鞭回望，正與牆邊抱物的僮僕眼神相接。至此，水榭女子的窺望與騎馬執鞭文士的回望產生了聯繫，以呼應原詩「春情」的意義。宕出詩意的畫面物象聯繫，產生了戲劇性的敘事效果。

再如顧況〈溪上〉〔圖 34〕：

采蓮溪上女，舟小怯搖風。

驚起鴛鴦宿，水雲撩亂紅。

畫譜在近景蓮塘水面上畫有許多波紋，小舟上有二女，婢女在船尾握槳盪舟，視線穿過船首的仕女，望向水面驚啼的鴛鴦。坐在船首的仕女，左手以蘭花指輕拈一柄荷葉如傘遮頂，右手右向平伸食指，眼神望向畫外。由仕女雙手細部的姿勢看來，儼然是演戲的手勢，在此頗有作戲的意味。仕女既是畫中的觀者，由身體的正面姿勢與蘭花指而言，仕女亦成為被觀看的戲劇中人。

圖 34

四、晚明審美品味雅俗合流現象的探討

誠如約翰・柏格（John Berger）所說，每一個形象都體現了一種看的方法，整部《唐詩畫譜》就是一種「觀看方式」的展現，圖像設計者（畫家與刻工）揀擇了詩文資料中的敘事部分，將之轉化為圖像，透過人物動態表達生動的趣味，以不厭精細的物象陳設來佈置場景，進而為圖像世界安排視線的導引人物，帶出了詩意以外熱鬧活潑的戲劇意味，這是《唐詩畫譜》觀看方式的呈現。然而吾人要進一步地問，這種「觀看方式」的呈現與審美品味的經營，在晚明美學上代表了什麼特殊意義？

（一）觀眾意識

不像繪畫的惟一性，版畫可以複製，可以流通，具有商業價值，從印刷出版的角度看來，《唐詩畫譜》是不折不扣的商品，[30]就像晚明其他許多藝術品（或複製品）一樣，一旦成了流通的商品，應酬或承命之作表現出來的價值，藝術家以完成一個委託品或商品的意義遠多過於發揮個人的創意，此乃因市場比藝術有更強烈的需求。因此，以商品的立場談《唐詩畫譜》時，黃鳳池經營的集雅齋在印製畫譜之初，必然考慮過《唐詩畫譜》的觀眾，以觀眾的立場來經營畫面，畫譜顯然非常重視「觀者」。以呈現手法而言，畫譜安排了聯絡畫內外視線的觀看人物，這些人物，既是作為敘述者的詩人自己，也是作為畫面構成者的畫家自己，更是畫家將觀眾直接帶入畫中的一種作法。他們的作用一方面是點景，另一方面，正是隱含的觀眾，參與畫面，觀看畫幅中的景物情節。畫譜甚至有許多畫中畫、圖中圖的例子，更強化了觀眾的參與。

畫譜這種觀眾意識的作法，與當時小說評點界讀者識的抬頭頗能呼應。晚明小說評點有明顯的讀者意識，小說插圖也有這個趨勢。以萬曆三十八年刊李卓吾評點之《容與堂本水滸傳》為例，其插圖有極興味的繪畫表現，插圖中經常可以發現隱於角落，或藏在窗臺後的窺視者，崇禎本《金瓶梅》更有表現「窺視癖」的春宮畫插圖。這些窺視的次要人物可以看作是插圖所設計的隱含讀者，代替新興的讀者大眾，參與其中，觀看小說的一幕。插畫作者在畫面中預留了觀眾的位置，以滿足新興的中產階級之窺視癖，這些次要人物在插圖中的大量安排，正印證了當時讀者大眾的興起。[31]

---

30 《唐詩畫譜》為明集雅齋主人黃鳳池編輯，於萬曆年間刊行，及至天啟年間，黃氏又將此書與集雅齋所刻六種《梅蘭竹菊四譜》、《草本花詩譜》《木本花鳥譜》以及清繪齋之二種《古今畫譜》、《名公扇譜》合刊為「黃氏畫譜八種」行世。該書印行之後，普遍受到歡迎，多次翻刻，並流傳到日本，亦一再翻刻，並有銅版刻印本。參見《唐詩畫譜》（上海：古籍出版社，1988，據明集雅齋本影印）「出版說明」。

31 李卓吾將閱讀當作一種對話，他想像讀者和栩栩如生的作者面對面交談，閱讀不再是單向傳播，而是雙向交流，讀者站在與作者平等立場，開始可以發出聲音。明中葉以後，「讀者」成為一個流行的批評術語，中國文論此時已逐漸轉向讀者的時代，李卓吾可作為讀者意識抬頭的指標，影響了後來的評點，這是文人在文字評點上的一個新發展。至於《容與堂本水滸傳》與崇禎本《金瓶梅》等小說插圖，其中次要人物之畫既有觀眾意識，《唐詩畫譜》預設的觀眾在哪裡呢？吾人可由黃鳳池文友所撰的序文中得到一點消息：

> 新安鳳池黃生，夙抱集雅之志，乃詩選唐律以為吟哦之資，字求名筆以為臨池之助。畫則獨任沖寰蔡生慱集諸家之巧妙，以佐繪士之馳騁。（林之盛〈唐詩七言畫譜敘〉）

林之盛上文意指此譜將提供作詩、摹字、或習畫者，一個最佳的集錦學習範本。此外，此書還具有觀玩的目的：

> 遴選唐詩百首，廣求名公書之，顓請名筆畫之，各極神精，益紓巧妙，契合於繩墨規矩之中，悟會於本神色澤之外。……茲譜所鐫，殆宇內之奇觀哉！（王迪吉〈唐詩畫譜敘〉）

即使不是詩書畫的初學者，由於名家手筆，使得此書成為宇內奇觀，這當然是商場競爭的必然結果：

> 吾料東西南北之士交賞而共鑑之，寶若隋珠和璧，人之增價懇求，屨將錯於戶外，視夫他坊雜刻汗牛充棟，束之高閣者，弗啻天淵矣。（王迪吉〈唐詩畫譜敘〉）

由黃鳳池身邊幾位文友的文章中可得知，選唐人淺易的絕句詩、配上當代名人書法與名匠的刻繪，這是流行社會標榜「名牌」、複製「名牌」的作風，提供給人們作為私有財產，滿足一般大眾的佔有慾。如此一來，《唐詩畫譜》在市場上便有極大的商機，一方面可提供初學的藝文愛好者臨摹學習的範本，另一方面亦可提供作為閒賞生活中的觀玩對象，既滿足一般喜愛舞文弄墨的社會大眾，亦能符合高雅之士的品位，所以程涓會說：「法眼固賞鑒，即肉眼亦嘉樂乎」（〈唐詩畫譜敘〉）。

如此看來，《唐詩畫譜》所設定的讀者群包括俗眾與雅士，但是社會大眾與雅士之間的品味落差如何彌縫？怎麼樣的品味才能兩相滿足？黃鳳池如何解決這個問題？《唐詩畫譜》要如何才能吸引不同品味階層的讀者群呢？

面功能的安排，亦符合了這個讀者意識抬頭的文學潮流。以上觀點出自於楊玉成教授關於小說評點系列研究之未刊稿，筆者有幸先睹為快，並援以充實拙文，特此申謝。

當時什麼出版品或藝術活動能吸引廣大的讀者？以下繼續探討。

（二）俗文學與文藝商品化的互動

晚明是小說、戲曲等俗文學極為繁榮的時期，當時小說題材廣泛，有神怪、演義、世情等長篇與三言、二拍等短篇集受到大眾的喜愛。昔日創作尚少的戲曲，自嘉隆以來，亦為文人雅士所染指，蔚成大觀。[32]這些或歌頌歷史英雄事蹟、或吟詠才子佳人愛情、或描繪升斗小民日用的故事或情節，成為廣大百姓現實生活裡最好的文藝調劑，從閱賞如幻似真的虛擬情境裡，得到人生如戲、戲如人生的美感與趣味。嘉靖以來，刻書印刷業突飛猛進，印書刻坊的規模很大，所刻書籍種類繁多，書賈能根據文藝市場需要刊刻各種書籍，其中以小說和戲曲刻得最多。助長這些俗文學出版活絡的另一因素，是版畫圖像的大量刊刻，插圖的出現，使萬曆後，進入了一個文化史的圖像時代，例如凌濛初捨大雅經典之作，而精美雕琢俗文學的作品，就是基於廣大市場的考量。[33]印刷術發達後，文藝著作商品化，將昔日菁英小眾人口轉向普羅大眾的閱讀時尚，他們既包括了代表知識菁英的縉紳士夫，也同樣擴及農工商販與市井婦女。

（三）取徑小說的敘事性與戲曲的舞臺效果

《唐詩畫譜》的文字底本是詩，小說插圖的文字底本是小說，抒情的詩與敘事的小說，本來就是兩種不相類的文學體裁，畫譜的作者卻將詩抒情性，換上了小說的敘事性。誠如前言，小說評點中的讀者，到了插圖中，順

---

[32] 祁彪佳《遠山堂曲品》、《劇品》著錄明代戲曲作品 670 餘種，大部分為明代後期的作品。參見夏咸淳《晚明士風與文學》（北京：中國社會科學出版社，1994），頁 276。

[33] 謝肇淛曾批評凌濛初刻《莊子》、《離騷》等經典著作，粗製濫造，錯誤百出，而對於俗文學作品，則精雕細琢：「吳興凌氏諸刻，急于成書射利，又慳於倩人，編摩其間，亥豕相望，何怪其然。至于《水滸》、《西廂》、《琵琶》及《墨譜》、《墨苑》等書，反覃精聚神，窮極要眇，以天巧人工，徒為傳奇耳目之玩，亦可惜也。參見謝著《五雜俎》卷 13。轉引自夏咸淳《晚明士風與文學》（同上註），頁 277。

理成章地成了舞臺幕後的窺視者。《唐詩畫譜》中那些作為視線引導的觀者，事實上便具有這種文學意涵，當小說附加具可看性的圖像時，便與戲曲便作了相當程度的結合。

《唐詩畫譜》敘事性的畫面營構，可說借鏡自戲曲舞臺的場面：庭院齋室園牆門扉多敞開作剖面式，要觀者可一目瞭然其中的物象陳設；而人物活動亦儘量採取正面式，就像戲曲舞臺對觀眾開放一樣。由於採取近景處理，戶內戶外或山前山後皆只有一指之隔，雖有近中遠三段式的處理，惟空間深度不大，景深在物象充塞的空間裡，具有拼貼的效果，就像舞臺的佈景一般，以有限的幅員幻化出千里之遙。把人的比例放得很大，人的距離靠得很近，著意於描繪人物形象、表情與動態，連人物的姿勢有時還採自演戲中的動作。整部畫譜用細節化的人物形象與物象擺設，甚至不惜宕出詩意之外，以攫取豐富的故事情節與熱鬧趣味。又安排人物來「觀看」，畫譜將唐詩視作敘事的底本，將畫幅以類舞臺的場面經營成為戲劇情節，[34]這是明代戲曲盛行之際對版畫界的明顯影響。[35]

從另外一個觀點來說，畫譜將詩意空間轉化為具敘述性的戲劇圖像。圖像在中外歷史上一直具有世俗化的功能，早期基督教並沒有圖像，到了基督教普及後，才開始有了宗教意涵的圖像，中國古代亦多以圖示眾來下達政令。一般俗眾對於抽象詩文的捕捉能力有限，而影像卻是具體可見的視界，觀看具有故事性圖像的畫譜時，是對於唐詩影像世界的佔有，符合一般人的視覺心理，這是畫譜從眾品味的一個重要因素。

---

34 王伯敏認為：明代版畫的一項特點是對於畫面上的組織，如舞臺場面那樣來處理。1.不論是背景或對空間的處理，都如舞臺場面，就連人物的手勢都採自演戲中的動作……2.人物的距離與空間深度，也顯得是如組織在舞臺場面上……3.每幅插圖，人物大小都佔畫幅之半……4.書室、閨房或廳堂，都作剖圖式……。參見王伯敏著《中國版畫史》（臺北：蘭亭書店，1986），頁 79-80。

35 關於明代戲曲盛行影響了版畫的構圖理念，詳參蕭麗玲〈戲曲插圖——戲曲批評的一種形式：容與堂本「琵琶記」中之忠孝矛盾〉，發表於清華大學兩性與社會研究室主辦「性別的文化建構：性別、文本、身體政治國際學術研討會」，1997 年 5 月 24-25 日。

《唐詩畫譜》反映了晚明時期大眾文學由聽話本到觀戲曲的流行趣味，如同小說插圖一樣，將人物的故事、對話，安排在戲曲舞臺的場景佈置中，以滿足群眾讀者的觀戲慾望。而《唐詩畫譜》的畫面亦致力於將詩意轉成敘事化的細節，帶領觀眾走入詩的劇情中。戲曲搬上舞臺，或是擂鼓揚旗，或是絃聲流洩，繼而演員粉墨登場，過往的悲歡離合、嬉笑怒罵，一幕幕在眼前呈現。戲曲在明代以後，成了極受歡迎的大眾藝術，《唐詩畫譜》的審美品味適逢這樣的俗文學背景，一方面取用小說的敘事手法，一方面借重戲劇的舞臺效果，以達到雅俗共賞的市場目的。

（四）徽商特有的文化性格[36]

明中葉以後，文人對於古雅文物的愛好，是承襲自北宋歐蘇黃米等文人提倡的寄情賞玩觀而來，將古代廟堂器物引入家中，成為可親可賞的文房陳設，藉著摩挲古物與文房周邊的閒適安排，提昇文人的生活品味。北宋文人群體共同培養的鑑賞理念，隨著文人在文化社會中優越位階的鞏固，逐漸發展成為一套嚴辨雅俗的審美觀。宋代文人所提倡的文房清趣，在明中葉以後，獲得熱烈迴響，除了文人外，帝王、高官、巨賈亦爭相附庸，從學問的立場言，古董的賞辨可視為文人博識的才能之一；從文化修養的立場言，古物能洗滌俗腸，使胸次自別；從商品經濟的立場言，古董還可以聚財致富，於是仕紳、商賈大力投入古玩市場，造成了泛濫一時的收藏風氣。徽商以「賈而好儒」的態勢投入文化事業，既能附庸風雅，又是積財誇富的方式，這就是一個很好的說明。

《唐詩畫譜》刻書主人黃鳳池的徽商背景，在當時便有著特殊的文化性格。晚明時期對四民階級有新的理解與認識，特別是對於士商關係有新的認定，徽商一般均以「賈而好儒」的精神投入文化活動中，有高財可周旋於天下名士間，並介入商品經濟發展的消費市場，其中刻書便是一項很重要的文

---

[36] 本文在此突出徽商一節，旨在強調《唐詩畫譜》為一商業出版品，出版品與出版商的性格特質必有緊密的關係，恰巧黃鳳池與晚明當時著名的徽州黃姓刻業世家蓋有淵源，因此徽商特具的文化性格可為《唐詩畫譜》這個商業社會的產物作恰當詮釋。

化投資。所謂「賈而好儒」，是以儒為體、為目的，以賈為用、為手段，一方面藉賈來進行文化活動；一方面藉儒來洗脫俗儈氣，以靈活的經商成就，達到理想文士的生活模式。晚明這種融合俗商與雅儒的文化型態，與昔日文人主導重視私密情誼的文化活動性質迥異，徽商以廣闊的人脈，邀請海內外名公高士題詩作序，以作生意的手法投入文化事業，例如程氏《墨譜》或《十竹齋畫譜》的出版，都運用類似的商業廣告手法，將商業色彩帶入了文化活動中。[37]

徽商依著個人「好儒」的傾向，從事文化事業，將文雅儒士生活世界裡的種種菁華介紹給一般社會大眾，因此，出版品必需「通俗」才符合市場機能。萬曆以前，徽州刻書以詩集、文集、經、史、醫書、族譜、方志等傳統士夫文化為主，萬曆以後，則以小說、戲曲等俗文學的刊刻為大宗。俗文學在畫面的處理上，必需著重豐富的故事性與熱鬧的趣味，正反映了新興閱讀階層的品味，與徽商求新求變的商業活力。

《唐詩畫譜》處理的是文雅上乘的唐詩題材，又有名家書畫作為雅賞的媒介，但畫面處理的方式則應和當時新興大眾閱讀階層的世俗品味，《唐詩畫譜》是徽商介入文化活動的一件出版品，亦成為晚明時期一個溝通雅俗很具說服力的典型。

（五）溝通雅俗的「通俗」觀

宋代文人收藏家致力於古器物文字的研究，是來自於濃烈的文化品味，而明代中晚期官宦商賈之高價收藏，只是裝飾身分，追逐名利的手段，於是官賈收購大量的仿古、贗品常被引為笑談之資。而文化修養淺薄的人，在價高格高的心理作祟下，使得那些稀珍異寶、裝飾華麗、奇技淫巧、鬼斧神工

---

37 大陸地區近二十餘年來，關於徽商的大量研究論文，重點大致鎖定在晚明經濟史的範疇中，陸續亦有關於徽商文化活動的著作寫成。臺灣學者林皎宏〈晚明徽州商人文化活動：以徽商族裔潘之恒為中心〉（同註 14，頁 35-60）一文，舉潘之恒為例，詳細探討徽商「賈而好儒」特質在文化活動中的表現，極有參考價值。本文此段觀點得力於該文甚多，特此銘謝。

的藝品紛紛得寵。明人以價高、奇特、稀罕來分別古董的優劣，訴諸世俗市場的價格以區判良窳，這與宋人執著樸素自然、平淡天真的審美觀大異其趣。[38]

明代後期，雅俗相淆現象的根源，可以說是來自於四民階級特別是仕商關係重新認定的新價值觀，而這個新關係的認定，可從兩方面來理解：一方面，明代後期文人仕進的確有更為艱難的現實處境，山人隱逸風氣的盛行，基本上可視為此種處境的對應；另一方面，商品經濟的擴張，改變了既有的社會制度、經濟秩序，亦使自古被視為四民之末的商人階級，夤緣際會，迅速躍昇歷史舞臺，[39]或儒士下降到與商賈同等的位階，或商賈抬高到與儒士同等的位階。總之，昔日代表「雅」的儒士，與代表「俗」的商賈，至今可以溝通，甚至可以合流了。

晚明時期文人提出的「通俗」觀可見端倪。袁宏道曾說：

> 茲演義一書，何為而刻？又胡為而評？中郎氏曰：是為明于通俗之義者也。里中有好讀書者，……曰：人言水滸傳奇，果奇，予每檢十三經或二十一史，一展卷，即忽忽欲睡去，未有若水滸之明白曉暢，語語家常，使人捧玩不能釋者也。……（〈東西漢通俗演義序〉）

「通俗」即溝通世俗讀者之意，陽明學派發展到王艮時，強調百姓日用即道，要直接面對世俗大眾，面對生活日常，在這個思想影響下的文學界亦有相應的思惟，馮夢龍云：

> 大抵唐人選言，入于文心，宋人通俗，諧于里耳，天下之文心少而里耳多，則小說之資于選言少，而資于通俗者，試令說話人當場描寫，

---

[38] 關於宋明兩代審美異趣的比較，參見蔡玫芬〈文房清玩：文人生活中的工藝品〉一文，收入《中國文化新論藝術篇美感與造形》（臺北：聯經出版事業公司，1995），頁 613-664。

[39] 富可敵國的商人不但可以與縉紳先生分庭抗禮，透過「商籍」的設立、「捐貲」的形式，可取得特權身分。或是經由以貲「例監」「納貢」的方法，為子弟買得「監生」（太學生）的身分，藉以免掉競爭激烈的童、院試，直赴鄉試，或以「監生」身分直接出仕。詳參同註 14，林皎宏〈晚明徽州商人文化活動：以徽商族裔潘之恒為中心〉，頁 35-40。

可喜可愕，可悲可悌，可歌可舞。……怯者勇，淫者貞，薄者敦，頑鈍者汗下，雖小誦孝經，論語，其感人未必如是之捷且深也，噫，不通俗而能之乎？（〈古今小說序〉）

馮夢龍的「通俗」觀，在於正視俗文學的價值，將口語表演的特質，轉化為書寫意識的追求。李漁亦云：

傳奇不比文章，文章做與讀書人看，故不怪其深；戲文做與讀書人與不讀書人同看，又與不讀書之婦人小兒同看，故貴淺不貴深。使文章之設，亦為與讀書人、不讀書人及婦人小兒同看，則古來聖賢所作之經傳，亦貴淺而不深，如今世之小說類。……施耐庵之水滸，王實甫之西廂，世人儘作小說戲文看，金聖歎特標其目曰五才子書、六才子書者，其意何居？蓋憤天下之小視其道。（《閒情偶寄・詞曲部》）

李卓吾將《水滸傳》、《西廂記》與杜甫、蘇軾集并舉；袁宏道將《史記》、《杜詩》、《水滸傳》等書并列；湯顯祖稱頌《牡丹亭》為千古至情之文，這些貴淺不貴深，尊俗不尊雅的觀念，未必是憤激之語，卻的確是與古大不相同的議論，對古來所持的嚴雅俗之辨，有了鬆動的看法。

商人汲汲於結交文士，從事文化活動，藉以將銅臭品味提昇，但是基於市場機能的考量，出版事業必需從眾。文人閒置在野，必需靠攏商人，才能取得有利的生存資源，於是文人隨著時代處境的變遷，亦不得不從眾隨俗了。由於仕進無望，轉而經營自己於塵俗中娛世、適世的安樂生活。這樣融合仕商的文化主流階層，在文化態度上，可以隨眾欣賞小說、戲曲等俗文學，甚至參與其中。創作與出版，不再揹負沈重的三不朽，薄技小器，皆可得名，如何在俗世中營構一個審美養生的雅賞生活，成為當時文化界的重要課題。[40]在普羅大眾努力朝雅化的方向前進時，同時亦是文人雅士不斷俗化的過程。

將唐詩轉譯為明代版畫，其中尚有幾層通俗的意涵值得注意：一方面，

---

[40] 晚明文人重視在世俗中經營審美生活，詳細論述，參見拙著《晚明閒賞美學》（臺北：臺灣學生書局，2000）〈尊生與審美：晚明美學之兩大課題〉，頁 177-200，以及〈養護與裝飾：晚明文人對俗世生命的美感經營〉，頁 299-350。

版畫不必強調真跡，可以大量複製，由媒介本身來說，廣為流傳本身就是通俗；另一方面，將抽象的、抒情的、古雅的詩文，轉成具體的、敘事的、隨眾的影像，由影像是世俗化的視界而言，這也是通俗；再一方面，畫譜特重物象細節的描繪，物質是形而下的存在，物質細節關聯的是生活，是日用，這還是通俗。明代紀錄百姓日用的世情小說，有不厭精細的書寫意識，[41]通俗就要從日常細節來，畫譜的圖像營構與這種書寫意識可謂關係密切。

五、結論

《唐詩畫譜》可置於繪畫史、插圖版畫史、詩畫關係等幾個層面來考察。以詩為題材的小型畫幅，早在沿襲詩賦取士的南宋畫院時期蔚為風氣，偏安江南的南宋山水畫壇，一改疊嶂壯闊的北宋雄偉構圖，在小型的扇面冊頁中，大量留白，縮小點景人物的比例，藉以與觀畫者拉開一個遠距離，創造煙水淒迷、幽寂虛曠的主流風格。以山水畫而言，無論是宋代的冊頁，或是元代的大幅卷軸，都有以細小點景人物置於空闊水域之詩意空間的構築，這樣小大的對照，更能貼近詩人畫家面對宇宙浩渺所興起的無窮遐思。

中國一直有著敘事畫傳統，根據古籍名著作畫的歷史由來已久，東晉顧愷之畫〈洛神賦圖〉，即根據三國曹植〈洛神賦〉一文鋪畫而成[42]；南宋馬和之亦畫了為數甚多的《詩經》故事圖；[43]蘇軾的〈赤壁賦〉一直是畫家作

---

[41] 「世情」主要指與民眾有密切關係的日常生活，即凌濛初所說的「耳目之內，日用起居」，也是李漁所說的「家常日用之事」，晚明通俗作家能將一件極平常瑣屑的事，寫得極細致，極曲折，又寄寓著喻世之旨。參見夏咸淳《晚明士風與文學》（同註32），頁287。

[42] 東晉顧愷之畫〈洛神賦圖〉原跡不傳，目前可見宋代摹本有二，一藏於北京故宮博物院，另一藏於大陸遼寧省博物館。

[43] 馬和之根據《詩經》畫過〈唐風圖〉、〈鹿鳴之什圖〉、〈節南山之什圖〉、〈豳風圖〉、〈清廟之什圖〉等。參見《中國美術全集》（同註20）「繪畫編4・兩宋繪畫下」所收相關圖例。

畫的高雅題材。[44]亦有以歷史典故入畫者，如雪夜訪戴、羲之觀鵝、伯牙鼓琴、竹林七賢等。但是這與詩意圖[45]是兩個不一樣的傳統，詩意圖的文字底本是詩，而敘事畫的文字底本是故實，詩要給人言微旨遠、語近情遙、弦外音、味外味的體會，而典故給人的是歷史情境的重溫，二者的感發途徑不同。

將《唐詩畫譜》的構圖置於宋元山水畫的傳統中去觀察，前者看來雖然是由後者畫幅的一角截取發展出來的畫面，但採取近景處理，並且將原先傳統中的點景人物比例放大，成為圖繪中心，構圖理念兩相迥異。而對於細節處理的圖像營構，也偏離文人畫含蓄寫意的風格，向職業畫風借鏡。另外，由媒材本身來考慮，版畫必定是為了量產而作，所以必需講究圖像的清晰度，因而特重人形物象的輪廓線。而水墨傳統的山水畫，創作之際，成就了即興的、抒情的，但絕對無法複製的潑灑與暈染，這是媒材本身造成的條件區別。因此，無論由構圖、風格或媒材本身來考量，《唐詩畫譜》並不能置於詩意圖的傳統中，宋元山水畫表達唐詩幽遠的意境，在晚明的《唐詩畫譜》中，可謂消失殆盡。

黃鳳池的《唐詩畫譜》全面以唐詩為底本，卻偏離詩意圖與文人畫的傳統，走入敘事畫與職業畫的範疇，吾人可再由版畫史的立場進行探究。早在南朝宋王儉《七志》便立〈圖譜志〉為一類，專紀地域與圖書，阮孝緒說：「以圖畫之篇，宜從所圖為部，故隨其名題，各附本錄」（《七錄・序》）獨立或附從，這是目錄學編伍的不同理念，然中國很早就有圖說文獻，則是不爭的事實。即使代表早期神仙來世信仰的畫像磚，仍不脫圖說的範疇，版畫

---

44 根據蘇軾〈前赤壁賦〉、〈後赤壁賦〉二文為題材的畫，始於北宋喬仲常的〈赤壁圖卷〉，後來的畫家極極喜此題材，陸續作成，如南宋馬和之〈赤壁後遊圖卷〉、金武元直〈赤壁圖卷〉、明郭純〈赤壁圖軸〉等，另外，紈扇、插屏、琺瑯器等工藝產品，亦喜以赤壁圖裝飾。

45 以詩句入畫創作詩意圖，是畫家表達詩情畫意的普遍作法，亦可知見詩畫的密切關係。宋代畫家郭熙常誦讀唐人詩句以入畫起興，其子郭思在追述郭熙遺跡畫事時，特別紀錄了其父嘗所誦讀之唐人清篇秀句，發於佳思而可畫者，參見郭思〈畫意〉一篇，收於舊題郭思撰《林泉高致集》。

在敘事文學中，始終擔任著圖解文字的重要任務。唐宋時期，佛教經傳文獻的插圖，藉助宣說佛法。南宋時期，以圖解經者，如有虞氏韶樂器之圖、考工記解圖、爾雅音圖釋器、本草圖等，金朝有鍼灸圖經……等。宋元書籍插圖的發達，經、史、子、集，舉凡可加插圖的，無不請職業繪師作畫雕印。除了這些擔任文化教育功能且依附於經籍中的圖版之外，曆書、醫書、農書、字書、韻書等民間的日常必備書，一直佔著實用版畫的市場。[46]

隨著雕印技術的發展與戲曲小說等俗文學在民間的興盛，作為戲曲或小說的文本附上插圖，是使作品通俗流行的必然趨勢，元代已有《全相三國志平話》等幾種話本刊行，到了晚明，以附有版畫插圖的戲曲小說，才成為市場主流。戲曲小說的插圖印行量特大，亦最暢銷，[47]同時反映了民間文學的流行程度。插畫在長篇大幅的敘事文字中，充分展現著具體圖說的敘事功能。

《唐詩畫譜》以博雅文士的閒適生活作為圖本描繪的對象，為一般俗眾，提供了觀看戲劇小說搭配影像視界的文娛作用，因此，《唐詩畫譜》仍得回歸於版畫、敘事、與俗文學之列。代表雅賞上乘的唐詩，何以要紆尊絳貴，兼括雅俗？由市場導向出發，吾人必需由附庸風雅的徽商、力求文藝修養的普羅大眾、以及為個人處世重新定位的文人等階層所共同形塑出來的文化新路向與審美品味來尋求解答。

《唐詩畫譜》是晚明文人將古雅的唐代詩意轉譯為當代世俗圖像的一件重要作品，畫家真正的意圖在畫面配置，而非詩意本身，那些展現書法的唐詩退位成為具有說明或描述人物場景的作用，選擇唐詩，並不是要重返唐代，只不過是一個雅的象徵。畫譜的畫家總是略過或是轉化壯闊、蒼涼的詩，偏好以隱居游賞等人物活動，用以粧點他們熟知的山水、庭院或書齋等空間型態，藉由觀看的起點人物與空間配合的結果，使畫面產生一種「情節」、「故事」、「趣味」，引導觀者隨起點人物自畫外進入一個類似舞臺

---

[46] 關於中國版畫史的內容與發展，詳參王伯敏《中國版畫史》（同註 34）。

[47] 詳參王伯敏《中國版畫史》（同註 34），頁 72-74。

佈置的隱居地，這個隱居地其實並不幽僻，經過畫家近景處理後，往往就在屈曲行路即可抵達之處。《唐詩畫譜》的詩畫對應關係，可說是晚明商業社會下的一種文藝遊戲，結合了仕宦、商賈、藝匠、隱士、鄉紳等階層的生產者與消費者，有著與傳統文人大差距的審美品味，遊移於傳統與當代、理想與現實之間，使得「雅俗」這個長久以來的文化課題，呈現繁複的論辯。

寫我心曲：項聖謨詩畫文本的世變氛圍*

一、緒論

明清之際締造政治崩解又新建的變局，緊密牽繫著藝文家的敏感心靈，他們運用各種顯、隱、剛、柔的詩畫媒介型式回應世勢，彼此對話，一生創作不輟、詩畫言志的項聖謨便是一個典例。

項聖謨，浙江嘉興人，生於明萬曆二十五年（1597），卒於清順治十五年（1658），享年六十二歲。初字逸，後字孔彰，號易庵，別號多不勝數，有：胥山樵、松濤散仙、醉瘋人、大酉山人、蓮塘居士、存存居士、烟波釣徒、逸叟、狂吟客、鴛湖釣叟、不夜樓中士……等。據項聖謨一方鈐印「大宋南渡以來遼西郡人」可知，嘉興項氏原為北方世家大族，宋室南渡後避難到南方定居。明中葉以後，項家出現不少以高官顯爵或文學藝術見於文獻記載的知名人物：項聖謨五世祖項忠，是正統朝進士，官至兵部尚書。伯祖父項篤壽為嘉靖朝進士，亦官至兵部郎中。祖父項元汴（1525-1590）字子京，號墨林山人，為晚明江南著名的書畫鑑藏家，其收藏之古代法書名畫與鼎彝玉石，甲於海內，無人能匹，元汴因得一把刻有「天籟」二字的古琴，便將

---

* 本文初稿宣讀於中國明代文學學會（籌）主辦之「第七屆明代文學年會暨明代湖南文學國際學術研討會」（2009 年 8 月 28-30 日，中國，湖南，湘潭大學文學與新聞學院主辦）。會後投稿，承蒙兩位審查教授惠賜寶貴意見，據以修改完畢，收入施懿琳、楊雅惠主編《時空視域的交融：文學與文化論叢》（高雄：中山大學人文中心，2011 年 10 月），頁 369-403。為配合全書體例，題目已作微調。又本文撰寫過程中，獲得黃偉豪、郭芊欐兩位研究助理協助蒐尋文獻與繕打資料，於此一併申謝。

其藏古樓命名為「天籟閣」。項聖謨為元汴之孫，項氏一門善書畫、好收藏，聖謨自幼受庭風薰染，精研古代書畫名作，具有深厚文人素養，又善於生活中汲取素材，畫作具有鮮明風格，在明清之際的畫壇上獨樹一幟，詩亦精工。大體說來，前半生的項聖謨，可說是其一生繪畫藝術的奠基時期，此期他便已顯露欲在繪畫藝術上追求卓越的企圖，技法師承宋元諸家，周密嚴謹而韻致秀逸。身為收藏家項元汴的孫子，又與藝壇前輩巨匠董其昌（1555-1636）、陳繼儒（1558-1639）、李日華（1565-1635）等人交遊觀畫論畫，形成其鑽研畫藝的志向。項氏雖曾為國子監太學生，很早即棄舉業，追步祖父行跡，投身於詩畫詩文的創作，並引以自豪，曾刻一方印章「天籟閣中文孫」常鈐印於作品畫幅上，作為一種自我期許。[1]

饒宗頤認為：「明季文人，不作匠筆，貴為士畫，而恥為畫士，大都以山水為園林，以翰墨為娛戲，以文章為心腑，而以畫幅為酬酢。信手拈來，朋友之間，以藝互相感召，題句者蓋以詩答畫，贈畫者實以畫代詩。……明人作畫題詩，非以沽利釣名，但求知音之賞。」[2]明清易代於甲申年，斯為朱明政權崩解之鉅難，對所有的漢族士人而言，造成前所未有的莫大衝擊與悲慟，敏感的詩人畫家於詩畫風格及題材上必有相應的表現，然現存作品中，對此鉅難直接表露者鮮少。明遺民中，對甲申事變反應較強的藝術家，當為詩人畫家項聖謨，以隱喻手法表述其志。[3]如果書寫是為了詮釋，那麼書寫的體式便是自我展演的一個介面，項聖謨選擇以詩／畫之筆再現自己，用以詮釋其獨特的經驗與心思，採取根深蒂固文人傳統之隱晦手法，而有極富深曲的表現。項氏有一方印鈐為「寫我心曲」，自道其以筆墨婉曲地書寫

---

1 關於項氏的生平傳略，參引自李鑄晉〈項聖謨之招隱詩畫〉，收入鄭德坤、饒宗頤、屈志仁編《明遺民書畫研討會記錄》（香港：香港中文大學中國文化研究所文物館，1976），頁 531-533。楊新〈鎔鑄畫史與時代：記明末畫家項聖謨〉，收入楊新編《項聖謨精品集》（北京：人民美術出版社，1999），頁 1。

2 引自饒宗頤〈明季文人與繪畫〉，收入《中國文化研究所學報》8 卷 2 期（1976.12），頁 403。

3 李鑄晉考察明遺民畫家，發現作品直露亡國之恨者絕無僅有，詳參李鑄晉〈項聖謨之招隱詩畫〉，收入楊新編《項聖謨精品集》，頁 531-532。

心跡，究係如何的婉曲書寫？又是何種心跡？

二、畫諫

前半生的項聖謨，是意氣風發的富家子弟，在其身世、交遊以及晚明的隱逸風氣的影響下，發展其以隱居為人生理想的生活態度並以繪畫藝術為一生追求之志業。終其一生隱逸的他，總是採取畫史傳統裡山水、人物、花鳥、蔬果等多方題材設計畫中圖像，並以題詩追慕林下野逸之趣。然而明帝國的末世氣氛，怎能輕易被敏感的藝術家所忽略？明朝傾頹前夕，熹宗昏庸無能，政權旁落於宦豎魏忠賢，魏氏把持朝政，陰結黨羽，朋比為奸，排除異己，大興冤獄，尤其對士大夫為核心的東林黨人打擊最為惡狠。東林黨人活動範圍在江南地區，時值青壯年時期的項聖謨不可能不受影響。明天啟四、五年（1624、1625）間，項氏繪有〈甲子夏水圖〉、〈乙丑秋旱圖〉二畫，雖畫蹟不存，卻留有名士長輩董其昌與陳繼儒之題跋，[4]董其昌題曰：

> 水、旱二圖，有藿衣蒿目之憂，更進於畫，所謂山林經濟，使伯時見此，必點頭道好。

董氏讚賞畫家項氏深具極目百姓食粗衣陋之憂，斯二圖堪作江浙水旱侵襲之際，百姓流離失所的見證，起古人於地下，必能獲得宋代文士畫家李公麟之認可。陳繼儒題曰：

> 披水、旱二圖，使人欲涕，此鄭俠流民遺意也。圖中賑饑使者何在？請質之畫諫孔彰。

陳氏則將水旱二圖視為宋代鄭俠的〈流民圖〉，在畫面上繪出百姓瘦骨如柴，衣不覆體，逃荒乞食，餓死溝壑等慘狀，藉以針砭時政，上諫神宗。董、陳二家題詩不約而同視項氏二畫為諷刺朝政的「畫諫」。

崇禎五年（1632），項聖謨繪製〈六月鳴風竹圖〉，反映杭、嘉、湖三

---

[4] 此二畫畫蹟不存，二家題文引自卞永譽《式古堂書畫彙考》第 3 冊，卷 5（臺北：正中書局，1958，鑑古書社影印吳興蔣氏密均樓藏本），頁 291。

府等地兩個月以來的嚴重旱象，項聖謨以詩畫媒介傳達出深沈的悲憫，畫面繪出強風吹拂下的青竹叢，題詩則有明確的旨意，既道出自然之怪象：「六月鳴怪風，發發幾晝夜。松梧不絕聲，何曾似長夏？」「皦日何炎炎，大風何冽冽。石背幽草黃，北窗青竹折。」又哀慟弱勢百姓無力抵抗天災之辛酸眾相：「三年苕始華，旱魃復為虐。無力御狂風，新蕊多吹落。」「田中耘者死，萬姓皆惶惶。」「青苗葉半黃，餉婦顏全黑。」更直接嘲斥養尊處優之無能官府：「酣歌冰帳人，誰知田畯苦。」項氏這幅〈六月鳴風竹圖〉雖不如前述水、旱二圖之紀實，卻是以六月怪風鳴發造成的自然災害喻指腐敗荒殆的政治，又以折損的青竹，比喻天下惶惶的百姓，[5]同樣出於詩畫諫諍的精神。

晚清金石考據大家徐樹銘（1824-1900）[6]曾為項聖謨順治三年（1646）所作《山水詩畫冊》題曰：

> 用筆不落偏鋒，位置亦都謹細，畫史之董狐也。六月雪篇有時變之感，望扶桑篇有故國之思，詩史之董狐也。[7]

徐氏對項聖謨的詩畫評價甚高，認為項氏的畫法筆端位正，不走偏鋒與旁道，詩歌又能感時傷國，詩畫之筆均具備一種公正不倚、堅持正道的剛直精神，故以書法不隱之古代良史「董狐」擬譬稱許之。[8]若對照前揭水、旱二

---

5 〈六月鳴風竹圖〉的題詩及象徵意涵，摘引自楊新《項聖謨》（上海：上海人民美術出版社，1982），頁 7-8。

6 徐樹銘（1824-1900），字伯澄，號壽蘅，又號澂園，澄園，長沙人。道光二十七年丁未進士選庶吉士，授編修。嘗從曾國藩學。歷任兵部、吏部、工部左右侍郎、福建督學、浙江督學、都察院左都御史、工部尚書，授光祿大夫，充經筵講官、國史館纂……等職。平生不事積蓄，唯嗜鐘鼎書畫金石之屬，鑒賞考據甚為精賅。藏書數十萬卷，至老勤學不倦，善詩文。餘如書札、題跋、摩崖石刻、對聯、字軸傳世尚多。

7 轉引自楊新〈鎔鑄畫史與時代：記明末畫家項聖謨〉，頁 10。

8 董狐為春秋時期晉國太史，亦稱「史狐」，周大夫辛有後裔，世襲太史之職，因董督典籍，故姓董氏。據《左傳・宣公二年》載，晉靈公聚斂民財，殘害臣民，身為正卿的趙盾苦諫不聽，欲派人刺殺殘害之，趙盾被逼出逃，尚未越過邊境，靈公已被族弟趙穿弒，趙盾返回晉都繼續任職。靈公實為趙穿所殺，史官董狐以「趙盾弒其君」記載此事，申明理由曰：「子為正卿，亡不越境，反不討賊，非子而誰？」董狐以為趙盾未依職責阻止與討伐，以示筆伐。其以秉筆直書聞名於世，故譽稱「董狐之筆」。

圖，更能理解項氏作品所根源的直筆傳統與為歷史作見證的嚴肅意義。天啟五、六年（1625、1626）間，他創作一個由六幅山水接成的長卷《招隱圖》，畫上題有二十首〈招隱詩〉，項氏於詩後題記曰：「因讀陸機左思招隱詩，有興於懷。」「今將借硯田以隱焉。抒懷適志，亦足了生平。蓋世人於出處之際，不能割裂，以世念未銷矣。」[9]項聖謨選擇「硯田以隱」作為處世的手段，並非完全不過問世事而作一位棲隱山林的離世隱士，只是在風聲鶴唳的世局裡，投身於藝術世界，採取隱晦的詩畫傳達對憂苦眾生之悲憫，是故其作品時現對民生疾苦之同情與對正道堅貞不屈的心態。

項聖謨一生詩畫不輟，他熟稔地運用道家退隱山林的詩畫傳統，又經常流露儒家淑世的關懷，使道隱與儒世兩端交纏成極具象徵意涵的文本，成為項聖謨獨特的表述風格。雖然如水旱二圖的題材類型在項聖謨前期畫史扉頁上畢竟不多，然而甲申事變前後帝國傾頹的氛圍已四下瀰漫，世變對其創作表現影響重大，感時的心理主導著他以詩畫鋪寫末世哀傷。以下筆者特別關注項聖謨的詩畫文本在甲申事變氛圍下的表述，概由兩條線索進行探查，其一為項氏借物為喻的「物類書寫」，或以螃蟹、雲山進行對時代之觀擬；或描繪琴、泉、樹等像物以為偶。其二為項氏以人像畫「自我寫照」。項聖謨的「物類書寫」與「自我寫照」兩大面向彼此交融相互涵攝，筆者將進一步細究其詩畫文本飽含的世變氛圍。

三、物類書寫

（一）物喻

項氏約三十歲左右曾繪製一套《畫聖冊》，當時被譽為鑑賞巨眼的董其昌曾大力推許，於畫冊題記曰：

> 古人論畫，以取物無疑為一合，非十三科全備，未能至此。范寬山水神品，猶借名手為人物，故知兼長之難。項孔彰此冊，乃眾美畢臻，

---

9 畫冊文獻未有著錄，摘引自李鑄晉〈項聖謨之招隱詩畫〉，頁8。

樹石屋宇，花卉人物，皆與宋人血戰，就中山水，又兼元人氣韻，雖其天骨自合，要亦工力深至，所謂士氣、作家俱備。項子京有此文孫，不負好古鑒賞百年食報之勝事矣。[10]

董其昌認為項氏此冊既具文士氣韻，又兼有職業作家的純熟技法，以「取物無疑」高度評贊項氏擁有的全備才能。崇禎六年癸酉（1633），三十七歲的項聖謨繪有一幅〈蔬果圖卷〉，自題曰：

石田翁常喜畫蔬果，種種肖似，余自幼臨摹，十得一二。雨窗偶興，戲作數種，雖不善為藏拙，猶勝博弈之用心，一笑。[11]

項氏效法文人畫家沈周為各式瓜果寫生，依序繪出：青菜、枇杷、竹筍、蓮藕、蓮葉、蓮蓬、菱角、蟠桃、荸薺、瓜、豆莢、茄子、蘿蔔、石榴、柿子、鴨梨、佛手瓜等十數品種，一一得其肖似，畫家還道出自幼的畫癖遠勝於對博弈之用心。此卷引首有清末書法家鄧以蟄（1892-1973）書「取物無疑」四字，與董其昌同樣讚揚其掌握物象的純熟才力。此外，董氏還曾在項聖謨一幅〈雪景山水〉圖題曰：「值物賦像，任地班形。」[12]再申其以繪筆刻畫物、像、地、形的高妙工力。

項聖謨繪製許多蘭、竹圖，遵循文人畫史的傳統，有前人習套的痕跡。例如崇禎戊寅十一年（1638），四十二歲的項聖謨繪〈蘭竹圖扇頁〉，自題詩曰：「上有王者香，下有國士風。當此聖明世，清芬出谷中。」[13]蘭有王者之香，竹有國士之風，以出谷之蘭竹清芬象徵聖明之世以歌頌太平。另一幅〈松竹雙清圖冊〉第一開崖竹，自題詩曰：「偃仰無心求合世，幽栖有節得清風。」[14]取竹之中空（無心）有節象徵君子之操守。項聖謨選用傳統蘭、竹作為畫面題材，並透過題詩為太平氛圍與君子節操作定向詮解，並不脫文藝傳統的習套。對著祖父豐富收藏的歷代畫蹟不斷臨摹學習，在題材或詩意

---

10 引自同註4，卞永譽《式古堂書畫彙考》第3冊，卷5，頁289。

11 〈蔬果圖卷〉題跋引自楊麗〈著錄〉，收入楊新編《項聖謨精品集》，頁246。

12 〈雪景山水〉圖軸董題，同前註，頁252。

13 〈蘭竹圖扇頁〉題詩，同前註，頁253。

14 〈松竹雙清圖冊〉題詩，同前註，頁253。

上進行擬仿，是一種對於傳統經驗的借代與詮釋，藉以引發情感上的文化認同。

一位兼具士氣、戾家之長的項聖謨，不僅止「取物無疑」於蔬果眾品或雪景山水的寫生工夫而已，亦不僅滿足於臨摹效習傳統，正如那幅具有「畫諫」精神的〈六月鳴風竹圖〉，怪風吹襲喻指腐敗荒殆的政治，折損青竹則比喻天下惶惶的百姓，他由「取物無疑」的熟練技巧進一步藉物為喻，寫我心曲。

圖 1

1.螃蟹

不同於蘭竹，甲申事變前夕，項聖謨對於螃蟹的描繪，則於詩畫文本中注入了新元素。崇禎十四年（1641），清兵大舉進攻致使明朝傾危之際，項氏創作《山水花鳥冊》，第五幅繪有「螃蟹」，題詩曰：

> 胡塵未掃，魚腸鳴匣。
>
> 公子無腸，亦具堅甲。[15]

首兩句言「魚腸劍」正在劍匣中蓄勢鳴發，後兩句則以螃蟹生態（蟹無腸）與魚劍的意象（魚有腸）作意義之對舉，勸勉明朝志士，就算沒有寶劍可以擊刺，仍可以披掛堅甲捍衛家國。

十年後，順治八年（1651）秋，項氏又繪了另一幅物喻圖：〈稻蟹圖軸〉〔圖 1〕，畫面上繪著棲息於稻禾的兩

---

15 「螃蟹」冊頁題詩，引自楊新《項聖謨》，頁 10。

隻麻雀，以及一隻草坡間鉗夾稻穗的螃蟹，項氏自題曰：

群雀爭飛聚不休，無腸多作稻梁謀。湖田未耨官租急，幾許憂勤得有秋。[16]

題詩為畫面設喻，官家急急向湖田莊稼索取官租之際，而官僚袖手旁觀，只顧爭取個人利益（以群雀爭飛為喻），無心腸的豪紳斂財橫行鄉里（以無腸螃蟹之橫行為喻），百姓辛勤勞作卻毫無所獲。[17]這幅〈稻蟹圖軸〉與〈六月鳴風竹〉相類，分別以物類：雀／蟹與風／竹擬譬變亂時局中的官民樣態，與前述水、旱二圖的紀實手法不同，是藉物為喻的諫諍畫。

傳統文人畫家罕繪螃蟹圖，直到近代，螃蟹始以水族一類登上畫面。晚明項聖謨的螃蟹圖更新畫史的視野，一方面植根於董其昌譽其「取物無疑」的寫生基礎，將所見之實物搬上畫面；另一方面，則巧妙運用螃蟹的物質特性：「無腸」進行詩文的譬喻，有趣的是：同是「無腸」，第一幅「螃蟹」圖甩開「無腸」，針對其身披「堅甲」的特性正面譬喻抗清志士。〈稻蟹圖〉則在「無腸」上再加螃蟹「橫行」的特性，負面指斥橫行鄉里沒有良心的豪紳。項氏選用了新題材——新圖像、新語彙、新譬喻作為詩畫文本有力的表述媒介。

2.雲山

崇禎十五年壬午（1642），四十六歲的項聖謨繪《山水冊頁》第八開「雲山」圖〔圖 2〕，項氏在畫面上以溼潤筆墨繪出典型的米家雲山：雲煙卷曲繚繞著層層山峰，畫面左方自題曰：

遇雲興而觀變兮，山屹焉而弗動。因觀變以知時兮，問誰不為之播弄。

信與世而浮沉兮，動靜曷云非夢。乃即幻以求幻兮，亦惟人間是諷。[18]

項聖謨雖繪出米家雲山的瀟灑畫面，題詩卻出之以沈重的心思，卷曲的白雲讓人聯想多變的世局，「觀變以知時」一句，似乎道出項氏嗅到大雨欲來風滿樓的氣味，敏銳地以雲山為喻，回應著大明王朝覆滅在即的恐慌與寄望，

---

16 〈稻蟹圖軸〉題詩，引自楊麗〈著錄〉，頁 249。

17 關於〈稻蟹圖軸〉的圖面解說文字，參酌楊新〈鎔鑄畫史與時代：記明末畫家項聖謨〉，頁 9。

18 「雲山」圖冊頁題詩，引自楊麗〈著錄〉，頁 248。

圖 2

儘管雲興世變，心中則暗期大明王朝能如一座屹立無法撼動之高山。然而項氏似乎並不樂觀，渺小的人只能與世浮沈，動靜皆夢，國運世局亦將如一場無可捉摸的幻境吧！

（二）像物以為偶

1.琴、泉

琴、泉本來也是文人物象描繪傳統裡的熟識題材，但項氏的〈琴泉圖〉〔圖 3〕在一系列物圖中頗有新創，立軸畫面的下方集中繪出了主要物象：桌架上一把無絃的玄琴，以及七個大小形製不一的罏甕，物象設色淡雅，輪廓清晰，畫幅上方有超過一半以上的留白，項氏自題其上曰：

我將學伯夷，則無此廉節；將學柳下惠，則無此和平；
將學魯仲連，則無此高蹈；將學東方朔，則無此詼諧；
將學陶淵明，則無此曠逸；將學李太白，則無此豪邁；

將學杜子美，則無此窮愁；
將學盧鴻乙，則無此際遇；
將學米元章，則無此狂癖；
將學蘇子瞻，則無此風流；
思比此十哲，一一無能為。
或者陸鴻漸，與夫鍾子期。
自笑琴不絃，未茶先貯泉。
泉或滌我心，琴非所知音。
寫此琴泉圖，聊存以自娛。[19]

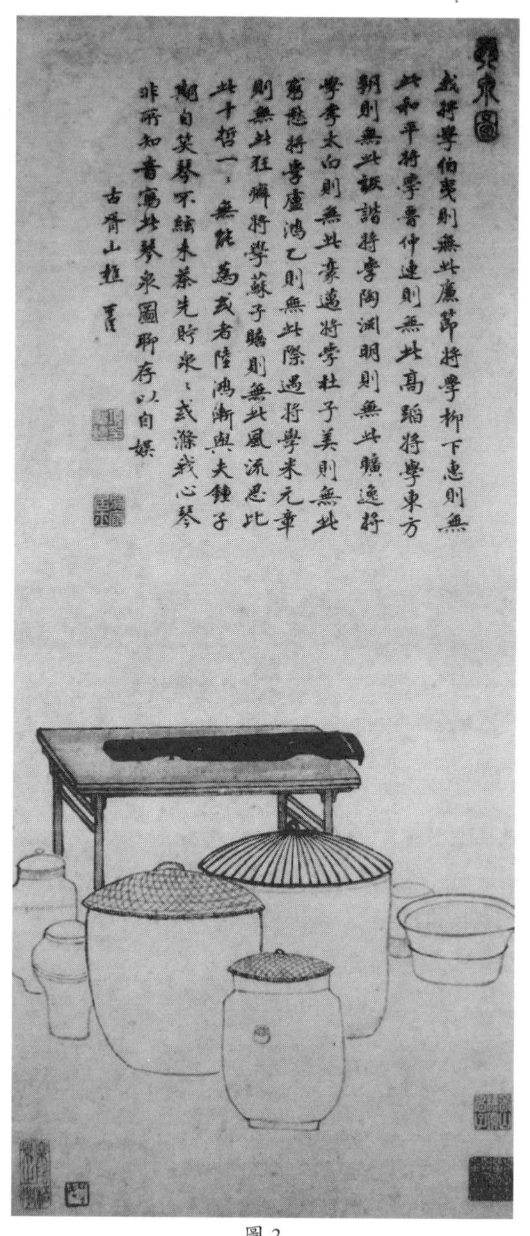
圖 3

圖像的訴求非常明確，就是琴、泉二品，完全不觸及人物，然而題詩卻臚舉歷代名流：伯夷、柳下惠、魯仲連、東方朔、陶淵明、李白、杜甫、盧鴻、米芾、蘇軾等十哲，展開圖面以外的思惟，項氏用一一比況不及而自我否定的口吻旋寫旋掃，其後始托出與圖景有關的人物：鍾子期／琴、陸羽／茶，繪琴乃慕鍾子期之高山流水乎？繪泉則歎陸羽之點茶品泉乎？既指出二人卻又詼諧地再次自嘲：因為一生未得知音，故他繪的是一把玄色無絃琴；同樣地，不諳茶道的自己亦繪上數罈貯泉用以滌心。

19 〈琴泉圖軸〉題詩，引自楊麗〈著錄〉，頁 252。

明代文人喜以美物取譬，例如即將邁向耆壽之年的何孟春（1474-1536）曾自喻曰「心如鐵石，老而彌篤」、「薑桂之性，到老愈辣」，舉幾樣物質來自我觀想，以慶幸的口吻道出自己到老仍能持取鐵石、薑桂、松柏之性，躋登高壽之林，未來隨順安命即可。[20]同樣地，李廷機〈自贊〉曰：「何獨行踽踽，欲潔其身。如鐵之冷、如水之淡、如薑桂之辛。」[21]亦用冷鐵、淡水、辛辣之薑桂等物質比喻自己潔身自持的個性。何孟春、李廷機均藉美物以喻己，畫贊帶有自傲的成分。二人將物性導入一己性格的揣想，何孟春又言：「新正試筆，自贊於像之首，蓋像物以為偶也。」[22]物既為可資崇敬之偶像，有時亦是一種自我象徵的符號。項聖謨另有一幅〈此中真樂圖扇〉，自題曰：

有人結屋松泉側，常抱琴來坐終日。有時月夜愛聽泉，有時閉戶不肯出。

靜坐焚香讀異書，或來磯上釣溪魚。此中真樂人能幾，我亦從傍欲卜居。[23]

琴、泉不僅是項聖謨構築隱逸樂土的重要物象單元，同時，亦以清泉潔淨與琴音知己之文化特質，指稱自我的情性，故其繪〈琴泉圖〉，一方面順承何孟春「像物以為偶」的思惟，又藉著題詩使物（琴、泉）與人（鍾子期、陸羽）相偕，引發互文性的觀看與思惟，婉曲地自我表徵。

2.樹

項聖謨以畫松聞名，特多以松樹為主景的畫蹟，書齋命名為「松濤書閣」，別號亦曰「松濤散仙」，故世名「項松」。[24]不僅松樹而已，其實「樹」一直是項氏「像物以為偶」的對象，有時樹是家國，有時樹是老友，有時樹則是自己，對其鍾情惜惋。崇禎十四年（1641），項氏繪《山水》

---

[20] 參見何孟春〈又自贊像〉，引自杜聯喆輯《明人自傳文鈔》（臺北：藝文印書館，1977），頁 81。

[21] 李廷機〈自贊〉，引自杜聯喆輯《明人自傳文鈔》，頁 106。

[22] 何孟春〈又自贊像〉一文，引自同註 20。

[23] 〈此中真樂圖扇〉題詩，引自楊麗〈著錄〉，頁 254。

[24] 王鴻緒跋項聖謨《山水詩畫冊》曰：「項孔彰山水全師北宋，兼善寫生，尤善畫松，故明時項松之名滿東南。」見楊新〈鎔鑄畫史與時代：記明末畫家項聖謨〉，頁 12。

圖，此圖原為冊頁，後連裱為卷，第五段「老樹鳴秋」〔圖 4〕，一陣秋風吹起，兩棵枯槁老幹的樹葉掉落於地上或水面，景象淒清。自題詩曰：

老樹鳴秋到枕邊，起來落葉滿前川。未隨浪去非留戀，豈道江南別有天。[25]

圖 4

當時北方戰事日非，動亂蔓延江南只是遲速而已，項氏以詩畫抒情，江南此地豈有不忍離去的美麗天色？樹葉並非留戀枝頭，遲早得隨浪逐去，作者暗藏著對時局的無奈。面對國家的殘圮，老樹若象徵家國，樹葉則象徵百姓，百姓一旦離開，喪失了棲身的家國，就像樹葉被秋風吹落離開樹枝一樣，令人痛惜。

順治六年（1649），項聖謨繪〈大樹風號圖〉軸〔圖 5〕，畫面近處坡石上有參天古樹一株，樹下一位老人拄杖背立仰首望遠。此畫並未署年，楊新根據內容題材相類繪於 1649 年的另一幅八開《山水冊》之「大樹」圖來判斷，斷定〈大樹風號圖〉約作於順治六年（1649）前後，楊新推測，這一幅以巨樹表達哀淒心境的〈大樹風號圖〉其實是一連串母本描繪後的作品，[26]

25　《山水》之「老樹鳴秋」冊頁題詩，引自楊麗〈著錄〉，頁 247。

26　關於〈大樹風號圖〉與項氏之前一系列樹圖之間的關係，詳參同註 5，楊新《項聖謨》，頁 25-28。

項氏以樹表徵心跡的創作感受最早可推溯到甲申事變次年，即順治二至三年間（1645-1646）。其在〈三招隱圖〉題跋曰：

> 明年（按：1645）夏，自江以南，兵民潰散，戎馬交馳。于閏六月廿又六日，禾城既陷，劫火熏天。余僅孑身負母並妻子遠竄，而家破矣。凡余兄弟所藏祖君之遺法書名畫，與散落人間者，半為踐踏，半為灰燼。[27]

當時清兵摧毀揚州後已渡長江入南京，所經之地大肆焚燒掠奪，旋攻嘉興，項家「天籟閣」遭洗劫，項祖多年收藏盡為清兵劫掠，項聖謨堂兄嘉謨抗清守城不降，攜二子與妾自抱所作詩文投湖自盡，聖謨負母偕同妻子遠離家鄉避難到桐江。此間，項聖謨繪製一套十六幅的《寫生冊》贈送給當地文友胡幼蕃，[28]該冊雖為胡家庭園玉蘭、松、竹、蕉、石、梅、鵝之景物寫生，物象簡淨、用筆自然，實

圖 5

---

27 〈三招隱圖〉畫蹟不存，題跋引據陸心源《穰梨館過眼錄》（收入《續修四庫全書》子部・藝術類，第 1087 冊，上海：上海古籍出版社，2002），卷 31，頁 329。

28 項氏為胡幼蕃繪製十六頁《寫生冊》，以下「玉蘭」、「秋海棠」、「古松」、「古榆」等頁之題詩，畫蹟現藏臺北故宮博物院書畫處。引自張照等編修《石渠寶笈》（收入《文淵閣四庫全書》子部・藝術類，第 825 冊，臺北：臺灣商務印書館，1983），卷 22 著錄，頁 27-28。

暗藏國破家亡的哀感，題記以不經意的行草為之，題詩則寓託濃郁的時代之傷，例如首幅「玉蘭」自題曰：

> 丙戌（按：1646）2 月 12 日喜晴，赴幼蕷之招，酌于玉蘭花下。因分花朝月夕之題，為之首唱，並圖。

其後題詩曰：

> 夜雨深深選日晴，風微花麗是春明。蘭心不與蜂先醉，柳影相逢燕轉輕。
> 天上玉杯驚墜地，客中芳草未連城。多情月寫江南曲，若為離人一解酲。

餘如第十四幅「秋海棠」題記曰：

> 點點傷春色，可憐秋影寒。無風常自動，有淚不曾乾。

像這樣單純地物象描繪結合寓託深意題記的詩畫文本，自甲申事變後，在項氏的創作活動中持續不斷。《寫生冊》之第五幅繪一株蟠曲虯結傲兀的「古松」圖，描繪其歷經霜雪掙扎後，頑強挺立的形象，題記曰：

> 幼蕷有盆松，古怪之極，余喜而圖之，翻盆易地，志不移也。

他以盆松曉喻易地堅貞的精神。第九幅亦以樹為主角，是項氏在嘉興鄉下所見，畫的是一棵直幹枯枝、樹葉脫盡的「古榆」圖，樹下一小亭。畫上題詩曰：

> 結亭古榆下，春夏愛餘陰。即使秋風老，同君醉雪吟。為幼蕷詞兄作。

這株榆樹儘管年邁仍以廣蔭為春夏的遊人遮護，即使肅殺的秋風吹老，甚至是冬雪侵淩，他仍如一位氣味相投的知己吟友一樣長伴左右。

這株「古榆」的造型與〈大樹風號圖〉相似，亦與前述《山水冊》中之「大樹」相像，三者所繪樹幹的癰瘤部位與樹枝伸曲的規則皆相近，然最早繪成的「古榆」圖為寫生概念下的產物，樹形接近真實，至於「大樹」圖與〈大樹風號圖〉則有畫家理想塑形、加工錘鍊過的痕跡。另外，《山水冊》之「大樹」圖雖採取遠景開闊的橫幅構圖利於營造孤寂的景象，然與《寫生冊》之「古榆」圖均為冊頁，細小的尺寸使主景缺乏參天氣勢，加上二者所選型式為組畫之一，尚未獨立成幅。故據楊新推斷，〈大樹風號圖〉乃由最早的「古榆」圖脫胎而來，又繪出「大樹」圖冊頁後意猶未盡，再繪〈大樹風號圖〉。[29]此圖為高達一米的巨軸，近景坡石上挺立著參天的古樹，樹下這位拄杖背向的老人，仰首遙望遠景青山和落日餘暉，孤獨呻吟。畫面右上角題詩曰：

風號大樹中天立，日薄西山四海孤。短策且隨時旦莫，不堪回首望菰蒲。[30]

由詩意知道，樹下紅衣老人就是作者自況，畫家自我描繪為一名孤獨老人，身著紅衣背立遙望，不就是欲以服色（朱色）、背立姿態（不迎新朝）暗藏著對朱明王朝的忠貞與懷想嗎？

甲申事變後的樹景系列中，項聖謨頗有一貫的抒情手法，事變第二年，他曾繪一幅〈秋山紅樹圖〉，畫上自題曰：

前年未了傷春事，去歲悲秋哭不休。血淚灑成林葉醉，至今難寫一腔愁。用甲申乙酉事。[31]

畫面左方一人側立面對右方約佔三分之一畫幅的密樹叢立，茂林樹葉紅黃黑白相間，恰如題詩所云：「去歲悲秋哭不休，血淚灑成林葉醉」，斑斑點點，如泣血淚。而突出遠近奇異樹幹根結的叢樹，又像是泣出血淚失意者的列隊集合。

項聖謨以《山水》卷之「老樹鳴秋」象徵賴以棲身的殘圮家國，以《寫生冊》之「古榆」象徵長伴左右的知友，以《寫生冊》之「古松」、《山水冊》之「大樹」與〈大樹風號圖〉中之獨樹作為自己的化身，傳達那飽經風霜摧殘卻傲然挺立不屈撓的精神。被稱為「項松」的項聖謨，詩畫文本中的「樹」始終是他藉以抒情傳意的媒介。

明亡後，有許多人仍然堅持着自己的立場，或隱逸山林，或遁跡空門，抱著與新王朝不合作的態度，項聖謨就是其中的一位，他不但見諸於行動，

29　關於三幅樹圖的圖象比對與意涵分析，參引自楊新〈鎔鑄畫史與時代：記明末畫家項聖謨〉，頁 6-8。另請參見楊新〈項聖謨的《大樹風號圖》〉，收入《楊新美術論文集》（北京：紫禁城出版社，1994），頁 279-283。

30　〈大樹風號圖〉題詩，引自楊麗〈著錄〉，頁 248。

31　引自李玉棻《甌鉢羅室書畫過目考》（收入《叢書集成續編》第 95 冊，臺北：新文豐出版社，1989）卷 1，頁 16。

還以自己的詩畫創作表現出這種精神以激勵自己與朋友。〈大樹風號圖〉二年後，順治八年（1651），五十五歲的項聖謨繪有〈天寒有鶴守梅花圖扇〉，自題曰：

天寒有鶴守梅花。句自茗社徵詩，余在松陵賦十有二韻，爾瞻索圖應之。[32]

畫面菴間竹樹，茅屋靜掩，籬笆中梅花盛開，其下有孤鶴戢羽。項氏不採用傳統的隱逸套語：「梅妻鶴子」，而以沖寒傲冷的梅花，與高蹈孤引的白鶴象徵一種不妥協的潔淨品性，用以表明心跡。該年又繪同樣題材的〈天寒有鶴守梅花卷〉，卷面上特別值得注意的是項氏戳印的三方印章，印文其一是「大宋南渡以來遼西郡人」（不認同後金子孫建立的清朝），其二是「皇明世冑之中嘉禾處士」（對前明王朝的懷念），其三是「天籟閣中文孫」（對家族的眷戀）。前兩方印章僅見於此幅畫，由於此畫並無上款，可見不是送人的，此畫的內容與三方印文相互聯結，其寓託的心意更為明顯。[33]項聖謨此畫由樹的化身轉成守護梅花樹靈的白鶴，抒情意味甚濃。

四、自我寫照

在「像物以為偶」的系列圖繪中，項氏用大量的物類如琴、泉、古松、大樹、白鶴等暗藏自喻之意，涉及人像時，更不免有鮮明的自傳色彩。甲申事變後，項聖謨傳世的人物畫像數量頗夥，儘管項氏不長於寫照，然而畫中或自繪或借助他手的鮮明人像，畫面每每表達對往昔生活的憶念，項氏以繪筆抒發感時傷神的情志，並藉由圖像的設計尋求自我的歷史定位。

（一）〈漁人圖〉

如上所述，崇禎十四年（1641）項聖謨曾繪製《山水》卷，以山水抒發各種情思，第六段為墨筆人物畫，畫面近景土坡上有禿樹疏林，中景為江

32 本扇題詩，引自楊麗〈著錄〉，頁 253。

33 扇面藏於北京故宮，長卷藏於臺北故宮。圖說文字，參見楊新〈鎔鑄畫史與時代：記明末畫家項聖謨〉，頁 4-5，以及李鑄晉〈項聖謨之招隱詩畫〉，頁 551。

面，畫幅左側一葉扁舟中有一名蓑笠搖櫓的漁夫，項氏自題曰：

漫漫雪影耀江光，一棹漁人十指僵。欲泊林皋何處穩，肯隨風浪醉為鄉。[34]

描畫心境飄流無著的漁人在雪江中尋找不到林皋棲身之處，不如隨著風浪以酒為鄉。同一年，項聖謨另繪有一幅〈雪影漁人圖軸〉〔圖 6〕，此軸為紙本設色，所題即上引四句詩，後有小識曰：「崇禎十四年入夏大旱，憶春雪連綿，寫此小景。」此畫並非實景畫，而是夏季旱日裡回憶初春連綿雪景之作，以消暑旱。此軸鈐有一印：「寫我心曲」。

圖 6

究竟這個漁人是誰？所寫的又是如何心曲？或許可以由那幅《山水》卷的其他畫段獲得訊息。首段繪於六月中旬設色的「郊南晚色」自題曰：

雨過郊原，南畝乍綠。槁色未除，夕陽還燭。

何是炊烟，誰深沐浴？時既昏昏，下民無告。

項氏末兩句流露著「時既昏昏，下民無告」的悲憫。第五段墨筆所繪者，即前文已述及的「老樹鳴秋」圖，自題詩曰：

老樹鳴秋到枕邊，起來落葉滿前川。未隨浪去非留戀，豈道江南別有天。

[34] 二圖題詩、「寫我心曲」鈐印，以及以下《山水》卷之他段題詩，皆引自楊麗〈著錄〉，頁 247。

詩畫家對著秋季中的老樹落葉生情，滿川的落葉不逐浪去似別有難以言喻的苦衷。前文曾論及一幅米家雲山圖並冊頁題詩曰：「遇雲興而觀變兮，山屹焉而弗動。因觀變以知時兮，問誰不為之播弄。」則是次年的創作，可見得甲申事變之前，項聖謨早已隱約感受到大難即將來臨的恐慌與焦慮。那麼，上述二畫中的漁人頗有自況意味：沈浮於動盪不安的時局中，十指凍僵的飄流漁人，在漫天雪江中找尋不到棲身之處，欲以酒鄉為隱，這應該就是兩度運用相同題詩的項聖謨心曲吧！故鈐印「寫我心曲」，應該也是明末文士們的集體心聲。

圖 7

（二）〈朱色自畫像〉

項聖謨繪成於甲申年（1644）4 月的〈朱色自畫像〉〔圖 7〕為一幅巨軸大畫（151.4×56.7cm）。稍早，於 3 月 19 日，京師因滿清入關陷落，崇禎帝自縊於煤山，明朝覆亡。四十八歲的項氏在畫上沈痛題詩曰：

> 剩水殘山色尚朱，天昏地黑影微軀。赤心欻起塗丹雘，渴筆言輕愧畫圖。
>
> 人物寥寥誰可貌？谷雲杳杳亦如愚。翻然自笑三招隱，孰信狂夫早與俱。[35]

---

[35] 〈朱色自畫像〉的項氏自題詩，引自蔡宜璇執編《悅目：中國晚期書畫》（解說篇）（臺北：石頭出版社，2001），頁 68-69。此畫在項氏身後藏於嘉興項氏祠堂，1920 年歸吳興蔣穀孫密韻樓，1949 年後隨蔣家轉入臺灣，現為臺北石頭書屋主人珍藏。原畫圖版，收入同上書（圖版篇），頁 172。

詩中所謂「三招隱」，指項聖謨之前陸續繪製的三卷〈招隱圖〉，第三卷乃在此年正月所繪，「翻然自笑三招隱，孰信狂夫早與俱」，說明了他有洞悉未來的預視能力。

續詩曰：

一貌清臞色自黧，全憑赭粉映鬚眉。因慚人面多容飾，別染煙姿豈好奇。

久為傷時神漸減，未經哭帝氣先垂。啼痕雖拭憂如在，日望昇平想欲癡。

畫中人抱膝而坐，背倚一株大樹，人像面部用墨色淡筆勾勒輪廓，施用赭粉，為了在黧黑墨容中映現鬚眉。臉頰削瘦，身形癯弱，面露愁容，雙目平視，眼神飄忽，欲言又止，傳達出敏感脆弱又壓抑的情感，透明儒巾裡瞧見稀落的髮鬢。山水已然變色，昏天暗地裡、殘剩山河中的人物徒留微賤之軀，外在的墨色就是那清癯黧黑的面容，內在則是沸騰的赤心如餤，出以一種激動難以平復的悲憤情緒，驅使渴筆、塗起丹雘畫圖，詩畫無不充滿絕望的啼痕。故詩末小字題曰：

崇禎甲申四月聞京師三月十九日之變，悲憤成疾。既甦，乃寫墨容，補以硃畫，情見乎詩，以紀歲月。江南在野臣項聖謨時年四十有八。

畫面上，環繞著水域而孤懸的坡岸間，畫中人雙手交握抱膝倚樹而坐，頭、身、足被安排在一個三角體的結構中，人物姿態顯得放鬆而穩定，這是項氏心中穩定的隱者形象，是畫家在世變中所寄望的一種理想人生狀態。項氏藉著放鬆的隱者形象安頓恐慌的心情，又以堅穩坡岸、堅固磐石、可以依靠的盤根老樹作為視覺語言，表徵對朱姓國族清晰的情感認同，藝術手法上的穩定構圖恰恰補足空間上、心靈上無盡流浪的缺憾。[36]

再者，項聖謨運用隱士形象的典型圖式，有意呈遞著隱逸傳統對政治的疏離。不同的是，人物周圍的景致：大樹及遠山，以丹硃繪成，成為絕奇又奪目的視覺印象。山水的造型並不特殊，顏色則充滿隱喻。[37]如同前述〈大

---

[36] 本圖的圖像解說及流傳過程，詳見蔡宜璇〈朱色自畫像圖軸〉，收入同上註，《悅目：中國晚期書畫》（解說篇），頁 70。

[37] 關於隱喻思維與產生的心理原因，詳見束定芳《隱喻學研究》（上海：上海外語教育出版社，2000），頁 99-101。

樹風號圖〉那位背立孤獨的紅衣老人一樣，項氏用朱色諧音指涉明朝皇室之朱姓，落款自署「江南在野臣」則宣示自己對前明王朝的忠貞，朱色亦是對家國的一片赤誠丹心，表徵畫家對朱明文化強烈的認同與記憶，墨容既是心境暗沈的寫真，亦暗示亡國遺民來自內心底層最深切的黍離之恨。記錄世變的朱色山水，其造型並不奇特，搶眼的色彩運用反將背景變成了訴求的焦點。承襲自元末倪瓚一河兩岸式的構圖，運用空間地理的破碎意象，深深銘刻內心的失落感。項聖謨運用朱／墨對比的強烈色彩，產生震動觀者的效果，呼應著畫家國亡色變時情緒的激越狀態，亦強化遺民內心抉擇的表達力度，這是自覺性地利用隱喻手法再現自己的一幅自寫真。項氏細緻入裡的情思皆可由畫中符碼的轉譯一一解讀，其訴諸視覺感官效果以抒發自我情志的取徑，仍可說是當代「悅目」理念另一面相的呈現，[38]反映了當代目睹身歷國變的文人們共同的人生態度。[39]

（三）〈松濤散仙圖〉

項氏繪有兩幅〈松濤散仙圖〉，分別在其壯年與晚年時期所繪，二圖前後相差二十三年。二圖具有值得參照的意涵。

---

38 藝術史學者石守謙認為明末清初的畫壇普遍呈現著一種絕奇炫目的圖像景觀，參見氏著〈悅目的圖像：觀看十七世紀繪畫的一個角度〉，收入同註 3，《悅目：中國晚期書畫》（圖版篇），頁 8。

39 這幅畫蹟因涉及違礙，故為項氏密藏，當代人僅有兩則題記，其一自稱「弟埽默為易菴詞世兄贊」，詩句云：「劫灰不忘甲申年，孤身隱現朱林裡」。其二為「李肇亨拜題」，詩句云：「墨影留悲憤，朱圖天頌音」。項氏該畫繪成後，正逢國難之時，除了二位當代人外，此畫並不曾公開傳閱。及至民國九年（1920），此畫為吳興蔣穀孫於嘉興項氏祠堂所得，想必藏之甚久，不敢露面。歸蔣氏密韻樓後，蔣氏文友閱畫留下了觀畫心得。包括葉公綽、錢熊祥、金蓉鏡、夏敬觀、鄧邦述等十餘位蔣氏文友的題跋，分佈於己巳（1929）、癸酉（1933）、乙亥（1935）、癸未（1943）、戊子（1948）等數年間、以己巳與乙亥最多，其中葉公綽題曰：「後三百年歲次乙亥今歷三月十九日番禺葉公綽為穀孫道長題及用易菴詩韻」，最後尚有癸巳（1953）孔德成的題記。這幅遺民畫像經過了三百年，清亡後，同樣亦在民初自認遺民的心中滋生了一種替代性惆悵。詳參同註 36，〈朱色自畫像圖軸〉題跋著錄及蔡宜璇解說，頁 68-70。

1.第一幅

第一幅〈松濤散仙圖〉繪於崇禎三年庚午（1630），項聖謨時年三十三歲，據《石渠寶笈・續編》著錄長篇跋識曰：[40]

> 余髫年便喜弄柔翰，先君子責以制舉之業，日無暇刻，夜必篝燈，著意摹寫，昆蟲草木翎毛花竹，無物不備，必至肖形而止。忽一夕夢筆立如柱，直干雲漢，上有層級如梯，長可一二丈許，余登而據其毫端，鼓掌談笑，嗣後師法古人，往往自得。

項氏自述其幼年沈浸翰墨的心向與行動，並指其畫藝因有夢徵如得神助。

> 每欲別置草堂於山水之間，以寄我神情，恨未能得一勝處，迄今二十餘年，孳孳筆墨，未嘗離之。自丙寅（按：1626）六月畫成招隱圖後，此第二卷也，命曰松濤散仙圖。

以上是項氏第二幅〈招隱圖〉，表達其於山水間別置草堂借硯田以隱的願望，「迄今二十餘年」指出項聖謨早在少年時期便有棲隱的志向。

> 蓋為余山齋，壘石作坡，多種古松，綴以花竹，嘗夏日箕踞其下，以追涼風，偶有自詠詩曰：偃息松濤一散仙，葛巾挂壁自閒眠。窗前有竹聊醫俗，不到長安已十年。

這是以古松為主、花竹點綴的項氏山齋寫照，一名散仙偃息於松濤間，成為這幅畫卷的主要圖景佈設。

> 適戊辰歲（按：1628），經齊魯，出長城，歷燕山，游嬀川，又入長安，凡九閱月。邸中無事，唯拚扉作此圖，將半卷。一日出，既倦，乘馬歸，而馬疾如飛鳥，忽爾墜地，傷右肱，不能展舒，夫馬非不良也，御亦非不善也，意者其天乎？見之者莫不為項子太息曰：君為造

---

[40] 據《石渠寶笈・續編》〈淳化閣藏・七〉、〈本朝臣工書畫・一〉著錄曰：『項聖謨〈松濤散仙圖〉一卷，縱九寸，橫二丈五尺三寸，水墨畫山水，款「松濤散仙圖」。崇禎改元戊辰（1628）七月援筆至明年二月始成，是日辛卯識於疑雨齋，項聖謨。鈐印三：聖謨、孔彰、蓮塘居士。』正文題詩，引自〔清〕王杰等輯《欽定石渠寶笈續編》（收入《續修四庫全書》子部・藝術類，第 1073 冊，上海：上海古籍出版社，2002），頁 670-673。

物忌，又有次相慰示者曰：此腕當有神護，諒無恙也。余亦自忖爾爾。日飲酒數升，盡醉狂叫，果為造物忌耶？抑欲窮項子耶？

當年此畫展開半卷後，曾發生一件摔馬的意外，項氏因傷及右肱而影響平日作息，項氏以遭「造物忌」之說表達對個人畫藝的自信。

對月則長嘯浩歌，聽雨則臥遊天表，將旬日，稍有起色，乃出平昔所自玩書畫，遍覽一番，此卷在內，見之更自嗟悼不已。未幾臂果無恙，遂欣然命童僕治裝南還，迨明年之正月穀日抵家，見山齋松色蒼秀森蔚，率爾神動，急出此卷以續其半，豈真腕中有鬼耶？項子其真散仙耶？不然，豈古人筆墨精華欲一發洩，倩余手作合，聚會一時，而惠及我臂耶？展卷間不覺躍然題此，不自知其妄也。

項氏病臂痊癒後將畫卷完成，最後以「腕中有鬼」、「項子其散仙乎」的鬼仙自喻再次表達壯歲畫家對個人畫藝精湛的自我肯定與期許。

壯觀的畫蹟未見，聖謨大氣魄題寫的五言詩八韻幸被存錄，[41]雖無法作詩畫對應的探討，後五韻似可擬想這幅偉構：

林密山郎遠，炊煙萬壑間。陂塘沈柳色，池閣照花顏。
投釣乘雲出，逢僧踏月還。晨昏禽弄舌，溪水細鳴環。
有叟無名姓，幽棲薜荔門，鄰翁同作息，稚子共饔飧。
落日牛羊阪，歸雲雞犬村。山籬剪藤葛，遍地擬耡萱。
人皆慕高第，我獨羨村居。竹裡安茶竈，藤間結草廬。
秋砧霜氣白，夜織雨聲疎。教子知根本，其中樂有餘。
邃谷無人到，懸崖碧漢中。峯頭雲隱隱，洞口翠濛濛。
鶴夢千巖月，松花十里風。蓬萊非幻境，原與世相通。
峯怪孤雲傲，溪深傑閣涼。奇葩緣斷澗，茂樹蔽高岡。
展卷人堪想，神游世可忘。嗟予非作意，早已識行藏。

畫家在前兩韻中以旁者眼光歎賞此畫，復投身成為畫中狂士：散仙，自我想像而陶醉：

41 第一幅〈松濤散仙圖〉的八首五言詩，引自同上註，頁671。

> 披圖心自遠，神氣滿毫端。樹色千秋壯，泉聲六月寒。
>
> 峯迴樵徑僻，山靜海雲寬。暫擬松間息，悠然夢亦安。
>
> 相對臨流坐，松濤落半天。碁殘還故局，談劇妙無元。
>
> 放浪成狂士，蕭閒號散仙。此中有真意，欲使我忘言。

第三韻則將這幅「招隱圖」的畫境與道境合一：

> 翰墨中游戲，清虛自絕塵。誰留不死藥，堪笑學仙人。
>
> 鉛汞事非杳，丹書世未真。常為術士惑，達者亦迷津。

八首詩或描摹林下隱逸之悠閒光景，或具寫清虛絕塵之游仙丹道，或鋪陳幽棲衡門之山水悅樂，或構築世俗人間之蓬萊幻境，八韻皆環繞著「散仙」所處之山林幽居環境構設出隱逸閒適的避世氛圍，充滿著對逍遙飛越之精神境界的無限嚮往，可視為作者透過筆墨書寫詩畫以自我追尋的一段歷程。

2.第二幅

順治九年壬辰（1652），五十六歲的項聖謨繼二十三年前〈松濤散仙圖〉之後又繪一幅同題圖，由謝彬寫照，布景則由項聖謨自己補繪。項氏於此年內繪製了〈尚友圖〉與〈松濤散仙圖〉。先論〈尚友圖〉，項氏自題曰：

> 項子時年四十，在五老游藝林中，遂相稱許。相師相友，題贈多篇。滄桑之餘，僅存什一。今惟與魯竹史往還，四公皆古人矣。因追憶昔時，乃作尚友圖，各肖其神。其晉巾荔服，一手執卷端，一手若指示而凝眸者，為宗伯董玄宰師。其藍角巾褐衣，與宗伯並坐一石，展卷而談者，為眉公陳徵君先生。其唐巾昂生，以手畫腹上作書者，為冏卿李九疑妻伯。其淵明巾如病鶴者，為竹史魯魯山。釋則秋潭舷公詩禪也。其高角巾素衣，立於松梧之下，一手持卷倚石，一手指點，若有所質於二公者，即胥樵項子孔彰也。

文本題署曰：「壬辰八月十八日項子自題，像則張琦所寫，餘亦孔彰自畫，燈下書此。」畫面以六位文士為主，而以巨松林蔭的聚集為場景。項氏在題記中追憶十六年前的往事，側錄中歲時期與著名文士交誼的概況。當時董其昌、陳繼儒、李日華皆年登耄耋，魯竹史為項氏五十餘歲的弟子，釋秋潭則已作古。由此可知，該圖並非當時一樁真實的雅集活動再現，而是透過想像與組織的紀念性合像。[42]

其後，項聖謨又繪第二幅〈松濤散仙圖〉〔圖 8〕，項氏的題記將此畫導向一幅藉著讚頌巨松以回憶明朝往事的紀實畫，畫幅以篆書標題：「松濤散仙」，詩後跋曰：

項子居秀州北城鐘秀里，自丁卯（1627，三十一歲）重葺一室於高梧修竹間。時有客從黃山來，攜得盆松數本。先是吾廬有古松，一自甲寅（1614，十八歲）天目山人所貴，二亦自黃山來者，乙丑（1625，二十九

圖 8

42 藝術史學者李鑄晉根據畫蹟與著錄研究得知，題名為項聖謨〈尚友圖〉者不只一本，正文所引題記的畫蹟，現藏上海博物館，絹本。關於項氏〈尚友圖〉作為一種精神傳統，並與第二幅〈松濤散仙圖〉的深入比較研究，詳見李鑄晉〈項聖謨《尚友圖》〉，《上海博物館集刊》1987 年第 4 期，建館 35 週年特輯，頁 51-60。

歲）冬得於戴老家，余聞又買五根，多種於是室，歲久不無掩映，凋落大半，僅存其三矣，乃自圖之。壬辰（1652，五十六歲）霜降雨夜燈下書，項聖謨。[43]

三棵松樹將五十六歲的他帶往四十年之前，松樹種下的時空仍是大明的時空，記憶回到其實十八歲與二十九歲那分別種在屋旁的兩棵松樹，再二年，重葺一間座落於高梧修竹間的廬室，又買回五棵松樹，七棵松樹的枝葉經久掩映自然而成松林。三十一歲壯年，那正是人生充滿寄望的黃金時期，松樹栽植之地仍是朱明的泥土，栽植時間仍是朱明的紀元。跋文以四十年的時間距離帶出回憶的口吻充滿著昔盛今衰對照後的感傷：「凋落大半，僅存其三。」明明跋文的心境今非昔比，如此滄桑，而項聖謨的自題詩則轉折地出之於一種悲痛已然沈澱後的收斂心境，詩曰：

相傳黃山與天目，石骨高寒樹無幻。惟松性直也屈曲，移到我家土氣復。
青梢撥上風謖謖，濤聲日夕起林屋。項子偃息而逍遙，自號散仙亦清福。
青山隨手信可呼，頃刻能開花簇簇。朝朝洗硯枝頭生，茶煙香處炊煙熟。
春風春雨順天時，九夏脫巾窗有竹。三秋梧影動月陰，冬夜聽雪如槁木。
晝靜吟餘曉自嬉，一尊常滿醉孤霜。盈耳颼颼若枕流，維松維濤夢不俗，
吾將終老乎其間。盤桓盤桓亦自足，影不出山聲傳谷。

至於畫面呢？更淡化了愁緒，敷染著優雅舒散的氣息。畫中一名長者拂鬚踱步於松石之間，雙目炯然，有風迎面，衣帶翻飛，神態自若。突出的擎天三株巨松為畫面主體，搭以坡石竹木，人物仰天行吟的意象強化了「松濤散仙」其「物我合一」的意念。畫面上流露著迎風舒閒、逍遙自適的氣氛。

甲申事變後至此已八年，項氏於同一年相隔月餘之間繪製了〈尚友圖〉與〈松濤散仙圖〉，二者尺寸、材質相同，構圖相類，心境相近，皆為自傳性圖繪，[44]一位年近花甲之年的詩畫家已到了為自己定位的時刻，他繪〈尚

---

[43] 第二幅〈松濤散仙圖〉之題記與下文引詩均見於〈松濤散仙圖〉畫幅中。詳見楊新編《項聖謨精品集》第十九幅圖，頁147。另亦參見楊麗〈著錄〉，頁249。

[44] 據李鑄晉考訂，項氏同年繪製之〈尚友圖〉與吉林博物館藏〈松濤散仙圖〉二畫之題記位置、松樹的樣態等相類，可能出於相同的畫思，而原尺寸可能相同，只是〈尚友

友圖〉，藉著榮彰師友之誼以表其詩書畫的深厚淵源，據以建構他個人藝術的精神傳統。大不同於首繪〈松濤散仙圖〉氣魄宏偉的人生追尋，他二度繪〈松濤散仙圖〉，是以家園松林空間為其追憶緬懷的抒情對象，也是他人生最終皈依的夢土。

第二幅〈散仙圖〉應即項聖謨晚年生活的紀實畫，必然是一種經過他篩選並與世局隔離而成的隱居空間，彷彿就是一個夢囈的空間，難怪項氏題詩曰：「維松維濤夢不俗，吾將終老乎其間。盤桓盤桓亦自足，影不出山聲傳谷。」繪畫空間具有一種隱祕自足的意味，既是他明亡後隱居的住所空間，更是其心靈依託的審美空間。前後繪製兩幅〈松濤散仙圖〉的這位散仙，雖獨享「暫擬松間息，悠然夢亦安」的寧謐世界，其實是「蓬萊非幻境，原與世相通」，「其中樂有餘」。二十三年前正值三十歲左右的壯年貴公子，九州漫遊，志得意滿，洋洋大觀地構設了一個恢弘氣度的壯麗景觀。然而這位散仙被時代巨輪捲入易代之際，歷經八年家國破滅的激越情感之後，此時似乎平復為一種滄桑心境，畫面大幅縮小，再也不論古人風采，亦不詠山水之興，將目光由放曠的世界中拉回到自家庭園，時代鉅變下只求守護家園：「盈耳颼颼若枕流，維松維濤夢不俗」，同是松濤，昔是「夢亦安」，今是「夢不俗」，兩樣心情，在他人生結束前六年，在畫面上寧靜地為自己構築了一個充滿隱喻、徒餘夢囈的心靈空間。

五、結論

祖父項元汴擁有豐富的歷代書畫藏品，成為項聖謨一生執著於繪畫的學習寶庫，他透過詩畫互補的雙重手法，有時表述蒼生悲憫與現世關懷，有時追慕林下野逸之趣。據李鑄晉考察，甲申事變前，項氏多作長卷及自題，景以奇勝，岩穴溪澗，巨石怪樹，如身入仙境者。當時生活優游，作畫自娛，

圖〉後來被割去部分，只剩六位人物，使得畫面顯得十分迫塞。見李鑄晉〈項聖謨《尚友圖》〉，頁54。

加以少年想像豐富，及文人寄意之作，故作畫能深思熟慮，盡情發揮。雖然選擇了一種對世界保持距離的處世態度，作品仍不時或忘傳統士大夫的懷抱，對黑暗政治下的百姓疾苦寄以無限同情。甲申事變前後，項聖謨以繪筆抒發感時傷神的情志，並藉由圖像設計尋求自我定位。明亡後，項聖謨多了國族淪喪的飄零感，作品以軸及小幅扇面為多，畫面結構較簡單，又以朱色、紅樹、紅衣人……寓其思明之意。尤其此期畫上題辭多悲痛，至如怪樹、深澗、岩穴、巨石、削壁等，亦有追尋過去美夢之意。[45]此時的詩畫文本多表現對故國山河的懷憶與堅貞不屈的心態，於畫作上僅題署干支，最後一幅冠以朝代紀年的作品為〈朱色自畫像〉圖軸，落款：「崇禎甲申四月」，自此之後到臨終前約十五、六年間，無論傳世作品或文獻著錄者，皆未見其冠以清代紀年，[46]項氏讓朝代紀元「缺席」，是一種有意圖的符號削減，以畫面的空白傳達一種無言壓抑的心聲。

項聖謨鈐印「寫我心曲」，自剖其一生以詩畫抒情言志的心聲，曾繪《花卉圖冊》，自題：「未雨胭脂先欲滴，受風粉膩不曾癡。最憐腰細如爭舞，翻盡綠羅人起遲。丙申撲蝶之候寫於花癖齋。」《花卉圖屏》亦有題詩：「憶昔銜杯坐錦茵，海棠無語自撩人。於今漸老心還醉，寫此江南十月春。」以詩畫表達惜花護花之情。繪「疏林聽雨」冊頁題詩曰：「一林疏雨聽黃葉，幾夜青山到碧窗。若問道人何所見，溪中明月是風幢。」鈐印「夢幻泡影」，[47]是一種「硯田以隱」生涯抉擇下所採取退離世俗的宗教隱情。至於甲申事變前後的末世氛圍下，「時既昏昏，下民無告」，詩畫文本具有諫諍的精神，滿腔傾訴不盡的是民胞物與之家國情懷，筆者以為其表現在「物類書寫」與「自我寫照」兩大方面。

---

[45] 美術史學界一致認為項聖謨於甲申前後的繪畫風格因生活驟異而有轉變，詳見李鑄晉〈項聖謨之招隱詩畫〉，頁544-547。另亦參見劉宇珍《項聖謨招隱山水的復古意圖》（臺北：臺灣大學藝術史研究所碩士論文，2002），頁8-40。

[46] 楊新以為落款「崇禎癸未重陽後一日」之〈菊竹圖〉為項氏最後一幅朝代紀年作品，事實上次年所繪之〈朱色自畫像〉仍標上「崇禎甲申」，應為最後一幅。楊新〈鎔鑄畫史與時代：記明末畫家項聖謨〉，頁5。

[47] 文中三圖題詩，分別引自楊麗〈著錄〉，頁250、252、248。

項聖謨奠基於「取物無疑」的高妙技法，有模效傳統文本如蘭圖、竹圖的物類書寫，甲申事變前後，或注入新話語元素的「螃蟹」文本，或出於米家風格卻賦予新意的「雲山」文本，則以靈活新變的創作藉物為喻。至於一系列畫蹟的琴、泉、鶴，以及反覆出現古松、喬木、老樹等詩畫文本，則取法「像物以為偶」的精神，以美物作為文本的符號深曲地表徵個人情性。

項氏物類書寫的文本，雖多含有自況的意味，卻遠不及人像畫更具自傳性。例如那兩度運用相同題詩的〈漁人圖〉，描繪一位十指凍僵的飄流漁人，沈浮於動盪的世局中，漫天江雪中找尋棲身之處，欲以酒鄉為隱，顯然是自我比況。甫發生甲申事變之際所繪的〈朱色自畫像〉，將傳統的山水符號轉化成政治圖譜，丹朱／黧墨的色彩，將不涉世事的招隱山水變成了項氏身為遺民的心靈圖像。至於相隔二十三年兩幅〈松濤散仙圖〉的對照更饒富興味，33 歲貴公子，氣宇昂揚地構設了一幅壯麗的景觀，國亡家碎後八年，五十三歲的他徒餘滄桑的心境，古人風采不再，山水之興不詠，他以〈尚友圖〉懷憶夙昔典型，藉以關注詩畫的自我定位。又繪第二幅〈松濤散仙圖〉，將目光由奔曠的世界回歸自家庭園，同是松濤：「青梢撥上風謖謖，濤聲日夕起林屋」，昔存「腕中有鬼」、「古人筆墨精華欲一發洩」的文藝夢想，如今徒餘「晝靜吟餘曉自嬉，一尊常滿醉孤霜」的人生夢囈。

亂局中的文士十分熟悉地在已成典律的文化中借用傳統或創造新變以自我表述，對於項聖謨而言，原本悠遊林下、硯田以隱的貴公子，於中年之際遭逢明清易代這個攸關民族意識與人生價值的鉅變，他的詩畫創作主動地予以回應。作為一位文藝家，他雖不是反映環境的客觀中介，但是也並非全然主觀率意，其創作的詩畫文本是主客觀聯繫的焦點，抒情言志的自我象徵語彙，應該置放回社會、文化的脈絡中來詮釋。項聖謨從詩／畫的程式規範、寓意型式中恍然看見被書寫出來的那在世界中的自己，也以這個方式與讀者對話。[48]

---

[48] 抒情自我的觀照視角，參引自鄭毓瑜〈抒情自我的詮釋脈絡〉，《文本風景：自我與空間的相互定義》（臺北：麥田出版社，2005），頁 21。

下　編

遊・賞

玩弄光景：晚明的「狂禪」*

一、緒論

晚明一向被視為反傳統、思想解放、個人主義盛行的時代，在傳統價值觀即將崩解與等待建立的過程中，許多茫然、失序、詭異、疑辯的現象成為文化過渡的必經路程。在這個過程裡，「狂禪」風潮的出現，極具典型意義。作為一位異端的爭議性人物，李贄在晚明當代率性提出一連串「驚世駭俗」的言論：

> 以秦皇暴虐為第一君，以馮道之失節為大豪傑，以荊軻聶政之殺身為最得死所。而古稱賢人君子者，往往反摘其瑕纇，甚而排場戲劇之說，亦復以琵琶荊釵守義持節為勉強，而西廂拜月為順天性之常。[1]

李贄舉止言動無不令舉世驚駭，而其挑戰傳統的思想，卻的確在晚明的文化界滋蔓發酵。清初學者給予李贄及師從者的評論曰：「（焦竑）友李贄，於贄之習氣，沾染尤深，二人相率而為狂禪」。[2]李贄與焦竑之流的人物，在後世評者的眼中，成了「狂禪」的代表人物。

「狂禪」，原是一種偏差的修行風格，在明代後期的出現，不僅是一個禪學範疇的名詞，更是思想界、文化界特殊風氣的指涉。焦竑廁身於泰州學派之林，李贄的成學亦以龍溪、泰州諸子為師，「狂禪」在晚明這兩位風雲

---

* 本文原題：〈晚明「狂禪」探論〉，刊載於《漢學研究》第19卷第2期（2001.12），頁171-200。今為配合全書體例，題目已作微調，特此敬告讀者。

1 參見雲棲袾宏著、蔡運辰贅言《竹窗隨筆贅言》〈二筆・李卓吾一〉條（臺北：新文豐出版公司，1979），頁232-233。

2 參見清・永瑢等撰《四庫全書總目提要》（臺北：臺灣商務印書館，1968），第三冊，卷125、子部35、「雜家類存目二」《焦弱侯問答》提要，頁700。

人物的身上，絕對不是倏地發生，必與兩人背後整個學術環境臍帶相連。因此，將「狂禪」放回到明代王學之後，特別是龍溪、泰州之學中觀察，實為瞭解「狂禪」形成之來龍去脈的必要路徑。晚明反傳統的思想脈絡，以及繁複新異的文化狀貌，二者互有影響與牽連，吾人可藉「狂禪」的探討，作為進窺晚明總體文化現象的基礎。

「狂禪」若視為一種文化現象，則不能只侷限於禪學或儒學的思想範圍內考察而已，明代中葉以來，儒禪參融之思想型態與禪悅之風的流行，適與禪風變質的習氣互相感染，加上陽明學標榜「狂者」的人格風姿，逐漸導引出「狂禪」的文化風潮。是故，「狂禪」實是窺探晚明文化現象的一個重要管道。這個論題的關懷面涵蓋甚廣，包括理學與佛學二者之間的彼此橫跨、文藝風氣的習染與文人行為的張皇、以及導致清議團體的攻訐……等等，皆在若干程度上與「狂禪」風氣的滋長有所關連。本文將以此為前提，論述次第如下：首先勾勒出當時文化界慧業修習之禪悅聚會的風氣，以及儒禪參合的學術背景。其次探究教界對禪學狂風流弊的訾議與危機論辯。其次探討理學之近禪，文中舉陽明之辨析禪儒，並提出龍溪「即本體便是工夫」、「良知現在」、「立無念為宗」作為理學近禪的一個線索；其次抽繹出龍溪、泰州學「玩弄光景」之特質，探究其如何進一步引致理學之狂禪流風。其次，筆者考察文化界在此流風中的效應，文人提出「狂者」之論，並激賞「狂者」的人物風姿，而李贄的生命情調可為典例，其狂縱言行適為「狂禪」風潮推波助瀾。末段，筆者藉袁中郎「禪不成禪、儒不成儒」的話語，試闡述「狂禪」在明末清初獲致的歷史評價。筆者希望本文由「狂禪」角度的探論，能對晚明的文化研究，提供一個饒有意味的認知基礎。

二、文士禪悅之會

晚明文人，喜好以美感欣趣裝點悠閒無擾的日常生活，或遊山玩水、尋花品泉、採石試茗；或焚香對月、洗硯弄墨、鼓琴蓄鶴；或摩挲古玩、擺設書齋、佈置園林；或品鑑書畫鼎彝、山水茆亭，乃至欣慕美人的情態，以成就其閒賞審美的生活。[3]這樣的生活情調，往往與禪悅之會相互印證與結合，袁中道個人的經驗可資印證：

> 今予幸而厭棄世羶，少年豪習，掃除將盡矣。伊蒲可以送日，晏坐可以忘年，以法喜為資糧，以禪悅為妓侍。然後澹然自適之趣，與無情有致之山水，兩相得而不厭。[4]

流連山水、暢情翰墨、澹然自適，與禪悅的經驗，結合為袁中道法喜充滿的生活型態。「禪悅」一詞，在佛典中記載：「若噉食時，當願眾生，禪悅為食，法喜充滿」[5]、「現有眷屬，常樂遠離，雖服寶飾，而以相好嚴身，雖復飲食，而以禪悅為味」[6]。佛家要眾生不執著於食物之美味上，即使飲食時，不以食物之味為味，而以禪悅為味，「禪悅」乃入於禪定者，其心愉悅自適之謂。[7]董其昌有禪悅筆記，[8]記錄平日習禪思悟的心得，其與文化圈中友人如袁氏兄弟、陶望齡、黃慎軒、吳本如等人，相與聚談禪學，旬日必有會，董氏稱為「禪悅之會」。

晚明文士喜作禪悅之會，反映出當時慕道求禪的流行風氣。中國歷史上，三教融合的傾向，溯源至南北朝，當時儒道佛已有會通之說，佛教格義之法，以外典釋內典，老、莊、易每被援引以疏佛理；何晏、王弼以道釋儒，向、郭援儒注道，儒道思想屢屢彼此參融。此風唐代曾盛極一時，至明朝尤甚，士子除習儒業外，兼修佛老之學，浸染成習，成群逃儒皈禪皈道，

---

3 關於晚明文人閒賞美學的體系化詮釋，敬請參閱毛文芳著《晚明閒賞美學》（臺北：臺灣學生書局，2000）。

4 參見袁中道著《珂雪齋集》（上海：上海古籍出版社，1989），卷 12，〈西山十記第十記〉，頁 541-542。

5 參見《大正新修大藏經》第九冊（臺北：新文豐出版公司，1987），《華嚴經》〈淨行品〉，頁 432。

6 參見同註 5，第 17 冊，《維摩經》〈方便品〉，頁 539。

7 參見釋慈怡主編《佛光大辭典》（臺北：佛光出版社，1988），「禪悅」辭條，頁 6477 下欄。

8 董其昌有《容臺別集》4 卷，卷 2 卷 3 為書品，專論晉唐宋元筆法，卷一錄有隨筆、雜記數條，禪悅亦收於此卷，為隨錄筆記。《容臺別集》收入《容臺集》（臺北：國立中央圖書館，1968）第 4 冊。

亦蔚為一時的風氣。晚明士子崇尚佛道思想，某些淺學之士，在科舉考試的表現上，竟有陋識於經傳、嫺熟於佛老，對聖賢茫然，而佛道僻書，間雜用之的應試現象。這種在科考試卷中，夾雜佛經道藏之語句於聖賢經義的風氣，已使得萬曆年間的官方禮部，不得不正視、下奏且立出禁約。[9]

江南地區的文人，更沿元明兩代以來之習，普遍浸潤於興盛的禪風中。關於當時儒禪相接狀況，袁宗道曾指出：

> 三教聖人，門庭各異，本領是同。所謂學禪而後知儒，非虛語也。……今之高明有志向者，腐朽吾魯鄒之書，而以諸宗語錄為珍奇，率終身濡首其中而不知返……。閒來與諸弟及數友講論，稍稍借禪以詮儒，始欣然舍竺典，而尋本業之妙義。[10]

可見當時思想界，將禪學作為儒學入門者有，廢儒書不觀，置身於公案語錄以尋禪悲解悟者，亦所在多有。而如袁氏朋輩，以儒為本業，仍要「借禪以詮儒」，尋繹二者思想之會通處。明代禪宗的發展，錢牧齋曾云：

> ♦ 禪門五燈，自有宋南渡已後，石門、妙喜至高峰、斷崖、中峰為一盛。由元以迄我國初，元叟、寂照、笑隱至楚石、蒲菴、季（泐）潭為再盛。二百年來，傳燈寂蔑。[11]
>
> ♦ 國朝自楚石、泐潭已後，獅絃絕響。崛起為紫柏、海印二大師。[12]

明代中葉的禪宗，自楚石、泐潭以後，禪聲絕響，幸又有達觀真可（紫柏老人）、憨山德清（按建海印寺）兩大禪師崛起，如車之兩輪，在晚明重振宗風：

> 大師與紫柏尊者，皆以英雄不世出之資，當獅絃絕響之候，捨身為

---

9 關於科場對應考生援引二氏之說的風氣，有臣子上奏疏請議罰則，如馮琦請議「坊間一切新說曲藝令地方官雜燒之，生員有引用佛書一句者，廩生停用一月，增附不許幫補，三句以上降黜，中式墨卷引用佛書一句者勒停一科，不許會試，多者黜革」。轉引自曹師淑娟著《晚明性靈小品研究》（臺北：文津出版社，1988），頁 134。

10 參袁宗道撰《白蘇齋類集》（上海：上海古籍出版社，1989），卷 17，「說書類」，頁 237。

11 引自錢謙益〈紫柏尊者別集序〉，《牧齋有學集》（上海：上海古籍出版社，1996），第 21 卷，頁 873-876。

12 引自錢謙益〈密藏禪師遺稿序〉，同註 11，錢著第 21 卷，頁 878-889。

法，一車兩輪。……昔人嘆中峰輟席，不知道隱何方，又言楚石、季潭而後，拈花一枝幾熄，由今觀之，不歸於紫柏、憨山而誰歸乎？[13]

紫柏與憨山結為患難生死之交，風格抱負極類似，二者皆曾活躍於江南一帶，尤其紫柏大師與江南文士氣質最為投合：

竺乾一時尊夙，盡在東南，最著則為蓮池（按指雲棲袾宏）、達觀（按指紫柏真可）兩大宗主，然二老行逕迥異，蓮專以西方直指，化誘後學，達則聰明起悟，欲以機鋒言下醒人，蓮枯守三條，椽下跬步不出，達則折蘆飛錫，所在皈依。二老各立教門……大抵蓮老一派主於靜默，惟修淨土者遵之，而達老直捷痛快，佻達少年，驟聞無不心折。[14]

由於紫柏氣蓋一世，能於機鋒籠罩豪傑，加上詩才極高，佳句可隨手拈來，比起淨土默然的蓮池大師，更能獲得廣大青年士子的激賞，並常與袁氏兄弟、陶望齡等人相與聚談禪學，董其昌亦曾一度向他請益，江南士流雅好談禪之風，莫不受其左右。[15]

萬曆年間，縮合了三袁兄弟、陶望齡、湯顯祖等著名文人的文化圈，其中堅人物董其昌，便有機緣親炙兩大禪師，更曾以書信獲達觀大師開示，勉其「極當發憤，此生決了，不得自留疑情，遺誤來生」。[16]

---

13 引自錢謙益〈憨山大師夢遊全集序〉，同註 11，錢著第 21 卷，頁 869-871。

14 沈德符《萬曆野獲編》（北京：中華書局，1997，「元明史料筆記叢刊」），卷 27，「禪林諸名宿」條，頁 693。

15 關於紫柏尊者之禪學路徑與其個人生平，請參見陸符〈紫柏真可傳〉，收於《卍續藏經》第 127 冊（臺北：新文豐出版公司，1984），《紫柏尊者別集》附錄，頁 0089-0155。另參憨山德清〈可禪師塔銘〉，收於同上書，《夢遊集》卷 27，頁 0590-0602，以及沈德符《萬曆野獲編》（同註 14）卷 27「紫柏禍本」、「二大教主」、「禪林諸名宿」等相關條目。近人著作，可參見吳因明〈晚明江南佛學風氣與文人畫〉，《新亞書院與學術年刊》第二期。另亦可參釋果祥著《紫柏大師研究：以生平為中心》（臺北：東初出版社，1990）。憨山大師之傳記資料，請參見陸夢龍君〈憨山大師傳〉，收於前引書《夢遊集》卷 55，頁 0978-1001。

16 引自《紫柏尊者全集》，收於《卍續藏經》第 126 冊（同註 15），卷 24，〈復董元宰〉，頁 1049。另關於以董其昌為首之文化圈結構，及董氏習禪經驗，請參見拙著晚明文人在特殊的時代氛圍下，滋養出關注俗世生命的審美人生觀，[17]流連山水、暢情翰墨、澹然自適的生活型態，與禪悅之會結合成為晚明文人慧業修習的寫照。然而禪悅之會儘管為文人的俗世生活增益些許美感欣趣，但不徹底的禪修，不但在教界引發許多抵訾與危機的論辯，更與理學結合成一股播弄文人狂怪行徑的文化風氣。

三、禪學狂風

就禪家而言，由於個人修行上的若干偏差，不同的習禪者，往往展現出多樣化的風格，如野狐禪、老婆禪、蛤蟆禪、蘿蔔頭禪、枯禪、魔禪、狂禪等。[18]晚明文人鄒元標為黃蘗無念禪師作傳，傳中對於世風有所感歎：

> 世有自稱妙悟，以為必依宰官大臣而闡揚佛法者，予竊謂清虛苦空，佛之大旨，不從一草一木降心，而從萬紫千紅處逐世佛之道，有是乎？嗟乎？狂慧風熾，毒流衿珮，念公獨藏鋒遯世，此所以貌古風高，獨步一世也。[19]

鄒文揭示當時佛教宣法依傍權勢的功利氣習，為了投合時下，使「狂慧」毒流之風充斥，實為禪風大壞的明證。「狂慧」的定義：「若定而無慧，此定名癡定。譬如盲兒騎瞎馬，必墮坑落塹而無疑也。若慧而無定者，此慧名狂慧。譬如風中然燈，搖颺搖颺，照物不了」。[20]有慧解而無定行者，只是空

《董其昌之逸品觀》（新北市：花木蘭文化出版社，2011年3月），第伍章第二節。

17 晚明文人在特殊的時代環境下，重視俗世生活的美感經營，請參見毛文芳〈養護與裝飾：晚明文人對俗世生命的美感經營〉，《漢學研究》15：2（1997.12），頁109-143。

18 就習禪風格的不同來說，有強調遠離現象因果世界的野狐禪、流蕩奔放的狂禪、專心守寂的枯禪、軟弱無力的老婆禪、蛤（蝦）蟆禪，蘿蔔頭禪，以至走火入魔的魔禪……參見吳汝鈞著〈「無厘頭」禪〉，《游戲三昧：禪的實踐與終極關懷》（臺北：臺灣學生書局，1993），頁87-100。

19 參見鄒元標〈黃蘗無念禪師傳〉，《中華大藏經》第二輯（臺北：修訂中華藏經會，1968）第四十冊，《黃蘗無念禪師復問》，卷5，總頁32579下欄-32580上欄。

20 轉引自同註7，「狂慧」辭條所引〈觀音玄義〉，頁6962上欄。

慧，若執此散亂的智慧以為可取代戒定的工夫，則淪為狂慧。清代彭際清曰：「夫悟理不能生戒定，狂慧也」。[21]

「狂慧」可視為「狂禪」的內在特質，所以鄒元標論曰：「世儒好闢佛，佛不可闢，所以闢者，狂禪耳。」[22]晚明禪界一致認為，為了達到一不退轉的空明境界，每位禪僧都必需經歷一段艱苦的鍛鍊過程，[23]而「狂禪」卻略去這段艱苦修行的歷程，將嚴酷實踐的禪加以通俗化，成為一種反本質的表現。[24]對於「狂禪」的特質，袁宏道有深入的解析：

> 禪有二種，有一種狂禪，於本體偶有所入，便一切討現成去，故大慧語李漢老云：此事極不容易，須生慚愧始得。往往利根上智者得之不費力，遂生容易心，便不修行，多被目前境界奪將去，作主宰不得，日久月深，述而不返，道力不能勝業，魔得其便，定為魔所攝持，臨

---

[21] 參見清人彭紹升編《居士傳》，卷四十六，〈袁伯修中郎小修傳〉，收入《卍續藏經》第 149 冊（同註 15），頁 0966-0973。本書另有一單行本《居士傳》（揚州：江蘇廣陵古籍刻印社，1991）。

[22] 引自同註 21，〈袁伯修中郎小修傳〉，鄒元標跋論，頁 0973。

[23] 明末禪僧，極重視鍛鍊修禪的方法，針對參禪者所遇到的種種困難，留下了為數不少的「指南」，如無異元來《博山參禪驚語》，便有劉崇慶為其書序：「博山大師，乘悲願力，來作大醫王，用一味伽陀，遍療狂猘業病」，參見《卍續藏經》112 冊（同註 15），頁 946。關於此風，另詳參聖嚴法師著《明末佛教研究》（臺北：東初出版社，1987）第一章〈明末的禪宗人物及其特色〉，頁 1-84。

[24] 日本禪思想學者柳田聖山的研究指出：「禪肇始於古代印度人所謂瑜伽的智慧，與宇宙冥合的智慧，其起源，可以追溯到遠古紀元前二十世紀，禪的梵語是 dhyana，意思是瞑想，瑜伽 yoga 則是精神集中的事。瞑想流布於印度、中國、日本以至亞洲全域，其思想與各地異質的文明相結合，而導致百花盛放的偉觀。基本上各派宗教完全是相同的瞑想實踐而來，而教義才是多種多樣的不同。禪在佛教各派中，恐怕是最難以通俗化的，但卻能散出最通俗的魅力，緣故為何？所謂最難通俗化，是因為禪是由出家與獨坐瞑想的嚴酷實踐出發的，它要求在一定期間中，斷絕與家庭社會的來往，徹底超越文化的領域。然而，禪的實踐卻與通俗化背道而馳，因此，人們便相反地在非本質的情緒領域中，尋求禪的通俗化了。」參見柳田聖山著、吳汝鈞譯《中國禪思想史》（臺北：臺灣商務印書館，1992），頁 1-7。

命終時，亦不得力。……此病近於高明者往往蹈之。[25]

這段話所批評的對象，是指對本體偶有所悟卻不肯老實修行的人，通常發生在資性高明之上智者，由於悟入快，毫不費力，遂以為禪修如斯容易，誤執現前境界作主宰，在禪家而言，終將走火入魔，斯之謂「狂禪」。由於沒有慚愧心的反照，對於佛性與良知的自信，態度上便容易流為狂肆。石頭居士早年習禪，便是一個典型的例子：

石頭居士，少志參禪，根性猛利，十年之內，洞有所入，機鋒迅利，語言圓轉，自謂了悟，無所事事，雖世情減少，不入塵勞，然嘲風弄月，登山玩水，流連文酒之場，沉酣騷雅之業，嬾慢疏狂，未免縱意。[26]

憑著天賦利根，在圓轉語言與迅利機鋒中出沒，似乎於佛性有悟，便不修行，反以流連酒場、沉酣騷業為不執世相，所顯露出的是嬾慢疏狂的縱意姿態。

泰州學派的趙大洲以為「禪不足以害人」，真正有問題的，便是這種禪的歪風，他說：

朱子云：「佛學至禪學大壞」。蓋至於今，禪學至棒喝而又大壞。棒喝因付囑源流，而又大壞。就禪教中分之為兩：曰如來禪，曰祖師禪……祖師禪者，縱橫捭闔，純以機法小慧牢籠出沒其間，不啻遠理而失真矣。今之為釋者，中分天下之人，非祖師禪勿貴，遞相囑付，聚群不逞之徒，教之以機械變詐，皇皇求利，其害止於洪水猛獸哉？故吾見今學禪而有得者，求一樸實自好之士而無有。假使達摩復來，必當折棒噤口，塗抹源流，而後佛道可興。[27]

中國禪宗初祖達摩的禪法屬於如來藏系，肯定一清淨心體，稱為如來藏或佛性，作為生死流轉與涅槃還滅的根本，它不顯現，生命便是生死流轉，它顯

25 參見同註 19，《黃蘗無念禪師復問》，卷 5，袁宏道「論禪」條，總頁 32585 上欄。

26 參見同註 21，〈袁伯修中郎小修傳〉，頁 0970。

27 引自明・黃宗羲撰《明儒學案》，收入《黃宗羲全集》第 7、8 冊（臺北：里仁書局，1987）之下冊，卷 33，〈泰州學案二〉「文肅趙大洲先生貞吉」，頁 748。

現，生命便是涅槃還滅。如來藏含藏於眾生的生命中，本性清淨，沒有染污的成分，凡夫眾生往往為後天的染污蒙蔽，以致不能顯示光明。達摩以下，汲取《楞伽經》中結合清淨與染污的如來藏識之一面，特強調清淨的如來藏。自達摩以後，這種將如來藏清淨心懸於一與經驗世界有段隔離的超越位置，覺者要看住此清淨心，不使染污的禪法，稱為「如來禪」。[28]對於清淨心的悟入，「專念以息想，極力以攝心」（神秀語），「凝心入定，住心看淨」（普寂語），需有進修的層次，須假種種方便，這系禪法後來為北宗禪接收，故亦稱「北宗禪」，用以區別慧能以不假方便「直指人心，見性成佛」的南宗禪。[29]

中國禪宗傳至慧能以後，主張教外別傳，不立文字，不依言語，直接由師父傳授弟子，祖祖相傳，以心印心，採取棒喝、坐禪等直捷方式接化眾生。又鑑於當時如來禪者，滯於義解名相，已失達摩祖師西來所傳之真意，故仰山慧寂禪師另立「祖師禪」之名，以此為達摩所傳之心印。[30]「祖師禪」不同於「如來禪」高懸一清淨心，而著重主體性或佛性在世間所起的妙用或機用，覺悟亦在當下起用中成就，即「以作用見性」（黃宗羲語）。祖師或師家對弟子的開示，為使之獲致覺悟的境界，通常把握「禪機」，如以棒喝一類動作來進行，這些種種方便的法門，能隨意自在地拈弄與運用，宛如遊戲，但都能揮灑自如，應機而發，恰到好處，然而這種遊戲拈弄，是以深厚的三昧或禪定的工夫作基礎，否則易流於蕩漾。[31]趙大洲上文中對於「祖師禪」的敵意，即對此有所呼應，是對接引方式產生的弊端而言，所謂「機法小慧」正是「禪機」的運用，若失去深厚的禪定工夫，落入不逞之徒

28 關於達摩的如來藏思想與《楞伽經》的關係探討，引自同註18，吳汝鈞〈達摩及早期的禪法〉，頁1-27。

29 詳參印順導師著《中國禪宗史》，第七章第三節〈南頓北漸〉（臺北：正聞出版社，1994），頁310-318。

30 參見同註7，「如來禪」辭條，頁2360下欄、「祖師禪」辭條，頁4240中欄。

31 關於禪師如何應機開示，以及禪遊戲三昧為何的探討，詳參同註18，吳汝鈞〈公案禪之哲學的剖析〉，頁71-85，以及〈遊戲三昧：禪的美學情調〉，頁159-218。

手中，適足作為機械變詐，皇皇求利之用，為害則難以估量了，身處晚明，大洲有鑑於此，惟有從樸實禪風救起。[32]

呼應趙大洲的說法，蓮池大師曾直指教界的這種狂病：

> 蓋有心病二焉：一者懶病，二者狂病，懶則憚於博究，疲於精思，惟方省便，不勞心力故。狂則上輕古德，下藐今人，惟恣胸憶，自用自專故。[33]

晚明歸心淨土的蓮池大師深有感於佛教界此股惡習，便自居鈍根，教人從最平實處做工夫，大力提倡念佛以矯之，[34]謹持誦嚴戒律，從其遊者，多彬彬踐履篤實之士。石頭居士，後來亦悟出不實在修行，必墮魔境，故轉而步入念佛途徑。

四、理學近禪

「狂禪」已由禪學風氣的層面探討如上，以下再由理學的層面加以考索。黃宗羲在《明儒學案》中論曰：

> 陽明先生之學，有泰州、龍溪而風行天下，亦因泰州、龍溪而漸失其傳。泰州、龍溪時時不滿其師說，益啟瞿曇之祕而歸之師，蓋躋陽明而為禪矣。[35]

這段評論，意味著泰州學派與龍溪之學既使王學普及，亦使王學走入衰頽，既起復落之關鍵，與禪似乎不無關係。龍溪、泰州簡易直捷的學術性格，透過社會講學的方式，的確披靡大眾，而陽明後學步向衰微之路，與禪學有何

---

[32] 關於晚明禪學風氣之狀況以及佛教復興運動之推展，詳參同註 23，聖嚴法師書。另請參嵇文甫著《晚明思想史論》，第六章〈佛門的幾個龍象〉（北京：東方出版社，1996）。另參江燦騰著《人間淨土的追尋：中國近世佛教思想研究》，第三章〈晚明佛教復興運動背景的考察〉（臺北：稻鄉出版社，1989），頁 147-164。

[33] 參見同註 1，雲棲袾宏著〈二筆・論疏〉條，頁 182-183。

[34] 關於雲棲袾宏淨土法門，詳參同註 23，聖嚴法師大作。

[35] 參見同註 27，下冊，卷 32，〈泰州學案一〉，頁 703。

關聯？筆者以下將分別探討陽明、龍溪、泰州等學家思想與狂禪之相互關涉。

（一）儒禪二家比較

由於事功立場上的迴異，陽明認為禪儒有著基本精神方向上的不同：

> 聖人之求盡其心也，以天地萬物為一體也，吾之父子親矣，而天下有未親者焉？吾心未盡也。吾之君臣義矣，而天下有未義者焉？吾心未盡也。吾之夫婦別矣，長幼序矣，朋友信矣，而天下有未別未序未信者焉？吾心未盡也。吾之一家飽暖逸樂矣，而天下有未飽暖逸樂者焉，其能以親乎、義乎、別序信乎？吾心未盡也。故於是有紀綱政事之設焉，有禮樂教化之施焉，凡以裁成輔相，成己物成物，而求盡吾心焉耳。心盡而家以齊、國以治、天下以平……禪之學非不以心為說……是以外人倫，遺事物。[36]

本段文字，以「盡心」這一觀念為儒禪異同比較的焦點，儒家由個人發散於人際五倫，乃至國家天下設紀綱政事、施禮樂教育等文化制度的成就，皆屬「盡心」之事，由精神方向而言，儒家的「盡心」是肯定並參與這個世界。就此基本方向來比較，禪家的「盡心」，則是出離世界，是「外人倫、遺事物」。在陽明看來，儒家要化成世界，故需積極入世，佛家的重點在尋求世間煩惱的解脫，故偏於出世，所以他認為如果只強調明明德，而不說親民，便成了老佛。這是二家動機、立場、目的上相互扞格之處，亦是陽明守住儒學門牆的一貫態度。

儘管如此，陽明並不諱言二家確有相通處，就二者本體相同而言，他認為「不思善，不思惡時，認本來面目，此佛氏為未識本來面目者設此方便。本來面目即吾聖門所謂良知」。就二者方法相同而言，「隨物而格，是致知之功，即佛氏之常惺惺，亦是常存他本來面目耳」，陽明以為「體段工夫大

---

[36] 參見《王陽明全書》（臺北：正中書局，1979，臺六版），第一冊『文錄』，卷 4，〈重修山陰縣學記（乙酉）〉，頁 215-217。

略相似」，[37]另又云：「禪之學與聖人之學，皆求盡其心也，亦相去毫釐耳」。[38]就二者境界相同而言，陽明說：「儒者到三更時分，掃蕩胸中思慮，空空靜靜，與釋氏之靜只一般，兩下皆不用」。[39]陽明好遊禪寺、喜說禪語、好用禪法、引禪門故事……等，皆顯示其對禪的高度興趣，而從其言論中可知，陽明在本體、方法與境界處，認為儒禪二者實有共通。王門後學屢將二門觀念相比附，儒禪參合講論的方向，大抵不出其師之牢籠。

陽明以為「仙佛到極點，與儒者略同」、「二氏之學，其妙與聖人只有毫釐之間」，[40]王門後學對三教合一思想多抱持贊同的態度，而援禪入儒，或以儒釋禪的徑路，陽明門人龍溪、泰州之學的傳人等，對此均特別關注。《明史》為其立傳，便如此記載：王畿「每講雜以禪機，亦不自諱」、王艮「持論益高遠，出入於二氏」、顏鈞「詭怪猖狂，其學歸釋氏」、楊起元「清修姱節，然其學不諱禪」、周海門「更欲合儒釋而會通之」。[41]

（二）本體、良知、無念

〈天泉證道紀〉是展現王龍溪思想理路最精簡的一篇文獻，透過錢緒山與龍溪的對辯，顯出陽明示學之權法。對辯的關鍵在於陽明拈出的四句教：「無善無惡心之體，有善有惡意之動，知善知惡是良知，為善去惡是格物」，[42]龍溪以「無」涵括之，緒山以為此「壞師門之教法」，因而有陽明

---

[37] 以上三段引文，皆參見《王陽明傳習錄》（臺北：正中書局，1984，初版四刷），中卷，頁55。

[38] 引自同註36，〈重修山陰縣學記（乙酉）〉。

[39] 引自同註37，下卷，頁81。

[40] 此二句分別引自同註37，上卷，頁15及頁30。

[41] 諸人傳記，請參見清・張廷玉等撰《明史》第24冊（北京：中華書局，1997，第6刷，全28冊），〈儒林二〉「列傳第一七一」，頁7274-7276。

[42] 此四句話是陽明後學有名的四句教。參見同註37，《傳習錄》下卷，頁98。而陽明對於身、心、意、知、物的說法：「但指其充塞處言之，謂之身，指其主宰處言之，謂之心，指心之發動處謂之意，指意之靈明處謂之知，指意之涉著處謂之物，只是一件，意未有懸空的，必著事物，故欲誠意，則隨意所在某事而格之，去其人欲，而歸於天理，則良知之在此事者無蔽，而得致矣，此便是誠意的工夫。」本文引自同註

夜坐天泉橋上的示教，陽明將王、錢二人的論爭，視為其教法一隅之執，龍溪所執「四無之說」，是為上根人立教，上根人悟得無善無惡的心體，便從「無」處立根基，意與知物便從「無」生；德洪（緒山）所執是為中根以下人立教，中根以下人由於未嘗悟得本體，未免在「有」善「有」惡上立根基，心與物皆「有」生。順著錢緒山的理路，則需用為善去惡的工夫，隨處對治，使漸漸入悟，以歸復於無之本體。龍溪屬頓悟之學，不必為善去惡的漸修工夫，「即本體便是工夫」。[43]

龍溪「即本體便是工夫」的另一理論展現，便是「良知見在」：

> 先師提出良知二字，正指見在而言，見在良知與聖人未嘗不同，所不同者能致與不能致耳。且如昭昭之天與廣大之天原無差別，但限於所見，故有大小之殊。[44]

「見在」即現成之意，就是「當下具足」，「良知見在」肯定凡人與聖人良知相同，愚夫愚婦要信得過良知，欣然朝向聖人之境，所別在於能致與否罷了，如何致呢？龍溪的「見在」乃是針對「修證」而言：

> 有收有制之功，非究竟無為之旨也，至謂世間無有現成良知，非萬死功夫斷不能生，以此較勘世間虛見附和之輩，未必非對病之藥，若必以現在良知與堯舜不同，必待工夫修整而後可得，則未免於矯枉之過。曾謂昭昭之天與廣大之天有差別乎？[45]

以修證工夫對治世間嗜欲雜夾之俗情，是「在後天動意上立根」，會使「致知工夫轉覺繁難」，「若能在先天心體上立根，則意所動自無不善，世情嗜欲自無所容，致知工夫自然易簡省力」。[46]龍溪兩次提到「昭昭之天」與「廣大之天」譬喻見在良知與聖人良知原無差別，是因為受限於人之囿見，始有大小之殊。認清良知為心之本體，便要在心體上作工夫，此工夫為

37，下卷，頁 75-76。

43 引自《王龍溪語錄》（臺北：廣文書局，1960），卷 1，頁一，〈天泉證道記〉。

44 參見同註 43，卷 4，頁三，〈與獅泉劉子問答〉。

45 參見同註 43，卷 2，頁十一，〈松原晤語〉。

46 以上引文均參見同註 43，卷 1，頁七，〈三山麗澤錄〉。

何？不待修證，而要「復」、要「日減」，龍溪云：

> 良知不學不慮，終日學，只是復他不學之體；終日慮，只是復他不慮之體，無工夫中真工夫，非有所加也。工夫只求日減，不求日增，減得盡便是聖人。後世學術正是添的勾當，所以終日勤勞更益其病。果能一念惺惺，泠然自然，窮其用處，了不可得，此便是究竟語。[47]

這種在先天心體上立根的工夫，在減除障蔽，復此心體，減得盡便是聖人，而「日減」與「復」是無工夫中真工夫，不同於終日勤勞作力的道德實踐，而是在一念上理會察照，「當下具足」，乃自我覺悟之義。龍溪特別重視「悟」，曾有三悟之說：[48]

> 師門嘗有入悟三種教法，從知解而得者，謂之解悟，未離言詮；從靜中而得者，謂之證悟，猶有待於境；從人事鍊習而得者，忘言忘境，觸處逢源，愈搖蕩愈凝寂，始為徹悟。[49]

解悟未離言詮，證悟仍有待於境，唯觸處由人事鍊習而得者，始為徹悟，時時照顧一念，便能到達良知的最高境界。

龍溪對陽明四句教理解為「四無」，與其「見在（現成）良知」的主張一致，標舉「良知即是主宰，即是流行」[50]，是一「即本體便是工夫」的理論，因此陽明以為此學「易簡直捷」。然而這樣「易簡直捷」的學思路徑，畢竟存有很大的危機，龍溪同輩友好對此已有所警惕：

> 世間薰天塞地，無非欲海，學者舉心動念無非欲根，而往往假託現成良知，騰播無動無靜之說以成其放逸之私，所謂行盡如馳，莫之能止。此兄憂世耿耿苦心……。[51]

---

[47] 參見同註 43，卷 6，頁十三，〈與存齋徐子問答〉。

[48] 關於三悟之說，除本文所引之〈霓川別語〉一則以外，另見於《王龍溪全集》（臺北：華文出版社，1970，道光二年刻本）卷 17，〈悟說〉，該文所言更詳盡。勞思光著《中國哲學史（三上）》（臺北：三民書局，1981）頁 457，曾引述。

[49] 參見同註 27，上冊，卷 12，〈浙中王門學案二〉，「霓川別語」條，頁 253。

[50] 同註 44，〈與獅泉劉子問答〉。

[51] 同註 45，〈松原晤語〉。

由工夫的區判，顯出世間有上根與中根以下兩等人，牟宗三先生則以為：

> 這不單是聰明與否的問題，最重要的還是私欲氣質的問題，上根人似乎合下私欲少，不易於為感性所影響，故易於自然順明覺走，中下根人私欲多，牽繞重，良知總不容易貫下來，故須痛下省察與反照底工夫。[52]

天賦上根之人，世間畢竟少有，有「現成良知」作藩籬，反而增長欲私。因此陽明對於接引上根人之四無教法，態度較嚴謹，認為一般人凡心未了，雖已得悟，仍當隨時用漸修工夫，不如此不足以超凡入聖，王學因而鼓勵一般人上乘兼修中下。陽明曾指出：「人有習心，不教他在良知上實用為善去惡功夫，只去懸空想個本體，一切事為，俱不著實，不過養成一箇虛寂」。[53]

由此可知，陽明雖立二教法，但接引上根人者，只保存於理論層面，並不應用於實際教化上，所以他說「汝中所見，我久欲發，恐人信不及，徒增躐等之病，故含蓄到今」，陽明早已洞悉龍溪學之顛危處，故特別垂示：「汝中此意，正好保任，不宜輕以示人，概而言之，反成漏泄」。[54]

以上根人之教法，接引大眾，為何徒增躐等之病？黃宗羲以為其忽略工夫歷程：「若心體既無善惡，則意知物之惡固妄也，善亦妄也。工夫既妄，安得謂之復還本體。」[55]，這便是對於「即本體便是工夫」的質疑。忽略了儒家所最重視之「為善去惡」的磨鍊工夫歷程，劉蕺山亦認為龍溪強將佛家出世精神貫注儒家入世關懷中，不僅在方法有偏差，更會遭致嚴重的後遺症：

> 有無不立，善惡雙泯，任一點虛靈知覺之氣，從橫自在，頭頭明顯，

---

52 參見牟宗三著《從陸象山到劉蕺山》（臺北：臺灣學生書局，1993），第三章，頁274。

53 參見同註37，下卷，頁98。

54 原文詳見同註43，卷1，〈天泉證道紀〉。該段文意的疏解，請詳參同註52，牟書第三章，〈王學之分化與發展〉，以及同註48，《中國哲學史》，第五章。

55 參見同註27，上冊，卷12，〈浙中王門學案二〉，「郎中王龍溪先生畿」，頁239-240。

不離著於一處，幾何而不蹈佛氏之坑塹也哉？夫佛氏遺世累，專理會生死一事，無惡可去，并無善可為，止餘真空性地，以顯真覺，從此悟入，是為宗門。若吾儒日在世法心求性命，吾慾薰染，頭出頭沒，於是而言無善惡，適為濟惡之津梁也。[56]

龍溪一再強調「即本體便是工夫」，招致蕺山「幾何而不蹈佛氏之坑塹也哉」之議，而黃宗羲亦認為龍溪學不得不近於禪，黃宗羲曰：

夫良知既為知覺之流行，不落方所，不可典要，一著工夫，則未免有礙虛無之體，是不得不近於禪。[57]

宗羲這段評語，正如上述蕺山所謂「任一點虛靈知覺之氣，不離著於一處」，均是對龍溪學良知落入禪學窠穴的論評。明代理學家隨意拈禪籍經句以說聖賢之理，自所難免，然未必即混淆儒禪宗旨，而龍溪則甚至取禪門宗旨以論學，更是其招謗議的主因，龍溪說：

聖狂之分無他，只在一念克與罔之間而已。一念明定，便是緝熙之學。一念者，無念也，即念而離念也，故君子之學以無念為宗。[58]

禪宗自慧能開始，明揭「立無念為宗、無相為體、無住為本」的禪法，為何要「立無念為宗」？慧能云：

只緣只說見性，迷人於境上有念，念上便起邪見，一切塵勞妄想從此而生。自性本無一法可得，若有所得，妄說禍福，即是塵勞邪見，故此法門立無念為宗。

如何「無念」呢？《六祖壇經》〈定慧品第四〉說此法門，「於諸境上，心不染，曰無念。於自念上，常離諸境，不於境上生心。」亦即「於念而離念」，所以慧能「立無念為宗」。龍溪的「一念者，無念也，即念而離念也，故君子之學以無念為宗」，便直接襲取壇經中的經句與義涵，解釋儒家

---

56 參見同註 27，上冊，〈師說〉「王龍溪畿」條，頁 8-9。

57 參見同註 55，〈浙中王門學案二〉，「郎中王龍溪先生畿」。

58 參見同註 48，《王龍溪全集》，卷十五，〈趨庭漫語對應斌兒〉，頁 1098。

的「君子之學」，斧鑿痕跡歷歷，[59]無怪乎劉蕺山要評斷他「直把良知作佛性看」。[60]

五、理學之狂禪

泰州學派王襞曰：「鳥啼花落，山峙川流，飢食渴飲，夏葛冬裘，至道無餘蘊矣。」[61]，這是至道流佈的光景。道體的光景成為一種可以把玩的對象，如此修道，將至於什麼境界？龍溪「即本體便是工夫」所代表的理論，將儒家重視修為的工夫化簡解消，受到思想界極大的反省與批判，例如強調「戒懼慎獨為致良知之功」的鄒東廓便以為龍溪此法，沒有落實的工夫基礎，[62]「浸流入猖狂一路」。聶豹曾寄一書給龍溪，書中提到羅洪先早年之學的弊病：

> 達夫早年之學，病在於求脫化融釋之太速也。夫脫化融釋，原非功夫字眼，乃功夫熟後景界也。而速於求之，遂為慈湖之說所入。[63]

慈湖為象山門人，其學重悟境高妙，[64]卻被黃宗義、全祖望指為壞象山之教。[65]聶豹說明羅洪先早年的學問，急於求證本體的境界，[66]殊不知，此脫

---

[59] 勞思光以為龍溪直接取禪門宗旨以論學，將良知說之宗旨竟全與禪門言「自性」之宗旨混而為一，口頭雖仍似儒自居，實則只悟到禪門之主體性，對孔孟精神方向全不能體認也。詳參同註 48，勞著，頁 458-459。

[60] 參見同註 56，〈師說〉「王龍溪畿」條。

[61] 參見同註 27，下冊，卷 32，〈泰州學案一〉，「東崖語錄」，頁 722。

[62] 鄒子「以獨知為良知，以戒懼慎獨為致良知之功……斤斤以身體之，便將此意做實落工夫」，開後來念庵「收攝保任」之路。鄒學要旨，詳見同註 27，〈師說〉「鄒東廓守益」條，頁 8。

[63] 參見同註 27，上冊，卷 17〈江右王門學案二〉，「寄王龍溪」條，頁 377。

[64] 楊簡曾面奏陸下，談論修心之要，楊曰：「陸下自信此心即大道乎？」寧宗曰：「然」，問：「日用如何？」寧宗曰：「止學定耳」先生曰：「定無用學，但不起意，自然靜定，是非賢否自明。」顯示慈湖之學，不重視靜定之工夫，以悟入為主。詳見《宋元學案》（臺北：河洛出版社，1975），卷 74，〈慈湖學案〉，頁 1390-1426。

[65] 黃宗義曾曰：「象山之後不能無慈湖……以為學術之盛衰因之，慈湖決象山之瀾」，

化融釋的境界原非可速求，乃是功夫純熟後，水到渠成的自然展現。又云：

> 以見在為具足，以知覺為良知，以不起意為功夫，樂超頓而鄙艱苦，崇虛見而略實功，自謂撒手懸崖，遍地黃金，而於六經、四書未嘗有一字當意，玩弄精魂，如是者十年……。已而恍然自悟，考之詩書，乃知學有本原。[67]

聶豹之所以舉念菴早年之學弊，一方面是自陳工夫之學的轉折，另一方面則是對龍溪之學提出批判：崇虛見而略實功，徒成玩弄精魂而已。

由於不重精熟的工夫歷程，又提出「君子之學以無念為宗」的說法，沒有禪宗背後所執持的宗教關懷，終將成為光景的玩弄，所以蕺山曰：

> 龍溪直把良知作佛性看，懸空期個悟，終成玩弄光景，雖謂之操戈入室可也。[68]

泰州學派對於光景之玩弄，較王龍溪更甚：

> 先生（按王艮）於眉睫之間，省覺人最多，謂百姓日用即道，雖僮僕往來動作處，指其不假安排者以示之，聞者爽然。[69]

王艮以為道眼前即是，主平常主自然，透過社會講學吸引了一般大眾，其門下有樵夫、陶匠、田夫等。平常、自然、灑脫、樂，這種似平常而實是最高的境界便成了泰州學派的特殊風格。[70]王艮之子王襞為學要旨如下：

> 工焉而心日勞，勤焉而動日拙，忍欲希名而誇好善，持念藏機而謂改

詳見同註27，卷12，〈浙中王門學案二〉，頁238-270。而全祖望亦認為：「象山之門，必以甬上四先生為首，蓋本乾、淳諸老一輩也。而壞其教者實慈湖」，參見同註64，〈慈湖學案〉「序錄」。

66 「先生於陽明之學，始而慕之，已見門下承領本體太易，亦遂疑之。及至功夫純熟，而陽明進學次第，洞然無間。」羅念菴對於不透過純熟工夫，一味求證本體境界，是相當危險的方式，已警悟到其危機。關於羅念菴慎防誤入禪定、劃清與外丹學之界限，「主寂」的學問，詳參同註 27，上冊，卷 18，〈江右王門學案三〉，「文恭羅念庵先生洪先」，頁388-430。

67 同註63，〈江右王門學案二〉，「寄王龍溪」條。

68 同註27，上冊，〈師說〉「王龍溪畿」條，頁9。

69 同註27，下冊，卷32，〈泰州學案一〉，「處士王心齋先生艮」，頁710。

70 泰州派學術風格的疏理，引自同註52，牟書，頁283。

過，心神震動，血氣靡靡，不知原無一物，原自見成。但不礙其流行之體，真樂自見，學者所以全其樂也，不樂則非學矣。[71]

東崖繼承其父平常、自然、樂之宗旨，又因曾師事於龍溪，亦有「良知現成」的提點。東崖之學順承陽明、龍溪、王艮之「樂者，心之本體」而來，[72]亦以樂為宗旨：「樂者，心之本體也，有不樂焉，非心之初也，吾求以復其初而已矣。」[73]如何而後能是？東崖以為莫非學也，學求此樂，引其父之言曰：「樂者，樂此學，學者，學此樂。」然而，學道之樂：

有有所倚而後樂者，樂以人者也。一失所倚，則慊然若不足也。無所倚而自樂者，樂以天者也，舒慘欣戚，榮悴得喪，無適而不可也。[74]

東崖的理論，「樂者，心之本體」與「本體未嘗不樂」，樂既是心體亦是作用，與龍溪「即本體便是工夫」異曲同工，而「樂即道」則較龍溪多了一層對於道境的描繪，「鳥啼花落，山峙川流，飢食渴飲，夏葛冬裘」，這便是描繪至道流行的光景。

東崖樂境描繪是在傳統的詮釋中所發展而來，包括孔門的兩段對話，黃宗羲析云：

白沙云：「色色信他本來，何用爾腳勞手攘？舞雩三三兩兩，正在勿妄勿助之間。曾點些兒活計，被孟子打併出來，便都是鳶飛魚躍。若無孟子工夫，驟而語之以曾點見趣，一似說夢。蓋自夫子川上一嘆，

[71] 參見同註 27，下冊，卷 32，〈泰州學案一〉，「處士王東崖先生襞」條，頁 710。

[72] 陽明曾曰：「樂是心之本體，雖不同於七情之樂，而亦不外於七情之樂。雖則聖賢別有真樂，而亦常人之所同有，但常人有之而不自知，反自求許多憂苦……但一念開明，反身而誠，則即此而在矣。」（《傳習錄》中）王龍溪亦曾曰：「樂是心之本體，本是活潑，本是脫灑，本無罣礙繫縛，堯舜文周之兢兢業業，翼翼乾乾，只是保任得此體，不失此活潑脫灑之機。……孔之疏飲，顏之簞瓢，點之春風沂詠，有當聖心，皆此樂也。夫戒慎恐懼非是矜持，即堯舜之兢業不睹不聞，非以時言也。」參見同註 43，《王龍溪語錄》，卷 3，〈答南明汪子問〉。王艮亦曰：「『不亦說乎？』說是心之本體」，參同註 27，下冊，卷 32，〈泰川學案一〉，「心齋語錄」條，頁 711-718。

[73] 參見同註 27，下冊〈泰州學案一〉，「東崖語錄」，頁 723。

[74] 同註 73，「東崖語錄」。

> 已將天理流行之體，一日迸出。曾點見之而為暮春，康節見之而為元會運世。故言學不至於樂，不可謂之樂。」至明而為白沙之藤蓑，心齋父子之提唱，是皆有味乎其言之。然而此處最難理會，稍差便入狂蕩一路。所以朱子言曾點不可學，明道說康節豪傑之士，根本不貼地，白沙亦有說夢之戒，細詳先生之學，未免猶在光景作活計也。[75]

關於黃宗羲這一大段評論，牟先生有精要的疏解，[76]大意如下。曾點基於輕鬆的樂趣回答，孔子的喟嘆亦展現一種幽默，兩人的動機並非在此表示道體流行的境界。[77]而子在川上曰「逝者如斯夫，不捨晝夜」（《論語・子罕篇》），簡單的孤立句亦很難確知孔子當時心中所想為何？但是到了宋儒，便將之孔門這兩段話語，理解為道體之流行眼前即是，自然有一種灑脫，於是道體流行便與輕鬆的樂趣結合一起，成為雖平常而意境極高的境界。這是宋儒內聖之學所大抵承認的境界，宋儒如周濂溪「吟風弄月」、二程「識孔顏樂處」均對此境界特別關注。至於道家色彩甚濃的邵康節，其以數學推算籠罩宇宙的「元會運世」說，[78]亦意味著術數家窺破造化的曠達。白沙、心齋父子即承此路向而來。

宋儒中的朱子則別有見地，說「曾點不可學」，不可學並不是反對那生命中偶而輕鬆的樂趣，而是反對將實踐的工夫當作四時景緻來玩弄。工夫實踐到最高境界，便是至道，至道當然不離人的日常感受見聞，但這些日常感受見聞並不就是道，東崖誤將體道的境界專作為學宗旨，無怪黃宗羲譏之「未免猶在光景作活計也」。體道需有切切實實的工夫，故牟宗三先生說：

> 良知自須在日用間流行，但若無真切工夫以支持之，則此流行只是一

---

75 同註71，「處士王東崖先生襞」條。

76 關於黃宗羲此段文意的疏解及光景玩弄之說，參見同註52，牟書，頁285-288。

77 《論語・先進篇》：「子路、曾皙、冉有、公西華侍坐。子曰：盍各言爾志……曰：點，爾何如？鼓瑟希，鏗爾，舍瑟而坐，對曰：異乎三子者之撰。子曰：何傷乎？亦各言其志也。曰：暮春者，春服既成，冠者五六人，童子六七人，浴乎沂，風乎舞雩，詠而歸。夫子喟然歎曰：吾與點也。」

78 「元會運世」為邵子「先天圖」之展開，應用於世界歷程之說明。三十年為一世，十二世為一運，三十運為一會，十二會為一元。一元為天地終始所需之時間。

種光景，此是光景之廣義，而若不能使良知真實具體地流行於日用之間，而只懸空地去描畫它如何如何，則良知本身亦成了光景，此是光景之狹義。我們須拆穿那流行底光景（即空描畫流行），亦須拆穿良知本身底光景（空描畫良知本身）。這裡便有真實工夫可言。[79]

依牟先生的分析，龍溪「良知……不落方所，不可典要，一著工夫，則未免有礙虛無之體」[80]、「直把良知作佛性看，懸空期個悟」（前引劉蕺山語），這些是屬於狹義的光景，空描畫良知本身，而王東崖「樂即道」，關注於道體境界的蘊緻，則屬於廣義的光景，空描畫流行。

關於玩弄光景、留戀光景的問題，羅近溪的反省與思辯如下：

- 因識露個光景，便謂吾心實有如是本體，實有如是朗照，實有如是澄湛，實有如是自在寬舒，不知此段光景原從妄起，必隨妄滅。及來應事接物，還是用著天然靈妙渾淪的心，此心儘在為他作主幹事，他卻嫌其不見光景形色，回頭只去想念前段心體，甚至欲把捉終身以為純一不已，望顯發靈通以為宇泰天光，用力愈勞，而違心愈遠矣。
- 若坐下心中炯炯，卻赤子原未帶來，而與大眾亦不一般也。蓋渾非天性，而出自人為……若只沉滯胸襟，留戀景光，幽陰既久，不為鬼者亦無幾。[81]

羅近溪舉例譬說，童子捧茶時，並不去把捉一個光光晶晶無有沾滯的光景，心無內外，工夫亦不在心之內外，童子獻茶來，我則隨眾起而受之，童子來接茶甌時，我亦隨眾與之，當下即是。豈惟人之老幼，即連車馬、禽鳥、園花、天日、和風、雲煙等宇宙萬物欣然之景象，皆不必待他去持。若有所持，則必淪為一物矣，若有物，則渾非天性，乃出自人為撥弄。[82]羅近溪以

---

79 引自同註 52，牟文。

80 參見同註 27，上冊，卷 12，〈浙中王門學案二〉「郎中王龍溪先生畿」篇，頁 239-240。

81 二段引文分別參引自羅近溪撰、曹胤編《盱壇直詮》（臺北：廣文書局，1960），頁 94 與頁 98。

82 關於當下與持的問題，近溪有言：「林生竦然曰：不知心是何物耶？子乃遍指面前所

為如此才可以是近溪學「當下便有受用」（黃宗羲語）的特質，人唯有作此工夫，方能使良知具體流行於日用之間而眼前即是。否則一味追求靜默時那心烱烱、光晶晶、朗照澄湛、自在寬舒的光景，執以為赤子良知本心，加以玩弄留戀，則心體反成鬼窟。所以牟先生認為「順泰州派家風作真實工夫以拆穿良知本身之光景使之真流行於日用之間，而言平常、自然、灑脫與樂者，乃是羅近溪」。[83]

近溪學的特質，正如黃宗羲所說：

> 先生之學，以赤子良心、不學不慮為的……此理生生不息，不須把持，不須接續，當下渾淪順適。工夫難得湊泊，即以不屑湊泊為工夫，胸次茫無畔岸，便以不依畔岸為胸次，解纜放船，順風張棹，無之非是。[84]

近溪體會到真實工夫的重要性，每每循循善誘，教化友生，使不沈滯胸襟，留戀光景，在「共此段精神」[85]的踐履中，順適平常地體證良知。然而當下渾淪順適地真實工夫「難得湊泊」，並非人人輕易皆能，若著眼於天理流行於日常生理感受間，執以為道即如是，則不免流為情識放縱。從羅近溪的思辯反省與泰州學派的理路對照，黃宗羲因而評議泰州學派乃「稍差便入狂蕩一路」。如同筆者前文引述袁宏道謂狂禪「多被目前境界奪將去，作主宰不

有示曰：汝看此時環侍老小，林林總總，個個仄著足而立，傾著耳而聽，睜著眼而視，一段精神果待他去持否？豈惟人哉？兩邊車馬之旁列，上下禽鳥之交飛，遠近園花之芳馥，亦共此段精神，果待他去持否？豈惟物哉？方今高如天日之明熙，和如風氣之暄煦，藹如雲煙之霏密，亦共此段精神，果待他去持否？……諸老幼咸躍然前曰：我百姓們此時懽忻的意思……也不曉得要怎麼去持，也不曉得怎麼是不持……諸君試看許多老幼在此講談一段精神，千千萬萬，變變化化，倏然而聚，倏然而散，倏然而喜，倏然而悲，彼既不可得而知，我亦不可得而測，非惟無待於持，而亦無所容其持也」。參見同註 81，《盱壇直詮》，下卷，頁 157。

83 羅近溪曾於病中體悟「一念耿光，遂成結習」，前此對於良知本身底光景的執持，日後特重光景之拆穿，詳見同註 27，卷 34，頁 760-805，以及同註 52，牟書，第三章〈王學之分化與發展〉，頁 288-298。

84 參見同註 27，下冊，卷 34，〈泰州學案三〉「參政羅近溪先生汝芳」，頁 762。

85 參見同註 81，《盱壇直詮》，下卷，頁 334-354。

得，日久月深，述而不返」，學者悟入迅快而不費力，遂以為禪修如此容易，誤執現前光景作主宰，沒有慚愧心的反照，便無堅強的佛性與良知信持，態度上自然容易流為狂蕩。

經由以上的考察，吾人可明瞭，龍溪以「無」立體，忽略工夫歷程，泰州學雖明日常生活即是道，但偏於光景之描畫與留戀。龍溪、泰州學重本體輕工夫，以及玩弄光景、留戀光景的弊端，雖然「汝中資性明朗」（按陽明對龍溪的評語），為上根之人開闢一條簡易直捷的路子，然由於得之不費力，遂生容易心，卻認現前光景為主宰，日月留戀不返，雖有良知的信持勇氣，難免不轉入生活形貌上的自信縱放，而流露出狂態。又由於龍溪學、泰州學於本體境界與方法上很難與禪劃清界線，結合上學派特質導引出的狂態，遂引致「狂禪」之訾。

六、生命情調

筆者以上已就禪風與理學所以流於狂禪之種種面向，逐一考察。以下筆者將針對文人在此風氣下，如何上溯《論語》提出「狂」論，試圖為狂者的生命情調作出適切詮釋，並以李贄為例，說明被冠以「狂禪」之名的他，其生命情調特異之處。

（一）狂者的人格風姿

龍溪學重悟而忽略實際工夫歷程，「浸流入猖狂一路」，泰州學派稍一不慎則淪為玩弄光景、留戀光景，二家學風均使門人「承領本體太易」[86]。泰州傳人於生命中普遍流露著名教不能羈絡的狂態，例如：好急人之難，具游俠張皇身姿的顏山農，誚誣當道，招徠方伎雜流四方之士信從的何心隱，棄儒業習攝心術，又得黃白術於方外。龍溪、念菴目之為奇士的方湛一，扁

[86] 參見同註 27，上冊，卷 18，〈江右王門學案三〉，「文恭羅念菴先生洪先」，頁 389。

舟往來於村落間，歌聲振乎林木的王東崖……等。泰州學派師祖王艮曾夜夢天墮壓身，萬人奔號求救，自舉臂起之，欲重整夫次之日月星辰，這種擔當，是基於「身尊則道尊」的理念，自我期許為一理想的人格，以此身為萬物之本，要「天地萬物依於身，不以身依於天地萬物」，因此，他要回復原始儒家的理想標準，便在京師以孔子轍環車制自創蒲輪、服堯之服，招搖道路，其冠服言動與人相異，乃有這一層內在心理「捨我其誰」的豪氣，表現在一般人眼裡，便是一個怪魁。陽明便認為心齋「意氣太高，行事太奇」而痛加裁抑。

對於狂者人格風姿的把握，來自論語的典故，[87]晚明士人承此對狂、狷與鄉愿頗有探討。王龍溪曾云：

> 孔子不得中行而思及於狂，又思及於狷。若鄉愿則惡絕之，甚則以為德之賊……狂者之意，只是要做聖人，其行有不掩，雖是受病處，然其心事光明超脫，不作些子蓋藏迴護，亦便是得力處。若能克念，時時嚴密得來，即為中行矣。狷者雖能謹守，未辦得必做聖人之志，以其知恥不苟，可使激發開展以入於道，故聖人思之。若夫鄉愿，不狂不狷，初間亦是要學聖人，只管學成殼套，居之行之，象了聖人，忠信廉潔，同流合污，不與世間立異，像了聖人混俗包荒……吾人學聖人者，不從精神命脈尋討根究，只管取皮毛支節。……以求媚於世……陷於鄉愿之似而不自知。[88]

龍溪強調學聖人須取精神命脈，若只取皮毛支節，僅是媚世的鄉愿。狂者狷者，雖一太過，一不及，然假以嚴密工夫激發開展之，皆有成聖的可能，故狂者、狷者乃是一段通向聖人之途的過程。當成聖不易得時，這樣的一段過程便顯得極為珍貴，所以晚明士人屢屢透露出對狂狷之境的欣賞，且尤重狂者。

---

87 《論語・子路篇》：「子曰：不得中行而與之，必也狂狷乎？狂者進取，狷者有所不為也。」注曰：「狂者進取於善道，狷者守節無為，欲得此二人者，以時多進退取其桓一。」集注曰：「狂者，志極高而行不掩，狷者，如未及而守有餘。」

88 參見同註43，卷一，頁三，〈與梅純甫問答〉。

王陽明曾針對《論語・先進篇》「孔子問志於弟子」一章，說明對狂狷資性之士各應有不同的成就方式，[89]而陽明則自許為一狂者：

> 我在南都已前，尚有些子鄉愿的意思在，我今信得這良知，真是真非，信手行去，更不著些覆藏，我今纔做得箇狂者的胸次，使天下之人都說我行不揜言也罷。尚謙出曰：信得此過，方是聖人的真血脈。[90]

陽明這番話，是在回應弟子對於其學招致天下謗議，與四方排阻益力的說詞，信得過良知，以良知之是非為是非，有自信之勇氣與動力，便無所遮藏蔽覆，雖天下謗議紛紛，亦毫無所動，這就是陽明狂者的胸次。王陽明認為狂者胸次必須實實在在地發自對於良知的信持，然而泰州學派則往往轉為生活形貌上的自信狂放，即黃宗羲所云：「泰州之後，其人多能以赤手搏龍蛇，傳至顏山農、何心隱一派，遂復非名教之所能羈絡矣」。[91]泰州諸子有蓬勃的實踐精神，重視具體事功與生活感受，若在個人道德體驗上，能明察是非，信手行去，非名教所能羈絡固宜，但若不能明察良知是非，流為意氣之橫行，徒然擺脫名教範限，而不立出道德主體，很自然地便由儒者轉為游俠的生命情調了。[92]

---

89 陽明曰：「王汝中省曾侍坐，先生握扇命曰：你們用扇。省曾起對曰：不敢。先生曰：聖人之學，不是這等綑縛苦楚的，不是粧做道學的模樣。汝中曰：觀仲尼與曾點言志一章，略見。先生曰：然，以此章觀之，聖人何等寬洪包含氣象，且為師者問志於群弟子，三子皆整頓以對，至於曾點飄飄然，不看那三子在眼，自去鼓起瑟來，何等狂態，及至言志，又不對師之問目，都是狂言，設在伊川，或斥罵起來了。聖人乃復稱許他，何等氣象。聖人教人，不是箇束縛他通做一般，只如狂者便從狂處成就他，狷者，便從狷處成就他，人之才氣，如何同得。」引自同註 37，下卷，頁 86-87。

90 參見同註 37，下卷，頁 97。

91 參見同註 35。

92 如顏鈞、何心隱均有濃厚的游俠精神，何心隱甚至撰文為聖賢與游俠之別在落意氣與不落意氣云云，此見解詳參同註 9，曹書，第三章〈性靈小品寫作的時代意義〉，頁 123。

（二）李贄的狂論

晚明由儒者所讚揚的狂士轉為游俠之生命情調的典型，以李贄為最。李卓吾被視為狂禪的焦點人物，焦竑推尊其為聖人。李贄與晚明大部分思想家具有駁雜的傾向一樣，有過之而無不及，其學術雖雜揉儒道佛等諸家，但由李贄自稱其「雖落髮為僧，而實儒也」[93]的態度看來，李仍以儒者自許，故其學術得力於明儒甚多，與陽明學的關係極為密切，曾親受業於王艮之子王襞，[94]亦曾親會龍溪與近溪，並云：「自（萬曆五年）後，無歲不讀二先生之書，無口不談二先生之腹」[95]，而對龍溪極崇慕：「聖代儒宗，人天法眼，白玉無瑕，黃金百煉」[96]，可謂已達頂點，對於泰州學派之心齋及其門人弟子，以雲龍風虎之英雄視之。[97]李贄的學術淵源，大抵建立在以王艮所傳之泰州學派上，此外亦揉合了佛與道的成分，[98]李贄承繼龍溪、泰州學的簡易直捷的特色，更將「狂禪」推上高峰。卓吾的狂禪姿態，可由袁中郎處證之：

> 袁氏禪，非敢遽斷，為口頭得法於龍湖（按李贄曾居麻城龍潭湖），龍湖不無狂魔入肺腑之證，至袁氏，一轉而為輕清，魔遂在輕安快活裡作科臼，日流在光滑處生知生見，無箇銀山鐵壁時節。[99]

卓吾這種知見生於於輕安光滑處的狂禪，的確吸引了如袁氏兄弟一般的穎悟

---

93 參見李贄〈自序〉，《初潭集》（臺北：漢京文化公司，1982，初版），頁1。

94 參見李贄《續焚書》卷三，〈讀史彙〉「儲瓘」條。收入李贄《焚書 續焚書》合刊（臺北：漢京文化公司，1984），頁90。

95 參見李贄《焚書》（同註94），卷3，〈羅近溪先生告文〉，頁122-125。

96 參見同註95，卷3，〈王龍谿先生告文〉，頁120-122。

97 參見同註95，卷2，〈為黃安二上人大孝〉，頁79-82。

98 李贄學術駁雜諸家，詳參王煜著〈李卓吾雜揉儒道法佛四家思想〉一文，收於王著《明清思想家論集》（臺北：聯經出版社，1981）。另關於其學術淵源，請參林其賢著《李卓吾事蹟繫年》（臺北：文津出版社，1988），卷首附〈李卓吾學術淵源表〉，由附表得知，李與王學的關係，大體建立在以王艮所傳之泰州學派上，此外亦揉合了佛道的成分。

99 參見同註21，〈袁伯修中郎小修傳〉。

文士，為學務實的耿定向，雖有心卻難以匡救：

> 先生因李卓吾鼓倡狂禪，學者靡然從風，故每每以實地為主，苦口匡救，然又拖泥帶水，於佛學半信半不信，終無以壓服卓吾。[100]

耿定向欲以實地工夫，苦心挽救李氏狂禪風潮，然因對佛學一知半解，實無法對抗狂瀾。李贄「聰明蓋代，議論間有過奇，然快談雄辯，益人意智不少」，其作品「無論通邑大都，窮鄉僻壤，凡操觚染翰之流，靡不爭購，殆急於水火菽栗也」[101]，一般大眾「全不讀四書五經，而李氏《藏書》、《焚書》，人挾一冊以為奇貨」。[102]李贄由於個人風格魅力無窮，故能驚動士林，披靡一代，受到廣大的注意，李贄好發新論，喜為驚世駭俗之論，又務反宋儒道學之流，其學說以解脫直截為核心，對於年輕高曠豪舉之士，有很大的吸引力，願樂慕之，後學者形成狂潮。

「狂禪」的思想，透過李贄魅力的播送，已由思想界，伸向藝文界，劉蕺山曰：「今天下爭言良知矣。及其弊也，猖狂者參之情識」，[103]指出李贄的良知說，已摻入情識的成分，對藝文界造成了莫大影響，例如徐渭寫意抒情的逸筆水墨畫、公安三袁性靈文學的主張，均標榜真情，排斥假道學以學問道理自飾其偽，重視自性自靈，乃是由龍溪的「見在良知」、近溪的「赤子之心」到李贄的「童心說」一脈相承的產物。[104]

---

[100] 參見同註 27，下冊，卷 35，〈泰州學案四〉，「恭簡耿天臺先生定向」，頁 815-816。

[101] 以上二段文字引自同註 14，《萬曆野獲編》卷 27，「二大教主」條。

[102] 朱國禎著《涌潼小品》（北京：文化藝術出版社，1998），卷十六「李卓吾」條，頁 374。

[103] 參見劉蕺山著，《劉子全書》（臺北：華文出版社，1968），第一冊，卷 6，〈證學雜解〉，頁 441。

[104] 李贄思想過渡到藝文界的橋樑人物是公安三袁，如錢謙益云：「萬曆中年，王、李之學盛行黃茅白葦，彌望皆是……中郎以通明之資，學禪於李龍湖，讀書論詩，橫說豎說，心眼明而膽力放，於是乃倡言擊排，大別厥辭……中郎之論出，王、李之雲霧一掃，天下之文人學士始知疏瀹心靈，搜剔慧性……」，參錢謙益《列朝詩集小傳》丁集。一般認為，公安三袁等晚明文人所倡導的性靈用語，如性情、精光、元神等，皆與李贄「童心說」有直接的影響關係。詳參同註 9，曹書，頁 149-164。另詳參陳萬

李氏狂禪之論不僅如袁中郎所評「空談非實際」，更以其信解通利，才辯無礙的天賦，負超逸之才、豪雄之氣，而為驚世駭俗之言行，這在以淨土為宗的蓮池大師眼中，甚為歎惜：

> 或問李卓吾棄榮削髮，著述傳海內，子以為何如？人答曰：卓吾超逸之才，豪雄之氣，吾重之，然可重在此，可惜亦在此。夫人具如是才氣而不以聖言為量，常道為憑，鎮之以厚德，持之以小心，則必好為驚世矯俗之論，以自嬐快。……以秦皇暴虐為第一君，以馮道之失節為大豪傑，以荊軻聶政之殺身為最得死所，而古稱賢人君子者，往往反摘其瑕纇，甚而排場戲劇之說，亦復以琵琶荊釵守義持節為勉強，而西廂拜月為順天性之常。大學言，好人所惡，惡人所好，災必逮夫身，卓吾之謂也，惜哉！[105]

李贄敢於對傳統權威提出挑戰，能包容者如袁中道，歎惜其「破的中竅之處，大有補於世道人心」，[106]然而大部分的戈戟指向，如同沈瓚對李贄帶來風潮的評論：「不但儒教防潰，而釋氏繩檢，亦多所屑棄」。如此驚世駭俗的言行與作風，即使在文友中道的心中，仍不無孤掌難鳴之歎：

> 或問袁中道曰：公之於溫陵也學之否？予曰：雖好之，不學之也。……若好剛使氣，快意恩讎，意所不可，動筆之書，不願學者一矣。既已離仕而隱，即宜遁跡入山，而乃徘徊人世，禍逐名起，不願學者二矣。急乘緩戒，細行不修，任情適口，鸞刀狼藉，不願學者三矣。[107]

袁中道對於好友的狂恣，頗不以為然，三袁兄弟終究捨狂禪一路而歸向淨土。

被視為晚明狂士、狂禪代表人物的李贄，對「狂」亦有所發言：

> 蓋狂者下視古人，高視一身，以為古人雖高，其跡往矣，何必踐彼跡

益著《晚明小品與明季文人生活》（臺北：大安出版社，1992）。

[105] 引自同註 1，雲棲袾宏著〈二筆・李卓吾二〉條，頁 233-234。

[106] 參見袁中道撰〈李溫陵傳〉，收入同註 90，《焚書》，頁 3。

[107] 同註 106，袁文。

為也，是謂志大。以故放言高論，凡其身之所不能為，與其所不敢為者，亦率意妄言之，是謂大言。固宜其行之不掩耳。何也？其情其勢自不能以相掩故也。夫人生在天地之間，既與人同生，又安能與人獨異，是以往往徒能言之以自快耳，大言之以貢高耳，亂言之以憤世耳。渠見世之桎梏已甚，卑鄙可厭，益以肆其狂言。[108]

李贄對於傳統，有深切的質疑與反叛，所著《焚書》一書，更具狂士懷抱，上述言論，並不著眼於探討道德修為的階第，而是對狂者的生命型態作一素描，為狂者所以誕生找尋適當的理由，狂者以大志大言掙脫世情桎梏，成為其存在世間的最高價值。

七、結論：禪不成禪、儒不成儒

晚明興起的「狂禪」，不只是禪學範疇的名詞，更是思想界、文化界特殊風氣的指標。四庫館臣對於李贄與焦竑有所評論：

（焦竑）師耿定向而友李贄，於贄之習氣，沾染尤深，二人相率而為狂禪。贄至於詆孔子，而竑亦至尊崇楊墨，與孟子為難。雖天地之大，無所不有，然不應妄誕至此也。[109]

紀昀認為「狂禪」的鼓弄者李贄與焦竑，在思想另一面的表現是對儒家孔孟主流傳統的輕詆。袁中郎亦曾檢討這種當世空疏放逸的現象：

禪者見諸儒汩沒世情之中，以為不礙，而禪遂為撥因果之禪。儒者借禪家一切圓融之見，以為發前賢所未發，而儒遂為無忌憚之儒。不惟禪不成禪，而儒亦不成儒矣。[110]

袁中郎認為「狂禪」是儒的一種方便，藉禪扭轉儒學思想世俗化的一種怪異的變通，卻落得禪不禪，而儒亦不成儒的結果。

狂禪空疏流蕩之弊，如石頭居士好習禪，卻在態度上失之偏差的狀況，

---

[108] 參見同註 95，卷 2，〈與友人書〉，頁 74-76。

[109] 參見同註 2。

[110] 參見《袁中郎全集》（臺北：偉文圖書公司，1976）卷 23，〈答陶石簣〉。

許多晚明文人業已知曉，並提出對治之方，董其昌原來「識劣根微，久為空見所醉，縱情肆志，有若狂象」，[111]雖難脫文人耽於游藝的習氣，卻在一次地獄夢遊醒寤之後，遂發心歸依淨土。而早歲習禪於李卓吾的袁中郎，好掉弄知解，依違光景，留戀於信解通利，辯才無礙的虛榮裡，後來也體驗出空談非實際，與伯修小修兄弟三人一同歸向淨土。[112]董其昌等文人的修行路徑，由理會狂慧的禪悅，逐漸轉向老老實實的淨土，均在當代由狂禪之流連處，迷途知返。

經由筆者前文的考察得知，「狂禪」流風的探源，可從陽明傳人特別是龍溪、泰州二家近禪之良知學上獲致消息，「即本體便是工夫」與「見成良知」的理論，對於中根以下的一般大眾而言，一則「承領本體太易」，另一則流戀於光景的玩弄，這種討便宜的修行，在禪界亦同樣面臨。更精確地說，「狂禪」，實為儒士與禪僧兩方共同撥弄之後的時代產物，終究只落得「禪不成禪，儒不成儒」的地步。這種禪不禪，儒不儒的時代怪象，東林黨代表人物黃宗羲以為泰州學派難辭其咎：

> 諸公掀翻天地，前不見有古人，後不見有來者。釋氏一棒一喝，當機橫行，放下拄杖，便如愚人一般。諸公赤身擔當，無有放下時節，故其害如是。[113]

處在這股風潮下的東林黨，毫不留情地指出時代病痛的禍首，更將利矛指向問題的發端處：

> 蓋自弘治正德之際，天下之士厭常喜新，風氣之變已有所自來。而文成以絕世之資，倡其新說，鼓動海內。嘉靖以後，從王氏而詆朱子者，始接踵於人間……故王門高第為泰州、龍溪二人，泰州之學一傳而為顏山農，再傳為羅近谿、趙大洲。龍谿之學一傳為何心隱，再傳為李卓吾、陶石簣……以一人而易天下，其流風至於百有餘年之久者，古有之矣，王夷甫之清談，王介甫之新說，其在於今，則王伯安

111 參見同註 21，〈袁伯修中郎小修傳〉。

112 石頭居士、董香光、袁氏兄弟三人生平學佛的轉向，參見同註 21。

113 參見同註 35。

之良知是也。[114]

在顧氏的心裡，朱子學說弊於拘謹，但對此拘病可從正面順向解決，而陽明學弊於狂蕩，救其蕩病，需從反面加以扭轉，則難度太高，[115]時代造成的狂瀾已難挽回，王學必須為明末的天崩地解，綱紀淩夷負完全責任。[116]

東林清議，乃有鑑於當時政風、世風與學風數重敗壞而起，此一時代之亂象，思想界難諉其過，東林學者的主要抨擊論點，針對王學末流因狂妄而打破聖賢與經典的權威而發，於是一連串對王學的批判，接踵而至。龍溪與泰州學理論上的缺失、禪學歪風與發之行為上的狂象，便逐漸匯合而被視為一體，「狂禪」一詞，實包藏著如此多面向的意指，「狂禪」的魅力人物李贄，其生命歷程亦齊聚了如此豐富的意涵。東林黨運動的健將，展開批判王學末流的風暴，主要攻擊目標就是李卓吾，反王學運動，可謂由批判李卓吾而延伸的結果。[117]

---

114 引自顧亭林《日知錄》（臺北：臺灣商務印書館，1978），卷 18，〈朱子晚年定論〉條，頁 116。

115 顧憲成說：「以考亭為宗，其弊也拘。以姚江為宗，其弊也蕩，順而決之為易，蕩者人情所便，逆而挽之為難。」參見顧憲成著《小心齋劄記》（臺北：廣文書局，1975），頁 63。

116 亭林另有一文〈與友人論學書〉說道：「昔劉石亂華，本於清談之流禍，人人知之。孰知今日之清談，有甚於前代者。昔之清談談老莊，今之清談談孔孟。未得其精而已遺其粗，未究其本而先辭其末……舉夫子論學論政之大端一切不問，而曰一貫，曰無言。以明心見性之空言，代修己治人之實學，股肱惰而萬事荒，爪牙亡而四國亂，神州蕩覆，宗社丘墟。」參見《亭林文集》（臺北：新興書局，1956）卷 3，頁 176-177。將王陽明之良知學說比於王弼之清談，空言誤國。對於王學及其末流背負如此大的歷史罪責，勞思光先生持較同情的立場。勞以為陽明一生歷憲、孝、武、世四代，正屬日漸衰落之階段，至後學則不數代已至明末之大衰亂矣。而其後學在完成理論時，已處於社會政治之衰亂時期，其學說大行之際，則更值大亂之來臨，由此，陽明之學遂陷於一極不利又極易受責難之歷史環境中。倘其學說流行不在衰亂之世，則世人之反應或有不同……云云，勞氏言下之意，認為王學面臨王朝末世因無積極客觀化的理論觀念可資建立事功，遂成為歷史的箭靶，僅憑一個學說，實不足以導致一個龐大王國走向滅亡之途。參見同註 48，勞書第五、六兩章。

117 李卓吾在思想上發揮影響力的時間，應從萬曆十八年《焚書》的出版起算至他逝世那儘管批判李卓吾的聲浪巨大，仍有人願意較持平地來評論，許卓吾為人傑。[118]晚明由「狂禪」魅力人物所引致的風潮，誠然牽動著許多文人的寫作與感物心靈，締造了嶄新奇異的文學變貌，在中國歷史上，彷彿開出一朵文化奇葩。而將一個王朝崩頹的重責，諉由思想界的陽明後學來擔負，以歷史評價的角度看來，實未免過於偏執且沈重，「狂禪」點染著文化的奇象，為其所幸；而遭逢了大時代的變局，卻成為其不幸！

「狂禪」這股時代流風，經由敏感於世變者大力掃蕩與自覺，在明末果真「漸失其傳」，入清之後，經世考證之學由於時代需要應運而生，「狂禪」的人物代表，在清初學者沈佳所編的《明儒言行錄》一書中均缺其席位，[119]而那一批鼓弄「狂禪」的著作，亦在官修的《四庫全書》中，一律遭到封殺的命運，[120]「狂禪」，就此沈入歷史洪流之中。

年為止，這段時間正是王學由盛轉衰之時，因此李卓吾在反王學運動中被列為箭的，實是當然。關於李卓吾生平的考察與佛學思想的來龍去脈，詳參同註 32，江燦騰書，第二章〈李卓吾的生平與佛教思想〉，該文對李卓吾的研究，頗有精彩之處。

118 淨土宗雲棲袾宏從較平正的立場評論李贄：「或曰：子以成敗論人物乎？曰：非然也。夫子記子路不得其死，非不賢子路也，非不愛子路也，行行兼人，有取死之道也。卓吾負子路之勇，又不持齋素而事宰殺，不處山林而遊朝市，不潛心內典而著述外書，即正首邱，吾必以為倖而免也。雖然，其所立遺約，訓誨徒眾者，皆教以苦行清修，深居而簡出，為僧者當法也。蘇子瞻譏評范增，而許以人傑，予於卓吾亦云。」參見同註 1，〈二筆・李卓吾二〉條，頁 233-234。

119 應撝謙序曰：「觀其書……去取之間，至慎也，大約以敬軒為宗，而諸儒繼之……至陽明之學，則行之已久，其中從是興起力行可畏者不乏其人，仍兩為存之，錄緒山、念菴而不錄龍溪、心齋，皆有深意，可謂簡嚴矣」四庫提要云：「佳之學出於湯斌，然斌參酌於朱陸間，佳則一宗朱子，故是編大昔以薛瑄為明儒之宗，於陳獻章則頗致不滿，雖收王守仁於正集，而守仁弟子則刪汰甚多，王畿、王艮咸不預焉。」上引二文，詳參沈佳編《明儒言行錄》（臺北：明文書局，1991），頁 002-005。

120 《四庫全書》完全不收李贄、羅近溪、顏山農、何心隱、周海門等人的著作，其餘亦僅存目載錄王艮〈心齋約言〉（儒家存二）、王畿〈龍溪語錄〉（別集存四）、〈龍溪語錄〉（別集存四）、王襞〈東崖遺集〉（別集存五）、管志道〈孟子釘測〉（四書存）等，可見清廷官修類書對於王學末流著作之心態如何。

閱讀與夢憶：晚明的旅遊小品*

一、緒論：旅遊文學及接受美學

「旅遊文學」在西方文學史上，自十八世紀以來，已逐漸形成一個通俗的敘事文類，在歐洲擁有廣大的讀者群。由於對內容性質的需求不同與認知差異，而有關於該文類的諸多探討。文藝復興時期的旅遊不脫中古傳奇的框架，多為怪譚虛構；啟蒙運動以後，轉而強調實證經驗，要求旅遊書兼具「知識與怡情」的功用。直到十九世紀末，旅遊寫作的基本原則仍是客觀描述為主。及至現代，這種客觀性或眼見為憑的說法，自然難逃被顛覆的命運。現今的文學理論家，則捨棄文類的形式與目的論，轉而凸顯旅遊書的論述性質，除了紀錄旅遊的經驗表象，更重要的是建構作者的「自我主體」與「他者」之間的對話交鋒。旅人離家在外，跨入「他者」的地理和文化版圖，產生一種烏托邦的欲求，促使自我主體持續藉由外在世界的刺激而生內省思考，於是旅遊書暗伏或直陳論述的企圖，絕非單純的報導見聞。純粹由歸零開始的旅遊是不可能的，因為旅遊主體永遠帶著先在視野（包括原先文化、語言結構、意識型態），傳統目的旨在教育啟迪，採擷訪地的素材，短暫滿足讀者眷戀外邦、或編織異域風采、或勾起浪漫思緒，旅遊寫作更內在地拉開了一個真實與象徵相遇的場域，提供締建區分「我土」與「蠻邦」疆界

* 本文初稿曾於 1999 年 3 月 13 日於東海大學舉辦之「旅遊文學」學術研討會上宣讀，發表當日，承蒙黃志民教授悉心講評，不吝指正，敬致謝忱。會後拙文業經修改補訂完成。

的想像地理。[1]

觀察中國的旅遊文學，《楚辭・遠遊》、《穆天子傳》、《水經注》、《洛陽伽藍記》、《東京夢華錄》、《西湖夢尋》……，亦大致隱伏著這樣一種由志怪搜奇、轉而客觀紀錄、再邁向主觀省察、進而回歸自我之不斷追尋的脈絡。在這樣的脈絡中，晚明的旅遊文學，具有如何的特性？

從文獻上看，明代史部地理類的書很多，除了代表歷史意義的總志、方志之外，追記一地的雜志亦多，如《帝京景物略》、《客座贅語》、《金陵圖詠》等。另外山水志中記錄名山勝遊的山志特多，《徐霞客遊記》是極精細的旅遊紀錄。[2]晚明的文學與繪畫，含有大量的遊記題材，以三袁文集為例，袁伯修《白蘇齋類集》卷十四「遊記類」，皆遊歷之題或記；袁宏道《袁中郎全集》卷八「記述類」，專收遊勝之地與旅遊之事，卷十一「場屋後紀」則為科考放榜後一段時日的遊歷雜感日記；袁小修《珂雪齋近集》、《珂雪齋前集》中，均收有紀遊之文，另《遊居杮錄》則為旅遊閒居的筆記書；王季重亦有遊記集《游喚》。另外又有大宗以山水或遊勝為主題的圖象紀錄，如繪畫、版畫等，皆可視為晚明文人嗜遊山水的明證。

晚明文人嗜遊山水，他們究竟是抱持什麼態度來面對山水？陳仁錫說道：

> 文字，山水也；評文，游人也。夫文字之佳者，猶山水之得風而鳴，得雨而潤，得雲而鮮，得游人閒懶之意而活者也。游人有一種閒懶之意，則評文之一訣也。天公業案，惟胡亂評文字為最，何也？山水遇得意之人固妙，遇失意之人亦妙；緣其人閒懶之意而山水活者，亦不

---

[1] 旅遊文學在西方文學史的文類定位、功能與發展諸討論，詳參《中外文學》第 26 卷第 4 期「離與返的辯證：旅行文學與評論」專輯，1997 年 9 月。本段論述觀點分別參引自該專輯所收錄之三篇論文：宋美瑾〈自我主體、階級認同與國族建構〉（頁 4-28）、陳長房〈建構東方與追尋主體：論當代英美旅行文學〉（頁 29-69）、李鴻瓊〈空間、旅行、後現代：波西亞與海德格〉（頁 83-117）。

[2] 《徐霞客遊記》是一部精細的旅遊紀錄，不僅主觀地紀勝，更客觀地記錄了地質、氣候與風土，與史書的方志體裁相類。由於《徐霞客遊記》的專書體裁與晚明文人隨興寫就的旅遊小品，在寫作心態與動機上迥異，本論文不擬將徐書納入討論。

> 必因其人憔悴之意而山水即死，總於山水無損也。借他人唾餘，裝自己咳笑，而妄以咳笑乎山水，山水不大厭苦之乎？[3]

陳仁錫這篇文章主要在說明文字經過評點之後的意義，將評點文字比喻為旅遊山水，所以說文字如「山水」，評點如「游人」；反過來說，人遊山水，也正如讀者評閱文章，這是晚明文壇流行評點之際的世界觀，這個世界已經「文本化」了。山水經過遊人／評點家的層層詮釋，產生了各種意義。這確實是一個妙想，因為一切閱讀／旅遊必然在一個線性的時間歷程中展開（紙上遊歷／山水遊歷），一切詮釋也就在遊覽的路途中產生。讀者／遊人就像一個遊人／讀者，「山水……得人閒懶之意而活……總於山水無損也」，山水具有一種「召喚結構」，用晚近接受美學大師伊瑟爾（Wolfgang Iser）的觀念來說，一切文本（text）充滿了開放性和未定性，有賴讀者的具體化，[4]不論讀者得意失意，都各有領會：「山水遇得意之人固妙，遇失意之人亦妙。」不同讀者／遊人面對相同的文本／山水反應各不相同，然而都以各自的方式，完成一次審美經驗的旅程。[5]

晚明以閱讀評點的角度來觀看旅遊世界的典型例子，還有王思任著名的〈天台評〉：

> 予游天台，蓋操一日之文衡矣。賴仙佛之靈，風雨無恙，得以搜閱竣事。略用放榜例，品題甲乙，與諸山靈約，矢諸天日，不敢有偷心焉。文章胎骨清高，氣象華貴，萬玉剖而璧明，萬繡開而錦奪，昆侖嫡血，奴僕群山，仙或許之，人不能到，所謂瓊台雙闕也第一。磅礴渾茫，從天而下，不由父師，主參神聖，雄奇之極，反歸正正堂堂，吾畏之，終愛之，石梁瀑布第二。……餘如廣嚴、護國、無相佛隴、

3 參見陳仁錫〈昭華琯序〉，收入明・陸雲龍等選評《明人小品十六家》（杭州：浙江古籍出版社，1996），頁 521。

4 關於伊瑟爾「召喚結構」理論的說法與運用，詳見本論文第四節。

5 文人習於評點的閱讀方式，開始形成一種可稱作評點的世界觀。本觀點得自暨南國際大學中文系楊玉成教授，筆者受惠於楊教授關於「小說評點研究」之未刊稿，謹此致謝。

> 福聖諸山水，及悔山、歡溪、顧堂、察嶺等，尚有百十勝未錄，或前事之工易掩，或一日之長未盡，或星屑而可遺，或雷同而易厭，或目未接予，或足上妒爾。庶幾獲附于拔十得五之義，而幸免于挂一漏萬之譏也。予之所以次第台山者，如此矣！[6]

文人最常進行的活動是閱讀，將閱讀的經驗移植到旅遊活動中，其實也不可怪，王思任不僅酷愛旅遊，對待山水的方式也新穎奇特，以甲乙考生的放榜例，來比擬山水的品題，王思任所使用的意象詞彙，游移於文章與山水的描繪：文章胎骨清高，氣象華貴的瓊台雙闕列為第一，磅礴渾茫雄奇反歸堂正的石梁瀑布第二。……在這種觀看世界的方式中，山水的世界變成了文本，遊行其中的人類變成了讀者，人類彷彿是山水價值最後的賦予者與裁定者。

如陳仁錫與王思任這樣的文人評點山水，雖然面對的是山水景物，其實是將旅遊視為一種閱讀活動。[7]晚明的旅遊小品中，究竟選用了什麼寫作材料？用了什麼方式敘述與詮釋？內在結構如何？希望達成什麼文學任務？與審美生活的關係如何？與人生經驗有何關連？晚明小品透過旅遊的書寫，是否亦締造了一個真實與象徵相遇的場域？吾人如何賦予晚明旅遊小品新穎而獨特的詮釋與理解？筆者順著陳仁錫、王思任的觀念，將山水視為一個晚明文人進行閱讀活動的大文本，旅遊小品則是整個審美活動的反應痕跡，透過其中表現出來的普遍技法與寫作圖謀，文人們究竟如何「閱讀」山水？本論文嘗試以接受美學大師伊瑟爾（Wolfgang Iser）及其他相關的理論，探討晚明旅遊小品的策略。[8]

---

6 參見王思任〈天台評〉，收入同註 3，頁 698-699。

7 晚明將旅遊山水視為評點的例子頗多，例如朱鷺亦有一篇〈黃華合評〉，就是將黃山與華山兩座山視為文本來加以閱賞評點。該文請參夏咸淳、何滿子編《明清閑情小品》（二）（上海：東方出版中心，1997），頁 64-65。

8 伊瑟爾認為，通過本文——不管是敘事本文還是詩歌本文——使用的技巧，可以發現什麼是策略，策略組織了本文的材料和交流材料的條件，包括本文的內在結構和讀者發動的理解活動。詳參沃爾夫岡・伊瑟爾著，金元浦、周寧譯《閱讀活動：審美反應理論》（北京：中國社會科學出版社，1991），第四章「策略」，頁 104-123。筆者使用「策略」一詞，乃將山水視為晚明文人閱讀的大文本，旅遊小品則是整個審美活

二、如畫：實景／虛境

袁宏道如何閱讀山水？他遊天目，對山景發表諸多意見：

山深僻者多荒涼，峭削者鮮迂曲，貌古則鮮妍不足，骨大則玲瓏絕少；以至山高水乏，石峻毛枯，凡此皆山之病。[9]

山景儘管可有一端之美，然美於一端者卻也成為一種侷限。對袁宏道這樣的旅遊主體來說，他站在遊移變幻的視點來看山，亦希望山能以變幻不定的景致來回饋，天目山之美景，並不固守在一端上：山壑飛流氣勢若萬匹縞，而雷聲細若嬰兒；雖幽谷懸巖，中有精緻菴宇人煙；石色蒼潤而石骨奧巧，石壁竦峭中有石徑曲折。除了具有多端之美外，變幻不定的景色，更帶給袁宏道一種實景結合虛境的審美經驗：

曉起看雲，在絕壑下，白淨如棉，奔騰如浪，盡大地作琉璃海。[10]

絕壑下白淨奔騰的曉雲實景，將整個大地鋪作虛擬的琉璃海，曉雲的實景搭配虛擬的琉璃海，成為袁宏道這樣的文人心嚮往之的旅遊模式。

土人以茶為業，隙地皆種茶，室廬不甚大，行旅亦少，雞犬隱隱，若在雲中，因誦蘇子瞻「空山無人，水流花開」之偈，宛然如畫。[11]

袁宏道遊天池，的確是帶著特殊的視點來面對風景，在這段短文中，吾人看見了袁宏道帶著蘇東坡的偈與觀畫的經驗來應合眼前景：天池茶業的景致訴說著東坡偈文的意涵，也框出了一幅圖畫。

東坡觀天池茶業地，有「如畫」的讚歎，張大復舟遊濟寧亦然：

己亥五月十二日夜，舟次濟寧，夾岸皆楊柳，月挂柳端，萬里空碧，……徙倚窗下，戒童子不張燭，命樂工操長笛奏之，其聲欲沈欲

動的痕跡，透過小品表現出來的普遍技法與寫作圖謀，探討文人們如何進行「閱讀」山水的文學活動。

9　見袁宏道〈天目二〉，收入朱劍心《晚明小品選注》（臺北：臺灣商務印書館，1991），頁 140-141。

10　同註 9。

11　見袁宏道〈天池〉，收入同註 9，頁 142。

> 浮，欲飛欲止。因憶宋人詞云：虛檻轉月，餘韻尚悠然。則宛如目前光景，若另在一世界。[12]

張大復在濟寧舟中，不以燭光照明，在晴空碧月窗前，長笛抑揚頓挫的樂聲，似乎隨著湖舟的擺盪而有浮沈飛止的變化，月光來自遙遠的晴天，近在身旁的笛聲，因浮沈飛止而有捉摸不定的幻覺，作者不由將眼前月光與笛樂交織出來的視聽景象定格，瞬間脫離實境，轉回到宋詞的虛擬世界，所以張大復說：「目前光景，如在另一世界」。張大復是帶著「先在視野」在構擬風景，所謂「先在視野」是指對過去傳統的理解與詮釋，透過歷史的傳遞建立起自己認知與存在的世界，張大復的「先在視野」是透過宋詞構擬了另一世界，這與袁宏道的「如畫」是很類似的。張大復的舟遊，雖然時間是在己亥，地點是在濟寧，但是他其實是在印證、也在虛擬一個早就存在記憶中的文學風景。

濟寧的月色，是另一世界，亦是如畫，不妨說是一個景中景了。他繼續說：

> 是時月光如晝，風氣如秋，濃陰如幕，山色如黛如煙，村犬如豹，櫓聲滑滑如江南，水味如虎丘，茶煙如縷，童子鼻息如雷，吾兩人俊語如河決海立，萬珠噴薄，幽語如鬼。

眼前實際的景物是月光、風氣、濃陰、山色、村犬、櫓聲、水味、茶煙、童子鼻息、主客的俊語與幽語等，而作者由記憶斷片中擬出來對應的虛境則是白晝、秋氣、濃幕、煙黛、豹、虎丘、雷聲、河決海立之勢與鬼聲等。這段短文中，用了非常多的「如」字，「如」是一連串的替代，以句法而言，「如」之前是眼前的實景，之後是想像的虛境，一連串的「如」是以不斷替換的無限想像編織出一張虛擬世界的圖景。實景不斷替換為虛境，張大復在濟寧月下泛舟夜遊，是以虛擬的眼光在創造風景，看到的是一連串的幻境，在景中看到另一個景，這與「如畫」的精神相通。李流芳遊西湖，如何？

---

12 以下含兩段引文，參見張大復〈濟上看月記〉，收入氏著《梅花草堂全集》，轉引自夏咸淳編《明六十家小品文精品》（上海：上海社會科學院，1995），頁 215。

曾與印持諸兄弟，醉後泛小艇，從西泠而歸。時月初上，新隄柳枝皆倒影湖中，空明摩盪，如鏡中復如畫中。久懷此胸臆，壬子在小築，為孟陽寫出，真是畫中矣。[13]

鏡子是實景的投射，鏡中影則是虛幻。隄上柳月是真實之景，將湖視為一面大鏡，則整個湖中倒影成為虛幻的鏡中影像了。「如畫」亦然，相對於實景而言，畫總是人為造作出來的，鏡子如實反映出虛境，而畫則還要經過假造的過程，本身更具有虛幻的本質，如畫的「畫」早就在一個文學家繼承的傳統慣例裡，「畫」是什麼？是藝術家經過藝術的眼光，千錘百鍊之後、理想化的、高度濃縮的、經過剪裁過的自然，既有剪裁修整，不合於入畫的部分便要截去，所以畫是虛構出來的自然，「如畫」之景，當然就是虛幻的。因此，李流芳在風景中看到了具虛幻本質的「如鏡」、「如畫」，再為他的朋友孟陽將這些虛境畫出，畫出「鏡」象與「畫」象，這具有強烈的後設意味，突顯出旅遊主體視覺所及的景致，具有極不真實的虛幻感。「如畫」一直是中國文學中常用的譬喻修辭格，澄江如練、宛如圖幛，江山如畫等，早已為人所熟知，晚明亦繼承了這個傳統。[14]但是對晚明文人而言，「如畫」不再是傳統先在知識的複現，而是創造虛擬世界的一個策略，在旅遊活動中，「如畫」是個特殊視點，透過這個視點所虛擬出來的虛幻之境，是晚明文人的旅遊視野所在。

「如畫」的另一種現象，是文人「先在視野」在旅遊活動進行中的作用，當前的山水美景成為一個呼喚記憶的媒介，文人回到自己的記憶庫中搜尋相關資料，以便與眼前的風景作對照，這在晚明是很普遍的現象，董其昌、王思任、袁氏兄弟等人便經常帶著「如畫」的視點來賞景，董其昌曰：

◆ 米元暉作瀟湘白雲圖，自題云：夜雨初霽，曉煙欲出，其狀若此。此

---

13 參見李流芳《西湖臥遊圖題跋四則》之〈孤山夜月圖〉，收入同註 9，頁 110。

14 六朝以前的詩歌中，很少看到用「如畫」、「似畫」的語彙表現，盛唐開始，漸漸出現，而在晚唐五代描繪風景的詩歌當中，已有大量「如畫」、「似畫」的詞彙運用。詳參淺見洋二〈晚唐五代詩詞中的風景與繪畫〉，收入《唐代文學研究》（桂林：廣西師範大學出版社，1992），頁 413-426。

卷予從項晦伯購之，攜以自隨。至洞庭湖舟次，斜陽篷底，一望空闊，長天雲物，怪怪奇奇，一幅米家墨戲也。自此每將暮，輒捲簾看畫卷，覺所將米卷為剩物矣。湘江上奇雲，大似郭河陽雪山，其平展沙腳，與墨瀋淋漓，乃是米家父子耳。古人謂郭熙畫石不如雲，不虛也。

♦ 米元暉楚山清曉圖，謂楚中宜取湖天空闊之境，余行洞庭良然，然以簡書刺促，翰墨都廢，未嘗成一圖也。[15]

王思任曰：

米顛濃墨壓在山頭，時也，但不可使米顛看，恐廢其畫。[16]

袁宏道曰：

出行數十步，溪流回合，水益縹緲可喜，一壁上白石鱗起，如珂雪苔花繡之，皆作層巒疊嶂，余大呼曰：此黃大癡峨眉春雪圖也。[17]

袁中道曰：

♦ 天霽，晨起登舟，入沙市，午間，黑雲滿江，斜風細雨大作，予推篷四顧，天然一幅煙江幛子。[18]

♦ 山中……作屋，晨起閱藏經數卷，即坐亭一看，西山一帶堆藍，設色天然，一幅米家墨氣。[19]

煙江幛子、米家墨戲、郭熙雪山、黃大癡峨眉春雪圖等，在董其昌等人的先在視野裡，已經是一種把握旅遊世界的圖式，[20]文人根據藝術家繼承下來的

---

15 參見董其昌《畫禪室隨筆》之〈楚中隨筆〉，收入《藝林名著叢刊》（北京：中國書店，1983）。

16 參見王思任《游喚》〈東山〉篇，收入《筆記小說大觀》第十四輯第 4 冊，頁 2413。

17 《袁中郎全集》卷 11〈墨畦〉。

18 《遊居柿錄》第 35 條，收入袁中道著《珂雪齋集》（上海：上海古籍出版社，1989），下冊。

19 《珂雪齋近集》卷 9，〈寄四五弟〉。

20 E. H. 岡布里奇認為，我們需要一種圖式把握這一流動不居的世界的有限的多樣性。（《藝術與幻覺》）伊瑟爾加以解釋道：每一種圖式根據藝術家繼承下來的慣例，使世界變得可以理解。……雖然自印象派運動以後，繪畫中的圖式就乏人問津，……但

慣例整理每一種圖式，使感官的世界變得可以理解，例如米氏父子的墨戲圖式大致是：「濃墨壓在山頭」、「平展沙腳，與墨瀋淋漓」、「一望空闊，長天雲物，怪怪奇奇」、「西山一帶堆藍，設色天然」……等；而黃大癡的圖式是：「溪流回合，水益縹緲可喜，一壁上白石鱗起，如雪苔花繡之，作層巒疊嶂」。像董、王、袁宏道這樣的晚明文人，「如畫」為何？「空山無人，水流花開」的如詩如畫是袁宏道的「先在視野」；米氏、郭熙、黃大癡等圖式是董、王、袁的「先在視野」。晚明文人遊山玩水並不停佇於感官之旅而已，旅遊山水是文人將眼前的實景與先在視野中的繪畫圖式兩相對照印證與相互修正的過程，要往自己的內在經驗去搜尋，往自己積累的人文傳統去比對，他們在旅遊中「閱讀」山水，藉由「如畫」的旅遊視點，使存在於傳統中的繪畫圖式激發著遊山玩水的觀察與想像，從中觀看到一種遊移於夢幻與真實、現實與古典、自然與人文的「視野」。

三、游移：園林／盆景

晚明文人雖身處塵世，卻慕求避世與閒隱的生命型態，在繁瑣俗務中經營生活美學，作為追求理想人生的鵠的。晚明的生活美學充分表現在文人的閒遊觀玩上，取徑山水遊歷的體驗以築設書齋、庭院、園林，從中營造風花瀟灑、雪月空清、水木榮枯、竹石消長、草際煙光、水心雲影等大塊天地之美。山水遊歷的體驗如何為審美生活所取徑？如前文所論，晚明文人旅遊山水，無非是進行一項閱讀的活動，那麼這種閱讀活動精彩之處，乃在於「游移視點」的運用。[21]

對研究來說，圖式的觀念，刺激了人們的觀察，啟發了觀察者的想像。參見註8，伊瑟爾文，頁109-110。

21 「游移視點」為伊瑟爾所提出，其理論簡述如下：閱讀活動，隨著讀者的時間經歷與想像聯想產生視點的轉換與游移，不同視點的功能在于觸發文本意義的創造，文本不可能由任意一個視點所全權代表，每一個視點都提供一個讀者意向的特殊觀察點，整體文本的各個部分絕不可能在任何一個短暫的瞬刻被同時感知，文本這一客體只能通晚明文人由傳統山水畫移動視點的圖繪經驗中，體會山水遊觀的樂趣，所以閱賞山水「如畫」，繪畫的移動視點或多重視點，與伊瑟爾解釋閱讀活動所運用的「游移視點」理論不謀而合，這種結合著繪畫與閱讀視點游移的旅遊模式，充分發揮到審美生活裡，特別是園林的建築。

由秦漢遊獵的宮苑、宋代官員的退隱之所、到作為明代文人山水寄情的媒介，中國的園林建築有很漫長的歷史。由於中產階級興起，南宋以來逐漸發展出來園林建築的重要特色，是面積有顯著縮小的趨勢，園林縮小為庭園，雖仍以園林稱呼，但林的成分很少，或者說林的觀念已被新興的園林觀所盡括。這種發展，到了明代，江南對小型園林已經能夠完全掌握其特點，創造獨特的趣味。簡單、縮小、曲折是重要的表現原則。[22]王世貞描述金陵一地杏花村的熙台園：「杏花村方幅一里內，小園據其什九。裡奧曠四規，小大殊趣，皆可遊也。」[23]小小的一個園子，要去創造出可供遊歷的無限自然風景來，就需要依賴建造的手法了。

晚明計成的《園冶》，便是將小中見大的園林觀盡情發揮的一部造園專著，如何在小的宅院單元中，見出大風景？

> 宜掇石而高，且宜搜土而下，合喬木參差山腰，蟠根嵌石，宛若畫意，依水而上，構亭臺錯落池面，篆壑飛廊，想出意外。[24]

如同在平面的繪布中，表現出立體的景深空間來，在小單位的宅園中，創造出土地高低、喬木山腰參差之勢，再依水流築造亭臺以點染風景。這種依勢發揮的手法，還得配合園外風景的收納，計成總稱其為「因借」：

過對不同序次的段落依次逐一閱讀的方式來進行想像。這一綜合過程并不是單獨發生的——它連貫持續于游移視點運動的各階段，顯然，整個閱讀過程中，一直貫穿著修正期待與轉化記憶之間的相互作用，這是讀者自己的領域，正是讀者的綜合活動才使本文在他的思維中得到解讀和轉化。關於「游移視點」理論，請參註 8，伊瑟爾書第三編「閱讀現象學：文學本文的生成」，頁 129-141。

22 關於江南園林逐漸縮小面積，且明顯的三項表現手法，詳參漢寶德撰《物象與心象：中國的園林》（臺北：幼獅文化事業公司，1996，初版 2 刷），頁 89-91。

23 王世貞的〈遊金陵諸園記〉，轉引自註 22 漢寶德文，頁 89。

24 明・計成《園冶》（計成原著，陳植注釋。臺北：明文書局，1993），〈自序〉。

> 園林巧於因借，精在體宜。……因者：隨基勢高下，體形之端正，礙木刪椏，泉流石注，互相借資，宜亭斯亭，宜榭斯榭，不妨偏徑，頓置婉轉，斯謂「精而合宜」者也。借者：園雖別內外，得景則無拘遠近，晴巒聳秀，紺宇凌空；極目所至，俗則屏之，嘉則收之，不分町畽，盡為煙景，斯所謂「巧而得體」者也。[25]

因著基勢高下來創造山水亭榭，再打破宅園的內外疆界，屏去俗景，收納嘉景，將園外的風景借進來，所以計成為他造園的園主在落成時會讚歎：「從進而出，計步僅四里，自得謂江南之勝，惟吾獨收矣」。[26]

借景還有不同的細節：

> 夫借景，林園之最要者也。如遠借，鄰借，仰借，俯借，應時而借。然物情所逗，目寄心期，似意在筆先，庶幾描寫之盡哉。[27]

因為地勢與周圍環境的關係，所以會有不同方式的「借」，而這種借景的觀念，如同繪畫一般，因為物性的誘導，引起了目之所接，心之所感而結成的意境，必須於下筆之先，設想為圖稿，纔能發揮盡致。

晚明「因借」的造園手法，實際上是從旅遊的經驗中獲得啟發的，例如袁小修舟遊：

> 宿漁家。早起，青衣披衣大叫曰：雪深三寸矣。予急起觀之，遠近諸山皆在雪中。急登舟，繞水心巖一匝而歸，石膚不受雪處，如三代鼎彝，古色照人。……時日色漸霽，照耀諸山如爛銀，海中飛波騰浪，又如羊脂玉以巧手雕刻，……溪山之勝，……窮極其趣，無一峰不似名人古畫。[28]

文人記錄水上遊程，多半會採用移步換景的方式，勾勒出各個景點。袁小修這篇舟行賞雪的遊記，充分表現了游移視點的特色，由於時間一直行進（日色漸霽），舟舫一直行進（繞水心巖一匝），記憶與聯想亦一直行進（如三代鼎

---

25 同註 24，卷一〈興造論〉頁 41-42。

26 同註 25。

27 同註 24，《園冶》卷三〈借景〉篇，頁 237。

28 參同註 18，《遊居杮錄》第 70 條。

彝、如巧雕羊脂玉、似名人古畫）。舟中遊人對風景的閱讀，隨著時間的流程、舟舫的行移與想像的躍動，不斷產生視點的轉換與游移。園林的築造，就是在移植旅遊的經驗，進一步創造旅遊移步換景的遊觀樂趣。所以袁小修將這次晨起舟行賞雪的旅遊經驗，連上造園：

> 予謂近此者，不必更置園亭，但于漁網溪上作屋三間，以一舟往來穿石水心崖間，即為天下第一名園矣。[29]

在小修看來，一舟穿梭往來以收變幻不定的旅遊景致，就是最佳的園亭取景法，這乃是游移視點的充分運用與發揮，所以計成要說：

> 山樓憑遠，……竹塢尋幽，……軒楹高爽，窗戶虛鄰，納千頃之汪洋，收四時之爛縵。……剎宇隱環窗，彷彿片圖小李；巖巒堆劈石，參差半壁大癡。[30]

山樓上縱目極遠，竹塢中探尋幽勝，窗戶收納千頃汪洋與四時爛縵，在園中遊觀，如在畫中移行，所以觀剎宇環窗如見李氏山水，觀巖巒劈石如見大癡山水。計成的造園理念充滿了遊者（讀者）意識，為遊者（讀者）創造「景到隨機」[31]的因緣，要遊者「觸情俱是」。[32]

伊瑟爾說「游移視點一直貫穿著修正期待與轉化記憶之間的相互作用」，吾人以觀造園，造園家模擬讀者／遊人的游移視點，隨著園景的變化，也一直在修正期待與轉化記憶間交互作用。造園一方面在改造自然，但同時也是一項搜羅天地山川之美、回歸自然的工程：

> 常以剩山殘山，不足窮其底蘊，妄欲羅十岳為一區，驅五丁為眾役，悉致琪華、瑤草、古木、仙禽、供其點綴，使大地煥然改觀，是亦快事。[33]

透過游移視點的運用，將旅遊經驗移植到園林建築上，晚明計成發明了「借

---

[29] 同註28。

[30] 同註24，卷一〈園說〉篇，頁44。

[31] 同註30。

[32] 同註24，卷三〈借景〉篇，頁234。

[33] 鄭元勳著〈題詞〉，見同註24，頁31。

景」的手法，明末清初的李漁則將游移視點與借景手法，作了更淋漓盡致的發揮。[34]李漁將水行移步（游移）換景（借景）的觀念充分表現在遊舫的窗格設計上，遊舫本身就是游移視點天造地設的實現：

> 是船之左右，止有二便面，便面之外，無他物矣。坐於其中，則兩岸之湖光山色，寺觀浮屠，雲煙竹樹，以及往來之樵人牧豎，醉翁游女，連人帶馬，盡入便面之中，作我天然圖畫。且又時時變幻，不為一定之形，非特舟行之際，搖一櫓，變一象；撐一篙，換一景；即繫纜時，風搖水動，亦刻刻異形。是一日之內，現出百千萬幅佳山佳水，總以便面收之。……不特以舟外無窮之景色，攝入舟中，兼可以舟中所有之人物，并一切几席杯盤，射出窗外，以備來往遊人之玩賞。何也？以內視外，固是一幅便面山水，而以外視內，亦是一幅扇頭人物。譬如拉妓邀僧，呼朋聚友，與之彈碁觀畫，分韻拈毫，或飲或歌，任眠任起，自外觀之，無一不同繪事。……人人俱作畫圖觀矣。[35]

遊湖船舫兩扇便面窗的設計，創造了視點游移的最佳模式，不但隨著船身搖曳而移步換景，還有自內向外與自外向內兩種截然不同的變幻景觀。由於有這樣窗格的設置，旅人向外觀看的游移視點，為他帶來了變幻不定的便面山水；同時也為自外觀內的遊舫觀賞者，提供了變幻不定的扇頭人物。於是湖光山色透過游移視點的方式，遊人得到的是不斷變化的連續小品畫幅。

除了遊舫以外，房舍亦可為「借景」而製作便面窗，將窗外之山水、人物、竹石、花鳥、昆蟲等景物，一一納入。若自然景致不足，則將窗外一切盆花、籠鳥，蟠松、怪石，時時更換成：便面幽蘭、扇頭禽鳥等。不必懸掛畫跡，居處環境的本身就可被裝飾成繪畫。李漁以相同的原理，又在面山之

---

[34] 詳參毛文芳撰〈花、美女、癖人與遊舫：晚明文人之美感境界與美感經營〉「二、美感經營之特質」『（三）隔』，刊登於《中國學術年刊》第十九期（1998 年 3 月），頁 381-416。

[35] 參見李漁撰《閒情偶寄》（臺北：長安出版社，1992）〈居室部〉『窗欄』「取景在借」條，頁 179-180。

小軒室設計了「觀山虛牖」，又名「尺幅窗」、「無心畫」，命童子裁紙數幅，作為畫的頭尾及左右鑲邊，頭尾貼于窗之上下，鑲邊貼于兩傍，儼然成了一幅裝潢後的畫軸；另又有以梅樹老幹貼製窗櫺的「梅窗」；亦可製紗窗一扇，繪以燈色花鳥，夜間篝燈于內，自外視之，像一盞扇面燈，日間自內視之，光彩相照，亦如同觀燈。

李漁將計成「借景」的觀念用在窗畫的設計上，即以窗框為畫框，成為觀景之洞，如此則可隨機借景，以觀畫之心來看園景。他將中國園林，由山水旅遊之景，轉為繪畫之景，轉為裝潢製作之景。李漁的「取景在借」，要使任何平凡的景物皆可化為神奇，是將旅遊經驗裡的游移視點與計成築園的「借景」理念，發揮運用到審美生活中的最佳典型。

袁小修、李漁等人將山水視為一個大園林，王季重則將山水視為一個小盆景：

> 過畫圖山，是一蘭苕盆景。自此，萬壑相招赴海，如群諸侯敲玉鳴裾。[36]

屠隆對盆景的意見如下：

> 盆景以几案可置者為佳，其次則列之庭榭中物也。最古雅者，如天目之松，高可盈尺，本大如臂，針毛短簇，結為馬遠之欹斜詰曲、郭熙之露頂攫拏，劉松年之偃亞層疊、盛子昭之拖曳軒翥等狀。栽以佳器，槎枒可觀。更有一枝兩三梗者，或栽三五窠結為山林，排匝高下參差，更以透漏窈窕奇古石笥，安插得體。[37]

屠隆創造盆栽的古雅姿態，有兩個方式，其一是從古代畫家所繪松樹的各種枝椏拖曳形狀中，去尋找靈感；其二是將松枝參差安插結組為小型山林。置於庭中或桌案上的盆景，在審美生活中，提供了一個臥遊的媒介：

> 置諸庭中，對獨本者，若坐岡陵之巔，與孤松盤桓，對雙本者，以

---

36 王季重〈剡溪〉，引自《明清名家小品精華》（合肥：安徽文藝出版社，1996），頁402。

37 參見屠隆《考槃餘事》卷三〈盆玩箋〉「盆花」條，收入《百部叢書集成》（臺北：藝文印書館）之《龍威祕書》中。

入松林深處，令人六月忘暑。……水竹，……細葉老幹，瀟疏可人，盆植數竿，便生渭川之想。……枸杞，……雪中枝葉青鬱，紅子扶蘇，點點若綴，時有雪壓珊瑚之號，亦多山林風致。[38]

或若坐岡陵之巔、或如入松林深處、或生渭川之想、或多山林風致，盆景可說是將山水遊歷的經驗，縮小置於案頭。漢寶德說，「縮小」本來就是中國園林的觀念。自古以來，宮廷園林都是模擬九州、四海的形式來造景，是基於仙鄉世界的想像，所以仙山樓閣成為園林的主題。文人則以縮小尺寸的手法來建園，但再小，仍是以「可遊」為尺度。中國的盆栽實際上亦為一種縮小的園景，此為縮小法在園林藝術上應用的極致，南宋以來的禪宗思想流行，一粒砂裡見世界的觀念，使園景的藝術向案頭藝術發展，這是漢唐古人所無法了解的。[39]園林基本上是一個人文化的產品，文人選擇自然中美好的景物斷片加以融裁組合，經過模擬複製的築造或移植功夫，將一個旅人理想化了的自然，建構在自己的生活天地中，以滿足其不必舟車險巇而能臥遊的旅行樂趣。不止園林如此，盆栽亦然。園林是將旅遊經驗生活化的一個典型，盆景則是另一個典型，對晚明文人來說，旅遊是為了滌俗，而造園與盆栽則是將足以滌俗的天地山川之景，收納於周身，以供隨時遊觀。[40]

四、知遇：空白／召喚

好友維立向大畫家李流芳索畫，並且指定畫勿作常景，要世外之景，李流芳有一段精彩的辯說：

維立兄以素綾索畫，且戒之曰：「為我結想世外，勿作常景。」余思

---

[38] 同註37。

[39] 漢寶德以為文人將園林或盆景縮小，仍是以「可遊」為尺度，可看不可遊的則是日本人喜愛的砂石園，詳參註22，漢寶德文，頁89-90。

[40] 承黃志民教授指點，本節論述似應補充當時文人遊觀園林的作品以資佐證，這是極為正確的，晚明遊觀園林之小品的確為數甚夥，筆者未大量引用，筆者私意將另撰文專寫「晚明的遊園小品」，故不擬在此贅論。

世外之景，則如三島、十洲、雪山、鷲嶺之類，不獨目所未經，亦意所不設也。其所能施筆墨，竊以為景在人中，而人所不能有之者多矣；前人之所有，而後之人不得而有之者多矣。夫人之所不得而有之，即謂之世外之景，其可乎？俯仰古今，思其人因及其地，或目之所可經，而意之所可設，是可以畫。……如淵明之柴桑、摩詰之輞川、次山之浯溪、樂天之廬山、子瞻之雪堂、君復之孤山，所謂今之人不得而有之者也，如漁父之桃源，則所謂人亦不得而有之者也。……不味其地而味其人，以為地非人不能奇，如三島、十洲、雪山、鷲嶺，非仙佛亦不能奇也。然仙佛蹤跡，不在世外，如桃源之類，往往有之，非其人自不遇耳。余所詠諸賢，亦有不能終保丘壑。或老於丘壑，而文采風流，不足以傳，并山川之奇，湮沒而不彰者，何可勝道哉？如是則古人之不能盡有者，又將待其人以有之。其人伊何？將求之世外乎？求之世間乎？請以此叩之維立。[41]

世外之景，乃塵俗中人所嚮往，但是李流芳認為世外之景，仍在人間，並非不食人間煙火者，而是人之所不得而有之者，包括了：景在人中而人所不能有之者，以及前人之所有，而後之人不能有之者兩類。前者如桃花源，明明景在人間，而人卻不能得之；後者如柴桑、輞川等，則存在歷史中成為典故；桃花源是想像的風景，典故則是歷史的風景，俱有人煙，不在世外，而是在俗眼之外。

那麼，為何會有景在人間而如在世外的現象呢？李流芳說道，「地非人不能奇」、「非其人自不遇」，其中牽涉到山水知遇的問題，山川之奇與文采風流必需相得益彰，山水的意義並非純然的客觀存在，而要開放給知己，所謂的知己，當是自認第一位發現該山水的意義者，基於這樣的認知，所以陳繼儒會說王季重是山水的知己：

王季重，……游天台、雁宕諸山。……其經游處，非特樵人不經，古

41 李流芳〈題畫冊二〉，收入同註 9，頁 117-118。

人不歷，即混沌以來，山靈數千年，未嘗遇此品題知己。[42]

天台、雁宕諸山，因得遇王季重而顯發出意義。對王季重而言，作為山水的知己，藉由閱讀與品題，使山川產生意義；從另一角度來說，王季重似乎亦藉由山水意義的尋求證明了自我的價值。

由於山水有知遇，所以在旅遊文學中辨雅俗成為極普遍的現象，如張京元對於西湖斷橋的景致，頗有意見：

西湖之勝在近，湖之易窮亦在近。朝車暮舫，徒行緩步，人人可遊，時時可遊。而酒多於水，肉高於山。春時肩摩趾錯，男女雜沓，以挨簇為樂；無論意不在山水，即桃容柳眼，自與東風相倚，遊者何曾一著眸子也。[43]

斷橋一帶景致平易近人，或車或舫或徒步，人人可遊，時時可遊，但是男女雜沓之遊，是肩摩趾錯，以挨簇為樂，不止山水不在遊人之意中，就是姿態搖曳之桃柳亦不在遊人之眼中。蘇堤亦然：

蘇堤度六橋，堤兩旁盡種桃柳，蕭蕭搖落。想二三月柳葉桃花，遊人闐塞，不若此時之為清勝。[44]

遊人闐塞之景，自然不入雅眼。袁宏道寫西湖與煙霞石室：

- 杭人遊湖，止午未申三時，其實湖光染翠之工，山嵐設色之妙，皆在朝日始出，夕舂未下，始極其濃媚。月景尤不可言，花態柳情，山容水意，別是一種趣味。此樂留與山僧遊客受用，安可為俗士道哉？[45]
- 煙霞洞亦古亦幽……石屋虛朗如一片雲欹側而立；又如軒榭，可布几筵。余凡兩過石屋，為傭奴所據，嘈雜若市，俱不得意而歸。[46]

李流芳寫虎丘：

虎丘：宜月、宜雪、宜雨、宜煙、宜春曉、宜夏、宜秋爽、宜落木、

42 參見陳繼儒〈王季重游喚序〉，收於同註 7，頁 73-74。

43 參見張京元《湖上小記十則》之〈斷橋〉，收入同註 9，頁 130。

44 同註 9，頁 131。

45 參見袁宏道〈西湖二〉，收入同註 9，頁 134-135。

46 參見袁宏道〈煙霞石屋〉，收入同註 9，頁 138。

> 宜夕陽、無所不宜，而獨不宜於遊人雜沓之時。蓋不幸與城市密邇，遊者皆以附羶逐臭而來，非知登覽之趣者也。今年八月，孟陽過吳門，余挐舟往會。中秋夜，無月。十六日，晚霽，偕遊虎丘，穢雜不可近，掩鼻而去。今為孟陽書此，不覺放出山林本色矣。[47]

晚明文人以讀者的身分，閱讀山水風景，將自己視為山水知己，唯有知己，才能透徹瞭解深沈內涵，才能掌握其山林本色。一般俗子遊西湖，選擇午后黃昏前，而袁宏道以為湖光之妙在朝日始出，夕舂未下之際，月景別有一番趣味，如此遊湖之樂，不能為一般俗子道之。所以李流芳會辯說世外之景不必在人煙之外，而是要有知己，必需有如他們這樣的知遇才能生發意義，是故「地非人不能奇」、「非其人自不遇」。石屋為傭奴所據，嘈雜若市，中秋夜的虎丘，穢雜不可近，這就是李流芳先前所謂「景在人中而人所不能有之」。晚明文人彷彿在宣示一項特權：我為山水的知己，唯有自己才能領略山水不為人所知的深刻義涵，藉此以作雅與俗的判別。

在此吾人可以回憶本文在引論中所述，一切閱讀／旅遊必然在一個線性的時間歷程中展開，一切詮釋也就在遊覽的路途中產生。一切文本（text）充滿了開放性和未定性，有賴讀者的具體化，陳仁錫說：「山水遇得意之人固妙，遇失意之人亦妙。」，不同讀者／遊人面對相同的文本／山水領會各不相同。由這樣的觀念來看，山水如同文本，具有「召喚結構」，以其未定性與意義空白，來呼喚讀者參與意義的建構與完成。[48]所以，對張京元、袁宏

---

[47] 參見李流芳《江南臥遊冊題詞》之〈虎丘〉，收入同註9，頁112。

[48] 接受美學理論家沃爾夫岡・伊瑟爾提出文本的空白理論，他認為文本中的未定性與意義空白是聯結創作意識與接受意識的橋樑，是前者向後者轉換必不可少的條件，它們的作用在于能促使讀者在閱讀過程中賦予本文中的未定之處以確定的含義，填補本文中的意義空白。體現在本文中的創作意識只有通過讀者才能以不同的方式得到實現化和具體化，作品的未定性和意義空白促使讀者去尋找作品的意義，從而賦予他參與作品意義構成的權利。因而未定性和意義空白就構成了作品的基礎結構，這就是所謂的召喚結構。伊瑟爾的空白理論，是接受了現象學大師伊格頓的未定性思想加以發展而成的。詳參同註 8，第四編「本文與讀者之間的相互作用：文學本文的傳達結構」，頁195-277。另可參看該書「譯者前言」對伊瑟爾理論之簡介。

道、李流芳等人而言，眼前的山水是一個具有空白特性的「召喚結構」，呼喚著讀者，經過閱讀與詮釋，產生本文與讀者的交流，進而填補意義。陳繼儒說：

> 名山大川，特水地二大中之一隅耳。其旋轉生靈，多賴風輪。風輪何在？則文人才子之筆是也。……大抵山川有眉目，借人而發；又無口，借人而言。[49]

山川的眉目橫在那兒，山川無口可以自言，均待知遇而發，知遇何在？乃具有才子之筆的文人也，藉文人之筆而滋生靈性，這分明就是將名山大川視為一種「召喚結構」，其未定性與意義空白，等待著文人來參與建構與完成。

山川以其眉目示人，如同筆者在前一節所論述者，晚明文人習於帶著詩畫的「先在視野」觀賞山水，或是宋詞世界、東坡之偈、東阿王遇洛神；或是郭熙雲氣、米家墨戲、或是黃大癡圖，在「如畫」的視點之下，山川的召喚性，具有明顯的藝術填補特質，例如張岱遊湖心亭：

> 崇禎五年十二月，余住西湖。大雪三日，湖中人鳥聲俱絕。是日更定矣，余拏一小舟，擁毳衣爐火，獨往湖心亭看雪。霧淞沆碭，天與雲、與山、與水，上下一白，湖上影子，惟長堤一痕、湖心亭一點、與余舟一芥、舟中人兩三粒而已。[50]

張岱看到的西湖雪景，天雲山水上下一白，湖上惟有一痕、一點、一芥與兩三粒的筆畫而已。張岱是用繪畫的眼光來閱讀山水，這幅遠景處理的雪景山水，人物俱小，有非常大篇幅的留白。繪畫的留白，本身亦就是一種「空白」，有無限的想像空間，開放給讀畫的人。陳鍾琠〈與曾弗人〉云：

> 湞陽峽是造物迂腸拗筆所作者。峰頭部署，俱於不必安處，硬然安之，耐人思索。大約如古逸書，班駁錯落，驟讀之，神理不屬，似生似斜，似脫似欹斷。一再思之，卻極完穩，欲為咨補一二字，覺無下

---

[49] 參見同註 42，陳繼儒〈王季重游喚序〉。

[50] 參見張岱《西湖夢尋》（與《陶庵夢憶》合冊，臺北：漢京文化公司，1984），卷三，頁 54，〈張岱湖心亭小記〉。

> 手。天地間迺有此種怪物。[51]

造物主就像作者（畫家、書法家），遊賞的人們就像讀者（驟讀之、一再思之），旅遊就像解讀造物者創作的過程。陳鍾琠將湞陽峽看作一個有待解讀的藝術品，之所以有待解讀，是因為其具有解讀的空白，所以「耐人思索」，也因為其具有召喚結構：「班駁錯落，驟讀之，神理不屬，似生似斜，似脫似敧斷」。陳鍾琠遊湞陽峽，將其視為逸品書，是一段鑑賞的過程，也是一段閱讀的過程，他遊英州觀音巖，亦頗精彩：

> 英山突兀竦詭，僕最愛其入手處。譬之名家，伸紙將畫，偶爾落墨，點污紙上，遂以勢成之，幅圖完好，為峰巒、為草樹、為人家、為崑崙樓，或為禽魚、為雲氣往來，為馬而飛空騁轡以遊。察其起止，有倫無理，不可以常法律也。[52]

英山風景展現在遊人眼前彷彿一幅逸品畫，陳鍾琠以典型的逸品畫風為英山風景作解讀：從落墨開始，直到峰巒、草樹、人家、崑崙樓、禽魚、雲氣往來、馬飛空騁轡以遊……，創作過程具有高度的偶然性與隨機性，是在幾乎無可預期的狀態下，順著水墨之勢完成。[53]逸品畫家作畫過程的隨機性與偶然性，給予畫面相當大的解讀空白，因此，這種繪畫風格具有高度的召喚傾向，呼喚讀者的想像投射。陳鍾琠說「英山突兀竦詭」、「湞陽峽是造物迂腸拗筆所作者」，事實上，造物者是他自己的投影，因為英山（或湞陽

---

[51] 參見陳鍾琠〈與曾弗人〉，引自周亮工：《尺牘新鈔》，收入《叢書集成新編》（臺北：新文豐出版公司），冊八九，卷十，頁552。

[52] 參見陳鍾琠〈遊英州觀音巖示弗人〉，同註51。

[53] 逸品畫家如唐代王墨：「善潑墨畫山水……多遊江湖間，常畫山水松石雜樹，性多疏野，好酒。凡欲畫圖幛，先飲醺酣之後，即以墨潑，或笑或吟，腳蹙手抹，或揮或掃，或淡或濃，隨其形狀，為山為石，為雲為水，應手隨意，倏若造化，圖出雲霞，染成風雨，宛若神巧，俯觀不見其墨污之跡。」（朱景玄《唐朝名畫錄》）由朱景玄的紀錄看來，王墨的成畫過程，具有高度的隨機性與偶然性。關於逸品畫風的探討，詳參島田修二郎撰，林保堯譯〈逸品畫風〉，《藝術學》第5期，1991年3月。另請參毛文芳著〈試論中國繪畫品目的建立與發展〉，《漢學研究》第十三卷第一期，1995年6月。

峽）風景是否如畫？端賴遊人的視點；而英山（或湞陽峽）風景怎麼如畫？如什麼畫？亦賴遊人的藝術眼光，英山（或湞陽峽）風景可以如郭熙、如米家、如黃公望，而陳鍾琠把它看成了逸品畫（書）。由於逸品書畫風格「空白」與「召喚」的特性，更強化了陳鍾琠作為一位典型的晚明遊人，於旅遊活動中津津談論著解讀與詮釋的樂趣。[54]

對晚明文人來說，山水風景如何並不要緊，重要的是要有品題知己，要能看出山水的空白與召喚結構，要能解讀出山水的絕妙意義，進而賦予山水的存在價值，所以陳嘉兆會說：

> 季重先生有天台評，先生有瀑布記，山水應為增價矣。天下豈乏山水哉，不得人不彰。[55]

五、對話：考古／議論

晚明文人喜好結合典故紀遊歷之事，或作古蹟考據，或端出典故用以對照或發議論，或帶著評史的眼光觀覽風景。[56]王思任寫作《游喚》一書，顧

---

[54] 如陳鍾琠這樣的遊人，在晚明比比皆是，例如陳仁錫〈聽僧說福勝石梁幽溪大龍湫五泄瀑記〉曰：「他處之瀑不可以入畫，入畫則板法，幽溪與五泄之瀑，卒難以入詩，入詩失真。惟妙得古人之畫意，深入山水之幽情，差可崖略。」收入同註 3，頁 549，也同樣是以山水的詩畫空白特性來解讀。

[55] 同註 3，頁 550，陳嘉兆評點之文。

[56] 崇禎時期由劉侗、于奕正共同合作完成的《帝京景物略》，便有很強的考據傾向，其體例云：「豐碑孤塚攸存也，遠千年而憑吊之。粵有僻剎荒荒，家園瑣瑣，游莫至，至莫傳矣，略之。」「閭里習俗，風氣關之，語俚瑣事，必備必詳」「成斯編也，良苦，景一未詳，裹糧宿舂，事一未詳，發篋細括，語一未詳，逢襟捉問，字一未詳，動色爭執……山川記止夷陵，剎宇記止衰盛，令節記止嬉遊，園林記止木石。比事屬辭……」，引自《帝京景物略》于奕正〈略例〉，收入《筆記小說大觀》第十三編第 6 冊，頁 3303-3310。劉侗自云：「侗北學而燕游者五年，侗之右于奕正燕人也。二十年燕山水間，各不敢私所見聞，彰厥高深，用告同軌。奕正職蒐討，侗職摛辭事」顯然該書經過兩人共同合作完成。引自劉侗〈敘〉，頁 3301。

名思義，是要以遊歷來呼喚古人，藉著旅遊與東晉王、謝名流進行對話，[57]其紀遊東山的內容如下：

> 池上數級，得薔薇洞，文靖攜妓常憩此。李供奉憶東山詞：花開月落，幾度誰家，何物少年輕薄？然致語大是曉語，可以喚起文靖不必多憾。……獨琵琶一洲，宛作當年掩袂態，古今人豈甚相殊，那得不為情感？[58]

王思任到浙江上虞一帶的東山，遊了幾個觀景點，如謝公棹楔、洗屐池、薔薇洞、國慶寺、琵琶洲等。雖身在晚明的東山風景中行走，而心卻在東晉謝安風流的典故中遊歷，跨越了一千多年，而情感卻能相通，舉了古代李白同樣臆想東山的詞句來與古代的謝安對話。依雅克布遜隱喻與換喻的兩極理論來說，王思任遊東山一帶景色，經過了謝公棹楔、洗屐池、薔薇洞、國慶寺、琵琶洲等景，想像力的展開是歷時的，運用換喻的方式，將想像對象（如：文靖攜妓、李供奉憶東山詞、琵琶洲宛作當年掩袂態）在一個時間歷程中按鄰接原則，一一鋪展開來。[59]王思任接著又發了大議論：

> 東山辨，見宋王埕記甚詳。吾以為山之所住，偶然四隅耳，何以喜東不喜南也？夫東山之借鼎久矣，足忌之而口祥之，人遂視東山為南山，絜令家有從未面識，而輒謂其知情者乎？吾安能倒決曹江之水，

---

57 陳繼儒說：「若游者非文人才子，正如醉夢人。夢骨以為丘陵，夢髮以為草木，夢耳鼻以為洞門，夢口以為河，夢舌以為沙，夢眼以為日月，夢氣以為雲霧，困極迷離，游而不得出，則囈語沸發，輒以一喚為幸。問其夢何狀？則欠伸呿張，莫能名其所以。俗兒見山迫欲歸，歸則憒憒如故者，何以異此？更有強作解人，漫無可否，每輒言佳，此山水中鄉愿。王季重倔強猶昔，不屑也。季重此記，原以喚舊游王、謝諸人，豈喚此等輩哉？」參見陳繼儒〈王季重游喚序〉，同註 42，頁 73-74。

58 參見同註 16，頁 2413。

59 共時軸（隱喻，相似或相反原則）

↑

┼──────→歷時軸（換喻，鄰近原則）

以上圖示乃根據雅克布遜的理論所畫，請參見雅克布遜〈隱喻和換喻的兩極〉，收入伍蠡甫、胡經之編《西方文藝理論名著選編》（北京：北京大學出版社，1996）（下卷），頁 430-436。

一為洗清兩字冤也。山可矣，去其東而可矣。[60]

由於遊具有歷史意義的東山，文人的考古癖便出來了，王埜記文解釋人將東山視為南山，有歷史特殊處境，而王思任以為這說法是強為解人，不見得正確。對王思任來說，究竟是東山好還是南山好？似乎並不是那麼重要，若聚訟紛紜，則去其東亦可矣。

晚明文人遊歷古蹟，與閱讀古書的經驗非常接近，同樣是在線性時間中展開，閱讀中的時間軸是這樣形成的：由過去的經驗與記憶構築出來的想像對象，形成一個序列，在此序列沿著時間軸運動的延伸過程裡，不斷展示了各想像對象彼此間的對照。[61]線性時間，是一連串「過去－現在－未來」的不斷進行，而在閱讀的時間軸上，閱讀主體在腦中構築的各個想像對象彼此對話、挑戰與融和。王思任遊東山，在其記憶庫中，與東山相關的謝安故實、李白的東山詞、宋王埜的東山辨，以及自己的許多延伸意見，沿著旅遊／閱讀的時間軸，一一序列展開，彼此之間互相對話、挑戰或融和。

再看袁宏道遊孤山：

> 孤山處士，妻梅鶴子，是世間第一種便宜人。我輩只為有了妻子，便惹許多閒事，撇之不得，傍之可厭，如衣敗絮行荊棘中，步步牽掛。近日雷峰下有虞僧孺亦無妻室，殆是孤山後身。所著溪上落花詩，雖不知于和靖如何？然一夜得百五十首，可謂迅捷之極。至於食淡參禪，則又加孤山一等矣。[62]

袁宏道旅遊小品的時間軸，構築想像的序列如斯展開：孤山風景→梅妻鶴子的林和靖→我輩庸俗牽絆的妻子→孤山後身詩思迅捷的虞僧孺→林和靖與虞僧孺（以及暗隱的自己）相互對照。袁宏道在閱讀孤山的過程中，將林和靖、虞僧孺與自己三個對象作對照，林和靖梅妻鶴子，超越了娶俗妻生庸子的我輩，這樣的想像構築成了「先在視野」；當今的虞僧孺，在這樣的視野參照下如何？同樣無妻室絆擾，寫詩則極為敏捷，更有食淡參禪的修靜工夫，相

60 參見同註16。

61 參見同註8，頁178。

62 袁宏道〈孤山〉，收入同註9，頁135。

互對照後，虞僧孺顯然較林和靖更勝一籌，這當然是以袁宏道的標準而言，遊記便如是發了議論。

依雅克布遜的理論而言，想像力有兩極，一為共時軸，一為歷時軸，就袁宏道遊孤山的心理歷程而言，是按鄰近原則展開想像的：由孤山想到林和靖、由林和靖想到俗塵妻子、又想到虞僧孺……等等。這些是歷時的想像，具有換喻的興味。就旅遊線而言，袁宏道佇立於孤山一景的空間上，跳出了風景本身具體的時空關連，找出普遍相似的人生體會而引發各種想法，產生共時軸的想像，使理性的議論本身，因隱喻的想像序列而產生詩意，議論成了晚明旅人發展其想像力的策略。

袁宏道寫靈隱之遊，描述冷泉亭僅用 14 個字：「澗水溜玉，畫壁流青，是山之極勝處」。接下來，卻用 112 個字，抄錄白樂天一篇記冷泉亭的文字，而後再發議論言：「觀此記，亭當在水中。今依澗而立，澗闊不丈餘，無可置亭者。然則冷泉之景，比舊蓋減十分之七矣。」[63]在此段文字中，袁宏道先依樂天的遊記考據一番：樂天說當時亭在水中，而眼前的亭卻依澗而立，澗窄不可置亭，顯然有出入。接著，以樂天記古時之景以對照今景，認為今景已大不如舊。遊山水，舉古人的詩文來考據或對話一番，繼而興起今昔比較後的滄桑感，這是很普遍的現象。袁小修說：

> 散步市上，憶二十年前到此，遊女如雲，今蕭條可嘆也。[64]

張京元遊湖上小景，亦然：

> 九里松者，僅見一株兩株，如飛龍劈空，雄古奇偉。想當年萬綠參天，松風聲壯於錢塘潮，今已化為烏有；更千百歲，桑田滄海，恐北高峰頭有螺蚌殼矣，安問樹有無哉？[65]

張京元在西湖一帶觀賞九里松，想見當年植物生態必然是萬綠參天，松風聲勢壯於錢塘江潮，今只剩造形雄古奇偉之一、兩株而已，浩壯之松風現已化為烏有。依這種衰減的速度來測量，同樣地，再過千百歲，桑田必然將變成

---

63 袁宏道〈靈隱〉，收入同註 9，頁 137。

64 袁中道《遊居柹錄》卷之一第 5 條，參見同註 18，頁 1106。

65 張京元〈湖上小記十則〉之「九里松」，收入同註 9，頁 129。

滄海，今天九里松所盤據的北高峰頭，恐怕只剩螺蚌殼而已，九里松將不復再尋。

袁宏道遊靈隱，有一番對古的心境轉變：

> 余始入靈隱，疑宋之問詩不似，意古人取景，或亦如近代詞客，捃拾幫湊。及登韜光，始知「滄海」、「浙江」、「捫蘿」、「挎木」數語，字字入畫，古人真不可及矣。[66]

在這段文字中，袁宏道原先並不信任古人的寫景文字，以為多是捃拾幫湊而得。其後登上靈隱的韜光一景後，才知道宋之問的〈靈隱寺詩〉，以文字將實景剪裁如畫，乃歎古人難及。袁宏道在風景中尋找古人閱讀過的痕跡，他道出對古人如何由傲慢鄙視到心悅誠服的過程，是以實景與文獻相互印證的結果。

旅人面對歷史存在的古蹟，通常會有強烈的時間感受，旅人的時間感何在？一方面是個人旅行時間因觀看古蹟而分秒流逝；另一方面，則是帶著過往陳跡之古蹟的歷史時間，旅人的閱讀時間軸與歷史時間交疊，是以過去時間的「先在視野」觀看現時，眼前的古蹟，經過整理、詮釋、對話、議論而一同邁進未來的時間中。風景原本沒有時間性的銘刻，因為考古與議論而產生對話，使過去／現在雙重影像疊合起來，古／今兩種視野互相對話與競爭，風景因而增加了歷史的厚度。

六、夢憶：追尋／幻滅

由於人口穩定地成長，而科舉官額愈形窄少，晚明文人面臨出仕艱難的處境，普遍均有著對現實不滿的牢騷，出仕處境甚為艱難，如何撫平仕途無望的失落感？晚明文人向來有慕隱山林、棄俗就雅的集體傾向，因此選擇遠避世俗人群的旅遊，是很普遍的現象，袁小修之所以遠遊，細數理由如下：

---

66 袁宏道〈靈隱〉，收入同註 9，頁 137。後註曰：靈隱寺詩，駱賓王、宋之問兩集俱載，體為五言長律。略云：鷲嶺鬱岧嶢，龍宮鎖寂寥。樓觀滄海日，門對浙江潮。……捫蘿登塔遠，刳木取泉遙。

靜居數月，忽思出遊。……家累逼迫，外緣應酬，熟客嬲擾，了無一息之閒。以此欲遠遊。一者，名山勝水，可以滌浣俗腸。二者，吳越間多精舍，可以安坐讀書。三者，學問雖入信解，而悟力不深，見境生情，巉途成滯處尚多；或遇名師勝友，借其霧露之潤，胎骨所帶習氣，易于融化，比之降服禁制，其功百倍。[67]

小修出遊，在於山水一來可以滌浣俗腸；[68]二來可以提供安坐讀書之處；三來可以從中得遇名師勝友，以融化胎骨習氣。王思任說人不能不遊山水：

天地之精華，未生賢者，先生山水，其造名山大川也，英思巧韻，不知費幾鑪冶，而但為野傖山鬼蛟龍虎豹之所嘯據，或不平而爭之，非樵牧則緇黃耳。賢者方如兒女子守閨閾，不敢空闊一步，是蜂蟻也，尚不若魚鳥，不幾於負天地之生而羞山川之好耶？[69]

人們不遊山川，就好像是困居於土壤中蠕蠕攘動的蜂蟻，也像困守在閨閣中的女子，對王思任來說，不遊山水，就是辜負天地山川精華，任其由野傖山鬼蛟龍虎豹來嘯據，或是任由樵牧緇黃等山水的非知音者所佔領。遊山遊水，一方面不負天地山川之生，另一方面，則為了救拔：

天地生人有兩目、兩足，兩目晝視日、夜視月；兩足不第欲其走街衢田陌，上長安道。瓦一壓而人之識低，城一規而人之魄狹。台蕩諸山，乃吾鄉几案間物，今年始得看盡，歸以語人，疑信相半，彼其眼足，在胸中自立一隔扇耳。[70]

王思任遊山觀水是為了救拔人之低識狹魄，一般俗人，有眼有足，而不能領賞天地山川之美，王思任以為是自己在胸中立一隔扇。對晚明文人而言，山水旅遊已成為洗盡鉛塵乃至救贖的一種生命活動。

---

67 參見袁中道著〈遊居杮錄〉卷一第 2 條，參見同註 18。

68 旅遊可以滌俗，在晚明是個普遍的觀念，王思任說：「山行一度，洗盡五年塵土腸胃」（〈游喚序〉），袁宏道遊天池，也說：「兩年塵土面目，為之洗盡」（〈天池〉）。

69 王季重〈游喚序〉，收入同註 16，頁 2411。

70 同註 69。

如何洗塵？如何救贖？前文已述及，晚明文人的旅遊，帶著濃厚與古典對話的意味，這種習性使文人旅遊時，慣於在風景中找歷史，歷史影跡形成文人的先在視野，隨著旅遊／閱讀的時間流程，先在視野中的歷史影跡對照出旅人／讀者種種不慊於心的處境，大小一經對照，則個人生命與現實處境的不平不滿，一旦置放到自然山川與歷史永恒中，痛苦便能釋放與解消，這概係晚明文人藉由旅遊洗塵與救贖的內在動因。

晚明文人旅遊不僅帶著對話考古的興味，也是一種夢境追尋的歷程。[71] 紀錄遊蹤，無論多麼即時，畢竟是以文字去追蹤遊歷的經驗，就時間次序而言，仍然屬於追憶。袁宏道遊天池，對當地仲春種種奪目景致，「無暇記憶，歸來思之，十不得一，獨夢境恍惚，餘芬猶在枕席間耳」[72]。李流芳獨訪西湖斷橋一帶，湖景瀲灩熹微，亦題扇自云「乍見應疑夢」[73]。王思任說：「台蕩之勝，入懷者二十年，入夢者幾夜」[74]。對文人來說，追憶與夢遊幾乎是同質性的，南宋孟元便將自己對東京節物風流人情的懷想，比附於古人夢遊華胥之國，寫成《東京夢華錄》一書，讓後世讀者開卷得睹當時之盛，[75]在兵燹之災中，不必親臨而能「返念故都」[76]。一方面作者是以夢遊

---

[71] 將人生視為一場夢，幾乎是中國文人寫作文學的普遍共識，因為人生如夢，於是往事可堪追憶，夢的文學充滿了回憶的色彩，自屬難免，中國文學以追憶為筆調的作品亦貫穿著各個文類。詳參斯蒂芬·歐文者《追憶：中國古典文學中的往事再現》（上海：上海古籍出版社，1990）。

[72] 見袁宏道〈天池〉，收入同註 9，頁 141-142。

[73] 參見李流芳《西湖臥遊圖題跋四則》之〈斷橋春望圖〉，收入同註 9，頁 108。

[74] 參見同註 69〈游喚序〉。

[75] 孟元〈東京夢華錄序〉云：「數十年爛賞疊遊，莫知厭足，一旦兵火，……出京南來，避地江左，情緒牢落，漸入桑榆，暗想當年節物風流人情和美，但成悵恨……僕恐浸久，論其風俗者失於事實，誠為可惜，謹省記編次集，庶幾開卷得睹當時之盛。古人有夢遊華胥之國，其樂無涯者，僕今追念回首悵然，豈非華胥之夢覺哉？目之曰夢華錄。」《東京夢華錄》收入《筆記小說大觀》（臺北：新興書局，未注出版年月）第九編第 5 冊。

[76] 趙師俠〈東京夢華錄跋〉云：「因鐫木以廣之，使觀者返念故都，當共起風景不殊之歎。」參見同註 75。

的方式去追索過往的旅遊經驗；另一方面，讀者透過文字，能深居一室而馳神八遐，成其臥遊之樂。[77]

晚明的毛晉則將《東京夢華錄》的夢遊真諦推到幻滅的邊緣：

> 木衣綈繡，土被朱紫，一時艷麗驚人風景，悉從瓦礫中描畫幻相。[78]

木衣綈繡，土被朱紫與殘瓦敗礫是個多麼強烈的對比，而毛晉竟然冷冷的指出，艷麗驚人的風景，是在瓦礫中描畫幻相，夢中樂遊華胥之國，而夢醒卻驚覺幻滅，這似乎是晚明文人藉旅遊了解人生真諦的一種特殊方式。張岱出身仕宦家庭，早年過著精舍駿馬、鮮衣美食的貴族生活，明亡之後，避居山中，布衣蔬食，常至不繼，因此面對自己過往曾經的人生遊蹤，是要去「夢尋」與「夢憶」的，[79]由於興盛與衰敗的強烈對比，張岱對於人生如夢幻泡影，有非常典型的心態呈現，〈西湖夢尋序〉云：

> 余生不辰，闊別西湖二十八載，然西湖無日不入吾夢中，而夢中之西湖，實未嘗一日別余也。前甲午丁酉，兩至西湖，如湧金門、商氏之樓外樓、祁氏之偶居、錢氏余氏之別墅，及余家之寄園，一帶湖莊，僅存瓦礫，則是余夢中所有者，反為西湖所無。[80]

朝思暮想的夢中西湖與眼前親睹的西湖極為迥異，闊別二十八年的西湖日日入夢反未曾暫離，而再訪造成的期望落差，給張岱一種很強烈「夢」與「真」的對照：夢中西湖如真存在；而眼前西湖卻如幻消失。張岱為西湖而來，尋訪西湖其實是一個確認其真實性的旅程，既走向真境，亦走向夢中。文中提到的許多地名——湧金門、樓外樓、偶居、寄園，這些湖莊別墅的名稱本身帶著詩意，而其簡略的呈現就像斷垣殘壁一樣，零碎而具物質性。它們喚起過去的繁華，二十八年的興盛與衰落，如今僅存瓦礫，其中一座寄

---

[77] 毛晉〈東京夢華錄跋〉云：「宗少文好山水，愛遠遊，既因老疾發臥遊之論，後來凡深居一室，馳神八遐者，輒祖其語作夢遊、臥遊以寫志。」參見同註 75。

[78] 同註 77。

[79] 張岱在國破家亡之後，寫成了《陶庵夢憶》、《西湖夢尋》兩部著名作品，前者寫的是昔日生活中一些瑣事的回憶，後者寫的是西湖的掌故。

[80] 以下（含）三段引文，為《西湖夢尋》，參見同註 50，頁 7。

園，是張岱特別感傷的故居。

> 及至斷橋一望，凡昔日之弱柳夭桃、歌樓舞榭，如洪水湮沒，百不存一矣。余乃急急走避，謂余為西湖而來，今所見若此，反不若保吾夢中之西湖，尚得完全無恙也。

「弱柳夭桃、歌樓舞榭，如洪水湮沒，百不存一」，用以描寫風月場所的毀壞，[81]它們曾經伴隨著商業發展興起，提供中產階級色慾宣洩的出口。對張岱來說，如同名園別墅一樣，歌樓舞榭亦勾起奢華生活的回憶，而色慾與毀滅並置，其中暗含了張岱未曾言明的追悔。[82]殘破的事物召喚現實的陰影，這是明末戰火的威力，「毀滅」更是回憶的本質，這些瓦礫，訴說著「尋夢」達到的最深核心，它們表演著回憶與夢幻的生成過程。張岱一面意識著種種繁華與毀滅的並置，一面卻拒不承認夢境的幻滅，反將夢境視為真實存在，以保有夢境作為確認真實的方式，於是「夢」逐漸凝固成一種頑固不化的情結，「夢境」與「真實」也並置起來，二者互相競爭，互相侵蝕：

> 因想余夢與李供奉異。供奉之夢天姥也，如神女名姝，夢所未見，其夢也幻；余之夢西湖也，如家園眷屬，夢所故有，其夢也真。今余僦居他氏已二十三載，夢中猶在故居；舊役小傒，今已白頭，夢中仍是總角。夙習未除，故態難脫，而今而後，余但向蝶庵岑寂，蘧榻於徐，惟吾舊夢是保，一派西湖景色猶端然未動也。兒曹詰問，偶為言之，總是夢中說夢，非魘即囈也，因作《夢尋》七十二則，留之後世，以作西湖之影。

張岱拿自己的夢和李白的夢作比較，李白的神女名姝夢是幻，而自己的家園

---

81 「風月場所的毀壞」是晚明極為流行的奇異意象，如《菜根譚》：「狐眠敗砌，兔走荒石，盡是當年歌舞之地」；孔尚任《桃花扇・哀江南》：「眼看他起朱樓，眼看他讌賓客，眼看他樓塌了。這青苔碧瓦堆，俺曾睡風流覺，將五十年興亡看飽。」色慾與毀滅的並置，是這個意象特別動人之處。

82 張岱自云：「因想余生平，繁華靡麗，過眼皆空，五十年來，總成一夢……遙思往事，憶即書之，持向佛前，一一懺悔。」張岱顯然對自己過去歲月的經歷，頗有懺悔之意。引自〈陶庵夢憶自序〉，收入同註 9，頁 86-87。

眷屬夢是真，幻與真之別在於是否曾經擁有。過去屬於真的，像故居、舊役小傒，現在還是「真」的，但像一場「夢」。就像古蹟一樣，在斷垣殘壁中錯雜著真與幻的影跡。「夙習未除」、「故態難脫」，似乎呼應著張岱執夢為真的固執情結，所以他要「舊夢是保」。以夢來掃除親歷的幻滅感。但是張岱仍在「夢中說夢」，說故事的人自己也成了一場夢，訴說著「夢中夢」，這是突顯夢幻觀的作法，它轉換成一種後設的夢，一種夢的消失，幻滅的幻滅，張岱承認，展開在讀者面前的這部西湖遊記，雖一再述說其執夢為真的特性，但畢竟還只是夢囈。文末「金虀瑤柱，過舌即空」，道出本文主旨所在：一種通過慾望而達到「空」的解悟過程，這部書就是一個慾望，這個慾望最終通向幻滅，所以張岱說自己寫下這本書，同樣「亦何救其饞哉？」。

毛晉看《東京夢華錄》的紀遊文本、張岱親筆寫西湖遊記，都是在瓦礫中描畫幻相，一面要在史的範疇裡，達到保存史料的紀實功能；另一方面，也成為旅遊文學的一種策略，在興衰變滅的主題中，開拓自然與歷史遷流不居的視野。由於晚明文人的獨特氣質，追逐慾望，享受奢華，一種如夢的世界感受，一種在夢幻中追尋真實的企圖，一種追悔懺情的淡淡哀愁。它們表現在故意戲劇化的文字上，採取後設的距離來敘述，誘使讀者在「真」與「幻」之間作進一步思考。晚明可以說是個「夢」大行其道的時代，湯顯祖的《玉茗堂四夢》是著名的代表作，這些以夢為真，真假辯證的文學可以溯源至《莊子》的蝴蝶夢，闡述人生的弔詭，人類永遠無法看透「夢」是什麼，除非它採取一種兩面穿梭的策略。以書寫遊記的方式，展示人生不斷追尋、不斷幻滅的夢憶歷程。

七、結論：後設之遊

甲寅九月，掃墓新安。……季弟……持素冊授余曰：「遇新安山水佳處，當作數筆，歸以相示，可當臥遊。」……自禹航從陸至豐于，一路溪山紅樹，晻映曲折，或曠或奧，皆在畫中行。……買舟沿溪而下，清流見底，奇峰怪石，參錯溪中，兩巖束之，上限雲日。所謂舟行若窮，忽又無際者，昔人稱新安江之勝，今始見之。每欲一下筆，逡巡不敢。……此冊（按該素冊）猶在余篋中，每開視之，猶作新安山水想。乙卯北上，乃復攜之而行。京師塵埃蔽天，筆凍欲死，畫意益不得發。丙辰，落魄而南，長夏閒居，思理筆研，簡得此冊，則曩時新安山水，又付之子虛烏有矣。因隨意弄筆，以解煩熱，數日而冊滿；尚欲題字，識此一段因緣。……此冊未畫時，已走新安，往返二千里，京師八千里，中間遊覽之樂，車馬風塵，菀枯冰炭之感，歷歷皆現於此。……因題而歸之。丁巳五月二十四日。[83]

李流芳這篇由丁巳年追憶橫跨四年的題畫小品很有意思。甲寅年，季弟向李流芳索新安山水畫，以當「臥遊」。繼而李流芳將新安溪山之旅，視作「畫中行」，溪山頓時「如畫」；新安之遊歸，由於先在視野（昔人稱新安江之勝）橫亙及盛名之累可能造成的內在衝突，逡巡不敢下筆，但是每開篋中素冊。及到第二年（乙卯年），帶著素冊北上京師，新安山水始終是個「空白」，不斷向其「召喚」。唯天寒筆凍欲死，畫意不得發。第三年（丙辰年），落魄南行，思理筆研，而新安山水卻遺忘而化為子虛烏有，畢竟未能成畫。這一段「遊新安山水→懷想新安山水→構畫新安山水→化為子虛烏有」的追憶歷程，李流芳刻意以編年紀錄的方式，彷彿是對遺忘的內在恐懼。旅遊的歷程，經編年處理後，與個人優劣榮辱的生命旅途作成聯結，所以李流芳在文末說：「中間遊覽之樂，車馬風塵，菀枯冰炭之感，歷歷皆現於此」。李流芳在記憶逐漸遠隔而偶然興發靈感（隨意弄筆）之下，才完成了這些畫（數日而冊滿），彷彿透過遺忘，才能真正完成創作，才能保有記憶。

晚明文人透過旅遊小品，亟要表達的往往是超越旅行遊蹤的異樣經驗，他們經常在文本中顯露著後設的意圖。清初高岑有一篇給友人羅星子的尺牘，可為晚明這種旅遊文學特質作很好的詮釋：

聞足下遊武夷歸，僕妒多於羨，僕雖未至武夷，然二十年來，時有一

---

83 李流芳〈題畫冊一〉，收入同註 9，頁 115-116。

武夷往來於或夢或醒間，足下遊武夷者，僕將為遊遊武夷者。……某者奇矯若龍門，某者秀矗如眉山，某骨俠為黃衫客，某形幻為紅線姬……或為瑯環祕笈，或為禹穴靈文，或者奧詰為岣嶁碑、巉刻為籀斯筆；或氣象高華如瓊台、芳菲爛漫如繡谷，……足下幸一一語僕。僕將為遊遊武夷記，非必樂舌潘筆，合成奇觀，而遊者不必記，記者不必遊，僕欲為從來作遊記者，少開生面耳。[84]

高岑二十年來，對武夷山水的嚮往，已內化為寤寐間的一樁夢想，夢想武夷，已超越了旅遊本身，成為文學想像極力奔馳的憑藉。真正客觀存在的山峰如何？高岑並不以為意，重要的是，這些山峰以另一種幻形出現：若龍門、如眉山、如瓊台、如繡谷、為黃衫客、為紅線姬、為岣嶁碑、為籀斯筆、為瑯環祕笈、為禹穴靈文……。這些幻形存在於高岑的先在視野裡，當武夷山水的空白向高岑這個讀者召喚時，讀者自然以先在視野來應對，自然中的人文於焉形成。

這篇小品文中，更有趣的是，高岑所將作的武夷遊，是去遊羅星子之武夷遊，高岑透過「遊『遊武夷記』」的觀念，反省了遊是什麼？是後設之遊，是一種旅遊本身的旅遊觀。後設具有兩種特質，一方面強調自我指涉，另一方面暴露自己的本質，後設性突出了自我本質的思考，透過自我指涉，具有強烈自我反省的意圖。

築設園林出於世俗佔有的慾望與野心，要將屬於天地間的美麗風景收納起來。造園大興土木這個世俗慾望的追尋，晚明文人反而看穿其虛幻的本質。崇禎十六年造園家計成為進士鄭元勳在揚州設計一座園子，董其昌題為「影園」，雖意在「柳影、水影、山影」之間，又何嘗不是諧謔地暗示該園收納的其實不是真實的風景，而只是自然的影跡而已呢？康范生的〈偶園記〉亦充滿強烈的反省意圖：

客有教余樓前鑿池，池上安亭，檻內蒔花，庭前疊石者；余唯唯否否。……夫聖人不凝滯於物，而能與世推移，一切嗜好，固無足以累

---

84 高岑〈與羅星子〉，收入同註51，《尺牘新鈔》卷五，頁522。

之。坡老與舅書云：「書畫奇物，吾視之如糞土耳。」……園亭固自清娛，然著意簡飾，未免身安佚樂，無裨世用。即其神明，亦幾何為山水花木所凝滯哉！余之為是園也，庶幾弗為吾累也。偶然而園之，亦姑偶然而記之云爾。[85]

康范生在物我對待的辯證意涵中，以「偶然而園之」來表明自己不強求築園的超脫意志。

戴名世築造了一個「意園」：

山數峰、田數頃、水一溪、瀑十丈，樹千章，竹萬個。……其草若蘭、若蕙、若菖蒲、若薜荔；其花若荷、若菊、若芙蓉、若芍藥；其鳥若鶴、若鷺、若鷗、若鷗、若黃鸝。樹則有松、有杉、有梅、有梧桐、有桃、有海棠；溪則為聲如絲桐、如鐘、如磬；其石或青、或赭、或偃、或仰、或峭立百仞；其田直稻、宜秫；其圃宜芹，其山有蕨、有薇、有筍；其池有荇……。[86]

戴名世所築的這個園，山、田、水、瀑、樹、竹、草、花、鳥、石一應俱全，有琴一張、酒一甕，童子一人伐薪、採薇、捕魚，自己於其間半日讀書，半日看花，彈琴飲酒，聽鳥松水流之聲，環顧太空……。十足的山人園林規模，然而這個園並不築設在水邊林下，乃非人間所有。戴名世的「意園」，根本就無此園，意之如此而已。與戴名世相同，黃周星也有一個「將就園」：

吾園無定所，惟擇天下山水最佳勝之處為之，所謂最佳勝之處者，亦在世間，亦在世外；亦非世間，亦非世外。蓋吾自有生以來，求之數十年而後得之……。凡宇宙間百物之產，百工之業，無一不備其中者。[87]

85 參康范生〈偶園記〉，收入同註 9，頁 190-192。

86 參見戴名世〈意園記〉，收入王樹民編校，《戴名世集》（北京：中華書局，1986）卷 14，頁 386。

87 黃周星〈將就園記〉，轉引自王毅《園林與中國文化》（上海：上海人民出版社，1990），頁 691-692。

有多大的真實空間可以廣納宇宙間所有的至善美景？黃周星歷經了數十年的體會與思惟，方才明白慾望追尋的永無止境，只有將實象轉為心象，才能鬆脫苦苦追尋的焦慮。這種體悟，吳石林亦然：

> 吳石林痴好園亭，而家奇貧，未能構築，因撰「無是園記」，有桃花源記、小園賦風格。江片石題其後云：萬想何難幻作真，區區丘壑豈堪論，那知心亦為形役，憐爾饑軀畫餅人。寫盡蒼茫半壁天，煙雲幾疊上蠻箋。……余見前人有所謂烏有園、心園、意園者，皆石林之流亞也。[88]

不管是戴名世的「意園」、黃周星的「將就園」、吳石林的「無是園」，其實已脫離了、或者更準確地說，已穿越了世俗造園的意義，使陶淵明桃花源所代表的烏托邦意識於當代中重新再現。

上述幾篇奇異的造園文章，透露著晚明文人一方面執著俗世生命的養護與裝飾，[89]另一方面卻時時警示自己人生如夢的幻滅感，具有特殊的處世態度，表達在文字書寫上，便帶有戲謔的意味。劉士龍也像戴名世一樣，在意念中建造了一個「烏有園」：

> 景生情中，象懸筆底，不傷財，不勞力，而享用具足，固最便於食貧者矣。況實創則張設有限，虛構則結構無窮，此吾園之所以勝也。……吾之園不以形而以意，風雨所不能剝，水火所不能壞，即敗類子孫，不能以一草一木與人也。人遊吾園者，不以足而以目，三月之糧不必裹，九節之杖不必扶，而清襟所託，即几席而賞玩已周也。又吾之常有吾園，而併與人共有吾園者也。[90]

欣慕造園，之後又要將之解消，文人們意識到世俗佔有的慾望追尋，終究要面臨幻滅的考驗。劉士龍在他人築造園林、遊觀園林的同時，卻興起園林終歸烏有的警歎：

88　參《履園叢話》卷20，轉引自同註37，頁692。

89　關於晚明文人對俗世生命細節的養護與裝飾，請詳參拙著〈養護與裝飾：晚明文人對俗世生命的美感經營〉一文，《漢學研究》第15卷第2期，頁109-143。

90　參劉士龍〈烏有園記〉，同註9，頁185-189。

> 烏有園者，餐雪居士劉雨化自名其園者也。烏有，則一無所有矣。非有而如烏有焉者，何也？……吾嘗觀於古今之際，而明乎有無之數矣。金谷繁華，平泉佳麗，以及洛陽諸名園，皆勝甲一時，迄於今，求頹垣斷瓦之彷彿而不可得，歸於烏有矣。所據以傳者，紙上園耳。即令余有園如彼，千百世而後，亦歸於烏有矣。夫滄桑變遷，則有終歸無；而文字以久其傳，則無可為有，何必紙上者非吾園也。

劉士龍在本文中，似乎看透並且越過「有→無」「興→衰」「存→亡」的變滅傷感過程，較戴名世、黃周星等人更清晰地傳遞了幻滅的體悟。直就紙上／意中造園，這個紙上／意中的園，突顯園林繁華到頹毀的後設本質。吾人試回想前文的「如畫」、「如夢」，畫與夢均非真實，「如畫」、「如夢」則暴露其虛幻本質，晚明文人帶著後設的觀點來紀錄旅遊，或如在另一世界、或如畫中、或如夢，均暗隱著山水風景於文人心中所具有的虛擬本質，於是追憶畫境與夢境，最終推極而至幻滅。

晚明旅遊小品在閱讀與夢憶的書寫上，有超越前人的表現，對當代文人而言，旅遊如閱讀、如觀畫；也如園林的築造、盆栽的設計；與古對話、亦如一段知遇的過程，人與自然彼此相知，不需多費脣舌，所以王思任說：「至於鳥性之悅山光，人心之空潭影，此即彼我共在，不相告語者」。而「遊道如海」，旅遊是一種人生的救贖活動，是尋夢的路程，所以遊記只是影跡，遊者不必記，而記錄下來的文字，不過是「山川之形似，登涉之次第……。游何容易也，而亦何容易告語人也」[91]。由於這種隨時省察本質的後設旅遊觀，自閱讀山川開始，經過如畫、築園、知遇、與古對話之種種歷程，走向人生的極致，則如張岱一般，不斷透過後設的思考，來反省人生遊歷的本質，終究將旅遊染上人生夢憶幻滅的色彩。就某種意義而言，晚明文人是一群徹底的旅人，持著旅遊的旅遊觀，變成一種徹底的浪遊，走過晚明這一段早已消失的歷史歲月。

91　本段各句引文出於王思任《游喚》〈紀游〉篇，收入同註 16，頁 2411。

時與物：晚明「雜品」書的旅遊體系*

一、緒論

（一）晚明的旅遊文獻

明代中期以後，文人嗜遊山水可從文獻上看出端倪。史部地理類的書很多，除了代表歷史意義的總志、方志之外，如《帝京景物略》、《客座贅語》、《金陵圖詠》等追記一地的雜志亦夥。而山水志中記錄名山勝遊者特多，以遊記選集的型式出現者，例如何鏜編著的《古今游記名山記》十七卷，採錄史志文集所載遊覽之文，以類編輯，此書後為王世貞擴增為四十六卷，名為《名山記廣編》，慎蒙則改編為《天下名山諸勝一覽記》。此書亦有出版商附加圖版的《名山記》改編本，內容包括南北直隸、浙江、江西、湖廣、河南、山東、山西、陝西、福建、廣東、廣西、四川、雲南、貴州等，為一幅員遼闊的地域遊景介紹。除了編纂的體例之外，更有為數甚多的文人遊記自選集，如王世懋的《名山遊記》、王士性的《五岳遊草》、姚希孟的《循滄集》……等。[1]至於關注地質、氣候與風土的《徐霞客遊記》，則是一部精細的旅遊紀錄。

---

* 本文初稿發表於「旅行與文藝」國際學術研討會（國立中山大學文學院主辦，2000年5月27-28日）。會議發表當日，承蒙呂正惠教授對拙文題目與內容不吝指正，以及劉昭明教授於註釋體例的補充建議，又獲二位匿名教授審查，提供寶貴修正意見。本論文已分別依據諸位教授之高見斟酌修改，特致謝忱。

1 關於明代的遊記選集，請詳參王立群著《中國古代山水遊記研究》（開封：河南大學出版社，1996），第六章「從《游志》到《游志續編》：山水游記的結集與流傳」，頁101-110。

小品文型式的遊記，更在晚明文學史上大放異彩，名家如袁氏兄弟、譚元春、王思任、李流芳、張岱等，均有大量的作品湧現。以三袁兄弟為例，袁伯修《白蘇齋類集》卷十四「遊記類」，皆遊歷之題或記；袁宏道《袁中郎全集》中共有八十餘篇記遊勝之地與旅遊之事，其中「場屋後紀」則為科考放榜後一段時日的遊歷雜感日記；袁小修《遊居杮錄》則為旅遊閒居的筆記書；張岱有追憶繁華過往的《陶庵夢憶》、王季重亦有遊記專書《游喚》、《歷游記》、《游廬山記》等。

除了文字以外，尚有為數甚多的山水繪畫或遊勝版畫等圖像紀錄，後者乃由地志插圖傳統發展起來的山水畫譜，如《名山圖》、《太平山水圖》等名勝版畫，透過出版流傳，宣說著旅遊的盛況。不止名山古蹟而已，園林築設原來就是取徑山水遊歷的經驗，園林乃造園家剪裁山水風景、濃縮旅遊精華的傑作，明代達官顯貴、富豪縉紳廣造園林別墅，蘇州的拙政園、東園、西園、紫芝園、上海的龔氏園、豫園、隅園、日涉園、揚州的嘉樹園、影園、五畝之園、休園……等，園林廣興的現象，造就了像計成這樣的造園理論家與專著《園冶》，亦造就了以旅遊虛擬山水的遊園愛好者，留下大批的遊園作品。[2]這些追索旅遊蹤跡的遊記材料，既有文學家以時間旅遊紙上山水，成線性詠史式的時間追歷；亦有畫家、造園家致力於空間的營構，成立體地圖式的空間鋪延，他們將腦中留下的旅遊斷片，以想像組構的方式重現。

晚明的旅遊活動非常興盛，旅遊文藝亦極發達，因而創造出許多特殊的遊人型態與風姿，有像王思任這樣遁跡山林、專務遊觀的旅遊理論家、或如劉邦彥這樣「唯有東風一尊酒」、「到處湖山結伴遊」的漫遊者、有像徐霞客這樣的旅遊探勘專家、亦有像徐渭這樣寄託嗔笑驚愕詩心於山奔海立沙起

---

2 如王世貞游南京園林，著有〈游金陵諸園記〉、文徵明游蘇州園林，著有〈拙政園記〉、鍾伯敬有〈梅花墅記〉等，詳參章必功著《中國旅遊史》（昆明：雲南人民出版社，1992），頁339-341。

雲行中的旅者、或如屠隆一般的縱遊之士……。[3]晚明文人重視個體生命，肯定山水對於人生的價值，具有將山水與個體生命交融涵攝的旅遊意識。[4]豐富的文獻圖像與園林資料，以及文人們以性靈遊歷山水的生命風姿，將晚明映照成一個旅遊粲然的時代。

（二）為日常用物區門別類的書籍

史部山水志、遊記文體或勝遊畫蹟表現了晚明旅遊的空前盛況，若擬由審美生活的視角入手，文獻考察的重點將會有所不同。焚香看畫、煮茗品酒、書齋對客這是靜態生活的審美觀照，[5]而山水旅遊則透過旅者行蹤的遊動狀態，捕捉生活中的美感。晚明文人的旅遊與生活密切綰合，旅遊為生活的一部分。由文獻的角度而言，類書輯錄模式的「雜品」書籍，為晚明文人組織了衣食住行娛玩之審美生活的全幅架構，[6]旅遊在此架構中，有什麼特

---

3 王思任在遊記中，常提出特殊的旅遊見解。劉邦彥兩句詩分別出於〈春興〉、〈答姚今綬〉二詩。袁宏道〈徐文長傳〉云：「其所見山奔海立，沙起雲行，風鳴樹偃，幽谷大都，人物魚鳥，一切可驚可愕之狀，一一皆達之于詩……故其為詩，如嗔如笑……」。《列朝詩集小傳．丁集上．屠儀部隆》（臺北：世界書局）曰：「萬曆丁丑進士，除穎上知縣……令青浦，延接吳越間名士，沈嘉則、馮開之之流，泛舟置酒，青簾白舫，縱浪泖浦間，以仙令自許。……壯年不自聊，縱遊關塞，思得一當，歸而談玄覈玄，自詭出世，晚年一無所遇，為大言以自慰而已。」章必功以為上述諸人展現了明代林下風流的人物風姿，請詳參同註 2，頁 332-341。

4 參見夏咸淳撰〈山水與個體生命：晚明文人的山水意識〉一文，收入臧維熙主編《中國山水的藝術精神》（上海：學林出版社，1994），頁 480-486。

5 伍紹棠〈長物志跋〉云：「有明中葉，天下承平，士大夫以儒雅相尚，若評書品畫，論茗焚香、彈琴選石等事，無一不精，亦當時騷人墨客，亦工鑑別、善品題」。文震亨《長物志》，收入《百部叢書集成》（嚴一萍選輯，臺北：藝文印書館，本叢書各集出版年次不一）之 31『硯雲甲乙編』（民 55 年影印）第二函，另亦收入《美術叢書》（臺北：藝文印書館，1975 年 11 月初版）三集第九輯（總第 15 冊），頁 115-268。

6 關於雜品書所涉及晚明美學之主體體驗之美感型態、語彙策略、美感境界與經營等之審美生活的課題，詳參毛文芳撰《晚明閒賞美學》（臺北：臺灣學生書局，2000）「第肆篇、晚明閒賞美學論」之相關論述。

殊現象值得觀察呢？由於「雜品」書與審美生活密切相關，且「雜品」書具有特殊的書寫蘊涵與表述意義，作為本論題的文獻基礎，筆者以下將針對「雜品」書的特質詳細疏理與探討。

1.譜錄與格物

《四庫全書》著錄「子部・雜家類・雜品之屬」的書籍數量，以晚明時期最夥，而這些雜品書，四庫館臣大都給予負面評價，諸如「纖巧輕佻之詞」（《四庫全書總目提要》〈枕中祕提要〉）、「勦襲清言，強作雅態」（同上〈遵生八牋提要〉）。以嚴整的著述標準來衡量，這些纖巧輕佻、強作雅態，勦襲清言的書，似乎並不具備藏諸名山的價值；然以文化史的角度而言，這些書一再地受到書商的青睞，的確證明了廣大讀者群的閱讀訴求，其中自然不免有迎合通俗品味的一面，但是這些書籍為何纖巧輕佻？為何要勦清言、作雅態？如何勦清言？作雅態？勦了什麼清言？作了什麼雅態？是否亦展現了讀物雅化的現象。「雜品」書具備既俗且雅的雙重特質，構織了極有蘊涵的文化意義，與晚明特殊的生活美學息息相關。

「雜品」書，為審美生活中紛繁品類之評賞而作，寫作焦點在物類。研究物類的專書，在宋代時期已大量出現，稱為「譜錄」，《硯史》、《墨經》、《香譜》、《酒經》、《貨泉錄》、《梅譜》、《芍藥譜》、《橘錄》、《筍譜》、《相鶴經》、《養魚經》……等。[7]這些書原由史部「譜牒」、「簿錄」的精神逐步轉化形成，再由「農家」輾轉旁牽而來，[8]或為鑑識、或為製造、或為種植、或為牧養，要為物類建構認知基礎，有強烈的知識傾向。這些文房器物、金石篆刻、草木鳥獸蟲魚等專寫一物的書籍內

---

7 「譜錄」一詞最早始於宋代尤袤《遂初堂書目》中，其為研究物類的專書，宋代開始興盛，《直齋書錄解題》、《郡齋讀書志》、《崇文總目》等當時書志著錄甚夥，南宋左圭編輯之大套叢書《百川學海》十集中之辛壬癸三集亦收入大量的譜錄書，大都為宋人所著。

8 關於「譜錄」書籍類例的形成與由來，請詳參同註 6，拙著《晚明閒賞美學》所收〈晚明「閒賞」美學在中國學術史的範疇定位與源流發展：目錄學角度的探討〉「二、『譜錄』類例的探討」，頁 73-78。

容，到晚明都匯聚成「雜品」書，正如《四庫全書總目》云：

> 古人質朴，不涉雜事，其著為書者，至射法、劍道、手搏、蹴踘止矣。至隋志而欹器圖猶附小說，象經、棊勢猶附兵家，不能自為門目也。宋以後，則一切賞心娛目之具，無不勒有成編，圖籍於是始眾焉。今於其專明一事一物者，皆別為譜錄，其雜陳眾品者，自洞天清錄以下，並類聚於此門，蓋既為古所未有之書，不得不立古所未有之例矣。（「子部・雜家類・雜品之屬」按語）

「雜品」與」「譜錄」這兩個新興的書籍類例，可謂對宋代以來逐漸興起的娛賞風氣，以及著錄賞心娛目的圖籍而設，其差別在於「譜錄」專明一事一物，而「雜品」則雜陳眾品，[9]二者作為寫物專著的本質相同。

宋代關注物類的書籍中，《格物麤談》、《物類相感志》兩部書非常奇特，此二書的體例與分類相近，以《格物麤談》為例，內容包括：天時、地理、樹木、花草、種植、培養、獸類、禽類、魚類、蟲類、果品、瓜蓏、飲饌、服飾、器用、藥餌、居處、人事、韻藉、偶記等共二十類，將人們日常生活的各種層面架設開來，[10]至於其內容，略舉數條如下：

- ♦ 立春晴朗無雲歲熟。清明泉水造酒可留久。立冬晴主暖多魚。（天時）
- ♦ 菖蒲喜水。茉莉怕冷。葵葉可染紙。嗅臘梅花生鼻痔。（花草）
- ♦ 欲菊葉青茂，時以韭汁澆根。海棠花用薄荷水浸之則開。（種植）

9　「雜品」一詞，應包含「雜」與「品」二字的義涵，「雜」字如四庫所云，「雜之義廣，無所不包」（「雜家類小序」）；「品」字一般來說，作動詞解，有評論優劣、羅列高下之意，作名詞解，則為品類之意。《四庫全書》為「雜品」所下的定義為：「旁究物理，臚陳纖瑣者」（「雜品之屬」按語），在這兩個並列的語句中，「雜」義於「纖瑣」二字中見，而「品」作動詞解之「比較優劣」義未見，惟「臚陳」有「品」字的「羅列」義。另「旁究物理」亦略涉「品」字的「評論」義。由以上的分析可知，《四庫全書》「雜品」類的書籍，仍以臚列眾品為主旨。

10　《物類相感志》分類較簡化，包括身體、衣服、飲食、器用、藥品、疾病、文房、果子、蔬菜、花竹、禽魚、雜著等十二類。刪除了天時、地理、韻藉等項，更注重生活日用的層面。《格物麤談》收於《筆記小說大觀》第六編第四冊（臺北：新興書局，1989），《物類相感志》收於前書第四編第三冊。另有一性質相似的《感應類從志》，託名晉張華著，收於《說郛》卷二十四。

♦ 食韭口臭含沙糖解之。酒調羹味美。飲真茶令少睡。（飲饌）

♦ 滑石末塗去衣油。槐花污衣酸梅洗之。多年血污跡以生菱肉磨洗即去。（服飾）

由以上諸條內容來看，人們留意天時變化、花草生態、物性特質……，成為農植養牧與飲饌服飾的生活知識。本書特別針對物與物彼此相生相剋的立場發論，正是所謂物類相感的意旨，雖不具文采，卻是為百姓而設，本書如同一部日用生活百科知識大全。范亨曰：

> 庶彙紛錯，有相反亦有相成，造化之機妙，誠難測度，若必于此窮究其理，其為格物亦太疏矣，存之以資讌談，可也。（范亨〈格物麤談跋〉）

宋代理學講求格物致知，亦有建構知識體系的企圖，以上幾部書由書名與內容來研判，似乎是理學學風下的產物，雖如范所說，格物太疏，以資讌談，卻有幾項值得注意的特質：第一、對物性的探討與把握；第二、著眼於百姓日用生活；第三、有類書的分類體系。中國很早就有名物訓詁的著述，宋代以來，改變了過去《爾雅》以名物訓詁的寫物傳統，將物納入生活日用中，表述為文字，書寫的企圖，轉移到生活體系的佈列，在中國文化史的脈絡中，物與生活二者關係的演變與探討，是極有意義的一項課題。[11]

2.日用類書

宋代專寫一事一物的「譜錄」書，或是物類相感的「格物」書，均是一個知識體系建構下的文化產物。而晚明特盛的「雜品」書，則轉向了審美文化。「格物」書與「雜品」書二者的體例，還與「日用類書」保持某種親密的關係，三者同樣顯示了中國文化以分類建構知識體系的偏好。[12]自宋元以

---

11 筆者一直關心物與生活的課題，目前正著手進行晚明生活之物體系等相關研究，限於論題與篇幅之故，對此課題，不擬於此討論。

12 中國的類書乃是最明顯以分類建構知識體系的典型，《四庫全書》共收載類書 64 部 6973 卷，存目更多達 217 部 27500 卷。西方學者傅柯已注意到中國式動物分類法，將動物分成帝王寵物類、薰製標本類、馴養動物類、乳豬類、人魚類等，德勒茲戲謂此為分類狂，看來像是為紛繁的事物貼上標籤，卻正是概念的整編。請參黃建宏譯

來，日常生活為坊間出版讀物關注的所在，到了明代晚期，大量出版了生活備需的「日用類書」，如《五車拔錦》、《萬用正宗》、《全書備考》、《萬寶全書》、《不求人》等，以收載內容最多樣化的《五車拔錦》為例，將四散分開的資料廣為搜羅，依照人們日常生活必需的知識架構，加以重新編排分類，共計有：天文、地輿、人紀、諸夷、官職、律例、文翰、啟劄、婚娶、葬祭、琴學、棋譜、書法、畫譜、八譜、塋宅、剋擇、醫學、保嬰、卜筮、星命、相法、詩對、體式、算法、武備、養生、農桑、侑觴、風月、玄教、祛病、修身等三十三門。根據日用生活的知識體系編成的這部書，編輯理念如下：

> 其間天文地理、人紀國法、文修武備、與夫冠婚葬祭之儀、陰陽術數之學，悉皆文門定類，若綱在綱。誠天下四民，利用便觀；百家眾技，得正印已。……今而後，寓中君子，日用間則不必堆案五車，玄覽記載。一展卷之下，若揭錦囊，而探物已。五車拔錦之號，其無赧顏哉！[13]

存仁堂刊梓的《萬寶全書》，封面上刻印有「徐筆洞先生纂」，及「每部定價　銀壹兩正」等字眼，顯然像這些將五車學問分類匯聚，「凡人世所有日用所需，靡不搜羅而包括」[14]的書籍，透過出版銷售的方式，為百姓的日常生活，提供知識檢索與查核的功能。[15]

〈大腦即螢幕：《電影筆記》與德勒茲的訪談〉，《當代》第147期，1999年11月號，頁20-22。

13 此書收藏於東京大學東洋文化研究所仁井田文庫藏，序文為萬曆25年自得生所寫。轉引自小川陽一著《日用類書による明清小說の研究》（日本：東京研文出版，1995）第一篇〈日用類書とその素材〉，頁14-17。

14 《萬用正宗》余象斗序言：「乃乘餘閑，博綜方技，彙而集之，門而分之，纂其要擷其芳，凡人世所有日用所需，靡不搜羅而包括之，誠簡而備精，而當可法而可傳也，故名之曰萬用正宗。」轉引自同註13，頁20書影。

15 關於中國明清日用類書，大量流散於日本，收藏在內閣文庫、尊經閣文庫、蓬左文庫、陽明文庫等地，由於資料之便，日本學者對於日用類書的研究投注心力最多，成果亦豐碩。筆者本文中關於日用類書的材料與引文，參引自同註13，第一篇〈日用類書とその素材〉，頁13-47。

明清盛行的「日用類書」中，有一種特別值得注意的是商用類書，如《一統路程圖》、《新刻京本華夷風物商程一覽》、《水陸路程》、《新安原版士商類要》、《新刻士商要覽天下水陸行程圖》、《路程要覽》、《示我周行》、《重訂商賈便覽》、《新刻士商必要》、《客商一覽醒迷》……等。明代中葉以後，由於商品流通量擴增、商人資本活躍、商業繁榮、與商賈販銷於全國等各種因素，為新興商賈階層所編的類書，應運而生，具有特定的商用目的。以乾隆五十七年刊行之《重訂商賈便覽》為例，該書內容包括工商坊要商業倫理道德、經營糧食五穀兼菜子分辨、神誕風暴吉凶日期、各省疆域風俗土產、算法摘要、平秤市譜、辨銀要譜、應酬書信、時令佳句、月令別名、族親稱呼、天下水陸路程附土產等。商書的主要閱讀對象是從事於商業活動的商賈，這些書，或作為商業經濟的知識傳授、或作為商賈商業活動的條規和準則、或作為職業道德的讀物、或作為初涉商場生徒的啟蒙教材。印刷發行量很大，傳播很廣。

商人通有運無，溝通兩地的商品與資訊，以足跡而言，從商亦是另一種型態的旅遊。商用類書中，與旅行直接有關者，乃水陸行程圖，這種書是商人行旅時的重要參考，編纂者根據自身經商、行旅中的體察與徵詢商旅，並參考流傳下來的交通圖籍而編成，其線路大都以兩京或徽州為中心展開。[16]

3.「雜品」的書寫意涵

以日用類書的角度而言，《四庫全書》「子部・雜品」類書籍，收有舊題宋人蘇軾撰《物類相感志》、舊題蘇軾所撰的《格物麤談》、元人撰的《居家必用事類全集》、明永樂年間楊溥撰《水雲錄》、明代中葉託名劉基所撰《多能鄙事》[17]、不著撰人名氏《便民圖纂》[18]、宋詡父子合撰的《竹

---

[16] 關於明清商書的相關研究，請參考王學文著《明清時期商業書及商人書之研究》（臺北：洪葉文化事業，1997）。該書分為「明清商書的總體及應用之研究」與「明清商書的個案之研究」上下兩篇，附錄一為〈關於明清商書版本與序列的研究〉，針對明清商書較為重要和流行者二十餘種，撰有簡單的題要。附錄二為〈商書研究論著目錄〉，均極具參考價值。

[17] 傳劉基編《多能鄙事》一書，大半抄自《居家必用事類全集》，雖四庫館臣認為其

嶼山房雜部》[19]等書，這些家庭實用的百科類書，詳細紀錄了生活環境周遭的種種物類、日常起居四時種種宜忌事項，甚至居家農圃種畜實用之法等。以《居家必用事類全集》為例，該書內容龐雜，共有十二部：甲集有為學讀書作文之法、乙集有家法冠婚喪祭家禮等事宜、丙集為仕宦事宜、丁集為宅舍營造興作等事宜、戊集為農桑貨寶辨疑等事宜、己集為諸品茶漿水豉醯等飲食事宜、庚集為肉品麵食染作薰香與閨閣事宜、辛集為吏學指南為政九要、壬集為養衛生軀之法、癸集為謹身延壽修養祕論等。[20]

「體近瑣碎，若小兒四季關百日關之類，俱見臚列，殊失雅馴，立名取孔子之言，亦屬僭妄，殆託名基者也」，但這正是作為日用類書的編寫特質，范惟一序曰：「凡飲食服飾居室器用農圃醫卜之類，咸所營綜其事至微細，若無關於天下國家，然跡民生日用之常，則資用甚切」。詳細內容，請詳參《四庫全書存目叢書》（臺南：莊嚴文化事業，1995），子部第117冊（上海圖書館藏明嘉靖42年范惟一刻本），頁445-580。

18 《便民圖纂》第一卷為農務圖十五幅，第二卷為女紅圖十六幅，每圖皆係以竹枝詞一首，第三卷以下則分十一類：耕穫、桑蠶、樹藝、雜占、月占、祈禳、涓吉、起居、調攝、牧養、製造。其編纂理念為：「夫有生必假物以為用，故雖細民必有所資，百工制物，五材並用，而聖人寔作之……是故業有世守，其人無貴賤，皆足為師，藝有顓門，其言無精粗，皆足為經」，引自《欽定四庫全書總目提要》（以下簡稱《四庫提要》），卷25「子部・雜家類存目」七。全書詳細內容，詳參同註17，《四庫全書存目叢書》，子部第118冊（北京圖書館藏明嘉靖23年王貞吉刻藍印本），頁1-105。

19 由宋詡、宋公望父子合撰，孫宋懋澄合編之《竹嶼山房雜部》，共27卷，前集有樹畜部、養生部、家要、宗儀、家規等，後集補種植、養生。《四庫提要》云：「此書以農圃之言，兼玩好之具，與家要、家規、宗儀同為一帙，實屬不倫」（卷123「子部・雜家類七」），而此書確為山居生活之實用類書，包含食譜、園藝、文房、居室、畜牧……等相關內容，不講文采，亦不錄列典故，詳言飲食、種植等技術，特重實用性。故提要云：「其書于田居雜事最為詳悉，而亦間附考證……則猶讀書考古者所為，非僅山人墨客語也。」（同上引）本書收入《景印文淵閣四庫全書》（以下簡稱《四庫全書》，臺北：臺灣商務印書館，1985），第871冊「子部・雜家類四・雜品之屬」。

20 元人撰《居家必用事類全集》，《四庫提要》謂其「載歷代名賢格訓及居家日用事宜」，王重民《中國善本書提要》（上海：上海古籍出版社，1986）對其評價頗高。該書編撰體例，乃條列式抄錄前人著作之片斷，好像工具書一樣，完全不含作者主觀的口吻，編者的意念只呈現在該書的分類系統上。詳細內容請參閱同註17，《四庫全書存目叢書》，子部第117冊，頁28-444（清華大學圖書館藏明刻本）。

另外，「子部・雜品」類書籍，亦收錄了宋代趙希鵠《洞天清祿集》、周密《雲煙過眼錄》、明代曹昭《格古要論》、張應文《清祕藏》、高濂《遵生八牋》、文震亨《長物志》等書，這些書與前述生活庶物的書寫不同，是以古董的欣賞與懷想出發，延展構築成具有古典雅蘊的悠閒生活，將古物為中心的「閑雅稽古好古之學」（高濂語），再進一步與焚香、鼓琴、栽花、蒔竹等雅事連成一起，遊山玩水、尋花品泉、焚香對月、採石試茗、洗硯弄墨、鼓琴蓄鶴、摩挲古玩、擺設書齋、佈置園林……透過各類美感欣趣的物類，將日常起居整合為一種清心樂志的審美生活。[21]

囊括了民生日用、醫卜星相、禮俗遊藝、審美裝飾等廣泛內容的日用類書，別門區項、俱載全備的分類系統，提供吾人理解晚明日常世界構築的重要線索。為何要為人類用物分類？如何分類？分類原則的背後涉及什麼預設？這些均是複雜而艱難的文化課題。[22]日用類書在官方／民間、菁英／通俗二元之間，拓展新的話語空間，過去未見諸文字的題材，在日用類書中變成了描述、分類和討論的話題，相當程度上改變了既有文本中的知識體系與世界景觀，而日用類書的出版與應用，亦影響了後來幾個世紀對於日常世界的表述與理解。[23]

「雜品」，可說是將「譜錄」、「格物」、「日用類書」等書籍概念交會聚合而成的一種新書寫，其書寫焦點，置於物與生活兩大範疇的重疊之

---

21 宋代大量的藝術書、譜錄書，到了晚明，都成了匯雜眾品的雜品書，這由「雜品」之屬的收書以晚明為最大宗可見分曉。由「雜品」之屬的收書旨趣來看，具有三層美學內涵：賞鑑、閒適、以及賞鑑器物與尊養生命的關聯。這三層由目錄學上所呈現的類例內涵，亦恰如其分地證成了晚明特有的「閒賞」美學風格。關於「雜品」書籍類例的探討，請詳參同註 8，「三、『雜品』類例的探討」，頁 79-86。

22 尚・布希亞由人類的分類企圖與困難中展開其著名的物體系論述。詳參尚・布希亞著、林志明譯《物體系》（臺北：時報文化出版，1997），「導論」，頁 001-009。

23 對於日用類書造就新的出版文化，創造新的話語空間，請詳參商偉〈晚明的小說、日用類書與印刷文化〉，發表於「世變與維新：晚明與晚清的文學藝術」研討會，中央研究院中國文哲研究所籌備處與美國哥倫比亞大學東亞系合辦，1999 年 7 月 16-17 日。

處。日常生活庶物的紀錄，原被視為鄙事，因為關乎民生日用，而被抬高到前所未有的地位，編纂者以周孔不避閎博委瑣之條列櫛比，為這些書找出了合理的傳統定位。[24]「雜品」之「雜」，指其品類紛繁，有別門區項、俱載全備的分類企圖，為日常瑣事瑣物的總匯，原是邊緣性範疇，經過書寫與表述，組成了符號系統。「雜品」之「品」指品賞，寫作方針在品評論賞，「雜品」書將邊緣性範疇的物，帶入了文化詮釋。「雜品」書中的品物書寫，其架構是從日用類書的輯錄模式而來，加入品評文字而成，「雜品」書多為文人所編纂，乃在庶民日用類書的分類系統下，添加文采與風雅，「雜品」書既為讀者提供審美生活之日用閱賞參考，甚至可以說就是一種廣義的文人閱賞「日用類書」。

（三）論題的成立與研究進路

筆者以上探討了「雜品」書的發展，轉向審美日用生活體系之佈列與表述。旅遊是動態的審美生活，其透過「雜品」將如何表述？

由「雜品」書的興盛與特質看來，晚明文人特別關注生活周遭的物類，這些以物為中心、展現龐大之生活體系的「雜品」書，以高濂的《遵生八牋》最具代表性，該書為人的軀體生命營造出一個和諧、理想、完美的現世世界，體系龐大，細節紛披，可謂當時同類著作之翹楚。在這個大架構下，〈起居安樂牋〉為尊養生命的核心課題，[25]圍繞著恬逸自足、居室安處、晨

[24] 范惟一〈多能鄙事序〉曰：「因題曰多能鄙事，以自附於孔子少賤之義……古之聖賢多能無如孔子，其顯達而經世則莫有踰周公，以今考周禮一書，皆其治天下之具閎博委瑣條列而櫛比，何其設也，謂曰鄙事，可哉？」參見同註 17，《四庫全書存目叢書》，子部第 117 冊，頁 445-446。《便民圖纂》的編纂理念，《四庫提要》云：「夫有生必假物以為用，故雖細民必有所資，百工制物，五材並用，而聖人寔作之……是故業有世守，其人無貴賤，皆足為師，藝有顓門，其言無精粗，皆足為經」。（卷 130「子部 40，雜家類存目七」）

[25] 《遵生八牋》收入同註 19，《四庫全書》，第 871 冊，「子部．雜家類．雜品之屬」。全書共分八目，八目各自獨立，而隱有脈絡可相環扣，八目及四庫總目所給予的要旨一覽如下：一、〈清修妙論牋〉：皆養身格言、二、〈四時調攝牋〉：皆按時

昏怡養、溪山逸遊、三才避忌、賓朋交接等幾個要項。高濂將旅遊視為起居安樂養生生活的一環，旅遊的書寫主要包含在「溪山逸遊」中，首為『序古名遊』，分條輯錄許多古人的旅遊文字，提供古代名人旅遊的事蹟與典型。[26]其次「高子遊說」舉出高濂自己依時而遊的旅遊觀，另外，高濂在〈四時調攝牋〉之「四時遊賞」中，更列舉依四時節令以旅遊的景觀與方式，可彼此參看。最後高濂還提出「遊具」，如竹冠、披雲巾、道服、文履、道扇、拂塵、雲舄、竹杖、斗笠……等旅遊必用之物。

高濂《遵生八牋》、費元祿《鼂采館清課》、屠隆《考槃餘事》、文震亨《長物志》、清初李漁《閒情偶寄》……這些文人日用閱賞的「雜品」書中，旅遊書寫呈現了特殊的價值傾向，除了應與古來不遇求閒的隱逸傳統合觀之外，亦與當時養生學與美學兩大範疇密切相關。「雜品」書中的旅遊書寫，大致包含兩個方向：一為依時而遊，一為遊具鋪陳。旅遊是動態的活動，建立在時間流逝的基礎上，晚明文人從中特別重視時序節候的變換。依照春、夏、秋、冬四季與節候遊賞山川，這是四時調攝按時修養之養生學與美學的一環。而物是靜態的展列，旅遊用物則將旅者的生活構築起來。旅遊用物的鋪陳如：竹冠、文履、竹杖、斗笠、道扇、便轎、輕舟……等，不止牽涉到用物提供遊人旅途輕捷便利的技術層次而已，選擇哪些遊具？如何製

修養之訣、三、〈起居安樂牋〉：皆室宇器用可資頤養者、四、〈延年卻病牋〉：皆服氣導引諸術、五、〈飲饌服食牋〉：皆食品名目附以服餌諸物；六、〈燕閒清賞牋〉：皆論賞鑑清玩之事附以種花卉法、七、〈靈祕丹藥牋〉：皆經驗方藥；八、〈塵外遐舉牋〉：則歷代隱逸一百人事蹟。另關於《遵生八牋》為俗世生命架構起如何的養生體系？詳參同註 6，拙著《晚明閒賞美學》，第肆篇第一章〈尊生與審美：晚明閒賞美學之兩大課題〉，頁 177-200。

26 清陳夢雷編纂《古今圖書集成》〈人事典〉第 102 卷之 91「遊部紀事」（臺北：鼎文書局）顯示了類書輯錄旅遊的典範與傳統，其中包含列子、莊子的思想、史記司馬遷的遊歷見聞，以及魏晉人物風流如阮籍、嵇康、孫綽、謝安、王羲之、許掾、謝靈運、袁燦、宗炳等人，大抵由世說與晉書等傳記錄下。另外則是唐代的李白、王維、張志和與宋代的司馬光、蘇子瞻、林逋、米芾等人，形成一個山水遊歷的傳統鎖鏈。《遵生八牋》輯錄古代名遊的方式與內容，亦即類書式的旅遊簡史，搜錄內容與《古今圖書集成》部分重疊。

造方可避俗為雅？透過這些遊具，遊人及其旅途生活將會被佈置成如何的樣態？這些遊具的採擇、設計與品評，使旅遊雅化為一種文化與審美活動。

人類活動基本上是由時間意識與空間意識交織建構而成，旅遊自應包含時間與空間二重因素，晚明旅遊空間的陳述極多，本文一開始所述及之名勝方志，或地理圖志則幾乎是以空間圖像的概念展開書寫。但奇特的是，「雜品」書關於此點則付之闕如，由於並不強調個人獨特的旅遊經驗，依照時序佈置的旅遊景點勉強稱得上是附帶一提的旅遊空間，或是雜品作者如高濂、費元祿、陳繼儒等人，所汲汲營造之避世隱居的自足世界，亦差可作為旅人空間想像的一種類型，然而整個書寫企圖在旅遊空間的表述上特別薄弱，本文主旨為晚明「雜品」書的旅遊體系，故筆者略去地理空間的討論，將論述重心置於「時」與「物」兩個書寫核心，以下試說明本文的研究進路。

晚明旅遊之「時」是四時、十二月令等節序，任何模式的旅遊，莫不沿著春、夏、秋、冬、元宵、端午、中秋等時序串連的這條水平時間軸線展開，四時是天然時間，節慶是文化時間，在水平組合軸上，時令有一定的排列，彷如語言學中的句法，有一定的排列次第。而什麼季節到那裡玩，各個景點與旅遊活動則在垂直選擇軸上佈列，或可以空間意識來理解，由於旅遊內容可作變化，彷若語言學中的詞彙選擇與代換，時序（時間）與景觀（空間）成為符號，共同組成了旅遊體系。筆者在本文第一部分，將以雅克慎符號學之表義二軸說，試圖分析「雜品」書中具有時間意識的旅遊型態。

再者，遊具就是旅遊的「物」，「雜品」書中的遊具，並無特定的排列次序，若以語言系統的角度來看，遊具的佈列如同字典，字以部首群聚，但沒有句法，因為物與物（笠、杖、漁竿、舟、葉櫏……）之間的銜接沒有一定規律（句法），若以表義二軸施諸遊具，歷時軸（組合軸）將無法突顯。筆者轉向語意系統的角度深入探索，涉及語言的隱喻與象徵，以及語意結構的層次。本文的第二部分，將以尚・布希亞《物體系》一書中的語意結構系統，探索「雜品」書之遊具作為文化符號，在旅遊體系顯露的強大編碼功能。

二、旅遊時間

晚明人的旅遊，消極而言是為了脫俗滌塵，積極的意義，是掘發美感資源，經由審美的途徑而得養生之益。晚明文人將旅遊納在養生的範疇中，而養生所賴以遵循與進行的依據是「時」，「依時而遊」自然成為「按時調攝」的養生架構中重要的一環。那麼究竟「依時而遊」是依什麼時呢？「時」是什麼？「遊」又是什麼？如何依？這些都是吾人探討晚明旅遊時間的基本問題，筆者將由養生架構中的時令主軸開始探討。

（一）按時調攝的養生觀

養生的基礎原則是趨吉避凶，「時」是趨吉避凶的主軸，宋人周守忠著有《養生月覽》一書，依照十二月編錄養生宜忌之事。[27]元瞿祐編著《四時宜忌》一書，亦依十二月分列各項宜忌事項，由其內容與撰寫體例研判，應係元代民生日用之必備參考書。[28]該書為高濂《遵生八牋》〈四時調攝牋〉所沿襲，將其內容拆開分別置入各月宜忌事項中。[29]以一歲之四時、十二月令以作為趨吉避凶的依據，甚而將一年十二月中諸項節令行事宜忌的細節，系統化，甚且表列化，這是民間農用曆書不廢的傳統，帶有神祕的泛神色彩，既為養生，也為農植而設。

---

27 宋・周守忠《養生月覽》，收入同註 17，《四庫全書存目叢書》，子部第 119 冊，頁 741-759。

28 元瞿祐編《四時宜忌》一書，乃集錄並條列前人著作中相關之內容，引書包括〈千金月令〉、〈孝經緯〉、〈玄樞經〉、〈雲笈七籤〉、〈養生論〉、〈瑣碎錄〉、〈濟世仁術〉、〈居家必用〉、〈酉陽雜俎〉……等筆記小說、道經、日用類書等。《四時宜忌》收入同註 10，《筆記小說大觀》，第六編第五冊，頁 2554-2574。

29 《遵生八牋》中關於趨吉避凶的內容，除了〈四時調攝牋〉有各月宜忌事項之外，〈起居安樂牋〉的「三才避忌」條，更具體顯出泛神論的色彩，天時諸忌乃對天象自然之敬崇與順畏，如：勿指天為證，勿怒視日月星辰，莫裸體以褻三光等；地道諸忌是對地壤山森水泊的敬畏，如：勿以刀杖怒擲地，入山持明鏡使精魅不近，渡河時書朱禹字佩之；人事諸忌，則為養生之論，此三者總體而言，是要避開對生命體不利之種種條件。

生命體無一不在進行細微的變化，沒有時間的意識，便無由察覺，晨昏、四時、年月能將各種生命體由誕生推向死亡，無怪乎「時間」是延年益壽者，以及農牧樹藝者首要面對的重要課題。[30]無論是服氣導引或趨吉避凶等養身之術，莫不講究與大自然冥合——與時俱化，其中「時」成為最重要的冥合點，晚明文人以生活之閒賞審美作為養生的重要策略，從而導入了時間意識。高濂的〈四時調攝牋〉有「時」的討論：

> 時之義大矣，天下之事，未有外時以成者也，故聖人與四時合其序，而月令一書，尤養生家之不可少者。余錄四時陰陽運用之機而配以五臟寒溫順逆之義，因時系以方藥導引之功，該日載以合宜合忌之事，……隨時敘以逸事幽賞之條，和其性靈，悅其心志，人能順時高攝，神藥頻餐，勤以導引之功，慎以宜忌之要，無競無營，與時消息，則疾病可遠，壽命可延，誠日用不可去身。[31]

晚明以《遵生八牋》為代表的「雜品」書中，一方面繼承古來已久的養身學，即配合大宇宙四時陰陽、小宇宙五臟寒溫的方藥導引宜忌之術；另一方面則又將美學納入其中，藉由生活中的逸事幽賞以和悅其心性，即包含了身體與心靈兩面的按時養護。後者是晚明「雜品」書寫中最為突顯的特色。

黃東崖著有一本小書：《屏居十二課》[32]，細緻地列出一天當中的十二

---

30 《遵生八牋》卷 16〈燕閒清賞牋〉，為愛好蒔藝者，提出「四時花紀」的參酌資料。又如「花竹五譜」之「蘭譜」中，有「逐月護蘭詩訣」，是將正月至臘月如何養蘭的重點，依次訂出。參見同註 25，頁 804-805。

31 參見同註 25，頁 387，卷 3「四時調攝牋」高子序。此牋的架構為：各季各月的調攝總論、各季中各臟腑經絡之相法與藥方、每月之事宜與事忌、當月修養導引坐功法、各時逸事、各時幽賞等，前半部屬於軀體的養護，後半段則為精神之悅樂。

32 明・黃東崖之《屏居十二課》，共分十二章：一・晨齋（晨起，旦氣未遠，不宜食葷）、二・晚酌（得趣以消難度之夜）、三・獨宿（不必僕從侍奉）、四・深居（與友朋之往來，斟酌於疏數之間，寧疏毋數）、五，莊內（指禁欲）、六・領兒（對兒輩之教誨聽自從師，兒有來白事者，領之而已）、七・弟過（弟來拜訪相聚，言兄弟情誼）、八・朋來（交一二佳友，可與賞奇文析疑義）、九・鳥夢（凌晨每于鳥未鳴時起行，似鳥猶在夢中，子弟輩有懶惰貪眠，日高未起者，真一鳥不如也）、十・雞燈（中夜危坐至將旦時，孏窗忽白，此一段光景佳，孔所云學達，釋所云定慧，老莊所言，虛室生白，其義一也）、十一・著書（言其所著書數種）、十二・惜福

項功課：晨齋、晚酌、獨宿、深居、莊內、頷兒、鳥夢、雞燈、惜福……等，提出個人在不同時間內應有的身心道德修為，另外亦紀錄中夜起而覓火、望月、占星、聽蟲、聞雞、聽漏、攤書……等細節，黃東崖在時間行進的腳步中，仔細體察夜間諸象，這種極個人化的獨處經驗，是心靈養護入微的極致，同時亦接近美感境界的追尋。程羽文《清閒供》[33]，完整地將一年之四時、十二月令、一日中之十二時辰的自然生態與生活細節一一鋪展，「四時歡」依春夏秋冬四時，分別舉出適宜該季頤隱生活之內容，詳述當季起居的細節，例如秋時：

> 晨起下帷，……挹露研珠點校，寓中操琴調鶴，玩金石鼎彝。晌午用蓮房洗硯，理茶具，拭梧竹。午後，……著隱士衫，望紅樹葉落，得句題其上。日晡，持蟹螯鱸膾，酌海川螺，試新釀，醉弄洞簫數聲。薄暮倚柴扉，聽樵歌牧唱，焚伴月香壅菊。[34]

晨起、晌午、午後、日晡、薄暮、月出串成一日的時間行程，程羽文以這個時間行程為座標，設想一個秋日審美生活的作息起居。《清閒供》一書的時間主軸意識在四時、十二月令、十二時辰的循環行進上，「月令演」列出十二月令之節慶清單，「二六課」與黃東崖《屏居十二課》精神相通，更細步地舉出一日十二時辰內的重點作息與雅事，如辰時：「夙興，整衣襟，坐明窗中，調息受氣，進白湯一甌，……櫛髮百餘徧」，巳時：「讀書，或楞嚴，或南華，或易一卦循序，勿汎濫、勿妄想、勿聚談」，午時：「坐香，一線畢，經行，使神氣安頓，始飯」，未時：「獵史，看古人大局，窮事理，瀏覽時務，……勿晝臥」，申時：「朗誦古人得意文一二篇，引滿數酌，勿多飲令昏志，或吟名人詩數首，弄筆倣古帖」等等。[35]

（珍惜身旁人，事，物，昔人云，留有餘不盡之福以還造化），該書收入同註 5，《百部叢書集成》之 31，〈硯雲甲乙編〉（民 55 年影印）第一函，列於「哲學類閒適」。

33 明・程羽文，《清閒供》，收於《筆記小說大觀》第五編第 5 冊（臺北：新興書局，1980）。

34 參見同上註，〈四時歡〉章之「秋時」條，頁 2788。

35 按十二時辰編錄作息細節者，尚有明張鼐所著《二六時令》一冊，「令二六時中隨方

「時」成為清賞生活必修功課的基礎刻度，《清閒供》不應僅視其為文人筆墨遊戲之作，亦是文人潛在養生哲學的反映。晚明文人重視俗世生命的養護與裝飾，故講求日常生活的瑣碎細節，[36]這些日常起居瑣細按著時間意識推移，時令乃成為養生觀的主軸。旅遊的態度不僅是人生觀的指標，高濂說：

♦ 能自足於居處者，是得五泖三徑之幽閒，能自足於嬉遊者，是得浴沂舞雩之瀟洒。（〈高子自足論〉）

♦ 既不得於造化，當安命於生成，靜觀物我，認取性靈，放情宇宙之外，自足懷抱之中，狎玩魚鳥，左右琴書，外此何有於我？（〈高子漫談〉）[37]

透過旅遊可以觀物、寄情與舒懷，達到長養壽命的目的。

晚明的養生類書、閒賞著作或動植物譜錄之書，指導人們如何順著時令的軸線推移而調整人們養生、動物蓄養與植物園藝，其中均有著對時間敏銳的覺知。因為時間，宇宙萬象所以有變化，因其有變，故值得閱賞，衛泳從時間的角度來品賞美人：

美人自少至老，窮年竟日，無非行樂之場。少時盈盈十五，娟娟二八，為含金柳，為芳蘭蕊，為雨前茶，……及其壯也，如日中天，如月滿輪，如春半桃花，如午時盛開牡丹，無不逞之容，無不工之致，亦無不勝之任。至于半老，則時及暮而姿或豐，色漸淡而意更遠，約略梳粧，偏多雅韻，調適珍重，自覺穩心，如久窨酒，如霜後橘。……此終身快意時也。春日艷陽，薄羅適體，名花助粧，相攜踏青，芳菲極目；入夏好風南來，香肌半裸，輕揮紈扇，浴罷，湘簟共眠，幽韻

作課，勤行不息，調氣嗇神，使生氣流行，身無奇病」（序言）。收入同註 17，《四庫全書存目叢書》，子部第 152 冊《枕中祕》叢書中，頁 714-715。

36 關於晚明文人如何養護俗世生命，請詳參毛文芳撰〈養護與裝飾：晚明文人對俗世生命的美感經營〉一文，刊登於《漢學研究》第十五卷第二期（1997 年 12 月），頁 109-143。

37 參同註 25，《遵生八牋》卷七〈起居安樂牋〉「恬逸自足」條，頁 499-501。

撩人；秋來涼生枕席，漸覺款洽，高樓爽月窺窗，恍擁嬋娟而坐，或共泛秋水，芙蓉映帶；隆冬六花空，獨對紅粧，擁爐接膝，別有春生，此一歲快意時也。曉起臨粧，笑問夜來花事闌珊；午夢揭幃，偷覷嬌姿；黃昏著倒眠鞋，解至羅襦；夜深枕畔細語，滿床曙色，強要同眠，此又一日快意事也。[38]

觀賞女子，不止在固定時間（共時軸）上的色貌容態而已，還要隨時注意時間的變化（歷時軸），女子除了自少時之十五、十六到壯時到半老時，終身各具不同風采，一歲中之四季，一日中之曉午昏夜，亦有各類情態。在這一段文字中，水平歷時軸（指自然的四時、曉午昏夜以及女子少、青、壯、半老）與垂直共時軸（指各種情態）這兩個表義軸線，密密交織成一張美女品賞網。

如同美女一樣，袁中郎（1568-1610）與程羽文亦都織有花之品賞網，袁中郎依四時賞花：寒花宜初雪、雪霽、新月；溫花宜晴日、輕寒；暑花宜雨後、快風；涼花宜爽月、夕陽等季節氣候的條件。[39]程羽文則以十二月令為依據，在不同的月令中，不同的花種各有奇特的生態，例如五月「榴花照眼，夜合（按合歡）始交，薝蔔有香，山丹赭」、六月「菡萏為蓮，茉莉來賓，雞冠環戶」、八月「桂香飄，金錢夜落，丁香紫」、九月「菊有英，芙蓉冷，芰荷化為衣，山藥乳」、十一月「蕉花紅，枇杷蕊，花信風至」、十二月「蠟梅坼，水仙負冰，山茶灼，雪花六出」等。

（二）雙重時序

對於物候的敏銳感知，是晚明文人依時旅遊的基礎，物象景觀隨著四季

---

38 引自清・衛泳《悅容編》〈及時〉章，收於同註 33，《筆記小說大觀》第五編第 5 冊，頁 2777-2778。

39 賞花能成，原需具備許多條件：如勝花，勝地，勝時，勝情，勝友，缺一則憾，參見明・謝肇淛，《五雜組》（臺北：偉文圖書公司，1977）卷 10〈物部〉，頁 261。袁中郎此條，與謝肇淛相同，亦包括了勝地的因素在內。詳見《瓶史》「十一清賞」，收於同註 5，《百部叢書集成》之 48《借月山房彙鈔》（民 56 年影印）第九函，頁 7。

遞嬗而有鮮明的轉變，因此時令自然也就是旅遊活動推移的刻度依據。

1.自然時序

時序與月令為養生家與旅遊者所重視，上文述及高濂論養護軀體靠導引方藥之功，和悅性靈則有賴逸事幽賞，要依照四時月令來遊賞景物，「四時幽賞」是高濂為家鄉武林一帶所整理編寫的遊勝景致：

> 每人負幽賞，非真境負人，我輩能以高朗襟期，曠達意興，超塵脫俗，迴具天眼，攬景會心，便得妙觀真趣，況幽賞事事，取之無禁，用之不竭，舉足可得，終日可觀，夢想神遊，余將永矢勿諼矣。……未盡種種，當以類見。[40]

高濂的〈四時幽賞錄〉將旅遊按照四時加以分類條列，春夏秋冬每時各錄十餘條逸事，例如春時幽賞：登東城望桑麥、西泠橋玩落花、天然閣上聽雨；夏時幽賞：三生石談月、湖晴觀水面流虹、山晚聽輕雷斷雨；秋時幽賞：三塔基聽落雁、寶石山下看塔燈、乘舟風雨聽蘆；冬時幽賞：雪霽策蹇尋梅、山頭玩賞茗花、山居聽人說書、掃雪烹茶玩畫、雪夜煨芋談禪、山窗聽雪敲竹……等。在這道旅遊的時間軸線中，空間是時間軸上相應的配件，東城、西泠橋、天然閣等不同的景點可以隨時抽換。依時遊賞被歸入四時調攝養生的一個重要環節，同時也被涵括於起居生活安樂之中。高濂除了〈四時調攝牋〉，另外在〈起居安樂牋〉中，亦提出四時遊賞的看法，茲以春、夏為例：

> 時值春陽，柔風和景，芳樹鳴禽，邀朋郊外踏青，載酒湖頭泛棹，問柳尋花，聽鳥鳴於茂林，看山弄水，修禊事於曲水。香堤豔賞，紫陌醉眠，杖錢沽酒，陶然浴沂舞風，裀草坐花酣矣，行歌踏月，喜鸂鶒之睡沙，羨鷗鳧之浴浪，夕陽在山，飲興未足，春風滿座，不醉無歸，此皆春朝樂事。時乎夏月，則披襟散髮，白眼長歌，坐快松楸，綠陰舟泛，芰荷清馥，賓主兩忘，形骸無我，碧筒致爽，雪藕生涼，喧畢避俗，水亭一枕，來薰疏懶，宜人山閣，千峰送雨，白眼徜徉，

[40] 參同註 25，《遵生八牋》〈四時調攝牋〉，頁 412-413。

> 幽歡絕俗，蕭騷流暢，此樂何多。秋則……較之他時，似更閒雅。冬月則……四時遊冶，一歲韶華，毋令過眼成空，當自偷閒尋樂已矣。[41]

在這些排比的儷句清言中，高濂四時遊冶的內容，包括各時的自然風景變化，例如：「（春）柔風和景，芳樹鳴禽」、「（夏）芰荷清馥」、「（秋）蘆花夜月」；也包括由自然風景所喚引出來的人文活動，如「（春）香堤艷賞、紫陌醉眠、喜鸂鶒之睡沙，羨鷗鳧之浴浪，」、「（秋）臨水賦詩，酒泛黃花、停車楓樹，林中醉臥、觀濤江渚、雲濤聽雁」、「（冬）觀禾刈於東疇、探梅開於南陌、雪則眼驚飛玉，取醉村醪，霽則足躡層冰，騰吟僧閣，泛舟載月」，以及古人相關的歷史典故：「（春）浴沂舞風」、「（夏）碧筒致爽」、「（秋）落帽吟風，不減孟嘉」[42]，如此一來，四時成為旅遊者為自然風景、人文活動與歷史典故分類的基本準則，而依自然時序所進行的旅遊顯然裝綴了文化景觀。

2.文化時序

四時十二月天候變遷的紀錄，自為農事禮俗而作的《禮記・月令篇》以來，成為久遠的文化時序傳統。宋陳元靚編《歲時廣記》，納入一年時令之文化景觀各種祝慶俗尚的記載，[43]以四季為大類，每一季中，根據孟仲季三月之風、雨、水、植物生態、生活習俗、農事、避忌……等，徵諸經傳野史

---

41 參同註25，《遵生八牋》，卷八〈起居安樂牋〉「高子遊說」條，頁530-531。

42 「浴沂舞風」用《論語》孔子與曾點對於舞沂春風對話的典故。「碧筒致爽」，據《酉陽雜俎》：「歷城北有使君林，魏正始中，鄭公慤三伏之際，每率賓僚避暑於此，取大蓮葉置硯格上，盛酒二升，以簪刺葉，令與柄通，屈莖上輪囷如象鼻，傳翕之，名為碧筒杯。」「落帽吟風，不減孟嘉」，據《晉書》：「孟嘉為桓溫參軍，九月九日遊龍山，僚佐畢集，有風至，吹嘉帽墮落，嘉不之覺，溫命孫盛作文嘲之。」

43 《荊楚歲時記》為南朝的作品，以時序月令的次第，詳細紀錄荊楚一年的風俗。宋人陳元靚《歲時廣記》則擴大荊書的紀錄範圍與內容：「荊楚歲時……惜乎失之拘也，秦唐歲時之所記夥矣，惜乎未之備也。今南穎陳君蒐獵經傳，以至野史異書，凡有涉於節序者，萃為巨帙。」（朱鑑〈歲時廣記序〉）本書收入同註10，《筆記小說大觀》，第六編第四冊，頁2317-2349。

異書，以類相從，各自條述，因此《歲時廣記》廁列於類書之林：[44]

搜節物之異聞，考風俗之攸尚……亦後來雜家者流之奇書也。[45]

這種文化時序，是什麼樣的時呢？

有天之時，有人之時，寒暑之推遷，此時之運於天者也；……因某日而載某事，此時之係於人者，……仰以稽諸天時，俯以驗之人事，題其篇端曰歲時廣記。（朱鑑〈歲時廣記序〉）

顯然，有寒暑推遷之天時，有繫於日事之人時，天時者如春季「花信風」條：

東皋雜錄江南自初春至初夏，五日一番風候，謂之花信風。梅花風最先，楝花風最後，凡二十四番以為寒絕也。（卷1）

人時者如秋季「圍碁局」條：

西京雜記，……宮中八月四日，出雕房北戶竹下圍碁，勝者終年多富，負者終年多病，取絲縷就北辰星求長命乃免。（卷3）

在四季的大架構之下，再析分為歲時十二月令，春夏秋冬四時寒暑推遷之天時，乃由農業種植體察而得的大自然時序規律，彷彿是自然時間；歲時月令之人時，乃由人文風俗的典故生成，亦可用來界定自然時間，在傳統生活中已形成了人人共守的文化時間。[46]《歲時廣記》可視為歲時的日用曆書，其編撰模式是到經傳野史異書中搜羅材料，以天時節序的架構將人一年的生命分段，重新作一個自然與文化生命的整理。

文震亨的《長物志》為一年的家廳挂畫編有「懸畫月令」，要「隨時懸挂，以見歲時節序」，所隨之時包括：歲朝、元宵、正二月、三月三日、清明、四月八日、四月十日、端午、六月、七夕、八月、九、十月、臘廿五、

---

[44] 《歲時廣記》一書，宋代《崇文總目》歸於「類書類」，《四庫全書》歸於「史部．時令類」，相同性質的《荊楚歲時記》，晁公武《郡齋讀書志》歸於「子部．類書類」，《四庫全書》則歸於「史部．地理類」，顯示這些歲時之書的性質駁雜。

[45] 參見同註43，劉純君錫〈歲時廣記跋〉，頁2349。

[46] 其實從符號學的觀點而言，不存在根本的自然時間，一切都是建構而成。筆者在此僅作性質的區分而已，並不作嚴格的定義。

移家、稱壽、祈晴、祈雨、立春……等諸多名目，其中正二月、清明、六月、八月、九、十月、立春等，是自然時間，而歲朝、元宵、四月八日、端午、七夕、臘廿五等，是文化時序。文震亨隨按時序節令而懸挂適當的繪畫。「懸畫月令」的挂畫題材，有的為自然時景的呈現，如梅杏山茶、玉蘭桃李、牡丹芍藥等；有的要趨吉避忌瑞應，如驅魅、玉帝、真人玉符、五色雲車、壽星王母、風雨神龍、春雷起蟄等；有的緣於風俗典故，如龍舟、看燈傀儡、春遊士女、繡佛像、採蓮避暑、穿鍼乞巧、天孫織女、醉楊妃等。[47]文震亨透過一個農用曆書的體式，順著中國月令的傳統：以自然時間疊合文化時間，將人文風俗之美（文化感情）巧妙地與趨吉避凶的養生觀（自然感情）綰合起來。

---

[47] 關於文震亨「懸畫月令」一文，筆者製表如下：

節　　令	適宜懸畫之題材
歲　　朝	宜宋畫福神及古名賢像
元宵前後	宜看燈傀儡
正 二 月	宜春遊士女、梅杏山茶玉蘭桃李之屬
三月三日	宜宋畫真武像
清明前後	宜牡丹芍藥
四月八日	宜宋元人畫佛及宋繡佛像
四月十四	宜宋畫純陽像
端　　午	宜真人玉符及宋元名筆端陽景、龍舟、艾虎、五毒之類
六　　月	宜宋元大樓閣大幅山水、蒙密樹石、大幅雲山、採蓮避暑等圖
七　　夕	宜穿鍼乞巧、天孫織女、樓閣芭蕉士女等圖
八　　月	宜古桂或天香書屋等圖
九、十月	宜菊花、芙蓉、秋江、秋山、楓林等圖
十 一 月	宜雪景、臘梅、水仙、醉楊妃等圖
十 二 月	宜鍾馗、迎福、驅魅、嫁妹
臘 廿 五	宜玉帝、五色雲車等圖
移　　家	宜葛仙移居等圖
稱　　壽	宜院畫壽星王母等圖
祈　　晴	宜東君
祈　　雨	宜古畫風雨神龍、春雷起蟄等圖
立　　春	宜東皇太乙

參見同註 5，《長物志》，卷五，〈書畫〉篇。

（三）歲時節令

稽天時，考風俗的歲時紀錄，原由農民曆書的傳統而來，宋代以後，這種體例亦成為文人閒遊玩賞的書寫類型，宋張鑑《賞心樂事》即是最好的範例，張鑑自道：

> 余掃軌林間，不知衰老，節物千變，花鳥泉石，領會無餘。每適意時，徜徉小園，殆覺風景與人為一，閒引客攜觴，或幅巾曳杖，嘯歌往來，澹然忘歸。因排比十有二月燕遊次序，名之曰賞心樂事，授小庵主人以備遺忘，非有故當力行之。[48]

在生活中力行賞心樂事，張鑑的這本日用閒賞書，依歲時節令編排燕遊次序，《賞心樂事》只是一部燕遊的目錄，十二月之遊僅列條目，完全不具詳細內容，如：

> 十二月：綺互亭檀香臘梅、天街閣市、南湖賞雪、安閒堂試燈、湖山探梅、花院蘭花、二十四夜餳果食、玉照堂看早梅、除夜守歲。

從條目的燕遊性質來看，大致皆包含自然景致與人間至樂，全書中自然景致者如：綺互亭千葉木犀、瀛巒勝處山花、欒珠洞酴醾、清夏堂新荔枝……，人間至樂者如：水北書院采蘋、碧宇竹林避暑、霞川食桃、珍林剝棗、浙江觀潮、蘇堤看芙蓉……，同樣地綰合了自然與人事，成為具有人文色彩的旅遊。

本書僅具目錄書的性質，目錄本身仍有閱讀的價值，雖不能提供詳細內容，但具有啟引的功能，一本目錄展示一個架構，布希亞說目錄可以「翻閱為樂」。[49]《賞心樂事》就是一部目錄，展示一年四時十二月的燕遊架構。本書被收入晚明多種叢書中，越過農民曆書的功能，成為晚明歲時旅遊指引

---

[48] 參張鑑〈賞心樂事序〉，《賞心樂事》一書，收入同註 10，《筆記小說大觀》，第六編第四冊，頁 2369-2372。

[49] 尚．布希亞認為目錄有如一本精彩的手冊、故事書或菜單，有強大的文化意義，目錄之為物，可以「翻閱為樂」，吾人可以通過目錄來接近物。參見同註 22，《物體系》，頁 002 注 1 條。

書籍體例的濫觴。費元祿《鼂采館清課》中，即仿張鑑書，亦排比十二月的勝境目錄，以供按圖行樂，略引條目如下：

> 正月歲節家宴。上元賞燈。二月社日社飯、望湖樓看新柳。花朝撲蝶、寄傲軒賞玉蘭花。三月上巳泛舟。寒食郊遊。五月五日泛浦、九石港觀競渡。六月長白洞避暑、鼂采湖賞荷花。……[50]

《遵生八牋》〈四時調攝牋〉中，列舉了一年四時的各種逸事（人事），如春有「登山眺」、「花褥草裀」、「浴沂禊洛」；夏有「鬥草浴蘭」、「暑飲碧筒」、「琢冰山」、「招涼避暑」；秋有「圍棋爭勝」、「菊花稱壽」、「穿針乞巧」、「盂蘭盆供」；冬有「臘八日粥」、「餽歲別歲」、「尋梅烹雪」、「書物侯風」等。其中許多條文是襲自《歲時廣記》而來，而將屬於天時的部分刪去，僅保留了人時與風俗，在編撰精神上，可說承繼了張鑑的《賞心樂事》。

另外，同時收於鍾惺《祕笈十五種》與衛泳《枕中祕》[51]之《閑賞》一書[52]，依春夏秋冬四時寫旅遊景觀，有春、元旦、元宵、花朝、清明、夏、端陽、伏、秋、七夕、中秋、重陽、冬、除夕、霧、雪等季節時令氣候，各條載錄包含節令時序的自然景象與人文活動，寫俗尚者如：

> （元宵）艷節也，星月交輝，煙花競麗，其尤佳者，珠翠叢中，香肩影動，綺羅隊裡，笑語聲來，昔人云：「收天下之春，歸之肺腑」吾

---

[50] 費元祿《鼂采館清課》，收入同註 17，《四庫全書存目叢書》，子部第 118 冊，頁 111-112。

[51] 明衛泳所輯《枕中祕》，衛氏祖父子皆紹述之盛，藏書豐富，衛泳輯刻祕書共二十五種，作為閒賞讀物，刻書的精神，可參看以下馮夢龍為此叢書所作跋語，馮曰：「所纂皆逸士之雅譚，文人之清課，俗腸不能作，亦未許俗眼看也，白玉麈尾是王謝家物……永叔（按泳字）方弱冠，工博士家言，而能留情風雅如此……余因語翼明（按泳之父）曰：『舞劍可以悟書，磨杵可以悟學，局戲可以悟河圖，善讀書者，曆曰帳簿，俱能佐腹笥之用』，宜任永叔讀盡天下奇書，成一博學君子，勿但以八股拘束，作俗秀才出身也。」代表晚明文人特殊的讀書觀，多半為輕巧清言之類的著作，實在是處處留心皆學問的寫照。《枕中祕》全書收入同註 17，《四庫全書存目叢書》子部 152 冊（影印北京師大圖書館藏明刻本），頁 699-790。

[52] 《閑賞》一書作者不詳，收入同註 51，頁 710-713。

於元宵亦云。

（除夕）是節兒童嬉笑，老幼團圞，爆竹在庭，桃符在戶，柏酒在壺。

寫自然景象者如：

（花朝）此際東風習習，黃鳥關關，紅紫滿園，芳菲極目。

（清明）園林織錦，堤草鋪裀，水綠沙暄，宇宙清淑。

（秋）金風瑟瑟，紅葉蕭蕭，孤雁排雲，寒蟲泣露。

其實作者意圖在每一則條文中兼含自然景觀與人文活動：

（伏）是時朱明司令，大地幾為火宅，吾所取者，風亭月榭，環以湖山，籠以竹樹，爐煙裊裊，簾影重重，遠近荷花，左右圖史，河朔風流，碧筒佳趣，陶然一醉，兀然一枕，便是羲皇上人。

這些人文活動，許多來自於歷史典故，例如「河朔風流」言三國魏劉松、袁紹避暑飲之事，「碧筒佳趣」亦言魏鄭公慤以蓮葉為酒杯、葉柄為翕管傳飲之事，「羲皇上人」則用陶淵明文。此外，秋「南樓清嘯」、重陽「龍山落帽」，皆用了《世說新語》的典故。[53]歲時遊賞中，典故所具有的意義，正如程羽文所言：

令節良辰，世賞久矣，或因一事而留，或託一人而重，零時碎日，尚多流風可挹。[54]

因為自然時序與文化時序彼此滲透在生活中，結合了時令慶典，才能行禮如儀，才能廣受歡迎，因此透過與風俗傳統的緊密關係，變成一種大眾的流行文化。

（四）依時遊賞的符號編碼

自《禮記．月令》以來，為農業而設的月令書在庶民生活中已成傳統。四時節令是生活體系中的重要符碼，以圓形循環的方式，為中國人組成一道

---

[53] 以上四個典故的出處，參自朱劍心《晚明小品選注》（臺北：臺灣商務印書館，1991），頁25、29。

[54] 參引自同註33，《清閒供》〈月令演〉章，頁2789-2792。

可供共同遵沿的生活軸線，所有的營生舉措乃至旅遊藝賞，均依這個圓形軸線循序展開。[55]

筆者以上探討「雜品」書中旅遊之「時」的來源與形成等種種相關問題，依照四時、月令而進行養生與農植，到了晚明轉引為自然景觀與人文俗尚的遊賞分類依據，「雜品」的旅遊時間投射出一個軸線明確、分類易辨的符號體系。

時令組成了晚明文人生活體系中的一條重要軸線，可以索緒爾、雅克慎等學者提出的表義二軸來分析。時令是晚明生活體系中構成歷時軸（組合軸）的表義符號，體系符號由春而夏而秋而冬、或由元宵而清明而中秋而臘八……，四時與十二月節令的符號鄰接，組成了生活體系中有條不紊的句法。這個歷時組合軸線明晰而廣泛通用，在生活體系裡的句法是時令。而同為生活內容的服食導引、畜牧園藝、旅遊雅賞，都成為可代換的詞彙，可視之為與歷時組合軸（時令）垂直的共時選擇軸。若縮小範圍至旅遊的符號體系而言，時令仍是組合體系的句法，根據四時或十二月令所設計的旅遊活動，或是依時而遊的景點，則成為有選擇替換性的詞彙，旅遊活動的各項細節，均沿著這個軸線次序展開。

晚明繼承宋代以來所標舉的依時遊賞，是分類品賞的旅遊模式，也為旅遊體系進行符號編碼，春夏秋冬宛如自然的時序符號，與歲時節令等文化的時序符號彼此穿插，順次組合為彼此鄰接的圓形循環歷時軸，旅遊體系的「語法」沿此軸逐次展開。與此垂直的共時軸，則將旅遊體系中相似性高的符號代碼，以彼此替換選擇的「詞彙」方式一一鋪列，以夏時為例，垂直選擇軸上，可以是高濂的三生石上談月、或換成湖晴觀水面流虹、或再換成山晚聽輕雷斷雨，也可以代換為《閑賞》書中的古洞含風、茂樹千章、藤枕石床等，或可代換為鬥草浴蘭、暑飲碧筒、琢冰山……等。夏時不變，而夏季

---

55 四時月令是自然時間，是循環圓形的，而人會生老病死，故是直線前進的，在節日時令中，清明節、元宵節等，是四季與民間儀式的綜合，周而復始，故為圓形；而屬於個人的生日為生命禮俗，屬於直線，故有所不同。旅遊中的時間感依時令而來，故可謂其為圓形循環。

旅遊則如語言學中的「詞彙」，可取其近似之義，彼此代換。這個垂直軸上龐大的詞彙資料庫，可別為自然風景、人文活動與歷史典故等幾種不同的類型。因此，旅遊體系就由歷時軸的時令符號以及共時軸的景觀系統所共組而成。[56]

按時遊賞表徵了旅遊體系之一端，與一般的遊紀不同，泯除了個人旅遊經驗的獨特性與個殊性，反而在探索共識，創造體系，尋找出古今都認同的、耳熟能詳的共通經歷，將美好的景觀資料一一搜錄、整理、分類，[57]以便於日用臥遊的參考。[58]所有的旅人，知曉這些，按照這些，感應這些，就與所有在這軌道上的歷史古人，串成一條鎖鏈。

三、遊具

「雜品」書的書寫重點在於日用物類的展佈，以物為中心的日常生活，究竟是建立在何種文化系統之上？人們究竟是透過什麼程序和物產生關聯？以及由此而來的人的行為與人際關係又如何？生活是全面的展現，而物是生活中的片段單位，這些單位與單位之間的空白與隙縫，需要填補與串連，晚明人「雜品」的書寫對象，就是這些生活中的片段單位，透過物的分類、擺列與品鑑這種書寫模式以展開對生活的描述，「雜品」書用一連串物的清

---

56 〔旅遊體系的表義二軸圖〕

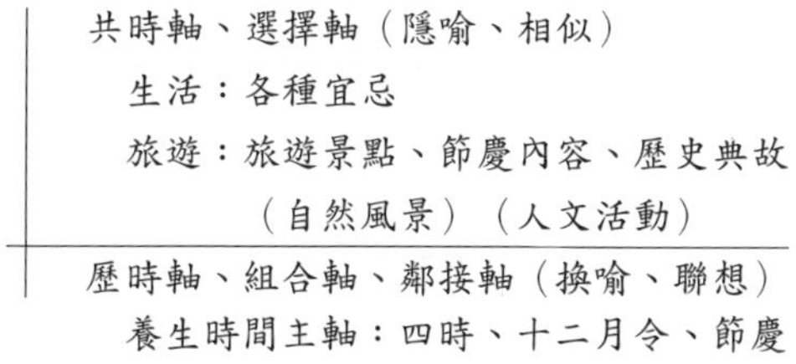

共時軸、選擇軸（隱喻、相似）
生活：各種宜忌
旅遊：旅遊景點、節慶內容、歷史典故
（自然風景）（人文活動）

歷時軸、組合軸、鄰接軸（換喻、聯想）
養生時間主軸：四時、十二月令、節慶

57 衛泳《枕中祕》叢書中收有《勝境》一篇，將峰、嶺、巖、崖，洞、澗、坡、湖、潭、水簾等各類自然景致作細部分類。詳參同註 51，頁 730。

58 丁丙說：「誠游觀者所宜奉為科律也」。光緒丁竹舟將《遵生八牋》中散列的四時幽賞，刻印單行本，此為竹舟弟丁丙跋語。參見《四時幽賞錄》（上海：上海古籍出版社排印本，1999），頁 79。

單，展現了山人的生活體系。而生活體系中依然包含了許多次體系，如飲食體系、服飾體系、旅遊體系等，在探討旅遊之物體系前，筆者將先考察生活物體系之梗概。

（一）賞心悅目的生活物體系

晚明山人的生活體系充分展現在「雜品」書的寫作架構上，其中以《考槃餘事》最具代表性。屠隆著有《考槃餘事》一書，[59]與《遵生八牋》同為雜品書，是文人日用閱賞的類書，共有書箋、帖箋、畫箋、紙箋、墨箋、筆箋、研箋、琴箋、香箋、茶箋、盆玩箋、魚鶴箋、山齋箋、起居器服箋、文房器物箋、遊具箋等十六箋。屠隆嗣孫屠繼序曾對其此書評語如下：

> 唐宋以來，文人學士，耳聞目見，俱以說部相尚，其間詳藝苑之閒情，誌山家之清供，惟趙氏洞天清錄、曹氏格古要論，為別成一格。余先祖儀部緯真公，向傳有考槃餘事四卷，依類分箋，辨析精審，筆墨所至，獨具瀟洒出塵之想，俾覽者於明窗淨几，好香苦茗時，得以賞心而悅目，洵足與趙曹二書並垂不朽已。（〈考槃餘事跋〉）

《考槃餘事》一書為典型的雜品書，繼承並擴延了宋代趙希鵠《洞天清祿集》與明初曹昭《格古要論》等書的規模，[60]「依類分箋、辨析精審」說明此書與類書相近的寫作模式，「筆墨所至，獨具瀟洒出塵之想」點出雜品具有類書所沒有的文學筆調，「俾覽者於明窗淨几，好香苦茗時，得以賞心悅目」，更明白指出此書供作文人日常閱賞之用。《考槃餘事》，雖大量取材自《遵生八牋》〈燕閒清賞牋〉、〈起居安樂牋〉與〈飲饌服食牋〉三牋

---

[59] 屠隆著《考槃餘事》，收於同註 5，《百部叢書集成》之 32《龍威祕書》（民 57 年影印）第 6 函。另《美術叢書》（臺北：臺灣藝文印書館）將該書分箋收錄，如書、帖、畫、琴等箋，收於初集第六輯，紙墨筆硯、香、茶、山齋清供、起居器服、文房器具、遊具等箋，收於二集第九輯。

[60] 關於《考槃餘事》一書，承襲《洞天清祿集》與《格古要論》二書內容的情況，敬請參閱同註 6，拙著《晚明閒賞美學》，附錄三「屠隆《考槃餘事》引據高濂《遵生八牋》及他書對照考異表」，頁 429-436。

的內容而來，[61]卻更新了該書的體例與架構，吾人僅由書籍的篇名可得端倪，高濂三牋牋名：「燕閒清賞」、「起居安樂」、「飲饌服食」皆以人為核心，為人類活動的描述語，而屠隆各箋箋名：「書」、「畫」、「帖」、「琴」、「香」、「茶」、「盆玩」、「魚鶴」……等則以物為中心，組成展列生活文娛的物類體系。

屠隆的生活體系，分別由許多次體系所共同組綴而成，就環境的展示而言，「山齋箋」鋪排了以山齋為中心的建築體系：書齋、藥室、茆亭、花榭、佛堂、茶寮等（卷三）；以下兩箋則更詳盡地臚列了日常起居與文房生活的用物體系，「起居器服箋」有榻、禪椅、隱几、坐墩、坐團、滾凳、枕、蕈、被、臥褥爐、帳、紙帳……等（卷四）；「文房器具箋」除了筆墨紙硯等書寫器具外，還納入了書燈、香櫞盤、布泉、鉤、簾、麈、如意、詩筒葵牋、韻牌、五嶽圖、花尊、鐘、磬、禪燈、數珠、缽、番經、鏡、軒轅鏡、劍等。（卷四）

《遵生八牋》的豐富內容，《考槃餘事》的品物架構，在晚明成為編輯流行讀物重要的參酌體例，在坊間以各種簡縮本、輯錄本的形式出版流傳。如：王象晉編《清寤齋心賞編》中有《書室清供》一冊，列舉道服、書、硯、墨、琴、香、香奩、隔火、爐灰、宿火、榻、禪椅、隱几、蒲墩、蒲團、滾凳等物項。[62]託名項元汴編撰的《蕉窗九錄》，亦將文房用物紙、

---

61 《考槃餘事》書中大量內容，取材自高濂《遵生八牋》，有時整條襲用，有時選擇性地抄錄，幾乎可謂其以《遵生八牋》作為藍本撰寫而成。關於二書的比較，請詳參同上註，並請參同註 6，拙書第參篇第四章〈晚明幾部閒賞美學著作之承襲關係比較〉一文，頁 161-176。

62 王象晉《清寤齋心賞編》為一部小型的主題叢輯，收有六部小書：《葆生要覽》、《儆身懿訓》、《佚老成說》、《涉世善術》、《書室清供》、《林泉樂事》等，四庫提要謂其「皆摭明人說部為之」。其中《書室清供》一部，綴輯了高濂、屠隆、陳繼儒等人著作內容，作為一個理想的書齋物類體系。全書內容，請詳參同註 17，《四庫全書存目叢書》（據中國科學院圖書館藏明崇禎刻本印），子部第 139 冊，頁 498-518。

墨、筆、硯、帖、書、畫、琴、香等物一一鋪敘。[63]

高濂、屠隆、陳繼儒等人將生活許多層面的日常用物，透過系列展示的方式，一一鋪陳出來。陳繼儒《巖棲幽事》，以物為山隱生活勾勒一個樣貌：

> 箕踞于斑竹林中，徙倚于青石几上，所有道笈梵書，或校讎四五字，或參諷一兩章，茶不甚精，壺亦不燥，香不甚良，灰亦不死，短琴無曲而有弦，長謳無腔而有音，激氣發于林樾，好風送之水涯，若非羲皇以上，定亦嵇阮兄弟之間。[64]

以斑竹林、青石几、道笈、梵書、茶、壺、香、灰、琴……等物構築一個隱居閒適生活的形貌。陳繼儒下面尚有兩段文字可為生活用物的書寫體系作很好的提示：

- 不能卜居名山，即于崗阜迴複及林水幽翳處，闢地數畝築室數楹，插槿作籬，編茆為亭。……置二三胡床著亭下，挾書研以伴孤寂，攜琴奕以遲良友，凌晨杖策抵暮，言旋此亦可以娱老矣。
- 凡山具設經籍機杼以善族訓，家備藥餌方書以辟邪衛疾，儲佳筆名繭以點繪賦詩，留清醪雜蔬以供賓獨酌，補破衲舊笠以犯雪當風，畜綺石奇墨古玉異書以排閒永日，製柳絮枕蘆花被以連床夜話，狎黃面老僧白頭漁父以遣老忘機。[65]

---

63 據《四庫提要》〈蕉窗九錄提要〉云：「前有文彭序，稱大半採自吳文定鑒古彙編，間有刪潤。今考其書，陋略殊甚。彭序亦鄙不文，二人皆萬萬不至此。殆稍知字義之書賈，以二人有博雅名，依託之以炫俗也。」（卷 130「子部 40・雜家類存目七」）托名項元汴所作的《蕉窗九錄》一書，實即屠隆《考槃餘事》之節縮本，乃將屠書中的十六箋，簡化為紙墨筆硯帖書畫琴香等九箋，據翁同文先生所考，此書應為清初文人托項氏之名編印而成，請詳參翁同文撰〈項元汴名下「蕉窗九錄」辯偽探源〉，《故宮季刊》第 17 卷第 4 期。詳細內容詳參《蕉窗九錄》（臺北：廣文書局，1987）。雖這部書偽託之跡甚明，但託名出版仍有其文化意義，顯示這類著作的確有廣大的閱讀訴求。

64 參閱陳繼儒《巖棲幽事》，收入同註 5，《百部叢書集成》之 18《寶顏堂祕笈》（據明萬曆繡水沈氏堂白齋刻寶顏堂祕笈本影印，民 54 年）第 12 函，頁 12-13。

65 陳繼儒《巖棲幽事》所引兩條文字，分見同上註，頁 27 與頁 2。

在崗阜迴複及林水幽翳處營造山隱生活，透過一切物類佈設，或是胡床書研、琴奕杖策、經籍機杼、藥餌方書、佳筆名繭、清醪雜蔬、破衲舊笠、綺石奇墨、古玉異書、柳絮蘆花……等，組成一個有亭下伴孤、晨暮漫遊、善族訓、辟邪衛疾、點繪賦詩、賓客獨酌、犯雪當風、永日排閒、連床夜話的山中生活。晚明文人展現了白樂天以降，在修身汰心之外，透過物以樂其志的山隱生活觀。[66]

晚明「雜品」書籍的興盛，使得當時分類品物的書寫意識與前代極為迥異，其中最重要的一點，是將生活日用的物類，由庶民日常的世界跨入了文字表述的世界。[67]

（二）遊觀與遊具文獻

1.「情」「具」並重的遊觀

鉛山河口鼂采湖畔築館隱居的費元祿，曾提出自己的旅遊觀，他說：

> 夫遊道有三，曰天曰神曰人。天遊則形神俱化，神則意往形留，人則抗志絕俗，玩物采真而已。[68]

費元祿認為受限於形跡之故，人雖不能像神仙一樣，達到形神俱化或意往形留的境界，但卻可嚮往天遊神遊的精神，那就是「抗志絕俗，玩物采真」，在俗世間保持脫俗高遠的志向，在物類的世界中玩味而得真趣勝情。費氏所

---

66 陳繼儒引述白樂天自作生墓志云：「外以儒行修其身，內以釋教汰其心，旁以圖史山水琴酒詠歌樂其志。」很明白地道出，除了修身汰心之外，以山水與圖史與琴酒與詠歌樂其志的山隱觀。參見同註64，頁26。

67 將日常生活種種細節架構為一體系的書寫型式：「雜品」，宋代興起至晚明盛行，清代未衰，清初曹庭棟《老老恒言》，儼然就是老人的生活體系，既重養生，亦詳列經營食衣娛玩生活之各種物類。《老老之言》書凡五卷，前二卷詳晨昏動定之宜，次二卷列居處備用之要，末附粥譜，借為調養治疾之需，老老之法，略具於此。其中卷二談到旅遊與養生的關係，卷三、四與養老相關之物，更論列了老人之遊具：杖、食具、舟、舟中之褥、山鞋（用晉人典故「謝屐」）、太白詩中的笠、帽子……等。詳參同註17，《四庫全書存目叢書》，子部119冊，頁243-317。

68 參見同註50，《鼂采館清課》，頁119。

說，乃代表了晚明山人型態的旅遊觀，在俗世中去塵、營造脫俗的世界。脫俗的旅遊世界如何營造？《世說新語》中的許掾，給予晚明文人很大的啟發：

> 許掾好遊山水，而體便登陟。時人云：「許非徒有勝情，實有濟勝之具」。

不只要有好情致，還要有助於旅遊的器具，「濟勝之具」在此是指便於旅遊攬勝的好身體。[69]把身體看成是遊具，是助遊之物，極為特殊，許掾的事例說明了人們注意旅遊不只在遊興情致的一面，同時還兼顧到遊具器物的一面。晚明文人多次引用許掾的事例，[70]正符合上述費元祿的觀點，旅遊既要有抗志絕俗的勝「情」，亦需有味玩紛繁「物」類的意識，因此，身體周邊穿戴攜用之「物」——遊具（甚至包括身體），遂成為美好旅遊中重要的關鍵。

2.各種遊具文獻

高濂、屠隆二人，較費元祿更意識到「濟勝之具」在旅遊中的重要性，將之一一鋪列展開，儼然成為一個旅遊的物體系。

高濂《遵生八牋》〈起居安樂牋〉中，「遊具」獨寫一章，為溪山逸遊的旅者，鋪排一份包含了二十種旅遊備具的清單。其中竹冠、斗笠、披雲巾、道服、竹杖、文履、雲舄等，各屬於頭、肩、身、手、足等不同部位的穿戴服飾；道扇、拂塵等，手執以助清談之興；坐氈，於臨水傍花處展地共坐；棋籃、詩筒葵牋、韻牌、葉牋等物，為賦詩娛玩之具；衣匣、備具匣

---

[69] 本段文字出自《世說新語》〈棲逸〉第 28。高濂《遵生八牋》中，紀錄了兩則「濟勝之具」的典故：「劉歊隱居求志，尤愛山水，登危履險，必盡幽遐，人莫能及，人皆歎其有濟勝之具」（《四庫全書》子部十，雜家類雜品之屬，第 871 冊，頁 529）、「許掾好遊山水，體便登陟，人云，許非徒有勝情，實有濟勝之具」（同上引，頁 530），所以旅遊重在濟勝之具，即遊具。

[70] 這個典故一再被後來的人所引用，不只為高濂《遵生八牋》、陳繼儒《巖棲幽事》、屠隆《考槃餘事》等書所錄，後來亦被收入同註 26，陳夢雷編《古今圖書集成》，〈人事典〉第 102 卷之 91「遊部紀事」，頁 1107，可見「濟勝之具」在旅遊中的重要性。

等，為裝載衣物之容器；提盒、提爐、酒尊、瓔杯、瓔瓢、疊桌等，為備茶酒飲食之具；葫蘆、藥籃等，為治疾之具；便轎、輕舟等，為交通工具；五嶽真形圖，配之以避山中之邪魅精怪。[71]

高濂《遵生八牋》中的「遊具」範圍廣大，有穿戴著佩的服飾之具、攜扶坐執的助談之具、賦詩棋奕的娛玩之具、備酒烹茶的桌爐之具、裝載衣服藥物的容納之具、交通工具、厭勝物等，透過這些遊具，將文人日常家居審美生活的舞臺，延伸到山巔水湄之處。高濂的遊具鋪排，為屠隆《考槃餘事》所援用。[72]

屠隆《考槃餘事》的「遊具箋」，曾以《遊具雅編》的單行本型式出版，顯示這部雜品書在當時的迴響。清代曹溶所輯《學海類編》叢書收入《游具雅編》一冊，跋語曰：

> 自唐以來，文人學士以說部相尚，其閒詳藝苑之閒情、志山家之清供，則趙氏洞天清錄、曹氏格古要論尚矣。屠赤水考槃餘事一書，頗不讓古人，此遊具雅編一卷，從考槃餘事錄出，足與謝屐、戴柑後先輝映，可傳矣。[73]

東晉謝靈運擁有一雙可調整屐齒的功能性木屐作山澤之遊，「謝屐」是

---

71 關於「五嶽真形圖」：俗世生命有著對自然與人文兩個指向不同的感情，人文的感情來自文化傳統，代代相沿而成習俗。中國儒道二家同要天人合一，加上道釋二教在民間信仰的融合發展，逐漸形成中國人敬天畏地、泛神論的普世宗教觀。所謂泛神，是視宇宙萬象萬物均為神，人們在其間生存，必需具有尊重恭敬的心態，以避免不敬所受到的各類災厄，由此便發展出一套與萬物保持順服關係之趨吉避凶的道理。高濂曾繪錄「五嶽真形圖」，為五嶽擬畫出五種具象的神祇符號，世人佩此圖，無論渡江海、入山谷、夜行郊野、偶宿凶房，一切邪魔魑魅魍魎、水怪山精，悉皆隱遁，這個圖形的原理，出於道藏經所云「五嶽之神，分掌世間人物」「家居供奉，諸惡不起」的觀念。參見同註 25，卷 8，〈起居安樂牋〉「溪山逸遊」篇「遊具」條，頁 531-537。

72 屠隆〈遊具箋〉的內容，幾乎完全由《遵生八牋》〈起居安樂牋〉中「遊具」一章所錄出。關於《遵生八牋》、《考槃餘事》二書之承襲關係比較，詳參同註 60。

73 參見〈遊具雅編跋語〉，參見同註 17，《四庫全書存目叢書》，子部 118 冊，頁 244。《遊具雅編》一書為該冊頁 240-245。

謝靈運很好的一個遊具，[74]也是謝的「濟勝之具」。屠隆〈遊具箋〉所錄者，皆為此類，乃「笠杖漁竿之屬，皆便於遊覽之具」（《四庫全書總目・游具雅編提要》）。這些遊具共有：笠（頭戴）、杖（手執）、漁竿（垂釣）、舟（船行）、葉牋（賦詩）、葫蘆（裝飾、舀水）、瓢（飲泉）、藥籃（內放藥膏）、衣匣（收貯衣物）、疊桌（放爐焚香，置瓶，插花）、提盒（裝置食物，便於攜帶）、提爐（便於加熱烹煮）、備具匣（置梳、各類生活用具）、酒尊（置酒）……等十四樣用具。

除了以上十四樣用具之外，《考槃餘事》書中〈文房器具箋〉、〈起居器服箋〉中，尚有許多遊具值得一提：與「備具匣」相近者，有「途利」、「鏡」；與「葉牋」相近者，有「韻牌」、「詩筒葵牋」；與「葫蘆」相近者，有「五嶽圖」；與「笠」、「杖」相近者，有缽、道扇、禪衣、道服、冠、漢唐巾、披雲巾、文履、雲舄等。[75]

（三）符號系統與氣氛結構

山隱的生活內容中，山齋書室是靜定的，策杖旅遊則是遊動的，山齋書室中既有一切靜態的物類佈設，當亦自有一套助遊的備具以利旅遊，二者均納入一個以物為核心之審美與養生的生活體系中。旅遊將家居的審美天地延伸到家以外的山水自然中，仍屬於生活的一部分，「遊具」自然是生活用物

---

74 《晉書・謝靈運傳》載：「靈運既東還，與族弟惠連、東海何長瑜，穎川荀雍、太山羊璿之以文章賞會，共為山澤之遊……尋山陟嶺，必造幽峻，巖嶂千重，莫不備盡，登躡常著木屐，上山則去前齒，下山去其後齒」。

75 這些旅遊相關用具，分別參見屠隆《考槃餘事》（收入《百部叢書》「龍威祕書」）卷四，前十數樣為「文房器具箋」，以下所標數字為頁次，途利（頁 18）、鏡（頁 23）。韻牌「刻詩韻上下二平聲為紙牌式，每韻一葉，總三十葉，山遊分韻，人取一葉，吟以用韻，似甚便覽」（頁 20）、詩筒葵牋「採帶露蜀葵研汁，布楷抹竹紙上，伺少乾以石壓之，可為吟箋，以貯竹筒，騷人往來賡唱」（頁 20）。「五嶽圖，懸之杖頭與葫蘆作伴，可拒虎狼，可遠魑魅」（頁 21）。「（缽）道家方物，似不可缺」（頁 23）。至於扇（頁 5）、禪衣（頁 4）、道服（頁 5）、冠（頁 5）、漢唐巾（頁 5）、披雲巾（頁 6）、文履（頁 6）、雲舄（頁 7）等服飾，則為「起居器服箋」。

體系下極重要的一環。物品在一個普遍的符號系統中，成為遊戲、排列組合、計算中的一個元素，透過符號所浮現的，是一個持續被征服的、被提煉的、抽象的自然，它不斷透過符號之助，進入文化。隱士的居處、服飾、用物……，均為體系中的符號，遊具亦是一套符號系統，遊具的書寫，其中包含了氣氛結構的論述，材質、形製與使用，都暗喻著已被編碼的文化意義，盡心營造「甚有道氣」、「山人風致」的氣氛，展現一個被系統化的人為自然（或文化）。筆者以下將以屠隆的《遊具箋》為核心，將遊具視為探討山隱文化的符碼，探討旅遊用物如何被書寫？而屠隆透過遊具的佈列，進行如何的旅遊模式？

1.語意系統：實用功能技術層次之論述與跨越

屠隆特為遊具輯成一編，突顯晚明文人重視旅遊的現象，而透過這些遊具的佈列邏輯與書寫策略，展示出如何的旅遊論述，值得進一步探索。

《遊具箋》中「葫蘆」條，述及四種形製：一寸者用以綴為衣紐或懸於念珠，二三寸者，用在杖頭挂帶盛藥，長腰鷺鷥葫蘆懸在藥籃左畔，小匾者可作瓢，羅列葫蘆的四種功能，其中兩樣純為裝飾，兩樣則為容盛之具。

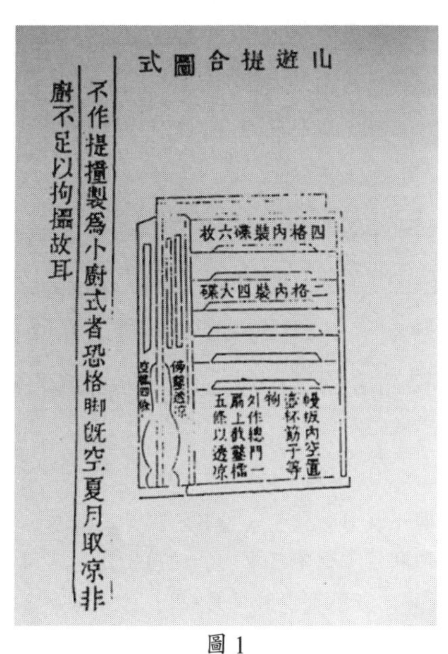

圖 1

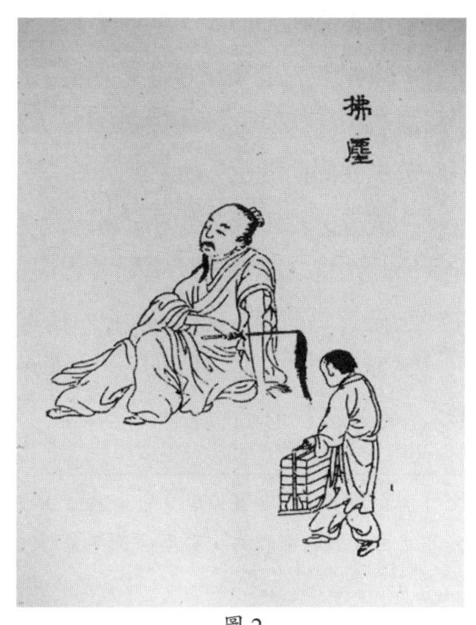

圖 2

「衣匣」條，純言製法及功能，衣匣中置放因應春秋與冬夏的衣服與搔背竹耙鐵如意等備具。「提盒」條，製如有鎖小櫥，分格儲放果殽食具、酒菜壺觴等，可供六賓之需〔圖1〕〔圖2〕。「提爐」條，專用以燉湯、煮酒、燒茶、煮粥，可提攜之火爐〔圖 3〕。《遊具箋》中「提盒」與「提爐」二則，還根據文字內容，以圖文對照的圖解方式說明其形製，突出了實用功能的論述層次。

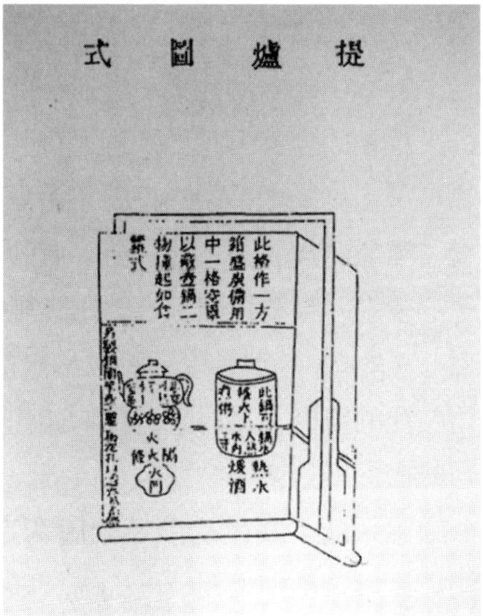

圖 3

至於「備具匣」條，為實用細節容納物項最仔細的一條，由功能面而言，包括了一、整理儀容的梳子、梳具匣；二、飲茶之茶盞、茶盒、匙箸瓶；三、文房使用之筆墨硯水注水洗圖書小匣等文具、途利文具匣（置裁刀、錐子、挖耳、修指甲刀……等）[76]、以及焚香之香爐、香盒、香炭餅；四、娛玩方面之骨牌匣、骰子枚馬盒、酒牌；五、賦詩之詩韻牌、以及藏有紅葉各箋之詩筒等。若就實用的角度而言，屠隆在「葫蘆」、「衣匣」、「提盒」、「提爐」與「備具匣」數條，已經總攝性將旅遊生活面面顧及。

「疊卓」條中有大小兩張桌子，具言尺寸與製法，大張席地時用以供酬酢，小几則置之座外，列爐焚香置瓶插花以供清賞。兩張桌子作為旅遊的元件，一是提供酬酢功能的桌子，為實用層次，一為擺設清賞器具功能的桌子，為氣氛層次，二者的組合，正好可視為屠隆《遊具箋》論述模式的縮影。

---

76 「途利」：「小文具匣一，以紫檀為之，內藏小裁刀，錐子、挖耳、挑牙、消息、修指甲刀、剉指剔指刀，髮刡、鑷子等件，旅途利用，似不可少。」（同上註，卷 4，頁 18），另外，「鏡」：「攜具用之山遊寺宿，亦不可少」（頁 23），皆為旅途攜帶備用之具。

顯然，屠隆是不滿於實用旅遊用物指南的層次而已。如「漁竿」條曰：

江上一蓑，釣為樂事。釣用綸竿，竿用紫竹，綸不欲大，竿不宜長，但絲長則可釣耳。豫章有叢竹，其節長而直，為竿最佳，長七八尺，敲針作鉤，所謂一鉤掣動滄浪月，釣出千秋萬古心，是樂志也。意不在魚，或於紅蓼灘頭，或在青林古岸，或值西風撲面，或教飛雪打頭，于是披羽蓑、頂羽蓋、執竿煙水，儼在米芾寒江獨釣圖中，比之嚴陵渭水不亦高哉？

屠隆遊具箋「漁竿」條，由物的觀點出發，說明材質、尺寸、製法如：「釣用綸竿」、「竿用紫竹」、「豫章有叢竹，節長而直，長七八尺，敲針作鉤」等，同時亦由物質特性的提出，串連文學（引了兩句詩與春夏秋冬四景描寫）與繪畫（寒江獨釣圖）的意象，讓讀者透過漁竿進行一場垂釣神遊的經歷。屠隆的寫作筆調：「筆墨所至，獨具瀟洒出塵之想」（屠繼序言），正說明他不能停佇於遊具的實用性論述。鼂采湖畔隱遊的費元祿，曾提到自己舟遊的遊具：

鼂采湖中，余置舟一，以淡勝；南園置舟一，以濃勝。南園命棹，輒鼓吹行酒，余惟攜筆、床、茶、灶，令童子吹短笛而已，興致不同，亦各言其適也。[77]

不同於動輒鼓吹行酒熱鬧的南園，費氏的鼂采湖隱僻幽靜，在湖舟中，僅備文用的筆、閒臥的床、煮茗的茶灶、童子清揚的笛聲即足。在此，費元祿對遊具的鋪陳與使用，傳達了遊具已跨越物質的實用功能性。

陳繼儒又是如何看待物的實用功能？

古云：鶴笠、鷺蓑、鹿裘、鵲冠、魚枕杯、猿臂笛，與夫畫圖之屋廬，詩意之山水，皆可遇而不可求，即可求而不可常，余惟紙窗、竹屋、夏葛、冬裘，飯後黑甜，日中白醉。[78]

以上是陳繼儒為山中人設想的裝扮與居處，然鶴如何成笠？鷺如何成蓑？這

77　參見同註 50，《鼂采館清課》，頁 110。

78　同註 64，《巖棲幽事》，頁 18-19。

些笠、蓑、裘、冠、杯、笛、屋廬、山水等，已違失了物之常態，成為物之虛擬印象，因為是以審美者的主觀心理剪裁自然，當然可遇而不可求，可求而不可常，那麼，物的實用功能何在？以紙糊窗，以竹架屋，以夏葛冬裘為衣，均為同一種審美心理作用下的結果。此條為王象晉《清寤齋心賞編》所收入，王象晉在本條文末批語曰：「右遇物陶情」，以大自然的動植物作為山中日用，是清高之象徵，但不實用，以物陶情的觀念，顯然已削弱並跨越了物的實用性功能。

上引屠隆「漁竿」一段文字的敘述意圖，並不僅止於傳達漁竿作為旅遊必備器具的實用性訊息，若以雅克慎表義二軸說來分析，「漁竿」可視為一個表義體系的符號，在隱喻軸（垂直）的部分，漁竿與漁隱的關係明晰易判，而漁竿透過鄰接聯想，將其引發的種種相關事物一一喚引出來，正可以水平鄰接的換喻軸來理解，漁竿是為垂釣，由垂釣一個線絡聯想到滄浪月、萬古心的文字詩典，另一個線絡又聯想到紅蓼灘頭（春景）、青林古岸（夏景）、西風撲面（秋景）、飛雪打頭（冬景）等四季典型的文學意象，最後將整個垂釣的意境凝結在中國文人畫家米芾寒江獨釣的畫面上，這個垂釣畫面，為「披羽蓑、頂羽蓋、執竿煙水」的形象描繪，「漁竿」遊具的提出，甚至將旅者遊觀的主體，轉變為被讀者觀看的客體。

屠隆的遊具箋書寫中，對於旅遊物的描述，正如「漁竿」，大致包含了本質的，即屬於技術層次，亦包含了非本質的，即心理的或社會的文化層次，[79]該書有兩條主軸交替輪換：一、作為元件的功能性的物的說明（遊具——旅遊的用具）；二、作為氣氛之組織佈置的非功能性文化意義的營造（山人風致－隱士之流－如在畫中－甚有道氣……），而後者已躍為論述的重心。《遊具箋》作為居家必備或旅遊指南的實用性功能其實極弱，很大的成分在提供文人作為雅賞翻閱的讀物——「俾覽者於明窗淨几，好香苦茗時，得以賞心而悅目。」

---

79 尚・布希亞《物體系》一書甚具啟發性。在物的體系中，布希亞將物區分為功能性系統與非功能性系統，功能性系統如居家用物如何擺設的問題，非功能性系統則是對古物其邊緣性的細密探討。關於物之結構語意系統的研究與討論，請參見同註22。

2.氣氛論述：「引類連情」使物進入文化情境

《遊具箋》中如「漁竿」條所呈現的旅遊用物，其實用性功能定義的第一生命暗隱不彰，這些遊具似乎是以第二個生命存在，由隱晦的素樸用途進入到歷史文化的層次，屠隆以異質的組合方式，使這些物的提出與其連結方式，回應著古典詩情畫意的永恒性。筆者以下將以《遊具箋》為核心，著重探討遊具關於文化情境的氣氛論述。以下先探討宋代兩部著作。

宋末方鳳好隱逸之風，編有《野服考》一書，編輯目的與方式如下：

> 于是搜鴻故牘，擇野服之尤雅者，凡十六條，定著為茲編，使夫山澤之臞，習之可以耀潛德；薦紳之家，得之可以勵清修，即茲編以盡野服，而野服盡於此矣。[80]

隱逸的傳統由來已久，關於隱逸相關的典故舊聞不知凡幾，《野服考》雖然是一部考據書，但是以物為主題，將隱士逸民之服飾單獨錄出的方式，卻是空前的，這部書「欲使山澤之臞耀潛德、薦紳之家勵清修」，以提供閱賞為目的，對後世的雜品書有所啟發。如何組合穿戴的服飾？穿戴的服飾可如何代換？服飾其實也是一個符號代碼，服飾論述的背後指涉了一個文化體系。[81]隱士服飾當然具有隱逸文化的象徵，然而宋代方鳳的《野服考》則非常奇特，方鳳由舊籍中將隱士之流的服飾載錄十六款，包括了臺笠緇撮（引毛詩）、鹿裘帶索（引高士傳榮啟期）、鶡冠（引子略）、犢鼻褌（按圍裙，引司馬相如圍裙賣酒的典故）、不借（按草履，引古今注）、草裳（引汲郡雜錄）、短褐（引五柳先生傳）、隱士衫（引盧陵記）、九華半臂（引雲仙雜記）、青笠綠蓑（引張志和漁父詞）、太清氅（引清異錄）……等，每一條完全不論實用的物質

---

80 《野服考》自序云：「野服之制，始於逸民者流，大都脫去利名枷鎖，開清高門戶之所為，……後世學士大夫，亦往往釋戀簪纓，娛情布素，若有人者蟬蛻淤泥之中，浮游塵壒之表，其可易之忽之耶？」詳參同註10，《筆記小說大觀》，第六編第4冊，頁2350-2352。

81 服飾背後指涉了複雜的文化體系，羅蘭巴特以符號學的方法，透過服飾符碼與修辭系統，詳盡而深入地詮釋時裝體系中的流行神話。相關的精闢解析，詳參氏著，敖軍譯《流行體系》（臺北：桂冠圖書公司，1998）。

特性與製作技術，只擷錄典故，甚至不加編者按語。在這種論述模式下，《野服考》一書顯示了奇特的訊息：物雖由文化系統中獨立被採錄出來，又被整個文化系統所吞沒，《野服考》中可說根本沒有實質的服飾，只有文化而已。

宋人林洪著有《山家清事》一書，以物與主題、為山隱生活整理分類的寫作精神，與《野服考》相同。林洪此書曾為高濂等人所引用，言山居生活所需之技能、器物，以及隨取隨用之山中資源，林洪以宋人平實的文風表達山居生活的看法，雖與晚明之誇侈文風不同，[82]其中關於遊具者有酒具、山轎、山備、詩筒等條，由物喚引出文化情境的角度，則已顯露了晚明寫物風氣的端倪。以「詩筒」條為例：

> 白樂天與元徽之常以竹筒貯詩往來賡唱，和靖翁故有「帶班猶恐俗，和節不防山」之句，每謂既有詩筒，可毋吟箋以助清灑。一日許判司執中遠以葵牋分惠，綠色而澤入墨，覺有精采，詢其法乃得之北司劉廉靖，蹲采帶露葵葉，研汁用布擦竹紙上，候少乾用溫火熨之……此法不獨便於山家……豈不愈於題芭蕉書柿葉者乎？[83]

林洪由元白往來賡唱、和靖吟箋兩個關於詩筒的典故，引出詩筒中所貯葵箋的製法，因為便於山遊攜帶，更勝題詩於芭蕉柿葉上。林洪言葵箋，因元白和靖典故中的文化氣氛而顯得更有妙用。

宋代以來，在經籍文獻中，為物整理掌故舊聞的譜錄書寫風氣開始興盛，不只是名物訓詁之考古癖使然而已，還具有新創的時代意義，典故中的

---

[82] 以「雜品」書為例，宋明兩代的書寫確有不同，宋代趙希鵠的《洞天清祿集》、周密的《雲煙過眼錄》等書，皆以「所見」為對象，且重考證信徵，而明人作品，則多為百科式地抄撮整輯，之間有很大的不同。這也正是晚明著作招致四庫館臣譏詆的理由。在明代的雜品書中，明初曹昭的《格古要論》，因「其書不過自抒聞見，以為後來考古之資，固與類書隸事體例有殊」（四庫提要云），因而獲得難得的好評。

[83] 參林洪著《山家清事》「詩筒」條。該書收入《筆記小說大觀》第三編第三冊（臺北：新興書局，1988），頁 1401-1405。高濂《遵生八牋》卷 8〈遊具〉「詩筒葵牋」條，直接抄錄林洪此條文字，而屠隆〈文房器具箋〉「詩筒葵牋」條，則承襲高的文字而來，但簡化了內容。

物必然引出文化情境，編撰者透過物的分類整理，將文化情境帶入生活，已建立了文人生活的典型。上述方鳳的《野服考》與林洪的《山家清事》，莫不如此。

物聯結文化情境的氣氛論述，運用陳繼儒所提「引類連情」的觀點：

> 瓶花置案頭，亦各有相宜者：梅芬傲雪，偏繞吟魂；杏蕊嬌春，最憐粧鏡；梨花帶雨，青閨斷腸；荷氣臨風，紅顏露齒；海棠桃李，爭艷綺席；牡丹芍藥，乍迎歌扇。……以此引類連情，趣境多合。[84]

雖花與女子屬性完全不同，但將花的生態擬人化之後，二者確有相近之處，[85]譬如荷花臨風拂曳的樣子，讓人聯想到紅顏露齒的女性姿態，梨花含帶雨滴，讓人聯想到閨女傷心斷腸的模樣。以情繫花，以花連情。《遊具箋》的「漁竿」條，以漁竿連繫了滄浪月、萬古心，紅蓼灘頭、青林古岸、西風撲面、飛雪打頭與米芾寒江獨釣圖等古典詩情，就是「引類聯情」的運用。陳繼儒的「引類連情」與雅克慎的換喻軸極為相似，以鄰近的方式發揮聯想力，這種利用想像以串連物情的心裡活動，使得生活用物與文化情境之間，巧妙地接縫起來。吾人可回想上述方鳳與林洪兩部書，皆充分運用了「引類連情」的方法，將物帶入文化層次。

屠隆《遊具箋》中的「笠」條云：

> 雲笠，……葉笠，……羽笠，三者最輕便，甚有道氣。

道氣指的是道隱人士的氣質，或是用皂絹蒙以綴簷遮風日的雲笠、或是以槲葉細密鋪蓋的葉笠、或是綴有鶴羽的羽笠，任擇一種戴之以旅遊，最有道人氣味。另外又提到「酒尊」：

---

84 參同註 64，《巖棲幽事》，頁 7 左。

85 荷花臨風拂曳的樣子，讓人聯想到女性紅顏露齒，梨花含帶雨滴，讓人聯想到傷心斷腸的閨女，……以情繫花，以花連情。這種利用相似原則以聯想串連物情的心裡活動，就是雅克慎所論語言學中的比喻軸。故曰「引類連情」可說是比喻軸。若用另一種觀點來表明，就是「換位說」，將美人與花，利用換位的方式，使原分屬不同審美品類的美感，得以彼此橫越與補充。關於晚明美人與花換位的說法，請詳參拙著〈晚明閒賞美學之品味鑑識系統〉，刊登於《國立編譯館館刊》第二十六卷第二期（1997 年 12 月），頁 239-264。

若蒲蘆作具，……挾之遠遊，似甚輕便，……助我逸興。

這裡的氣氛論述關鍵在於輕便與道氣的關係，隱逸之士在心境上與形象上，有瀟脫輕盈的講求，皂絹、槲葉、鶴羽、蒲蘆皆屬於輕便的材質，在此，由材質的輕便到文化的道氣形成了氣氛論述的邏輯。

關於「舟」條的敘述內容如下，有兩種形製，一種是平底船，約二、三丈，設有前、中、後三倉，中倉的結構體式為：「中倉四柱結頂幔，以蓬蕈更用布幕走簷罩之，兩傍朱欄，欄內以布絹作帳，用蔽日色，無日則懸鉤高捲」，在倉中「置桌凳、列筆床香鼎盆玩酒具花尊之屬」，中倉為船之主體，為賓客招待與文娛之所。至於後倉，應係寢臥之處，「以藍布作一長幔，兩邊走簷，前縛以二竹為柱，後縛尾釘兩圈處，以蔽僮僕風日」。屠隆仔細敘述平底船的形製，屬於技術層次的語意，隨著又將功能性的語意帶入文化氣氛的論述中：「用二畫槳泛湖棹溪，更著茶灶起煙一縷，恍若畫圖中一孤航也。」在此，將舟佈置著茶灶以起一縷輕煙，如大海中之孤航，已將舟作為旅遊交通工具的功能性減弱，塑造舟的整體形象，舟已成為一個文化符號，由現時的自然風景中駛入了歷史的圖畫中。「舟」條的後半段，完全環繞在氣氛的論述上：

> 別置一小船如葉，繫於柳根陰處，時而閒暇執竿把釣，放乎中流；或於雪霽月明，桃紅柳媚之時，放舟當溜，吹紫簫鐵笛，以動天籟，使孤鶴乘風唳空，或扣舷而歌，飽餐風月，回舟返棹，歸臥松窗。逍遙一世之情，何其樂也。

一葉扁舟，不論其尺寸材質與形製，而臚列了扁舟所能營造的幾種旅遊型態：或是繫岸、或是放乎中流的垂釣、或是冬、春時節，配合簫笛樂音、使孤鶴唳空之放舟，這些旅遊型態是仿古的，將遙遠古代如蘇東坡赤壁賦的旅遊典型喚引出來。屠隆透過「舟」所欲提供的是一種具有古風的、想像的、設計的、以符號組合的紙上旅遊。

文震亨《長物志》中的遊具項目，包括了道服、履、冠、巾、笠、小船、舟、巾車、籃輿等，其中談到衣飾要有「王謝之風」，舟車應有「武陵蜀道之想」，杖頭可懸掛博古圖式之鵝眼貨布，小船「置於池塘中，或時鼓枻中流，或時繫于柳蔭曲岸，執竿把鉤，弄月吟風」……，文震亨在實用功能的層次外，納入了文化情境的暗喻，[86]例如「鐵冠最古」、「幅巾最古」、「二瓢並生者……雅」、「（麈）有舊玉柄者其拂以白尾及青絲為之雅」，文震亨將文化情境的細節描述，統攝在「古」、「雅」的義涵裡，文化情境遂簡化濃縮為「古」、「雅」之式。[87]

物在傳統生活中被體驗，被描繪，被論述，常常是一整套世界觀的反映，對所有的物品來說，文化性是一項嚴格的要求，面臨文化性功能，實用性功能便要隱退，文化始終扮演著具有意識型態功能的角色。人以文化手段賦予物特定的形式，將實用、功能與權力世界帶來的緊張，昇華到真實世界的物質與衝突之外。在物的表達層次裡，文化性就是氣氛，陪伴而來的，是一整套詩學和隱喻象徵。以遊具而言，漁竿、笠、扁舟、道服或禪衣，均是一種象徵，是組合山人風致的元件，亦為詩學或隱喻象徵中的一個符號，其具有時間內向投射的特性，使遙遠的過去（如三代、蘇東坡）顯現在論述現場，過去成為一種內外感通的心境的世界。

傳統的品味，以事物間的祕響旁通作為美的決定則，所以整個論述是詩意的，以相互回應的事物來浮現一個聯想場景，整體協調，將之轉化為符碼元素的過程，屠隆透過物去進行結構性論述。其中實用功能／文化氣氛基本的對立關係，賦予遊具論述結構強大的一致性，並由此成為物體系中的一個

---

[86] 文震亨《長物志》一書並未為「遊具」獨立一章，遊具相關的物項，分別收入卷七器具、卷八衣飾、卷九舟車等卷中。以卷七「麈」條為例：「古人用以清談，今若對客揮麈，便見之欲嘔矣。然齋中懸挂壁上，以備一種。」「錢」條：「錢之為式甚多，詳具錢譜。有金嵌青綠刀錢可為籤如博古圖等書，成大套者用之，鵝眼貨布可挂杖頭。」麈脫離了過去清談的實用功能，成為挂在壁上以懷古的裝飾品，而古錢布，作為書籤或挂在杖頭，亦失去了交易的實際功能。敬請詳參同註 5。文震亨《長物志》是晚明一部極重要的雜品著作，針對此書的相關研究，筆者將另文撰寫，不擬於此詳論。

[87] 關於《長物志》「雅」與「俗」對舉，「古」與「雅」互相涵攝等語彙策略的運用討論，敬請詳參同註 6，拙著《晚明閒賞美學》〈晚明閒賞美學之語彙策略〉一文，頁 201-220。

重要範疇。氣氛有其內在的邏輯，氣氛的論述影響了所有的元素，使色彩、形製、尺寸等元素，在進行系統性重組，它們都是抽象的存在，思維操縱的對象，其它元素也一樣，以整體方式進入符號體系（氣氛）中。[88]

屠隆《遊具箋》的氣氛論述模式，將物的符號組合上「古」、「雅」、「幽趣」、「道氣」、「山人風致」等具有文化價值意指的修辭用語，使符號本身暗喻為文化體系中的代碼，這些符號代碼的論述模式，使遊具脫離技術體系而走向文化體系，雖然由材質、製法、功能等技術層次和文化層次不能截然劃分，而旅遊用物的確是被心理與文化能量所投注，進入文化體系，使長久的傳統價值，在體系中隱約若現。

3.形象經營與如畫設計

《遊具箋》透過氣氛論述創造了氣氛結構，將物由實用層次帶入文化歷史的情境中，使物的論述帶有隱喻的詩意，在《遊具箋》語意系統中，實用功能隱退的另一端，則是將旅者乃至旅者所在的場景視為觀看的對象，講究旅人形象與旅遊整體氣氛的裝飾與經營，完善了遊具語意系統的氣氛結構。

(1)旅人的形象經營

以形象經營與觀者在場的觀念來看晚明的遊具文獻，其中有許多有趣的現象值得探討。首先關於山隱的旅人形象，究竟如何服飾與裝扮？遊具文獻中關於旅遊服裝的書寫是一個重要部分，高濂〈起居器服箋〉之『遊具』列了竹冠、漢唐巾、披雲巾、道服、文履、道扇、拂麈、雲舄、竹杖、斗笠等條，屠隆《考槃餘事》將笠、杖收入〈遊具箋〉，禪衣、道服、冠、扇、漢唐巾、披雲巾、文履、雲舄等收入〈起居器服箋〉，以上均為塑造旅人整體形象的服飾元件，筆者順著頭、肩、軀幹、足蹈、手執等次序，加以探討。頭戴者有「笠」有「冠」，笠「輕便，甚有道氣」，已見前文「冠」條：

- 制維偃月高士二式為佳，……以紫檀黃楊為之亦可，近取瘿木為冠，以其形肖微似，以此束髮，終少風神。（高濂〈起居安樂牋〉「遊具」，頁531）

---

[88] 詳參同註22，《物體系》，頁42-43。

◆ 惟偃月高士二式為佳，瘿木者終少風神。（屠隆〈起居器服箋〉卷4，頁5）

不取瘿木怪形者為冠，以風神瀟洒為戴冠的標準。冠下所帶者為「漢唐巾」：

◆ 若帶唐巾漢巾可以簪花。（高濂〈起居安樂牋〉「遊具」，頁531）

◆ 唐巾之製，去漢式不遠，前摺較後兩傍少窄二四分，頂角少方，有純陽巾亦佳，兩傍製玉圈，右綴一玉瓶，可以簪花，外此者非山人所取。（屠隆〈起居器服箋〉卷4，頁5）[89]

本文所言巾的形製是仿古的漢唐之式，文中未具陳巾的功能，反而用較多的筆墨說明裝飾效果的玉圈與玉瓶簪花而已，巾上兩傍所製玉圈，尚可篆成五嶽真形圖以配帶之：

◆ 五岳真形圖，人當佩帶入山，可拒虎狼，尋壑可遠魑魅，今以唐巾玉圈取作方式，篆圖琢成，帶之甚雅。且圈非徒設五岳圖。（高濂〈起居安樂牋〉「遊具」，頁531）

◆ 五嶽圖二式，一出道藏，一出唐鏡。……唐巾玉圈用之，當以此。（高濂〈起居安樂牋〉「遊具」，頁537）

◆ 篆法有二，一出唐鏡，一出道藏經，以玉篆圖，琢為方圈，綴於漢唐巾兩傍，帶之甚雅。（屠隆〈起居器服箋〉卷4，頁20）

五嶽真形圖既可篆在漢唐巾之玉圈上以配帶，亦可刻在杖頭裝飾，山人持以逸遊：

◆ 用黃素朱書裱作小卷，長可三四寸，飾以軸帶挂之杖頭，與葫蘆作伴，山人持以逸遊。（高濂〈起居安樂牋〉「遊具」，頁537）

◆ 以黃素朱書裱作三四寸高小卷，飾以玉軸錦帶，懸之杖頭，與葫蘆作伴，可拒虎狼，可遠魑魅。（屠隆〈起居器服箋〉卷4，頁20）

五嶽真形圖是道家之物，可發揮「遠魑魅、拒虎狼」的鎮邪功能，其厭勝觀念原出於藏經，屬於歷史典故之物，但是在高、屠二人的遊具書寫中，「五

---

89 高濂的「漢唐巾」：「漢巾之製，去唐式不遠，……少窄三四分」，此數言與屠隆「漢唐巾」條有些許出入，可相互參看。

嶽真形圖」則完全不論其厭勝威力。[90]倒是時而將之製成玉圈，配戴在唐巾上，或裱成玉軸錦帶，與葫蘆一同懸在杖頭，呈現出旅遊服裝佩件的裝飾意義。

至於披在肩上的巾，有「披雲巾」：

> 踏雪當置，……或綿或氈為之，匾巾方頂，後用披肩半幅，內絮以綿或托以氈，可避風寒，不必風領煖帽，作富貴態也。（高濂〈起居安樂牋〉「遊具」，頁531）

高濂捨棄風領煖帽的富貴態，注重披雲巾為山人披戴的形象。身著「道服」、足踏「雲舄」：

> （道服）製如中衣，以白布為之，四邊延以緇色布；或用茶褐為袍，緣以皂布，有月衣鋪地儼如月形，穿起則如披風，以呂公黃絲條之中空者副之，二者用以坐禪策蹇，披雪避寒，俱不可少。（屠隆〈起居器服箋〉卷4，頁5）

> （雲舄）以襄草及棕為之，雲頭如芒鞋，或以白布為鞋，青布作高挽雲頭，鞋面以青布作條，左右分置，每邊橫過六條，以象十二月意，後用青雲，口以青緣，似非塵土中著腳行用，當為山人濟勝之具也。（屠隆〈起居器服箋〉卷4，頁6）

道服用在坐禪策蹇、披雪避寒，其形製鋪地如月形，穿起如披風，甚有道人之氣味。「雲舄」有草製或布製兩種輕便的材質與製法，有雲頭造形，又有象十二月意的文化氣氛，特別強調具有道氣的裝飾性，可為山人「濟勝之具」，不是塵土中著腳行用。

除了穿戴在身的服裝之外，小寸的葫蘆亦可「綴於衣紐或懸於念珠」，有「物外風致」。而光潔照人、刻銘填色、以竹節製成的「缽」，亦屬道家

---

[90] 屠隆《考槃餘事》卷四〈起居器服箋〉「軒轅鏡」條云：「其形如毬，可作臥榻前懸挂，取以辟邪，蓋山精木魅皆能使形變，而不能使鏡中之形變，其形在鏡，則銷亡退走不能為害」，以文字論述強調「軒轅鏡」之厭勝威力。詳參同註59。

方物。[91]至於作為山行蹇策之用的「杖」如下云：

> 有三代時立鳩飛鳩杖頭，周身金銀瑱嵌，用以飾杖，上懸二三寸長小葫蘆小靈芝，及五嶽圖卷，暮年攜之，探奇歷怪，多有相長之益，若萬歲藤藜藋為杖形，雖奇怪此為老衲行具，恐非山人家扶老也，姑置弗取。

「杖」的功能為扶老探奇利行之用，但有古代立鳩杖頭、懸有葫蘆及五嶽圖的竹杖，並不一定與扶老探奇利行有直接關係，裝飾意義居大，至於自然奇形的手杖為老衲所執，亦不宜山人。在此，服飾基於差異，成為具有辨別意義的功能。本文由功能性、材質、尺寸，到裝飾性，最後以旅人的形象設計成為選擇手杖時的重要依據。高濂尚提及「拂塵」：

> 古有紅拂塵尾，紅拂乃富貴家用物，毋論。……有以天生竹邊如靈芝如意形者，斲為拂柄甚雅，其拂惟以長椶為之，不必求奇，以白尾為妙，余有萬歲藤一小枝，靈瓏透漏儼肖龍形，製為拂柄，可快披拂。
>
> （高濂〈起居安樂牋〉「遊具」，頁 532）

所以山隱之士在旅途中所用以清談之拂塵，取天生之竹或藤為柄，以長椶為拂，必需與富貴家所用的紅塵有別。這種材質與形製的選擇，也充分考慮了山人的形象。

高濂、屠隆以笠、冠、漢唐巾、披雲巾、道服、雲舄等服飾，搭配以輕便樸實材質所製成的杖與拂塵，這些既是旅遊體系的元件，亦是生活服飾體系的元件，以「形象經營」的觀念，透過一系列服飾的講究，[92]將山遊旅人

---

[91] 參同註 25，《遵生八牋》卷 4，頁 23「缽」條云：「取深山巨竹車旋為缽，光潔照人，上刻銘字填以大青，誠道家方物，似不可缺。」

[92] 西方著名社會學者高夫曼（Erving Goffman, 1922-1992）提出「日常生活戲劇觀」理論，高夫曼提出「日常生活戲劇觀」的理論，其研究主題如精神療養院和監獄，雖然非常特殊，然其所詮釋者，卻都是平常人一般生活中，人與人交往都會碰到的現象，而以敏銳的觀察來加以分析。接近文化人類學的分析和詮釋，被學者歸為符號（或象徵）互動論者。其研究出發點是探討本體我（I）如何在社會環境中，以自我（self）解讀情境釋義（definition of the situation）。高夫曼將人際交往當做一舞臺來看待，參與人際交往的人，都是舞臺上的演員。一個人的日常生活彷如身處公開場合，其一

裝扮成「有物外風致」、「甚有道氣」的形象。

屠隆〈遊具箋〉對於旅人形象的塑造，在《考槃餘事》其他箋中，亦有相同的筆調，將自己營造為一種被觀看的對象，例如〈琴箋〉：

> 彈琴之人風致清楚，但宜啜茗，閒或用酒發興，不過微有醺意而已。若堆醴酪、羅葷膻，蕩情狂飲，致成醉者之狀以事琴，此大醜最宜戒也。

以酒發興，帶著醺意彈琴最有風致，若狂飲醉倒，不止無法清醒彈琴，還會在觀者面前出醜。清初李漁《閒情偶寄》對於人物形象有更細部的注意，在「隨時即景就事行樂」章中，講究日常生活睡、坐、行、立、飲食、盥櫛、袒裼裸裎、如廁便溺等種種細節，或是指導美人如何讀書、習字、吹簫與粧飾，在在都是一種「形象經營」，符合高夫曼的「日常生活戲劇觀」。既有觀眾在場，必需隨時把握場合義務，以避免「演出」失誤。這些形象的塑造脫離實用性，而是假設有觀眾在場，[93]這些觀眾包括讀者與作者自己。[94]人

舉一動有如舞臺上的表演，他的表演要維持一定水準，不能有 NG 鏡頭出現，否則就被稱為「演出失誤」。既然是演員，在舞臺上的表演就必需儘量去掩飾他本來面目，盡力求好以博取觀者的肯定，高夫曼稱之為「形象經營」（impression anagement）。關於高夫曼的理論，請詳參鄭為元著〈日常生活戲劇觀的評論家：高夫曼〉一文，收於葉啟政主編《當代社會思想巨擘》（臺北：正中書局，1994），頁 26-55。

93 明中葉以後，「讀者」成為一個流行的批評術語，中國文論此時已逐漸轉向讀者的時代，李卓吾可視為讀者意識抬頭的指標，他將閱讀當作一種對話，想像讀者和栩栩如生的作者面對面交談，閱讀不再是單向的傳播，而是雙向的交流，這是文人在文字評點上的一個新發展。此外，繪畫構圖亦有明顯的觀眾立場，例如《容與堂本水滸傳》與崇禎本《金瓶梅》等小說插圖，次要人物的畫面安排，即是以觀者的立場出現。而《唐詩畫譜》更是全面展現觀眾在詩意畫面中的典型，敬請詳參毛文芳著〈於俗世中雅賞：晚明《唐詩畫譜》圖像營構之審美品味〉，發表於中興大學主辦「通俗文學與雅正文學」學術發表會，1998 年 12 月。

94 米赫依・巴赫汀（Mikhail Bakhtin）透過視覺來說明文學創作者創造角色的美學活動：作者觀看、思考以及再現角色。「觀看」作為一種美學活動，最特殊之處在於看者的「觀看盈餘」（the excess of seeing），亦即「看者」可以補充「被看者」被剝奪的視域，如他自己的臉孔以及背部等，「看者」可將「被看者」提昇到完整的狀態。巴赫汀把日常生活中「看」、「被看」的關係，延伸至文字藝術中作者與角色的問題

們在日常生活中，行為與言語必需符合情境與語境的適當性，譬如這樣高貴嗎？這樣有禮貌嗎？這樣時髦嗎？如此一來，符號組成的體系自然由此引渡到文化與社會的領域中。

(2)旅遊場面的如畫設計

〈遊具箋〉旅者的人物形象，可以在圖繪或畫蹟的想像中獲得印證。例如明代唐寅《採菊圖》〔圖 4〕中的隱士形象，幾乎是以屠隆分條列述的遊具服飾所圖繪還原組合而來：頭戴漢唐巾、身著披肩與道袍（按：「道服，以白布為之，四邊延以緇色布，鋪地儼如月形，穿起則如披風」）、手執竹杖、足踏高挽雲頭之雲舄，有僮僕隨行。唐寅的隱士蓋由宋代李公麟《畫歸去來辭圖》中的淵明形象〔圖 5〕而來。周履靖《天形道貌》為一部人物畫譜專著，其中有許多幅人物圖頁可與《遊具箋》旅者形象的塑造相呼應，例如「散步」〔圖 6〕，畫一位頭戴巾，手執鳩杖、著雲舄的高士。「徜徉」〔圖 7〕，畫一位逆風而行，頭戴巾、披道服、著雲舄的高士。

圖 4

上。巴赫汀認為文學作品中的角色形象，並非來自角色的內在，而是作者以觀看者的立場，給予其角色美學上的詮釋與組織。關於巴赫汀「觀看盈餘」的理論部分，引述自馬耀民〈作者、正文、讀者：巴赫汀的《對話論》〉，收於呂正惠主編《文學的後設思考》（臺北：正中書局，1993），頁 57-60。

圖 5

圖 6

圖 7

〈遊具箋〉中除了注意旅人的形象塑造外，對於旅遊整體氣氛的營造，亦是遊具氣氛論述的另一個重點，氣氛論述通常是以繪畫的圖面進行旅遊場面的想像與設計，這正是「如畫」觀念的運用，《遊具箋》中不乏「如畫」的場面設計，以下試舉數例以圖繪或畫蹟作對照：

圖 8

- 于是披羽蓑、頂羽蓋、執竿煙水，儼在米芾寒江獨釣圖中。（漁竿）〔圖 8〕
- 用二畫槳泛湖棹溪，更著茶灶起煙一縷，恍若畫圖中一孤航也。（舟）〔圖 9〕
- 別置一小船如葉，繫於柳根陰處，時而閒暇執竿把釣，放乎中流。（舟）〔圖 10〕
- 或於雪霽月明，桃紅柳媚之時，放舟當溜，吹紫簫鐵笛，以動天籟，使孤鶴乘風唳空，或扣舷而歌。（舟）〔圖 11〕

圖 9

圖 10

圖 11

或是將繫岸、執竿、釣魚的舟遊場景，想像成宋元以來漁父圖、釣艇圖的畫面；或是將放乎中流、孤鶴唳空的扁舟夜遊氣氛，擬設為喬仲常以來東坡赤壁賦圖的典型，這些「如畫」的勾勒與描述，均是屠隆「先在視野」的投現，將文學閱讀與觀畫經驗，融鑄在旅遊活動的擬想中。

再如「藥籃」條：

上開一蓋，放丹爐一個，內實應驗藥膏，以便隨處濟人，山童攜之，有物外風致。（屠隆〈遊具箋〉，頁28）

山童攜帶一個由匾瓢製成的藥籃，在山中旅者身旁隨行，之所以有物外風致，是屠隆將旅遊的氣氛轉化成一種畫面，這與「葉牋」條相同，「葉牋」的材質以羅紋長箋為之，以蠟板砑肖葉紋剪裁而成，有三種形製，紅色者肖紅葉，綠色者肖蕉葉，黃色者肖貝葉。旅者製作、攜帶並使用葉牋，為旅遊設計一個具有幽趣的活動：「山遊時偶得絕句，書葉投空，隨風飛颺，泛舟付之中流，逐水浮沈，自多幽趣」。「幽趣」自然不是實用的價值，為旅遊活動設計投空飛颺，或泛舟付流的賦詩形象，作者是以繪畫的圖面進行形象的想像與設計。

〈遊具箋〉中形象經營與如畫場面，筆者再以李漁下兩段文字作對照：

- 蓋婦人奏技，與男子不同，男子所重在聲，婦人所重在容，吹笙搦管之時，聲則可聽，而容不可耐看，以其氣塞而腮脹也，花容月貌為之改觀，是以不應使習。婦人吹簫，非止容顏不改，且能愈增嬌媚，何也？按風作調，玉筍為之愈尖，簇口為聲，朱唇因而越小，畫美人者，常作吹簫圖，以其易于見好也，或簫或笛，如使二女並吹，其聲倍清，其為態也更顯，焚香啜茗而領略之，皆能使身不在人間世也。[95]
- 婦人讀書習字，無論學成之後，受益無窮，即其初學之時，先有裨于觀者，只須案攤書本，手捏柔毫，坐于綠窗翠箔之下，便是一幅畫圖。班姬續史之容，謝庭詠雪之態，不過如是。……噫！此等畫圖，人間不少，無奈身處其地者，皆作尋常事物觀，殊可惜耳。[96]

李漁漠視吹奏的技術層面，認為女子若要學習各類型絲竹樂器，絃索之形，較琵琶為瘦小，與女子之纖體最能搭配，笙最不宜，簫笛均宜。美人學

---

[95] 參見清・李漁《閒情偶寄》（臺北：長安出版社，1992），卷 7〈聲容部〉『習技』「絲竹」條，頁 156-158。

[96] 參見同註 95，『習技』「文藝」條，頁 152-156。

絲竹，將美人吹彈樂器的造型，包括容貌、玉筍、朱唇、體態等，作整體美感的考量，吹簫品笛時，臂上不可無釧環，釧環又不可太寬使藏入袖中，李漁純粹是以一焚香啜茗的觀者立場發言，指導美人成為一美感的表演者。不僅是絲竹而已，李漁要婦人讀書習字，姑不論學成之後是否受益無窮，其文化技藝的學習過程，裨益于觀者，成為如畫的場景。女子在文人的閒賞生活裡，失去了主體性，成為一種將古典圖繪情境納入的裝飾性存在，十足是一種裝飾性的存在。

由李漁談賞美人的策略對照來看，〈遊具箋〉中，亦處處隱匿著旅人形象塑造的痕跡，以及古典圖繪的旅遊場面。遊具箋的文化情境，許多是以如畫的擬像方式呈現，擬像是將虛構的藝術品取代真實，遊具提供的訊息，是要讀者在虛擬的古典畫面中去尋求。在這些古典圖繪的畫面裡，旅者彷彿是個被動展演的平面人物，沒有深度的旅遊企圖，也沒有追躡遊蹤的期望，只在物品系列展示的舞臺中演出。〈遊具箋〉雖包含著山人旅遊的必備品，但對於遊具的實用性論述其實很薄弱，屠隆透過遊具的佈列與書寫，遞送一種特殊的旅遊觀，傳達一種創造性的旅遊模式，既非跋山涉水、攀巖走壁的冒險；[97]亦非江山登臨、撫昔追今的懷古，而是一種經由「先在視野」而觀看、設計、想像的旅遊型態。

吾人審視遊具體系的詮釋架構，代表功能的技術層次與代表氣氛的文化層次成為兩條主軸，功能技術層次簡述弱化，文化氣氛層次特別突顯。在遊具的論述系統中，氣氛價值有二：[98]一為材質與形製的高雅脫俗，材質、形製本身其實是中立的，沒有真偽雅俗之分，但具有懷舊的情感，材質與形製

---

97 至於屠隆《遊具箋》「杖」條：「有三代時立鳩飛鳩杖頭，周身金銀填嵌用以飾杖，上懸二三寸長小葫蘆、小靈芝及五嶽圖卷，暮年攜之探奇歷怪，多有相長之益。」其中雖提及了「探奇歷險」，但亦只是取葫蘆、靈芝與五嶽圖避邪祥瑞之傳聞，以及三代立鳩飛鳩作為杖之飾頭。基本上仍注重旅遊的裝飾性。

98 布希亞說在傢俱的氣氛論述中，提出氣氛價值有二：其一為色彩，它暗喻著已被編碼的文化意義，有關氣氛中色彩的真正問題，乃是搭配、調和或製造色調的對比。其二為材質，如木材，它喚起代代相傳，沈重的傢俱，祖宅等。參同註 22，《物體系》，頁 34-40。

由歷史傳統而來的高貴性，在一個文化意識型態中成立。另一個氣氛價值引導了如詩如畫的觀看，遊具原是身外之物，其價值決定於人使用的角度，穿戴配備的旅人形象與旅遊場面喚起觀者或（隱形的觀者）古典的詩情與畫意。

四、結論：文化想像與虛擬裝飾

陳繼儒為山居準備了適當的遊具：

> 住山須一小舟，朱欄碧幄，明櫺短帆，舟中雜置圖史鼎彝、酒漿荈脯，近則峰泖而止，遠則北至京口，南至錢塘而止。風利道便，移訪故人，有見留者，不妨一夜話十日飲，遇佳山水處，或高僧野人之廬，竹樹蒙茸、草花映帶、幅巾杖履，相對夷然；至於風光淡爽，水月空清，鐵笛一聲，素鷗欲舞，斯亦避喧謝客之一策也。[99]

舟的形制、舟遊的路徑與方式、入山穿戴的幅巾杖履、舟中置物包括可供觀覽的圖史、可供摩挲的鼎彝、飲酒蔬食……，陳繼儒的短文，將遊具以符號編列的方式，在佳山妙水、風光淡爽間，串聯展開旅遊生活的理想圖景。

在生活圖景尚未組構鋪排起來之前，晚明文人究竟用了什麼元素、材料以及選擇的意識？筆者本文並不由旅遊生活圖景的全幅呈現入手，而選擇資料性、審美性強的雜品書作為探查旅遊書寫的對象。晚明人旅遊的時間呈現，是在養生學的主軸中，以百科全書的方式，將四時、儀典的意象片斷加以組合成自然循環的序列。旅遊物的呈現方式，為輯錄古人紀錄，加以品評，以一截截的片斷勾勒文化情境，則組成了旅遊生活的符號系統。

雜品書透露出晚明的新興物觀，值得注意。文震亨以《世說新語》〈德行〉篇中的王恭典故，為其物類品評之作命名為「長物志」，《四庫提要．長物志提要》云：「其曰長物，蓋取世說中王恭語[100]。所論皆閒適游戲之

---

[99] 參同註64，陳繼儒《巖棲幽事》，頁17-18。

[100] 《世說新語．德行》曰：「王恭從會稽還，王大看之，見其坐六尺簟，因語恭：卿東來，故應有此物，可以一領及我。恭無言，大去後，即舉所坐者送之，既無餘席，便坐薦上，後大聞之，甚驚，曰：吾本謂卿多，故求耳。對曰：丈人不悉恭，恭作人無

事，纖悉畢具」，這種將身外無餘之物，慎重地一一作誌品評的觀念，的確更新了傳統論述中不役於物的傳統，文震亨的好友沈春澤更清晰地表達了「長物」與「閒事」的關聯：

> 夫標榜林壑，品題酒茗，收藏位置，圖史杯鐺之屬，於世為閒事，於身為長物。（〈長物志序〉）

沈春澤認為具古典意蘊的優雅生活如：山水遊歷、品酒品茗、家居佈置與古董收藏等，在世人來看是「閒事」，對身心而言是「長物」，然而這具備遊戲性質的「閒事」與「長物」，卻是品人之才、情、韻的憑介。[101] 文、沈二人提出了新的「長物觀」，而馮夢龍亦慎重地將物納入學問中：

> 舞劍可以悟書，磨杵可以悟學，局戲可以悟河圖，善讀書者曆日帳簿，俱能佐腹笥之用。宜任永叔讀盡天下奇書，成一博物君子，勿但以八股拘束，作俗秀才出身也。[102]

劍、杵、局戲、曆日帳簿等原來都是書寫的邊緣，現在則可堂皇地納入閱讀的主流裡。表述日常生活的晚明雜品書，其旅遊書寫包括旅遊價值觀與遊具鋪陳兩方面，反映當時人們養生與審美結合的生活美學體系，在晚明的意義，不但提供了目錄翻閱的樂趣，將時間意識融入民俗傳統，將庶物關聯文化情境，以日用類書的模樣，拓展新的話語空間，過去未見諸文字的邊緣性題材，在書中變成了被分類和論述的話題，一腳跨進出版界，成為流行文

長物」。詳參余嘉錫撰《世說新語箋疏》（臺北：華正書局，1984）「德行第一」第44條，頁48-49。另《晉書・王恭傳》云：「忱訪之，見恭所坐六尺簟，因求之，恭輒以送……忱聞而大驚，恭曰：我平生無長物。」又載「王恭，清操，美姿儀，被鶴氅裘，涉雪而行，孟昶窺見之，嘆曰：此真神仙中人也」。這種神仙式的風度，亦是文震亨援引的重要因素。

[101] 沈春澤〈長物志序〉曰：「夫標榜林壑，品題酒茗，收藏位置，圖史杯鐺之屬，於世為閒事，於身為長物。而品人者於此觀韻焉、才與情焉，何也？挹古今清華美妙之氣於耳目之前，供我呼吸；羅天地瑣雜碎細之物於几席之上，聽我指揮；挾日用寒不可衣、饑不可食之器；尊踰拱璧、享輕千金以寄我慷慨不平。非有真韻真才與情以勝之，其調弗同也。」詳參同註5。

[102] 本文乃馮夢龍為衛泳《枕中祕》寫跋語，馮語衛翼明（即衛泳（永叔）之父）的內容。詳參同註51，《枕中祕》，頁699。

化，又因流行文化的巨大感染威力，回過頭來顛覆其書寫的邊緣性，成為新的書寫中心。[103]筆者由時間與物作為探討雜品旅遊書寫的切點，並藉此考察雜品書由邊緣至中心的轉變脈絡。

（一）遠距的文化想像

六朝宗炳喜遊山水，著有〈畫山水序〉一文，曰：

> 余眷戀廬衡，契闊荊巫，不知老之將至。愧不能凝氣怡身，傷跕石門之流，於是畫象布色，構茲雲嶺。[104]

宗炳足跡西陟荊巫，南登衡岳，因老疾還鄉，遺憾不能遍遊名山，延續年輕時的旅遊活力，所以用繪畫來補充旅遊之不足，提出了「臥遊觀」，[105]對後人有很大的啟發。宋人周密的《澄懷錄》、呂祖謙的《臥遊錄》，二書命名顯由宗炳的典故而來。《澄懷錄》周密自序曰：

> 澄懷觀道，臥以遊之……東萊翁用以名書，蓋取會心以濟勝，非直事游觀也。惟胸中自有丘壑，然後知人境之勝，體用之妙不在茲乎？余夙好游……晚雖懲創而煙霞痼疾，不可鍼砭，每閱……奇景異趣，未嘗不躍然喜炘，然往愛之者，警以衰事，則悚然懼，慨然嘆曰：人生能消幾兩屐？司馬子長豈直以游獲戾哉？因拾古今高勝翁所未錄者附卷末，名之曰澄懷，亦高山景行之意也。近世陳德公緝遊之志，然不

---

[103] 中國人一向有不役於物的傳統，宋人的格物，雖然對物有所青睞，但卻是以穿越與戳破的狀態以應之。雜品書就是物的大集合，晚明文學的研究中，性靈小品、清言、李贄、三教合一……等課題，均突顯了晚明超越傳統（或反傳統）與自由解放的一面，惟獨對物類體系的關注仍嫌欠缺，筆者同註6，拙著《晚明閒賞美學》，對此課題已開始起步。筆者以為欲瞭解晚明乃至現代社會中流行文化的形成與魅力，物體系不失為一個很好的觀察策略。

[104] 參引自宗炳〈畫山水序〉，收入《中國畫論類編》（臺北：華正書局，1984）（上集），頁583-584。

[105] 宗炳「好山水，西陟荊巫，南登衡岳，因結宇衡山，懷尚平之志，以疾還江陵。歎曰：「噫！老疾俱至，名山恐難遍遊。唯當澄懷觀道，臥以遊之。」凡所遊歷，皆圖於壁，坐臥向之。參見張彥遠《歷代名畫記》（臺北：文史哲出版社，1983）卷六「宗炳」條，頁82。

過追古人之陳跡，非此之謂也。[106]

周密、呂祖謙二人將宗炳以畫臥遊的理念，引申為以文臥遊，因為有煙霞痼疾，而人生卻又能消幾兩屐？因此收羅古來高士遊景勝情之文，提供讀者臥遊之資。所以臥遊要「會心以濟勝，非直事游觀」，不在真的足覽山川，而是收拾勝境與人物之意，甚至可作為人生修養。[107]

據《四庫全書》編纂者的觀點而言，《澄懷錄》、《臥遊錄》二書，與晚明的書寫頗有關係，《四庫全書・澄懷錄提要》云：

是書採唐宋諸人所紀登涉之勝，與曠達之語，彙為一編，皆節載原文而注書名其下，亦世說新語之流別，而稍變其體例者也。明人喜摘錄清談，目為小品濫觴所自，蓋在此書矣。

《澄懷錄》仿《世說新語》採古人「所紀登涉之勝與曠達之語」的寫作體例，成為晚明小品的先聲，而《臥遊錄》一書，則可能是晚明人的依託之作。[108]將這兩部書置於晚明雜品書的行列中觀察，其實一點也不突兀，晚明人似乎繼承宋人在典故舊聞中遊的喜好，澄、臥二書所收錄古人勝境曠語同樣出現在《遵生八牋》裡，古人的「臥遊」紀錄，亦成為後人「臥遊」的對象。宗炳足不出戶，臥於床榻觀畫的臥遊觀，進一步引申成為閱讀文字的臥遊觀，無論觀畫或閱文，「臥遊」都是一種虛擬的旅遊，為晚明旅遊的文化想像提供了很好的基礎。

晚明依照四時節令來遊，或遊具的佈列清單裡，景點的選擇或遊具的穿戴佩掛，皆與文化想像有關，文化想像的旅遊，是朝著世外隱者的型態去設

---

106 周密《澄懷錄》，收入同註 17，《四庫全書存目叢書》，子部 119 冊，頁 760-775。

107 呂祖謙《臥遊錄》一書，乃沿襲《澄懷錄》的體例而來，序曰：「太史東萊先生（按周密）晚歲臥家，深居一室，若與世相忘，而其周覽山川，收拾人物之意，未能已也。因有感於宗少文臥遊之語，每遇昔人記載人境之勝，輒命門人隨手筆之，而目之曰臥遊錄，非直以為怡神玩志之具而已。」該書收入同上註，頁 384-392。

108 《四庫提要》〈臥遊錄提要〉云：「前二十一則全錄劉義慶世說新語，次十八則全錄蘇軾雜著及陶潛集，……其言參差不倫，了無取義，祖謙必不如是之陋。此本出陳繼儒普祕笈中，殆明人依託也」（卷 131「子部 41・雜家類存目八」），直接判定該書為晚明以後的人所依託。

計，以費元祿為例，「編籬隔絕，置一浮居湖中，高韻之士，始為一渡，……真可作世外之遊矣」，吳文浤序曰：「河口，……田疇相因，林莽相望，可耕可漁，真隱者之居也。」[109]自然山林與名利官場之衝突與辯證，成為中國隱流旅遊價值的主導因素，費元祿的《鼂采館清課》所要營造的是一個避世隱居自足的旅遊空間，並進一步在典故中遊，[110]將前賢典故中的遊歷經驗，作為自己的旅遊索引，明末張獻翼最為奇特：

> 以通隱自擬，築室石湖塢中，祀何點兄弟以況焉。……晚年與張生孝資，相與點檢故籍，刺取古人越禮任誕之事，排日分類，倣而行之。或紫衣挾伎，或徒跣行乞，邀遊于通邑大都，兩人自為儔侶，或歌或哭。[111]

張獻翼將古人越禮任誕之典故，編入自己的行事曆中，依樣畫葫蘆，複製古人的遊歷經驗，從中得到古典勝情，這就是運用文化想像的一種虛擬旅遊。

臥遊即旅遊的虛擬，《閒情偶寄》李漁看畫提供了很好的觀察，李漁仿照高濂的四時幽賞，撰有四季行樂之法，具體描繪四時可資遊賞之景與境，例如冬季行樂之法：

> 嘗有畫雪景山水，人持破傘，或策蹇驢，獨行古道之中，經過懸崖之下，石作猙獰之狀，人有顛蹶之形者，此等險畫，隆冬之月，正宜懸掛中堂，主人對之，即是禦風障雪之屏，暖胃和衷之藥。[112]

在冬季懸掛雪景獨行的險畫，既為審美，亦兼含養生的目的。冬季雪地裡，

---

[109] 《四庫提要》〈鼂采館清課提要〉：「明費元祿撰。元祿字學卿，鉛山人，鉛山之河口有五湖，其一曰官湖，即鼂采湖也，元祿搆館其上，因以為名。是書皆記其館中景物及遊賞閒適之事。」（卷 130「子部 40・雜家類存目七」）

[110] 費元祿曰：「若乃禽慶託五嶽之蹤，范蠡泛西施之樂，山公﨑竹林之遊，留候追赤松之好，撫景興懷，良有深致」，撫古人遊過之景，興起崇慕之懷，這是在旅遊中穿越時空，串聯典故的文化想像。參見同註 50，頁 110。

[111] 參見錢謙益《列朝詩集小傳》（臺北：世界書局，1985）丁集上，「張太學獻翼」條，頁 452。

[112] 參見註 95，《閒情偶寄》卷 15〈頤養部〉『行樂』篇「冬季行樂之法」條，頁 334。

或持破傘或策蹇驢，經過懸崖，孤獨艱難地行進，這是確實的行旅，而行旅被搬到畫幅上之後，寒風、冰天、雪地都退出觀者的觸覺感官，僅餘遙遠時空中的一個感興的對象，孤獨的行旅是苦寒的，而孤獨行旅的觀賞者，卻在心中升起了美感，遠距隔離的臥遊美感，臥遊觀賞畫中行旅之遊，這亦是運用文化想像的虛擬旅遊。

遊不必作真實之遊，可以帶著先在視野進行文化想像，晚明雜品的旅遊書寫中，不管是按時以遊，或是將遊具視為生活體系中的符號，都不斷回溯古典，聯接文化情境，充滿對古典的崇慕心理，對於典故的忻慕，與崇拜古物的心理是一樣的，經常是人們為了轉換生活環境的一種手法。典故與古物亦為邊緣的存在，其氣氛價值為歷史性，古物指涉過去時，純粹是在神話的邏輯裡，不再有實用狀況出現，完全是作為記號存在，它有十分特定的功能，它代表時間，但古物中被取回的，不是真正的時間，而是時間的記號或時間的文化標記。在晚明真實生活中，具有古風的歷史典故或物品，緊緊繫住人們堅韌頑強的心理動機，有強大的文化吸收現象，使文明人回頭找尋自己文化系統裡時空邊緣的記號。從現在潛入過去，或由過去返回現在，在過去與現在二者的游移擺盪中，承接典故或古物之蠱惑力，其蠱惑力並不因為多彩多姿，而是影射了一個遠距離的先前世界，一個具有隔離現世的古老情境與形式。[113]

（二）近景的虛擬裝飾

在遠距離、虛擬想像的雜品旅遊書寫中，時間主軸的提出與物類的展列，不斷地渲染古典的氣氛，但是這種充滿古典高雅氣氛的隔離臥遊，是否

---

113 尚・布希亞認為崇慕古典的心理狀態，有兩個相反的運動：第一、由典故或古物來融入現時的文化體系，從過去拉到現在，此中指涉了時間的虛空向度；第二、將追懷典故或崇慕古物作為個人心理的退化程序，由現在推向過去，在此，投射出存有的虛空維度。原來崇慕典故或古物的心理，是一個在現在與過去雙向游移與擺盪的運動，既虛空了時間的刻度，亦虛空了空間的感受。這個觀念，詳參同註 22，《物體系》「邊緣物：古物」一節，頁 81-94。

尚有另一層面紗？

刊於明萬曆三十七年，由王圻父子編集的《三才圖會》，是一部圖文對照的類書，[114]〈地理類〉卷一至卷五，收錄歷來標明疆界、呈現大地域、空中俯瞰的輿圖圖版，自卷六開始，收錄明代以來的一地圖記，這些圖記捨棄了輿圖俯瞰的構畫法，開始為近距離名勝古蹟，作繪畫空間的呈現，描寫風景、屋舍、人物等，皆作近景式處理〔圖 12〕〔圖 13〕〔圖 14〕。《三才圖會》地理類的圖繪收錄，顯示了明代以來人們所賴以助遊的材料，由文字向圖像延伸；而轉換了輿圖的疆域劃界，摹擬人物屋舍近身山水的導遊圖示，則有意地將旅行真切的置入俗世生活中。

晚明文人一方面在遙遠的古典文化情境中，臆想臥遊，可是另一方面又極力地將美好的景致近距離地展現於眼前。因此這種旅遊，並不在追撫名勝

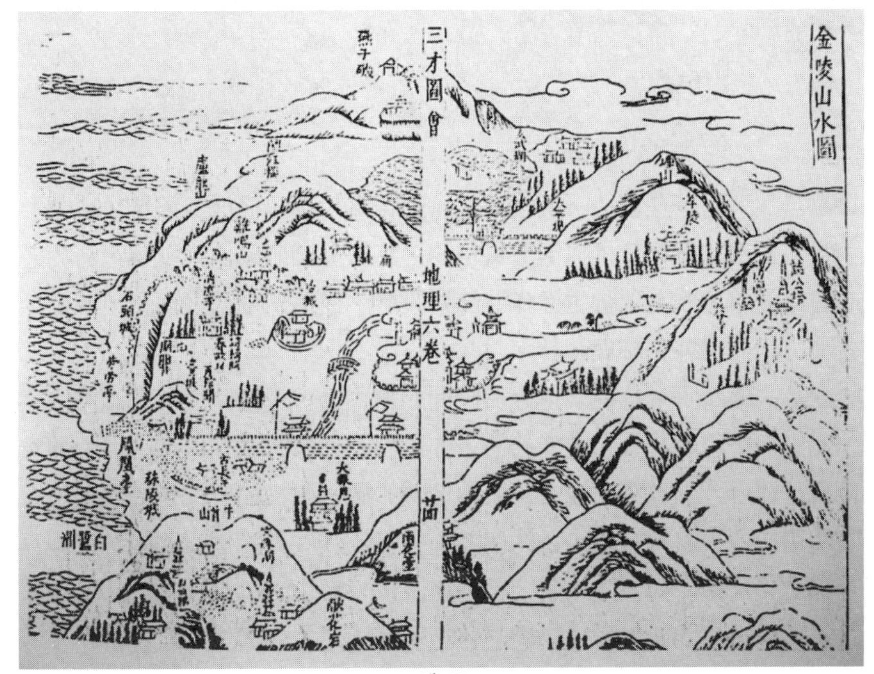

圖 12

[114] 參見王圻、王思義父子所編集《三才圖會》（上海：上海古籍出版社，1993），共有上、中、下三冊。

圖 13

圖 14

或探勘自然，而是在創造一個古典氣氛的舞臺，讓自己成為觀眾，或甚至成為演員。遊具的書寫，是以觀看為目的，將旅者裝飾成山人風致，將旅遊設計成古典圖繪，既為現實生活作裝飾與設計，從另一個角度而言，同樣地也為古典文化盡力地裝飾與設計。

雜品的歲時月令，從表述庶民時間的農民曆，過渡到生活閱讀的文字書寫，高濂、屠隆等文人，並非務農，亦不回歸農事，卻在著作中努力地宣說順應農時節令、倡導天人合一等天經地義的觀念，又如此大費周章地由歷史典故中用心搜集旅遊資訊，目的應該不在強化這些天經地義的觀念或純真地保存歷史文化遺產而已吧！？一再地申說依時旅遊，或不斷為遊具尋溯歷史典故，這種由時間與養生、物與文化情境等兩道主軸構織的旅遊書寫，似乎並不為旅行者提供實用性的資訊（如何按照時令出遊，或旅行應備妥那些遊具等）。那些結合了自然時序與文化時間的節令之遊，或是具有山人風致的遊具佈設，彷彿是六朝宗炳的翻版，宣說著遙遠古典高雅的臥遊模式，的確解除了一般真實的旅遊模式（踏出家門、負笈千里）。

由旅遊動機而言，有的要克服迷路的恐懼以進行冒險，有的是放逐式的浪遊，有的是藉旅行以疏離自我，晚明雜品中所表現出來的旅遊書寫，正如四庫館臣所說：「故作雅態」，彷彿在創造一種新奇的旅遊，他們利用民俗、農事這些通俗易懂非個人獨特風格的材料，將物由邊緣納入中心，進行文化編碼，在符號體系中，創造了解消旅行的新奇旅行，成為大眾流行文化的一環。依時而賞的文獻中，雖然用了很多文學典故來渲染高雅的氣氛，但整個基調仍充滿了晚明商業社會下的享樂文化氣息，例如惜春與悲秋的文學傳統在此則幾乎全被湮沒，而典故與歲時結合，使歷史進入符號體系，成為可資販賣的出版商品，特別注重圖繪裝飾、文化想像的旅遊活動設計，已成為罩上了一層神祕面紗的旅遊神話，神祕的面紗揭開後，發現這正是明代商業社會裡，將烘托了古典氣氛的高雅文化當作商品販賣的一種行銷典型，推銷一種古雅的生活情趣，這種被旅遊神話所包裝的遠距古雅情趣，正是晚明文人創造大眾流行文化的基調。[115]漢寶德先生云：

> 明代中葉以後，江南一帶發展到達高潮，乃為我國文化熟極而爛的時代，隆慶、萬曆的數十年間，……實為今日我國俗文化的濫觴。……中國文化細緻嚴整的一面漸漸消失，代之而起的是大眾化的標準與趣味。……文人之生活自清高的理想主義者的隱逸精神，經明中葉以來江南文人以物慾為風流而發展出的才子心態所取代。文藝不再是嚴肅的事業，而成為文人生活中的遊戲。……大眾化、生活化、世俗化的趨向是十分明白的。[116]

「雜品」雖可納入百科全書式的實用查詢類書的範圍裡，但所收零餘雜

115 筆者到此，對雜品作者的寫作目的愈加懷疑，其實高濂、屠隆、陳繼儒等人乃共同創造了以山人神話包裝起來的流行文化。揭開社會表層思想的神祕面紗，以透析深層意識，請詳參羅蘭巴特著、許薔薔、許綺玲譯《神話學》（臺北：桂冠圖書公司，1997），其中有極精采的剖析。

116 詳參漢寶德著《物象與心境：中國的園林》（臺北：幼獅文化事業公司，1996），頁110-111。

類之物，卻將「雜品」劃入傳統體系中心以外的邊緣性書寫，乘著流行文化之便，創造新的書寫中心。本論文由符號學的角度出發，特意觀察雜品書中旅遊體系的建構。高濂的依時而遊，其實並不真正踏足到大自然裡，而要返回到熟悉的文化典故中，這已鬆動了旅遊的本質。而文震亨、沈春澤等人提倡「長物」與「閒事」，將零餘、瑣碎、邊緣屬性的對象，納入論述中，其實也已鬆動了原先預設之有用的、整體的、中心的結構，[117]遊具原本為便利旅遊（用），屠隆卻將之變成了文化裝飾（無用）。於是由時間軸與符號語意系統建構的旅遊體系，不但顛覆了舊有的實用體系，最後亦被自身所顛覆掉。（由遊→無遊）本論文由時間、物的符號學建構出發，進入臥遊中，揭發神祕面紗，那些超實用性的、瑣碎零餘的、典故情境的邊緣論述，削弱了屬於體系效力的實用價值，卻在展現山人風姿、烘染文化氣氛上，創造新的「實用價值」的中心，超出實用的體系之外，最後將旅遊的體系解構。

臥遊具有虛擬的特質，並為文化想像提供了基礎。由臥遊到文化想像，是一脈相承特殊的旅遊意識。王思任〈遊敬亭山記〉一文，提及旅遊虛擬的想法，王文曰：

> 日暮景收，峰濤沸亂，饑猿出啼，予慄然不能止。歸臥舟中，夢登一大亭，有古柏一本，……世眼未睹，世相不及，峭崿斗突，逼嵌其中，榜曰敬亭，又與予所游者異。嗟乎！晝夜相半，牛山短而蕉鹿長，回視靄空間，夢何在乎？游亦何在乎？又焉知予向者游之非夢，而夢之非游也。[118]

---

[117] 既屬長物，原來並沒有自己的自主性，是在用物體系之外，被用物體系所瓜分、畫界、排除等動作所設定出來的邊緣性存在。用物體系，是個被框起來的結構，必需透過邊緣性的存在來確定，但實際上，這個結構卻是不穩定的，沒有確切的範圍，反倒是長物所指向的是一個永遠運轉不停、且具有可逆性的結構，某個可以立即反轉的結構，甚至，有時作為長物的角色會反轉，長物成為非長物。晚明的長物觀就具有上述的反轉意圖。關於「長物」的邊緣屬性與反轉的顛覆力・請詳參尚・布希亞著、洪凌譯《擬仿物與擬像》（臺北：時報文化出版，1998）「餘留物」一章，頁 271-281。

[118] 王思任〈游敬亭山記〉，收入朱劍心選注《晚明小品選注》（臺北：臺灣商務印書館，1991），頁 155。

王思任在本文中，紀錄其個人遊敬亭山時，旅遊與夢境交錯的經驗，並以後設的口吻提出旅遊具有夢境虛擬的特質。王思任的夢與游，李漁在冬季觀行旅險畫，劉士龍造烏有園，高岑遊武夷遊，他們都有超越追求遊蹤的後設旅遊觀。[119]

宗炳、周密、呂祖謙一脈的繪畫或文字「臥遊」，是虛擬的；依時令而遊賞的清單，亦是虛擬的；遊具中的「如畫」，以虛構的藝術品（畫）代替真實，亦是一種擬象，擬象成為一種新的現實，讓旅人在現世中虛構旅遊的真實。雜品書中的旅遊，不強調親歷其境的臨場感，而要後退一個距離，以觀看歷史、體驗詩意的角度，進行創造性的、想像性的虛擬旅遊，恰與宗炳在六朝就發明的臥遊精神相互輝映。虛擬或擬像，皆超越真實，由時間或遊具等符號建構起來的旅遊體系，最後竟然歸依在虛擬的文化想像中。由足遊到臥遊到遊遊，旅遊的意識由實景的追求轉為後設虛擬的幻象，更進一步與晚明旅遊文化特殊的幻滅感連在一起。[120]

---

119 晚明文人對旅遊虛擬的本質，有很強的感受，旅遊小品時時透露出後設的意圖，甚至亦戲筆寫後設之遊，如劉士龍有〈烏有園記〉，強調所遊之園乃烏有，而清初高岑在一篇給友人羅星子的尺牘中提到「遊『遊武夷記』」，將所遊的對象，由「武夷山」轉為「武夷山遊記」。劉、高二人表達了超越旅行遊蹤的異樣見解。關於晚明文人後設之遊的問題，請詳參毛文芳著〈閱讀與夢憶：晚明旅遊小品試論〉（發表於東海大學主辦之「旅遊文學學術研討會」，1999 年 3 月 13 日）「結論：後設之遊」。

120 關於晚明文人透過旅遊興起的幻滅感，詳參同上註，第六節「夢憶：追尋／幻滅」。

風雅生活指南：文震亨的《長物志》

一、緒論

（一）在四庫館臣眼中脫穎而出

《四庫全書》的編纂館臣，對晚明文人的寫作型態與出版著作，懷有深深的敵意，多處以鋒筆指訾各類書籍的弊端，[1]對幾部生活賞鑑的流行書籍：《遵生八牋》、《雪菴清史》、《枕中祕》，《四庫全書總目》有如下的評論：

◆ 書中所載專以供閒適消遣之用，標目編類亦多涉纖仄，不出明季小品

---

[1] 《四庫全書》對於明末各類書籍的負面評價實在不少，試舉數例如下：「割裂餖飣，僅存字句，輾轉稗販，冗瑣舛訛。」（〈古儷府提要〉）；「雜采小說家言，湊集成編而不著所出，既病冗蕪亦有訛舛，蓋明人好剿襲前人之書，而割裂之以掩其面目，萬曆以後往往皆然也。」（〈陳繼儒・珍珠船提要〉）；「雜列故實而附以論斷，龐雜割裂，殊無可觀，持論尤多猥鄙。」（〈陳其力・芸心識餘提要〉）；「其劄記皆偶拈一二古事，綴以論說，不出明人掉弄筆墨之習。」（〈陳禹謨・說儲提要〉）；「採綴蕪雜或註所出或不註所出，亦無定例，不過陳繼儒之流。」（〈趙爾昌・元壺雜俎提要〉）；「有分類採綴瑣碎近類書者，有載遺事者，有駁人之非者，有專取詩文詞藻者，使得全書體例不相類，殊為畏雜者。」（〈楊宗吾・檢蠹隨筆提要〉）；「刊板亦粗惡無比，蓋繼儒名盛，時坊賈於祕笈中摘出翻刻又妄加評點也。」（〈眉公十書提要〉）……等。《四庫全書》對歷代著作的評論，大概沒有像對晚明如此集中地給予強烈的抨擊。參見《欽定四庫全書總目》（收入《景印文淵閣四庫全書》，臺北：臺灣商務印書館，1985）。其中除了〈古儷府提要〉收入〈子部・類書類〉外，其餘諸書皆出於〈子部・雜家類〉，「雜編」、「雜說」、「雜考」、「雜纂」與「雜品」等屬項下收書或存目。相關討論，詳參毛文芳著〈晚明閒賞美學的文獻環境：博雜學風：以《四庫全書》的著錄為考察中心〉，收入拙者《晚明閒賞美學》（臺北：臺灣學生書局，2000），頁 89-116。

積習，遂為陳繼儒、李漁等濫觴。（〈高濂・遵生八牋提要〉）

- 皆小品雜言，分清景、清供、清課、清醒、清福五門，每門各立子目，大抵明季山人潦倒恣肆之言，拾屠隆、陳繼儒之餘慧，自以為雅人深致者也。（〈樂純・雪菴清史提要〉）
- 采掇明人雜說凡二十五種：閒賞，二六時令，國士譜，書憲，讀書觀，護書，悅容編，勝境，園史，瓶史，盆史，茶寮記，酒緣，香禪，棋經，詩訣，書譜，繪抄，琴論，曲調，拇陣，俗砭，清供，食譜，儒禪等，皆隆萬以來纖巧輕佻之詞。（〈衛泳・枕中祕提要〉）[2]

這三部書的內容均以經營閒適消遣的風雅生活作為編撰目的，四庫館臣給予的評價，或是類目纖仄；或是語詞輕佻；或是拾屠隆、陳繼儒的餘慧。全都被歸入隆、萬以來，文人潦倒恣肆、掉弄筆墨、採掇蕪雜之言、浸淫在自為雅人深致的流風裡。

在生活物類品賞著作的負面批評之餘，《四庫全書》卻例外地對文震亨的《長物志》，給予正面的評價：

> 凡閒適玩好之事，纖悉畢具。大致遠以趙希鵠洞天清祿為淵源，近以屠隆考槃餘事為參佐。明季山人墨客多以是相誇，所謂清供者是也。然矯言雅尚，反增俗態者有焉。惟震亨世以書畫擅名，耳濡目染，與眾本殊，故所言收藏賞鑑諸法，亦具有條理。……亦奕奕有一種風氣歟？且震亨捐生殉國，節操炳然，其所手編，當以人重，尤不可使之泯沒。[3]

上文提供幾個重要的觀察：第一是內容性質（閒適玩好之事、所言收藏賞鑑諸法）、第二是該書淵源（洞天清祿、考槃餘事）、第三是編寫優點（具有條理）、第四是作者人品與節操（書畫擅名、奕奕有風氣、捐生殉國）。這幾項含

---

[2] 以上三則提要分別引自同註1，《欽定四庫全書總目》。其中〈高濂・遵生八牋〉提要，列入〈子部・雜家類〉卷 123「雜品之屬」，〈衛泳・枕中祕〉提要，列入〈子部・雜家類存目〉卷 132「雜纂之屬」。〈樂純・雪菴清史〉提要，列入〈子部・雜家類存目〉卷 128，「雜說之屬」。

[3] 參見同註 1，《欽定四庫全書總目》，卷 123，〈子部・雜家類〉「雜品之屬」下，〈長物志提要〉。

括文章與作者品節的因素，使得本書在晚明「矯言雅尚，反增俗態」的雜品著作中得以脫穎而出，受到目錄學家的重視。

文震亨的《長物志》確實是晚明一部名作，[4]書名用了晉朝一個典故：「長物」，來自於《世說新語》一段有趣的對話：

> 王恭從會稽還，王大看之，見其坐六尺簟，因語恭：卿東來，故應有此物，可以一領及我。恭無言，大去後，即舉所坐者送之。既無餘席，便坐薦上。後大聞之，甚驚，曰：吾本謂卿多，故求耳。對曰：丈人不悉恭，恭作人無長物。（劉義慶《世說新語》〈德行第一〉）

對曠達無執的王恭來說，六尺之簟是身外之物，是「長物」。「長物」應當被忽略、被遺忘、被解消，中國文人結合言意之辯，逐漸形成「物我觀」，若能擁有「不役於物」的放達態度，形體不再為外物所奴役，心境自然無入而不自得。千餘年後的文震亨，卻扭轉「長物」典故的傳統意涵，援引王恭的典故，鄭重其事地為自己書籍命名為《長物志》。文震亨不但注意這些「長物」，還慎重地將過去被視為閒適遊戲等多餘無用之物，一一作誌品評書寫，展示奇特的寫作姿態。

文友沈春澤進一步聯結「長物」與「閒事」，具古典意蘊的優雅生活如：山水遊歷、品酒品茗、家居佈置與古董收藏等，世人看來是「閒事」，對身心而言是「長物」，然具備遊戲性質的「閒事」與「長物」，卻是品藻一個人才、情、韻的重要憑藉。[5]

---

4 文震亨《長物志》，著錄收書於《四庫全書》〈子部・雜家類・雜品之屬」〉。《百部叢書集成》（嚴一萍選輯，臺北：藝文印書館，本叢書各集出版年次不一）之 31『硯雲甲乙編』（1966 年影印）第二函亦收入，另亦收入《美術叢書》（臺北：藝文印書館，1975 年 11 月初版）三集第九輯（總第 15 冊），頁 115-268。近有陳植校注、楊超伯校訂之《長物志校注》（南京：江蘇科學技術出版社，1984），為此書作了詳細校注，筆者本文所參據者，即此版本。為免蕪雜，相關引文，皆以文中夾註方式，標出卷次、條目，儘量不另標註。

5 沈春澤曰：「夫標榜林壑，品題酒茗，收藏位置，圖史杯鐺之屬，於世為閒事，於身為長物。而品人者於此觀韻焉、才與情焉。」詳參沈春澤撰〈長物志序〉，收入《長物志》卷首。

（二）物體系與功能論述

《長物志》包含室廬、花木、水石、禽魚、書畫、几榻、器具、衣飾、舟車、蔬果、香茗等十一種生活物類。衡諸《四庫全書》〈子部〉的分類項目，《長物志》的物類橫跨多個領域：書畫法帖為「書畫之屬」；古琴為「琴譜之屬」；篆印刻章為「篆刻之屬」；游戲玩藝為「雜技之屬」，這些歸隸〈子部・藝術類〉。鐘鼎卣彝、銅窯漆雕、文房香石等為「器物之屬」；茶、酒為「飲饌之屬」；花木樹藝、魚鶴飼養為「草木鳥獸蟲魚之屬」，這些歸隸〈子部・譜錄類〉。這部包含「藝術類」與「譜錄類」兩大項而品類紛陳的《長物志》，被收入〈子部・雜家類〉「雜品之屬」。

「雜品」類書籍，宋代有趙希鵠的《洞天清祿集》為代表，以器物考古賞鑑為主。到文震亨的《長物志》，有了擴展與轉變，可以說是在「賞鑑」之學加入「閒適」觀，整合為文人清心樂志的審美生活，這種審美的生活觀是以古董的欣賞與懷想為主，進一步延伸構築成具有古典意蘊的優雅生活。

《長物志》是一部新穎的物類書寫，不依循博物傳統搜怪獵奇的方向，也不再是過去各種品類獨立探究的譜錄書或藝術書，將物置於日用生活的範疇裡，包含室廬、花木、水石、禽魚⋯⋯等十一種日用物類，以「雜品」的書寫模式，呈現文人日用起居的生活體系。《長物志》是生活物項的總覽，環繞著日用生活而展開，對物的認識、應用、製作與評價，幾乎涵蓋生活物品各層面的知識，為讀者提供經營生活的參考與指引。書中十一個單元，形成一種書寫序列，鋪展日用生活的物體系。[6]

依論述切入的不同角度而言，物體系可簡單劃分為實用功能與非實用功能兩種認知模式。以汽車為例，既具有實用功能，指代步，速度、性能等；

---

6 尚・布希亞《物體系》一書，探討物在現代生活中的符號學意義，布希亞將物區分為功能性系統（或客觀論述）、非功能性系統（或主觀論述），物品及消費的社會等面向。功能性系統如居家用物如何擺設的問題，非功能性系統則是對古物其邊緣性的細密探討，物品及消費的社會則是意識形態體系的探討，由此理論建構出物的體系。敬請詳參尚・布希亞著、林志明譯《物體系》（臺北：時報文化出版公司，1997）。

也同時具有非實用功能，如代表身分階級等社會意涵的氣氛狀態；此外，還有高雅與否、流行與否的評價角度。筆者曾嘗試以「物體系」的架構，進行《長物志》研究，[7]發現該書有三條論述主軸交替輪換：第一、功能論述：指形制、佈置、擺設等作為生活元件的功能探討；第二、氣氛論述：對於古物、收藏等文化意義的探究；第三、評價論述：為物在排列等次、評比模式中尋找定位。三層次組成的物體系，創造了一個被重新提煉、重新整理、重新詮釋、不斷滲進文化因素的生活面貌，物由生活體系邁進了文化體系。本文限於篇幅，不擬於此全面探討《長物志》的物體系，乃專力探索文震亨透過物之功能論述，如何將《長物志》鋪寫成一部風雅生活的指南。[8]

本文環繞著生活實用性，分由兩方面進行《長物志》的功能論述。第一、「文人日用物類的功能論述」，依不同類型之物：花果禽魚、起居器服、文房閱藏等，進行物品的功能認識與辨說。物的實用功能與技術性製作要領，將涉及材質樣式與顏色、時令與節候、產地與場合……等幾種要項。第二、「生活單元的佈置與築設」，首先探討建築體式的生活單元，包括功能導向的居室單元、複合功能的齋室單元等。其次為庭除花木、建築體元件、水石景致、僻靜角落等庭園造景的生活單元。最後則是山行水流的遊動生活。

---

7 筆者曾執行國科會專題研究計畫：「晚明的生活美學：以文震亨《長物志》之物體系為論述中心」（NSC89-2411-H-194-037，期限：1999 年 8 月 1 日至 2000 年 7 月 31 日）。

8 《長物志》氣氛論述與評價論述兩個部分，涉及的問題，包括生活用物的書寫，以及如何展現流行文化的運作與魅力，由於關連甚大且涉及層面複雜，無法於本文中一併探討，筆者已另撰文〈物的神話：晚明文震亨《長物志》的物體系論述〉，刊於《中國文哲研究集刊》第 20 期（2002 年 3 月），頁 303-366。

二、文人日用物類的功能論述

（一）物的功能認識與辨說

1.花果禽魚

《長物志》全書對於某一物類的認識，先以生活實用的功能入手。例如卷二〈花木篇〉便是花木的鑑識，包含了品種、產地、花葉之形色香、生態等植物學知識，與栽植澆灌法、盆瓶器皿、賞玩與擺設，以及各種生活利用：如「桂」花、「玫瑰」均可充食品；「芭蕉」可為麈尾或蒲團；「梧桐」子可點茶或作油……等。這些植物學、農圃學、擺設學等各種功能層面的知識，莫不圍繞著生活應用而展開。

卷十一〈蔬果篇〉通篇是以食用口味作為鑑識基礎，例如久服輕身明目，亦可作酒服之延年的「五加皮」；或是味美補脾入藥的「白扁豆」，將蔬果的功能由食用擴大到養生。又如櫻桃：

> 櫻桃古名楔桃，一名朱桃，一名英桃，又為鳥所含，故禮稱含桃，盛以白盤，色味俱絕。南都曲中有英桃脯，中置玫瑰瓣一味，亦甚佳，價甚貴。

對「櫻桃」的鑑識，將味覺由食用功能置入細膩的審美範疇。從蔬果的名稱、外形、色澤、產地、品級、故實、栽植、價格、生態等各個角度，展列蔬果的品鑑知識。

如「菱」條：

> 兩角為菱，四角為芰，吳中湖泖及人家池沼皆種之，有青紅二種。紅者最早，名水紅菱，稍遲而大曰雁來紅，青紅者曰鷩哥青，青而大者曰餛飩菱，味最勝，最小者曰野菱，又有白沙角。皆秋來美味，堪與扁豆並薦。

此條中，文震亨細說吳地菱芰的品類名稱與特色。

卷四〈禽魚篇〉明白說道「馴鳥雀，狎鳧魚」是山居生活的重要技能：

> 顧聲音顏色飲啄態度，遠而巢居穴處，眠沙泳浦，戲廣浮深；近而穿

> 屋、賀廈、知歲、司晨、啼春、噪晚者，……故必疏其雅潔，可供清玩者數種，令童子愛養餌飼，得其性情。（卷四〈禽魚篇〉敘）

辨別禽魚的知識顯然很重要，「吸水」條曰：

> 盆中換水一兩日，即底積垢膩，宜用湘竹一段，作吸水筒吸去之。倘過時不吸，色便不鮮美，故佳魚，池中斷不可蓄。

此條說明養池魚如何換水、以竹管定期吸取積泥、維持盆水潔淨等實用技術。無論是植物或禽魚的辨識與養護，作者如數家珍地一一列舉，聯結博學多聞的譜錄傳統。[9]

2.起居器服

除了上述的草木禽魚等自然物類之外，更大部分是與生活日用密切相關的起居物類。例如卷三〈水石篇〉「鑿井」條曰：「井水味濁，不可供烹煮；然澆花洗竹、滌硯拭几，俱不可缺。」審辨井水的功能，由於井水為地下水，以現代科學眼光來看，含有許多礦物質，屬於硬水，即使煮沸，器壁會結成白垢，故不適合飲用。但用以灌溉、滌硯、拭几，取用不竭且便利，故不可缺，此條是實用功能的論述。「丹泉」「能延年卻病」，[10]則是將深山泉水視為具有養生功能的飲水。至於奇石，則具有置於几案或作屏風等賞玩功能。

屬於居室物類的有卷一〈室廬篇〉與卷六〈几榻篇〉，前者探討室廬住屋如門、窗、階、堂、山齋、佛室等各種居室含材質與形制的功能性論述。〈几榻篇〉以古人制几榻「坐臥依憑，無不便造」為準，講究傢俱的設計必需以適用便利為首要功能，所以傢俱製作特重功能技術層次的說明。如「架」條：

> 書架有大小二式，大者高七尺餘，闊倍之，上設十二格，每格僅可容

---

9 筆者曾由目錄學的角度，由「譜錄」類例的變遷探討中國譜錄書寫的傳統，詳參拙著〈晚明「閒賞」美學在中國學術史上的範疇定位與源流發展：目錄學角度的探討〉，收入同註 1，《晚明閒賞美學》，頁 65-88。

10 卷三〈水石篇〉「丹泉」條曰：「名山大川，仙翁修煉之處，水中有丹，其味異常，能延年卻病，此自然之丹液，不易得也。」

> 書十冊，以便檢取；下格不可以置書，以近地卑溼故也。足亦當稍高。小者可置几上。

每格容十冊書，是為了檢取方便，下層因為近地卑溼故不置書，小尺寸的書架可置放於几上。此條依功能使用，提出了書架製作的簡單原則。

卷八〈衣飾篇〉探討穿戴被服等衣褥，卷九〈舟車篇〉為出行交通工具的探討。至於卷十二〈香茗篇〉分別探討各品香材、香具以及如何焚香、如何收貯等事項，還探究浙杭一帶的茶品、烘焙法、茶具以及煮湯擇炭等茗事。

3.文房閱藏

卷七〈器具篇〉包羅範圍極廣，有焚香、文房以及燈、鏡、杖、坐墩、坐團、枕、簟等各式用具，均有生活使用角度的論述。除了上述的起居器服之外，文房閱藏的用物，更是文人的日常必需，故功能性論述較其他器物更詳盡。以「筆」、「研」為例，文震亨提出「尖、齊、圓、健」的製筆要訣：

> 蓋毫堅則尖，毫多則齊。用縈（雙木）貼襯得法，則束毫而圓；用純毫附以香狸、角水得法，則用久而健。此制筆之訣也。

使筆毫堅而多齊，又以白麻貼襯束毫成圓，並在細毫中夾入粗硬而有彈性的香狸毛，並妥適運用膠水束緊，便能成就一枝好筆。為了保持筆、硯耐久不損壞，亦提出洗滌、保養、正確使用等一些平日注意事項：

- 古人用筆洗，蓋書後即滌去滯墨，毫堅不脫，可耐久。（「筆」條）
- 研須日滌，去其積墨敗水，則墨光瑩澤，惟研池斑駁，墨跡久浸不浮者，名曰「墨繡」，不可磨去。研，用則貯水，畢則乾之。滌研用蓮房殼，去垢起滯，又不傷研。大忌滾水磨墨，茶酒俱不可。（「研」條）

如何保養耐久，使用什麼用具，注意那些禁忌等，對文人來說，都是具體可行的方法。

花木、蔬果、禽魚、水石、室廬、几榻、香茗、衣飾、舟車等，屬於不同物類，《長物志》可視為適應不同生活功能而提出實用知識的一部指南。

至於由文房延伸出來，不具實用性功能之書畫，卷五〈書畫篇〉亦有一套由收藏、識鑑、閱玩、裝褫、詮次等的相應知識。其中「論書」說明觀書次第、賞鑑書法、辨本識偽的技術；「絹素」、「御府書畫」二條有探究落款、辨真偽與物質特性的審辨；「裝潢」、「法糊」、「裝褫定式」、「褾軸」等四條，均為裝裱技術、製作要領與相關物質的探討；「藏畫」、「小畫匣」、「裝帖」等條，討論與繪畫相關之製作材料與技術要領。這些實用功能性的論述，具體而微，「裝潢」條曰：

> 勿以熟紙，背必皺起，宜用白滑漫薄大幅生紙。紙縫先避人面及接處，若縫縫相接，則卷舒緩急有損，必令參差其縫，則氣力均平，太硬則強急，太薄則失力。絹素彩色重者，不可擣理。古畫有積年塵埃，用皂莢清水數宿，托於太平案扦去，畫復鮮明，色亦不落。補綴之法，以油紙襯之，直其邊際，密其隙縫，正其經緯，就其形制，拾其遺脫，厚薄均調，潤潔平穩。又凡書畫法帖，不脫落不宜數裝背，一裝背，則一損精神。

本條仔細說明書畫裝裱的技術事項：用大幅白滑漫薄生紙，接縫避開畫中人臉，並參差紙縫，紙之硬度厚薄適中，絹素彩色重者，不可在裱背以鵝卵石摩光，[11]以免色落。若有積年塵埃，以尖細金屬竹類之物，沾皂莢細細挑洗除去垢塵。另外，若是補綴破損古畫，以油紙襯後，再就畫幅經緯、畫之形制等，仔細還其原貌。若沒有脫落，則不需數度裝裱，以免損及原書畫。

這些與書畫鑑識、裝裱、閱玩相關的技術或要領，雖然不是民生必需，卻是一套文人特有的文化「實用」知識，用以區別雅俗。試再舉書畫閱玩的知識如下：

- 古畫紙絹皆脆，舒卷不得法，最易損壞，尤不可近風日。燈下不可看畫，恐落煤燼及為燭淚所污。飯後醉餘，欲觀卷軸，需以淨水滌手，展玩之際，不可以指甲剔損，諸如此類，不可枚舉。（「賞鑑」條）

---

11 「熟紙」、「生紙」乃唐、宋人用紙之別，以上膠礬及塗蠟之紙為「熟紙」，未經此道手續者為「生紙」。又「擣理」是指字畫裱成後，用大型鵝卵石在裱背摩之使光，謂之。參自陳植《長物志校注》，同註 4，頁 175-176。

♦（捲畫）須顧邊齊，不宜局促，不可太寬，不可著力捲緊，恐急裂絹素。拭抹用軟絹細細拂之，不可以手托起畫軸就觀，多致損裂。（「捲畫」條）

這是觀玩書畫應注意的事項：如何避開不適當的觀畫場所，觀畫前以淨水滌手，不以指甲剔損，如何使力舒收畫卷，如何以細絹拭抹，不可托畫就觀……等，各個注意事項具體而實用，保護古書畫避免受到污損裂壞。

（二）涉及實用與功能的幾種要件

用木為格，以湘妃竹橫斜釘之，或四或二，不可用六。兩旁用板為春帖，必隨意取唐聯佳者刻于上。若用石梱，必須板扉，石用方厚渾樸，庶不涉俗。門環得古青綠蝴蝶獸面、或天雞饕餮之屬，釘于上為佳，不則用紫銅或精鐵，如舊式鑄成亦可，黃白銅俱不可用也。漆惟朱、紫、黑三色，餘不可用。（〈室廬篇〉「門」條）

這是對「門」的完整書寫，內容涉及了門格、門扉、門檻、門環、春帖等關於門各個細節部位之材質（木格、石梱、青銅門環）、形式與圖樣（不用六眼的門格、仿古獸樣的門環）、漆色（只能朱紫黑）的討論。「紙」條中有更詳細的說明：

北紙用橫簾造，其紋橫，其質鬆而厚，謂之側理；南紙用豎簾，二王真跡，多是此紙。唐有硬黃紙，以黃蘗染成，取其避蠹。蜀妓薛濤為紙，名十色小箋。宋有澄心堂紙，有黃白經箋，可揭開用，有碧雲春樹、龍鳳、團花、金花等箋；……有彩色粉箋及藤白、鵠白、蠶繭等紙。元有彩色粉箋、蠟箋、黃箋、花箋、羅紋箋，皆出紹興；有白籙、觀音、清江等紙，皆出江西；山齋俱當多蓄以備用。國朝……惟大內用細密灑金五色粉箋，堅厚如板，面砑光如白玉，有印金花五色箋，有磁青紙如段素，俱可寶。……高麗別有一種，以綿繭造成，色白如綾，堅韌如帛，用以書寫，發墨可愛，此中國所無，亦奇品也。

首先以紙紋之橫豎分辨南北紙，其次列舉唐、宋、元、明四朝著名好紙，包括色澤（如黃、白、彩色粉、五色）、箋紋（碧雲春樹、龍鳳、團花、金花、羅紋）、質地（蠶繭、綿繭）、製法（黃蘗染成、細密灑金、研光）以及產地（蜀、紹興、江西）等各具特色的款式品名。

《長物志》對物的論述策略，乃是置於居家用物範圍內實用性的知識，涉及物的材質、樣式、顏色、時候、場合與產地等多種功能要件，以下略例說明。

1.材質、樣式與顏色

上述以橫豎紋辨南北紙，卷五〈書畫篇〉「南北紙墨」條，對於紙與墨的材質辨析更細：

> 古之北紙，其紋橫質鬆而厚不受墨，北墨色青而淺，不和油蠟，故色澹而紋皺，謂之蟬翅搨。南紙其紋豎，用油蠟，故色純黑而有浮光，謂之烏金搨。

由於紙的橫豎紋理不同，與墨之和油蠟與否，使所作書畫有迥異的墨光，乃由紙墨的材質加以判定。被製造的居家用物如門窗，首先注意的亦是材料問題。「門」已如上述，「窗」條如下：

> 用木為粗格，中設細條三眼，眼方二寸，不可過大。……佛樓禪室間用菱花及象者，……室高上可用橫窗一扇，用低檻承之，俱釘明瓦或以紙糊。……冬月欲承日，製大眼風窗，眼竟尺許，中以線經其上，庶紙不為風雪所破。

以木格為窗眼，高室上開一橫窗，釘上透光蚌殼，或以紙糊，冬天縮小窗眼，並以線協助固定窗紙，紙窗增加強度，便不畏風雪。這也是以材料與樣式搭配考慮的例子。

又如卷六〈几榻篇〉「櫥」條：

> 藏書櫥須可容萬卷，……即闊至丈餘，門必用二扇。……小櫥以有座者為雅，四足者差俗，即用足，亦必高尺餘，下用櫥殿，僅宜二尺，不則兩櫥疊置矣。櫥殿以空如一架者為雅。小櫥有方二尺餘者，以置古銅玉小器為宜。大者用杉木為之，可辟蠹。……鉸釘忌用白銅，以紫銅照舊式，兩頭尖如梭子，不用釘釘者為佳。……經櫥用朱漆，式稍方，以經冊多長耳。

此條詳列各類櫥式，材料以可辟蠹害的杉木最具實用性，並以紫銅兩頭尖榫接縫為佳，這是材料與製法。另外，藏書櫥的二扇門，小櫥有座無足，櫥殿空如一架，以及櫥式配件的尺寸掌握，均以美觀為考量。至於經櫥的長方樣式，則配合著經冊的長幅而設計。卷七〈器具篇〉中，亦依不同類型的器具，提出材質與樣式的考量。例如「如意」，古人用來「指揮向往，或防不測」，所以鍊鐵為之。文房用物由於是文人每日必需，故更重材質，「墨」：「質取其輕，煙取其輕，嗅之無香，磨之無聲」，古書畫之所以得傳數百年，墨色如漆，神氣完好，皆佳墨的功勞。「筆」：「當以筇竹為之，蓋竹細而節大，易于把握」。而裝研的研匣，「不可用五金，蓋金能燥石」，這些都是基於材質的考量而言。「琴臺」的設計樣式須中空，可使琴聲產生共鳴，搭配的椅座用無臂靠的交椅，使兩手便於運動，也必須比平日的座椅稍高，使手彈琴不費力。

卷八〈衣飾篇〉亦重視材質。椅榻之褥，以古錦為之，錦褥破敝了，尚可用以裝潢書畫卷冊（「褥」條）。而床帳的材料，依季節考慮，可在冬月使用保暖性佳的繭綢或紫花厚布，夏月以涼爽透氣的蕉布為之（「帳」條）。至於頭戴之「笠」，用既輕且透涼的細藤編製者佳，還要在笠沿縫綴皂絹，山行時可遮避風日（「笠」條）。

卷九〈舟車篇〉「藍輿」條：

> 山行無濟勝之具，則籃輿似不可少。武林所製有坐身踏足處，俱以繩絡者，上下峻阪皆平，最為適意，惟不能避風雨。

此條說明武林一款人力籃輿，以繩絡製成坐身足踏的部分，在上下山坡時，坐者身體隨坡度與身體重心導致的傾斜（下坡前傾或上坡後斜），會因為繩絡的彈性而自動調整坐者的姿勢，亦即坐者的身體不必因上下坡而必須傾斜，繩絡的彈性，會使坐者保持如在平地的狀態，因此最為適意。惟一的缺點是敞開的樣式，不能避風雨。

「供花不可閉窗戶焚香，煙觸即萎，水仙尤甚」（卷十「置瓶」條），如同觀畫，「不可近風日，燈下不可看畫，恐落煤燼及為燭淚所污」（卷五「賞鑑」條）一樣，皆對鮮花與古畫的物質特性，有實際的認知。而「（瓢）

以水磨其中，布擦其外，光彩瑩潔，水溼不變，塵污不染」（卷七「瓢」），也是針對瓢的物質特性所作的說明。

雖然顏色並不具實用功能，卻為物的外形觀感帶來審美功能的效應，可在樣式中合併討論。《長物志》對於物的顏色要求，大抵皆為武斷式話語，如「經櫥用朱漆」（卷六「櫥」條）、「用朱黑漆須極華整」（卷六「佛櫥佛桌」條）、「寒月小齋中，致布帳于窗檻之上，青紫二色可用」（卷八「帳」條）等。無論是門扉、窗格、研匣、經櫥、佛櫥的漆色，均以朱、黑二色為最佳選擇，這可能與日本傳入的雕漆製作有關，雕漆傢俱亦以朱黑為上。紫色，尚可運用於布帳。至於植物的栽植，文震亨反對相間的雜色，如山茶花，若紅白二種雜種，花時「紅白爛然，差俗」（卷二「山茶」條）；又如桃樹不可與柳樹間種，紅綠相間，亦俗。

2.時令與節候

時令與節候亦是生活用物區判功能的兩個重要因素。卷八〈衣飾篇〉開宗明義便說：

> 衣冠制度，必與時宜。……要須夏葛、冬裘，被服嫺雅，居城市有儒者之風，入山林有隱逸之象。

衣冠服飾，或夏葛或冬裘，既要宜於時令，居城市或入山林，又要宜於場合。因此，時與地顯然是生活物類實用性的兩大考慮。冬夏寒熱的大陸型氣候，對家居室廬傢俱的設計，是個考驗：

- 冬月欲承日，制大眼風窗，眼徑尺許，中以線經其上，庶紙不為風雪所破。（卷一「窗」條）
- 夏日去北扉，前後洞空。（卷一「山齋」條）
- 丈室宜隆冬寒夜，略仿北地暖房之制，……前庭須廣，以承日色，留西窗以受斜陽，不必開北牖也。（卷一「丈室」條）
- 冬月以繭綢或紫花厚布為之。……夏月以蕉布為之。（卷八「帳」條）
- 湘竹榻及禪椅皆可坐，冬月以古錦制褥，或設皋比（按虎皮），俱可。（卷十「坐具」條）
- 茭章出滿喇伽國，生于海之洲渚岸邊，葉性柔軟，織為「細簟」，冬

月用之，愈覺溫暖，夏則蘄州之竹簟最佳。（卷七「簟」條）

冬日裡，以風窗大眼承日，以紙糊線經免受風雪吹破；暖房設廣庭與開西窗以承受日陽、閉北牖以避風寒；以繭綢或厚布作帳，以古錦制褥或披虎皮禦寒。夏日，山齋去北扉，前後洞開以納涼，室內以輕薄蕉麻布料為帳。至於床席的材料，寒冬可用麻六甲海邊洲渚的茭章席，軟而保暖；炎夏則以蘄州的竹席，久睡而涼。……這些居家用物的設計，為了住者生活的舒適，還需與季節氣候的變化相配合。

季節氣候對於某些容器是重要的顧慮因素，如茶壺、香罏、花瓶：

- 茶壺以砂者為上，蓋既不奪香，又無熟湯氣。……錫壺，……宜冬月間用。（卷十二「茶壺」條）
- 夏月宜用磁罏，冬月用銅罏。（卷十「置罏」條）
- （花瓶）春冬用銅，秋夏用磁。（卷十「置瓶」條）
- （花）瓶中俱用錫作替管盛水，可免破裂之患。（卷七「花缾」條）

茶壺平日以砂質為佳，因為不奪茶香，且高溫不會有器皿的熟燙氣味。但砂質鬆軟有隙，不宜冬月，因為物質均有熱脹冷縮的物理反應，在冰凍狀態的砂壺中注水加溫至沸騰，極易產生碎裂的現象。花瓶亦然，無論是陶器或磁器，冬月盛水，均會因氣候寒凍，稍加溫後有破裂之虞。金屬中的錫，不像砂、陶、磁等器以土燒製，對於溫差的容受度較高，穩定性好。因此冬月間，以錫壺或花瓶中作錫管，不會有碎裂的現象產生。至於焚香的香爐，秋夏兩季可用磁爐，春冬用銅爐，也是基於相同的物理因素。

以氣溫考量物質特性者如：琴，夏天彈琴，宜在早晚涼爽之時，因為酷暑午時，彈琴者容易汗污，且繃緊的琴絃以指甲操拂，容易脆裂。（卷七〈器具篇〉「琴」條）裝裱書畫，不僅要避開溽暑，亦要避開凍寒。[12]泉水亦依季節而有不同：

天泉，秋水為上，梅水次之。秋水白而冽，梅水白而甘。春冬二水，

---

12 卷五〈書畫篇〉「裝潢」條曰：「裝潢書畫，秋為上時，春為中時，夏為下時，暑熱及沍寒俱不可裝裱。」

春勝於冬，蓋以和風甘雨，故夏月暴雨不宜，或因風雷蛟龍所致，最足傷人。雪為五穀之精，取以煎茶，最為幽況，然新者有土氣，稍陳乃佳。承水用布，于中庭受之，不可用檐溜。（卷三「天泉」條）

雨水由天下落下，以布承接，可作初步雜質的過濾，再行煮沸。此條辨雨水而利用，春、秋二季因氣候溫和宜人，故雨水亦佳，秋水潔淨甘冽，春末梅雨潔淨而甘潤，均適合取飲。冬水（雪）水亦佳，因為雪封之後，大地復甦，所以雪為五穀之精，雪溶之水，沈澱後最宜煎茶。文震亨以泛神論的語調（暴雨為風雷蛟龍所致）給予夏雨負面評價，事實亦然，夏季炎熱，空氣中充滿細菌土塵，雨水恰好將這些菌塵沖刷帶下，故不宜取飲。

植物生態多與氣候有關，庭園四時花木不斷最佳。若無廣庭，則栽成盆玩，亦可點綴室內。盆玩蒔花需配合植物生態與季節：「春之蘭蕙；夏之夜合、黃香萱、夾竹桃花；秋之黃蜜矮菊；冬之短葉水仙及美人蕉，諸種俱可隨時供玩。」（卷二「盆玩」條）花木盆栽置於堂室內，依時令以供觀玩。齋室內，繪畫亦當配合著時節月令懸掛，《長物志》卷五〈書畫篇〉「懸畫月令」便擬定一年四時節慶月令所宜懸掛的繪畫清單。[13]

3.產地與場合

季節氣候之外，產地與場合是物功能論述的另一要素。《長物志》評論生活用物，產地有時是重要的標記，如卷九〈舟車篇〉「巾車」條曰：

今之肩輿，即古之巾車也，第古用牛馬，今用人車。……出閩廣者精麗且輕便；楚中有以藤為扛者，亦佳；近金陵所製，纏藤者頗俗。

文中閩廣、楚中、金陵三地產製的肩輿，並未詳說材料與製法，而文震亨能評斷高下，此三地已成為品牌化的符號。此外，動植物的論述，經常涉及產地，如：「昌州海棠有香」，「蜀（山）茶滇（山茶）俱貴」，「西湖柳亦佳」，「蘭出自閩中者為上」，「棗脯出金陵，南棗出浙中者俱貴甚」，「（梨）出山東有大如瓜者，味絕脆」，「（虎邱天池茶）最號精絕，為天下

---

[13] 關於文震亨懸畫月令的探討，請參見毛文芳著〈時與物：晚明「雜品」書中的旅遊書寫〉，收入中山大學文學院主編：《「旅行與文藝」國際會議論文集》（臺北：書林出版社，2001），頁 291-375。

冠」，「（岕茶）浙之長興者佳，價亦甚高」，「華亭鶴窠村所出，具體高俊，綠足龜文，最為可愛，江陵鶴」等，這些花木蔬果茶品禽鳥各因適宜的產地、栽植或飼養，成為當地特產。

文震亨為蘇州人，有時會以住民立場對吳地熟悉的產物加以評賞，如：

♦ 吳中稱雞冠、雁來紅、十樣錦之屬，名秋色。秋深雜彩爛然，俱堪點綴。（卷二「秋色」條）

♦ 銀杏株葉扶疏，新綠時最可愛，吳中剎宇及舊家名園，大有合抱者。新植似不必。（「銀杏」條）

♦ 吳中菊盛時，好事家必取數百本五色相間高下，次列，以供賞玩，此以誇富貴客則可，若真能賞花者，必覓異種，用古盆盎植一枝兩枝，莖挺而秀，葉密而肥。（「菊」條）

♦ 飼養馴熟，綿蠻軟語，百種雜出，俱極可聽，然亦非幽齋所宜。……吳中最尚此鳥。（卷四「百舌畫眉鴝鵒」條）

♦ 朱魚獨盛吳中，以色如辰州朱砂故名。此種最宜盆蓄，有紅而帶黃色者，僅可點綴陂池。（「朱魚」條）

♦ 吳中湖泖及人家池沼皆種之。（卷十一「菱」條）

♦（楊梅）吳中佳果與荔枝並擅高名。（「楊梅」條）

文震亨明瞭當地的俗尚與品味，並以吳地住民的口吻，親切訴說近身周遭蔬果花木禽魚之種種。

域外傳入的日常用物，成為稀罕的奇品，《長物志》偶會提及，包括倭制、高麗制、西域制等。高麗有色白如綾，堅韌如帛，書寫發墨可愛的「綿繭紙品」，[14]甚受稱揚；西域傳入者，多為羊毛製品，如以羊毛片縷縷下垂，緊厚如氈的「禪衣」，或是五色羊毛被，[15]皆為中國內地所無的毛製

---

14 卷七〈器具篇〉「紙」條曰：「高麗別有一種棉繭造成，色白如綾，堅韌如帛，用以書寫，發墨可愛，此中國所無，亦奇品也。」

15 卷八〈衣飾篇〉「禪衣」條曰：「俗名瑣哈喇，蓋番語不易辨也。其形以胡羊毛片縷縷下垂，緊厚如氈，其用耐久，來自西域，聞彼中亦甚貴。」又「被」條曰：「以五色氍羅為之，亦出西番，闊僅尺許，與瑣哈喇相類，但不緊厚。」

品，適宜披蓋以抵禦寒冬。倭制（即日製）用物種類較多，有迥異於中國的材料與樣式，條列如下：

- 倭人所製，種類大小不一，俱極古雅精麗，有鍍金鑲四角者，有嵌金銀片者，有暗花者，價俱甚貴。（卷六「臺几」條）
- 倭箱黑漆嵌金銀片，大者盈尺，其鉸釘鎖鑰俱奇巧絕倫。（卷六「箱」條）
- 用朱黑漆須極華整。……有古漆斷紋、有日本製者，俱自然古雅。（卷六「佛櫥佛桌」條）
- 有倭盒三子五子者，有倭撞金銀片者。（卷七「香合」條）
- 倭漆墨匣、倭漆小撞、倭漆小梳匣。（卷七「文具」條）
- 以癭木為之，或日本所製。（卷七「梳具」條）
- 近時，莫如倭奴所鑄，青光射人。（卷七「劍」條）
- 有古倭漆經箱，以盛梵典。（卷十「佛室」條）

《長物志》提及日製用物，大致為傢俱與箱奩如：臺几、箱櫥、撞盒匣具之類，多是黑漆材質，加上鍍金或鑲嵌金銀片的製法，造成精麗細緻的美感。這些品賞文字，顯示了當時中國與域外的頻繁交流，無論是透過商業貿易，或是透過外交親善，域外用物或樣式的傳入非常普遍。

除產地因素外，地的因素尚應包含場合的意義。〈花木篇〉全篇不離「花究竟栽植何處」的建議？適宜如何的場域，譬如：

- （薝蔔）古稱禪友，出自西域，宜種佛室中。（卷二「薝蔔」條）
- 石榴花勝于果，有大紅桃紅淡白三種，千葉者名餅子榴，酷烈如火無實，宜植庭除。（卷十一「石榴」條）
- 然僅可植廣庭，若幽窗多種，便覺蕪雜。（卷二「秋色」條）
- 葵花種類莫定，初夏花繁葉茂，最為可觀。一曰戎葵，奇態百出，宜種曠處；一曰錦葵，其小如錢，文采可玩，宜種階除；一曰向日，別名西番蓮，最惡。秋時一種葉如龍爪，花作鵝黃者，名秋葵最佳。（卷二「葵花」條）

花木栽植的場所，或宜於曠庭？或宜於幽齋？或宜於階除？締造熱鬧或孤靜、蕪雜或簡淨的氣氛，要由花的顏色、形貌、姿態、繁茂程度與栽植場所整體搭配而論。文震亨評斷：花木種對地方就雅，種錯地方就俗。[16]花木栽植場所的決定，已涉及擺設的問題，下節將詳加探討。

三、生活單元的佈置與築設

以功能的角度談論生活單元，包括：使用上的實際功能，以及閱賞上的審美功能。以山齋、敞室、暖室的築設為例，必需特別注意氣候因素：冬日如何取暖、如何抵禦風雪？長夏宜涼，卑溼如何對付？窗扉的開設應考慮對抗北風、防止日斜……等。而園林如何理水以強調生發意蘊，崇尚自然的氣氛，則屬於審美功能。居家生活的各種物類元件，基於實用或是審美的功能原則而擺設，這是文震亨所謂的「位置」：

> 位置之法，繁簡不同，寒暑各異。高堂廣榭，曲房奧室，各有所宜。即如圖書鼎彝之屬，亦須安設得所，方如圖畫。雲林清閟，高梧古石中，僅一几一榻，令人想見其風致，真令神骨俱冷。（卷十〈位置篇〉敘）

《長物志》的擺設觀以〈位置〉篇最為精要，生活居處空間的築設，以及其中各項元件的擺置，文震亨莫不環繞著實用與審美二重功能展開論述。

筆者本節將以〈位置〉篇為起點，旁求、抽繹與推演全書各篇的擺設觀，由於細論元件的擺設，筆者又必需將散落在各個物類單元中的各項元件，以符應各居處單元的擺設邏輯與佈列線索，進行一一鉤連。討論的次序，大致以室廬作起點，別為模範的居室、理想的園景以及全面的生活佈設，將〈位置篇〉與其餘十一篇所涉生活元件的內容彼此串接，盡可能模擬出《長物志》所欲創建的生活典型，試圖建構《長物志》以物為核心的生活佈設。

〈室廬篇〉、〈几榻篇〉、〈器具篇〉、〈花木篇〉、〈禽魚篇〉與

---

[16] 另參卷二「薝蔔」、「秋色」、「葵花」等條。

〈位置篇〉所涉及的居室元件包含兩個部分：屬於建築體式者有：廳堂、佛堂、臥室、浴室、琴室、茶寮、山齋、小室，或適宜長夏的敞室、隆冬寒夜的丈室……等。屬於屋室元件者有：門、窗、照壁、屏、架、櫥、箱、几、坐具、床、榻、桌……等。几包括天然几、曲几、臺几等式；坐具包括椅、杌、凳、禪椅、腳凳、坐墩、坐團等式；床另有可摺疊之交床，與枕、簟等配件；榻亦另有短榻之製；桌有書桌、壁桌、方桌、佛桌等式；櫥有藏書櫥、藏經櫥、收藏古玩之小櫥、佛櫥；箱有經箱、古玩小箱。[17]花木、水石、禽魚屬於庭園造景的元件。這些生活元件，各有什麼功能？該如何佈置與擺設？有什麼要求？透過居處的空間佈置與元件擺設，可以達致如何理想的生活？文震亨《長物志》針對這些提問展列了一個文人生活的型範。

（一）建築體式的生活單元

1.功能導向的居室：堂、臥室、浴室、佛室

廳堂為家族公開活動與正式迎賓之處，故宜以細磚砌（或粉）四壁，上承高廣屋樑，並以巨木雕如石欄而空其中，頂用柿頂朱飾，中用葉寶瓶綠飾。木格窗用透光的蚌殼，或以紙糊之，湘妃木格門兩傍以板刻寫唐聯。前後有層軒廣庭廊廡，門外以文石鋪階，造成宏敞精麗的效果，[18]並可對列栽植數株玉蘭花，花時如玉圃瓊林。（卷二「玉蘭」條）堂中置一帶照壁，[19]與椅、榻、桌、几等傢俱，壁面上隨著時節月令，懸掛大幅橫披之畫，[20]畫下壁桌可置奇石，或大型時花盆景之屬。（卷十「懸畫」）

居室單元中的「臥室」陳設與實用功能配合：

> 地屏天花板雖俗，然臥室取乾燥，用之亦可。……面南設臥榻一，榻後別留半室，人所不至，以置薰籠、衣架、盤匜、廂奩、書燈之屬。

---

[17] 分別參見卷一〈室廬篇〉、卷六〈几榻篇〉、卷七〈器具篇〉等。

[18] 參見卷一〈室廬篇〉「堂」、「門」、「窗」、「欄干」等條。

[19] 非室外之照壁，類似屏風之製。參卷一「照壁」條。

[20] 文震亨認為，不止在不同的居室單元中，應掛不同畫幅的畫，還應隨著時節月令變換掛畫題裁。詳參卷五「懸畫月令」條。

> 榻前僅置一小几，不設一物，小方杌二，小櫥一，以置香藥、玩器。室中精潔雅素，……更須穴壁一，貼為壁床，以供連床夜話，下用抽替以置履襪。庭中亦不須多植花木，第取異種宜祕惜者，置一株于中，更以靈壁、英石伴之。（卷十「臥室」）

「臥室」的室內設計，為了乾燥目的而使用地板、天花板，臥榻後設一隱祕的更衣室，壁床下開抽替置放鞋襪等，均符合實用性。至於物的陳設，以床榻為中心，臥榻前懸一球形的軒轅鏡，取以避邪（卷七「鏡」條）。榻後更衣室中有薰籠、衣架、盤匜、廂奩等個人盥洗更衣理容的器具，置癭木或日製梳具、玳瑁梳、玉剔帚、玉缸、玉盒之類（卷七「梳具」條）；一盞書燈（按有裝飾繫架之燈）以供暗室照明；榻前置一小几以供依憑；小方杌（按無椅背之坐具，即方凳）兩個以供歇坐；小櫥中置香料與玩器等。床有枕、有簟（冬月用葉性柔軟的菱章織為溫暖細簟，參卷七「枕」、「簟」條）與被、褥、絨（卷六「被」、「褥」、「絨」條）。穴壁之床，可留訪友並床夜話，臥室外庭栽植珍種花木，與奇石並賞。「臥室」為歇息之處，亦提供幻夢，故其擺設不僅考慮實用性而已，在眠床起居間，亦點綴精潔雅素的生活氣氛。

至於「浴室」的功能單一而明確，文震亨謹守著實用性論述：

> 前後二室，以牆隔之，前砌鐵鍋，後燃薪以俟。更須密室，不為風寒所侵。近牆鑿井，具轆轤，為竅引水以入。後為溝，引水以出。澡具巾帨，咸具其中。（卷一「浴室」）

浴室的築設，分作前後兩室，前者為砌鍋燃薪燒水之室，後室則為洗浴間，須遮密冬日不被風寒侵入，之中設澡具巾帨之類。靠牆處鑿井，以轆轤引水入前室，後室作溝排放浴水而出，引水排水的設計，符合實用性。

♦ 築基高五尺餘，列級而上，前為小軒及左右俱設歡門，後通三楹供佛。庭中以石子砌地，列幡幢之屬，另建一門，後為小室，可置臥榻。（卷一「佛堂」條）

♦ 佛室內供烏絲藏佛一尊，以金鍐甚厚，慈容端整，妙相具足者為上。或宋元脫紗大士像俱可，用古漆佛櫥；若香像唐像及三尊並列，接引諸天等像，號曰一堂。并朱紅小木等櫥，皆僧寮所供，非居士所宜也。案頭以舊磁淨瓶獻花，淨碗酌水，石鼎爇印香，夜燃石燈。其鐘、磬、幡、幢、几、榻之類，次第鋪設，俱戒纖巧。鐘、磬尤不可并列。用古倭經廂，以盛梵典。庭中列施食臺一，幡竿一，下用古石蓮座石幢一。幢下植雜草花數種，石須古制，不則亦以水蝕之。（卷十「佛室」條）

晚明士子通曉佛法者，不在少數，但有更多文人將論佛談禪視為生活交誼的一部分，宗教的意味其實很薄。文震亨之所以在居家設計中，設置佛堂一座，乃當時文化氣氛所致。佛堂有五尺高的基座，逐級而上，前有小門，左右兩側有圜形無扉的耳門。入軒門後，通過三個楹柱，供佛於古漆佛櫥內。供奉的佛像，或是西藏泥塑鑠金[21]的佛像，或是宋元不披紗的觀音菩薩像均可，前者來自佛國，後者為古董，均具文化象徵的供奉意義。佛櫥前的桌案上：舊磁淨瓶供花，淨碗酌水，石鼎焚著印紋之香，夜裡燃石燈，鐘、磬分開擺列。另置經箱一座，[22]置放佛經與數珠。[23]

佛堂內再設一小室，內置几榻，可供臥談。佛堂外有小庭，庭中可設宗教象徵的物象，如一座施食臺、一柱懸帛幡竿、蓮座石幢等；石有穿蝕痕跡始具古意，並雜植草花若干，其中以薝蔔（按俗名梔子花）最宜。[24]至於佛櫥佛桌的形制，以朱黑漆始顯得華整，可用內府雕花者，或古漆斷紋者，或日本制者，均有古雅氣息。[25]

2.複合功能的齋室：山齋、茶寮、小室、丈室、琴室

以上所述，大致是以單一功能為區別的居室單元，《長物志》對於既提供起居坐臥的舒適實用性，又能交誼清談、閱賞文娛等複合功能的齋室單

---

21 《博物要覽》曰：「鎏金，以金鑠為泥，數四塗抹，火炙成赤，所費不貲，豈民間所能彷彿？」

22 卷六〈几榻篇〉「箱」條曰：「有一種古斷紋者，上圓下，方乃古人經箱，以置佛座間，亦不俗」。

23 分別參見卷七〈器具篇〉「番經」、「數珠」二條。

24 卷二〈花木篇〉「薝蔔」條：「薝蔔，……俗名梔子，古稱禪友，出自西域，宜種佛室中。」

25 參見卷六〈几榻篇〉「佛櫥佛桌」條。

元，更費筆墨。幽人韻士長時間從事文藝活動的「山齋」，其築設由講究實用功能出發：為了爽心神又不傷目力，所以要明淨但不可太敞亮，應傍著屋簷開高位的窗戶，或是由廊廡進入，以避免強烈日射。「齋必三楹，……面北小庭不可太廣，以北風甚厲也」（卷一「總論」），「夏日去北扉，前後洞空」（卷一「山齋」）。齋室之窗：「冬月欲承日，製大眼風窗，眼竟尺許，中以線經其上，庶紙不為風雪所破。」（卷一「窗」）齋中置一天然成形的坐几：「設于室中左偏東向，不可迫近窗檻，以逼風日。」（卷十「坐几」）以上的設計，是基於建築強度、寒暑日光風雪等物理考量。

齋中陳設的傢俱包括：

> 僅可置四椅一榻。他如古須彌座、短榻、矮几之類，不妨多設。……屏風僅可置一面，書架及櫥俱列以置圖史。（卷十「椅榻屏架」）

四椅一榻為佔據山齋主位的一組傢俱，輔以輕閑自在的須彌座、短榻、矮几以及書架箱櫥之類，作為室內靈活陳設的元件。藏書櫥、書架置放可供閱讀之書籍圖冊，另應擺放箱篋，厚重者置古玉重器，輕者置卷軸、香藥、雜玩等，齋中宜多蓄以備用。（卷六「箱」）須彌座不定時承托珍貴古玩；習靜坐禪，談玄揮麈，可以選擇便於斜倚的短榻。

即使不對客談玄揮麈，亦可在齋壁懸掛拂麈或羽扇。[26]齋室壁面上，除麈扇外，亦可懸舊時銅劍一柄，以備愛玩（卷七「劍」）；或掛古銅編鐘或靈壁石磬，興起擊以清耳（卷七「鐘磬」條）。琴為古樂，雖不能操，亦須壁懸一床，但不可近風、露、日色（卷七「琴」條）。

齋中矮几上的擺設更可豐富室內的雅韻氣氛：

> ♦ 舊研一、筆筒一、筆覘一、水中丞一、研山一。……書冊鎮紙各一，時時拂拭，使其光可鑑。（卷十「坐几」）
>
> ♦ 上置倭臺几方大者者一，上置罏一、香盒大者一，置生、熟香；小者二，置沈香，香餅之類；箸瓶一。……夏月宜用磁罏，冬月用銅罏。

---

26 「古人用以清談，今若對客揮麈，便見之欲嘔矣。然齋中懸挂壁上，以備一種。」參卷七〈器具篇〉「麈」條。

（卷十「置罏」）

- ♦ 隨瓶制置大小倭几之上，春冬用銅，秋夏用磁。……書室宜小。……花宜瘦巧，不宜繁雜。（卷十「置瓶」）

「几」的種類很多，依憑與擺設的功能很強：

坐臥依憑，無不便適。燕衎之暇，以之展經史、閱書畫、陳鼎彝、羅肴核、施枕簟，何施不可？（卷六〈几榻篇〉敘）

一般是置於榻上或蒲團等座側，可倚手頓顙（卷六「几」），以及置尊彝之屬（卷六「臺几」）。山齋中於適當之處設書几[27]、香几、花几等，以便各類品物之擺設。香罏與花瓶於冬夏不同時節的材質選擇，則是物理因素的考慮。

由於齋室中供擺設的文娛用具種類繁多，需有適當的收貯之器。文具箱的設計具有分類功能：三層格一抽屜，屜中置放小型的用具如端硯、筆覘、書冊、硯山、宣德墨、倭漆墨匣等。首格（上格）置玉祕閣、古玉或銅鎮紙、賓鐵古刀、古玉柄棕帚、筆船、高麗筆等長尺寸的文具。次格（中格）置古銅水盂、糊斗、蠟斗、古銅水杓、青綠鎏金小洗，屬於腹廣的容器。下格稍高，容量最大，可置宣銅彝罏、宋剔盒、倭漆小撞、定窯小盒、矮小花尊或小觶、圖書匣（中藏古玉印池、古玉印、鎏金印數方）、倭漆小梳匣（中置玳瑁小梳）、古玉盤匜之器，古犀玉小盃……等。他如古玩中有精雅者，皆可入之以供擺設與玩賞之需。（卷七「文具」條）

文人齋室藏置書畫，乃為必需，《長物志》中相關條目如下：

- ♦ 書畫名家收藏，不可錯雜，大者懸挂齋壁，小者則為卷軸，置几案間。（卷五〈書畫篇〉「名家」條）
- ♦ 齋中僅可置一軸于上，若懸兩壁及左右對列，最俗。長畫可掛高壁，不可用挨畫竹曲挂。……堂中宜挂大幅横披，齋中宜小景花鳥。……畫不對景，其言亦謬。（卷十「懸畫」條）
- ♦ 平時張挂，須三、五日一易，則不厭觀，不惹塵濕。（卷五「藏畫」條）

27 書几陳設各類文房日用與賞玩之器，需鑑別雅俗。詳參卷七〈器具篇〉相關條目。

收藏不可錯雜，挂畫必需簡雅，懸畫題材以小景花鳥為宜，尚應隨著節令時序與景物遷移而變換。[28]照明以青綠銅荷為擎的書燈置於桌案上，或懸四方如屏、中穿花鳥、清雅如畫的燈樣為佳，其餘如禪燈、月燈、日燈（卷七「燈」、「禪燈」條）等，可供選用。

傍著山齋構一斗室，作為「茶寮」：「內設茶具，教一童專主茶役。以供長日清談，寒宵兀坐」（卷一「茶寮」）。如此，則茶飲助談的功能亦足。對於小型「山齋」的佈置，還有更簡化的擺設原則：

> 小室內几榻俱不宜多置，但取古制狹邊書几一置于中，上設筆硯、香盒、薰罏之屬，俱小而雅。別設石小几一，以置茗甌茶具；小榻一，以供偃臥趺坐。不必掛畫，或置古奇石，或以小佛櫥供鎏金小佛于上，亦可。（卷十「小室」）

炎炎長夏，齋室亦有相應的佈設對策：

> 盡去窗檻，前梧後竹，不見日色。列木几極長大者于正中，兩傍置長榻無屏者各一。不必挂畫，蓋佳畫夏日易燥，且後壁洞開，亦無處宜懸掛也。北窗設湘竹榻，置簟于上，可以高臥。几上大硯一，青綠水盆一，尊彝之屬，俱取大者；置建蘭一二盆于几案之側，奇峰古樹，清泉白石，不妨多列；湘廉四垂，望之如入清涼界中。（卷十「敞室」）

窗檻、榻屏、掛畫均由室中移除，使齋室成為一個洞開的空間，以收納庭中大葉梧桐與叢竹的蔭涼清風，遠離日光直射的北窗下，高臥於有簟的竹榻上。室內陳設大型簡淨的文用、古玩與白石盆景，細竹湘簾四面垂下，在觸覺與視覺感受上，創造一個夏季清涼型的山齋。夏月甚至更放曠逍遙地張開漫天帳，帳中置几榻櫥架等物，坐臥其中。（卷八「帳」條）

冬季寒月小齋中，致布帳於窗檻之上（卷八「帳」條），亦有暖房丈室的佈設：

---

28 文震亨顯然是反對挂畫不對時景，卷五〈書畫篇〉「懸畫月令」條，更提出「隨時懸挂」的觀念，開列一長串四季月令的懸畫清單。

> 丈室宜隆冬寒夜，略仿北地暖房之制，中可置臥榻及禪椅之屬。前庭須廣，以承日色，留西窗以受斜陽，不必開北牖也。（卷一「丈室」）

敞室為納涼而就北窗，避日色，丈室則為避寒而閉北牖，留西窗以納日光。無論是在古雅精麗或納風清涼或外燠內暖的氣氛中，閒適地進行閱讀、寫作、焚香、品茶、賞玩與閒談等文娛活動，提供著文人實用且清賞的功能。透過各項物類的佈設，「山齋」類型的居室空間，成為文人最理想的居處典範。

隨時變化，品類多樣、生意盎然的瓶花與盆玩，成為廳堂與齋室最富靈活變化的擺設元件。瓶花取材於自然，齋室中花几瓶供與擺設的原則如下：

- ♦ 隨瓶制置大小倭几之上。……書室宜小，貴銅瓦，賤金銀，忌有環，忌成對。花宜瘦巧，不宜繁雜，若插一枝，須擇枝柯奇古；二枝須高下合插，亦止可一二種，……不可供于畫桌上。（卷十「置瓶」條）
- ♦ 忌繁雜如縛，忌花瘦於瓶。（卷二「瓶花」條）

瓶以小型銅瓦為宜，尺寸必需與花几協調。瓶花出枝的幅度需大於瓶，且簡淨不繁，若孤枝需選擇枝柯形狀古拙者，二枝合插則要別高下。至於盆栽，以結形古拙如畫的天目松最佳，下用文石為臺。或太湖石為欄，雜蒔水仙、蘭蕙、萱草之屬。或者古梅，蒼蘚鱗皴，苔須垂滿，虯枝屈曲，含花吐葉，歷久不敗，為幽人極佳的花伴。或覓得異種菊花，用古盆盎栽植一枝兩枝，莖挺而秀，葉密而肥，至花發時，置几榻間，坐臥把玩，以得花之性情。山齋中所不可少者為蘭，每處可置一盆，按時細心培植。或是枝葉短垂的棕竹，或是可供瓶玩的夜合花。或於冬月間几案間，以盆盎栽植花高葉短的水仙；或是夏季以花缸種數莖藕花，供庭除賞玩。齋室中的盆玩，以精簡少量為擺設原則，不可多列，用舊石凳或古石蓮磉為座最雅，忌用新巧花俏的花架擺列。

（二）庭園造景的生活單元

1.庭除花木

廳堂、山齋、佛堂、臥室、浴室、琴室等建築單元，藉著廊廡的穿引銜接，佈設於居處空間。生活的擺設，不僅是室內元件與建築單元的空間對話而已，這些建築單元，隨人們的履跡，踏出戶外，向外延伸，藉著階與徑到達庭除。視線所到之庭除，首先迎面的，是一片花木世界。

庭園花木的栽植，有許多靈活的選擇與變化，較大型的花木如：松樹宜對偶栽植於堂前廣庭或廣臺，或是植種「花時如玉圃瓊林」的玉蘭；「苔護蘚封」的古梅；「得風人之旨」的棣棠；「花時酷烈如火」的石榴；「板扉綠映、真如翠幄」的槐榆；具有佳蔭「株綠如翠玉」的梧桐……等。這些庭樹如枸杞、水冬青、野榆、檜柏之屬，……應選擇「根若龍蛇，不露束縛鋸截痕者」，始為高品。[29]

除了大型的花木以外，那些矮叢攀沿蔓生的草本植物，順著足跡逶巡階徑，更為庭除帶來生機與韻致。堂室通向外庭，首先踏足者為階：

> 需以文石剝成，種繡墩或草花數莖於內，枝葉紛披映階。傍砌以太湖石，……（或）取頑石具苔斑者嵌之，方有巖阿之致。（卷一「階」）

用文石作材料，嵌入具苔斑的頑石，蔓延草花枝葉紛披掩映。庭際間佈設的綠縟如下：

> 沃以飯瀋，雨漬苔生，綠縟可愛。遶砌可種翠雲草令遍，茂則青蔥欲浮。前垣宜矮，有取薜荔根瘞牆下，灑魚腥水於牆上，以引蔓者。（卷一「山齋」）

另外，「花間岸側以石子砌成或以碎瓦片斜砌者，雨久生苔，自然古色」（卷一「街徑庭除」）。除了草花雨苔鋪成綠縟外，小型花木，更可多樣性地環繞著花徑展開的隙地，變化栽植，例如：「背陰階砌」的秋海棠；「其小如錢，文采可玩」的錦葵；夏夜「風輪一鼓，滿室清芬」的茉莉；喜陰畏熱，花極爛熳的樹蔭杜鵑；岩間石巖之下，姿態幽雅的蘭蕙；石畔那午開子落的金錢花；或是秋深雜彩爛然，俱堪點綴的雁來紅；或短葉與綠窗分映的芭蕉……等。或以石子鋪一小域，遍種菖蒲，雨過青翠，自然生香；或在大

---

29 關於花木種類的栽植與特性，詳參卷二〈花木篇〉「松」、「玉蘭」、「梅」、「紫荊棣棠」、「石榴」、「槐榆」、「梧桐」、「盆玩」等條。

型松竹之下，或古梅奇石間，雜植水仙。花徑繼續向圍牆延伸：綠竹於「一帶牆頭，直立數竿」；或牆角巖間的萱花；或玉簪花於牆邊連種一帶，花時一望如雪。[30]

不論是花木的栽植，或是以盆盎或水缸蓄魚，[31]皆使得齋室外的景色，隨著四季、陰晴、晝夜，在動態中變換。人們由生活實用與文娛閱賞的居室中，轉入一個彷彿自然天成的庭園世界。文震亨說：

> 居山水間者為上，村居次之，郊居又次之，吾儕縱不能栖巖止谷，追綺園之蹤。……亭臺具曠士之懷，齋閣有幽人之致。（卷一〈室廬〉敘）

庭園的築設，便是將山水幽曠與村郊野致，挪移在文人每日的生活軌道中。[32]踏階而下，經由「街徑」到達庭除，庭除（庭園）是室外的生活空間，由於所達的庭除有廣狹之分，因此街徑有馳道與花徑之別。[33]庭園街徑回環轉折的中途或端點，隨意佈置有樓閣、亭榭、臺、池等室外元件。

2.建築體元件

「樓閣」可居高俯瞰，最適宜築設於園宅中：

> 作房闥者，須回環窈窕；供登眺者，須軒敞宏麗；藏書畫者，須爽塏高深。（卷一「樓閣」）

樓閣提供登眺與藏書畫兩種功能，有房闥者，以其回環窈窕之姿被觀賞，故樓閣本身的功能仍是雅。至於「亭榭」與「臺」如下：

> ♦ 亭榭不避風雨，故不可用佳器。……須得舊漆、方面、粗足、古樸自然者置之。露坐宜湖石平矮者，散置四傍，其石墩、瓦墩之屬，俱置

30 參卷二〈花木篇〉「海棠」、「葵」、「茉莉素馨夜合」、「杜鵑」、「蘭」、「金錢」、「秋色」、「芭蕉」、「盆玩」、「水仙」、「竹」、「萱花」、「玉簪」等條。

31 參見卷四〈禽魚篇〉「朱魚」、「水缸」等條。

32 關於園林的築設，同時代計成著有《園冶》一書，更詳盡統整園林建築的理論，本文以《長物志》為核心，故不擬討論《園冶》的相關理論。

33 「馳道廣庭，以武康石皮砌者最華整；花間岸側，以石子砌成或以碎瓦片斜砌者，雨久生苔，自然古色。」參卷一「街徑庭除」。

不用，尤不可用朱架，架官磚于上。（卷十「亭榭」）

♦ 築臺，……隨地大小為之。若築于土岡之上，四周用粗木，作朱欄亦雅。（卷一「臺」）

亭榭用朱欄及鵝頸承坐（卷一「欄干」），臺四周亦用粗木或朱欄築搭，在園中區劃一個人跡空間。亭榭與臺皆為開放性的園林元件，臺隨著地形彷彿築於土岡之上，而亭榭中的露坐，不採用規格化的石墩、瓦墩、朱架官磚，而用自然成形的湖石，這些考量，皆欲使亭榭與臺這些室外元件，能與園林的自然景致諧調融和。

3.水石景致

石令人古，水令人遠，園林水石，最不可無。要須回環峭拔，安插得宜。一峰則太華千尋，一勺則江湖萬里。又需修竹、老木、怪藤、醜樹，交覆角立，蒼崖碧澗，奔泉汎流，如入深岩絕壑之中。（卷三「水石」敘）

園林仿造山水而來，必然要有水石景致，產生古遠的意境。小單位的園林，如何創造出無限山水？修竹、老木、怪藤、醜樹等元件，透過設計、佈置與安插的工夫，創造出蒼崖奔泉、深岩絕壑、千尋萬里的山水景致。

由深山沙土中，掘回高逾數尺之奇石，或使其苔蘚叢生，或栽菖蒲于上，順其峰巒峭拔之勢疊成小山。[34]吳地更能就地取材，以產於太湖中之水石疊成假山，太湖水石由於「歲久為波濤沖擊，皆成空石，面面玲瓏」（卷三「太胡石」），能造成天然起伏凹凸之勢，彷彿奇崛的山峰，而太湖石皺、漏、透、瘦的特質，更造成園林假山秀麗空靈的氣韻。

對於奇石的品賞，大致是因其具成自然之象為雅賞原則，在庭園中造成「奇峰古樹，清泉白石」（卷十「敞室」）的景致。奇石大者，在園林中疊成山峰。其次者，可嵌作几榻屏風或栽菖蒲供作大型盆景。[35]小者如大理石，以「天成山水雲煙，如米家山」；「永石」有山水日月人物之象；「土瑪

34 參見卷三〈水石〉篇「品石」、「英石」、「靈壁石」、「英石」等條。

35 參見卷三「土瑪瑙」、「大理石」、「永石」等條。

瑙」有禽、魚、鳥、獸、人物、方勝、回紋之形。這些小型奇石，可置於盆中，想作案頭山水，成為室內擺設的重要元件之一。

奇石疊成的山阜間，還應有物類以增加豐沛的生機，土岡上的山松「龍鱗既成，濤聲相應」，[36]鶴則是此間最適宜的禽鳥：

> 蓄之者當築高臺，或高岡土隴之上，居以茅庵，鄰以池沼，飼以魚穀。……空林野墅，白石青松，惟此君最宜。（卷四「鶴」條）

將鶴飼養在高臺或土隴之上，細頸瘦足、體形奇俊、唳聲清亮、拊掌起舞的鶴，成為庭園景致最佳的點綴。

園景以山石為實，以水景為虛，鑿池成為必要的工作。視園域的大小，決定池之廣狹。自畝或及頃的廣池，應如何開鑿與佈設？可在池域中建造水閣、臺榭，或築長堤造成汀蒲葦岸的景致，以文石砌岸，以朱色木欄或原色石蓮欄杆迴繞。（卷三「廣池」條）需用文石為橋，雕鏤極其精工的雲物（卷一「橋」）。至於在池中蓋土墩以便撒網，或堆造兩土山對峙，或搭建竹筏簰屋，皆因故作漁隱狀而顯得庸俗。尚應畜養鳧雁，由水禽的斑斕羽彩、游泳姿態，點綴池中生意：

> 十百為群，翠毛朱喙，爛然水中。他如烏喙白鴨，亦可畜一二，以代鵝群，曲欄垂柳之下，游泳可玩。（卷四「鸂鶒」條）

寬廣的水池華麗整飾，[37]顯然必需有佔地極廣的園區，始能開鑿。一般文士家宅，小池則別有小巧的意趣：

> 階前石畔鑿一小池，必需湖石四圍，泉清可見底。中畜朱魚、翠藻，游泳可玩。四周樹野藤、細竹，能掘地稍深，引泉脈者更佳。（卷三「小池」）

---

36 參見卷二〈花木篇〉「松」條。

37 「廣池」條曰：「最廣者，中可置臺榭之屬，或長堤橫隔，汀蒲、岸葦雜植其中，一望無際，乃稱巨浸。若須華整，以文石為岸，朱欄回繞，忌中留土，如俗名戰魚墩，或擬金焦之類。池旁植垂柳，……中畜鳧雁，須十數為群，方有生意。最廣處可置水閣，……忌置簰舍。于岸側植藕花，削竹為闌，勿令蔓衍。忌荷葉滿池，不見水色。」（卷三）

小池的擺設元件包括四圍湖石、野藤、細竹以及池中的金魚、翠藻等。

池塘一帶的花木栽植，品類繁多，例如池岸植芙蓉，臨水而有豐致；池塘岸側植藕花最勝，池面荷花點點但不滿池；臨池插柳，柔條拂水，弄綠搓黃，大有逸致；亦可種選種桃、梅等樹；或編籬野岸處，間植木槿、野菊；石岩小池之畔，栽植數株瀟湘竹，頗有幽致。[38]為使池水能有流動的生意，還有引泉脈的作法，園林中仿造山泉，則可作瀑布流瀉：

> 須截竹長短不一，盡承檐溜，暗接藏石罅中。以斧劈石疊高，下作小池承水，置石林立下。雨中能令飛泉濆薄，潺湲有聲，亦一奇也。尤宜竹間松下，青蔥掩映，更自可觀。（卷三「瀑布」）[39]

庭園瀑布取意於自然，要與斧劈疊山、竹林松蔭、小池石林相互搭配。以竹節接製而成的承溜，雨時，便能形成青蔥掩映下，飛泉濆薄、潺湲有聲的景觀。要造成飛瀑的效果，亦可簡單的在山頂蓄水，客來賞景時，打開水閘，水便從空直注而下。

煙霞泉石間，杏花或李樹的點綴，則不可少。[40]平緩的小溪曲澗，宜用石子砌成小石橋，四旁可種繡墩草，板橋須三折一木為欄，但千萬不可於小橋上搭蓋亭子。

4.僻靜的角落

除了於多樣品種中，選擇幾款花木零星搭配栽植之外，大型的庭園亦可另闢蹊徑，佈設或梅、或桂、或竹等叢林景觀。如栽植數畝梅花，花時坐臥其中，使神骨俱清；或辟地二畝，栽植叢桂，結亭其中，花時真稱香窟。[41]至於竹林景致的佈置：

> 築土為隴，環水為溪，小橋斜渡，陟級而登，上留平臺，以供坐臥。……否則辟地數畝，盡去雜樹，四周石疊令稍高，以石柱朱欄圍

---

38 參見卷二〈花木篇〉「芙蓉」、「藕花」、「柳」、「桃」、「梅」、「木槿」、「菊」、「竹」等條。

39 「亦有蓄水于山頂，客至去閘，水從空直注者。」參卷三「瀑布」條。

40 參見卷二〈花木篇〉「李」、「杏」條。

41 參見卷二〈花木篇〉「梅」、「桂」二條。

> 之，竹下不留纖塵片葉，可席地而坐，或留石臺石凳之屬。（卷二「竹」條）

或是隴土環溪，營造斜渡小橋、拾級而登、竹林野臥的經驗，或是在庭園一隅，圈圍出一個簡淨空靈的竹林。

除了整畝梅、桂或竹等叢林擬設一個僻隱的境地外，園林曲徑中，不妨於長松石洞之下，置一古石佛像（卷十「佛室」），以供對望冥思；或於喬松修竹巖洞石室之下設一琴室，便雅聲地清境絕（卷一「琴室」）。這些設計，皆為園林創造特殊僻靜的景點與角落。

庭園單元中，無論是建築元件的亭榭樓臺，或是自然元件之庭除花木、水石景致、僻靜角落等，由各式元件精心組構的庭園中，可隨時置一方桌，展列古董書畫，[42]亦成為邀集文友群聚、雅宴遊賞的理想場合，在自然中裝點著濃厚的文化氣息。

在各種居室的擺設佈置中，花木品類紛繁，各具動態生意，從瓶花、盆玩到零星栽植或闢地成區，花木成為貫串居室與庭園的重要元件：

> 繁花雜木，宜以畝計。乃若庭除檻畔，必以虯枝古幹，異種奇名，枝葉扶疏，位置疏密。或水邊石際，橫偃斜披；或一望成林；或孤枝獨秀。……桃、李不可植庭除，似宜遠望；紅梅、絳桃，俱借以點綴林中，不宜多植；梅生山中，有苔蘚者，……最古；杏花差不耐久，開時多值風雨，僅可作片時玩；蠟梅冬月最不可少。他如豆棚、菜圃、山家風味，……必辟隙地數頃，別為一區。（卷二〈花木篇〉敘）

或是栽植於園區，擺列庭樹；或是結形成盆栽，置於几案間。花木於生活空間的擺設意義上，代表著接近自然、模仿自然、截取自然、佈置自然的一連串心理過程，[43]最終目的是要達致人與自然的按時諧調與生息融和。[44]

---

[42] 方桌常是庭園雅集的重要擺設元件：「取極方大古樸，列坐可十數人者，以供展玩書畫。」（卷六「方桌」條）。

[43] 文震亨曰：「居山水間為上，村居次之，郊居又次之。吾儕縱不能栖巖止谷，追綺園之蹤，而混跡廛市，要須門庭雅潔，室廬清靚。」（卷一〈室廬篇〉敘）文震亨的生活佈置，處處顯露了接近自然、模仿自然或截取自然的精神。以階砌為例，「取頑石

（三）山行水流的旅遊生活

生活內容除了建築體式、庭園造景兩大單元外，尚有一種遊動的單元，為固定成型的日常生活帶來豐富的變化，所謂遊動，是與靜定對照而言。建築居室固定著人們生活的起坐空間，而跨出堂室，步入庭園，循著階徑，已置身在仿造自然的變動世界中。由庭園的小世界走出圍牆，就進入無邊無際的山水空間中。《長物志》〈舟車篇〉、〈衣飾篇〉、〈几榻篇〉中的用物類項中，可勾勒出旅遊生活的樣貌。

〈舟車篇〉透過舟與車的設計與使用，成就山行水流之旅遊生活。敘文中關於舟的部分說道：

> 宏舸連軸，巨艦接艫，既非素士所能辦；蜻蜓蚱蜢，不堪起居。要使軒窗闌檻，儼若精舍，室陳厦饗，靡不咸宜。（〈舟車篇〉敘）

舟遊是晚明文人一種特殊的旅遊風格，然蜻蜓蚱蜢舟並不能提供起居坐臥。儘管文人無法在經濟上擁有大型樓船，仍要有水遊行遠的舟舫，無論是室內陳設或艙外宴飲，儼如精緻屋宇的設計，將舟舫視為遊動之屋廬。舟舫的設計與擺置如下：

> 分為四倉。中倉可容賓主六人，置桌凳、筆床、酒鎗、鼎彝、盆玩之屬，以輕小為貴。前倉可容僮僕四人，置壺榼、茗罏、茶具之屬。後倉隔之以板，傍容小弄，以便出入。中置一榻，一小几。小櫥上以板承之，可置書卷、筆硯之屬。榻下可置衣箱、虎子之屬。幔以板，不以篷簟，兩傍不用欄楯，以布絹作帳，用蔽東西日色，無日則高卷，卷以帶，不以鈎。（卷九「舟」條）

作為水遊的中型舟舫，分作四個倉房，中倉為賓主交誼之處，除了起坐的桌

具苔斑者嵌之，方有巖阿之制。」（卷一「階」條）是要以人為的方式去除人為，達到自然天成的效果。

44 文震亨曰：「春之蘭蕙；夏之夜合、黃香萱、夾竹桃花；秋之黃蜜矮菊；冬之短葉水仙及美人蕉諸種，俱可隨時供玩。」（卷二「盆玩」條）四時花木的栽植，的確豐富了生活擺設的面貌。文震亨強調「隨時」、「按時」的觀念，人隨著四季觀玩花木變化，更能體認自然循環之理，進一步可與自然的運行相互諧調。

凳之外，亦擺設輕巧可供娛賞的文玩器物。前倉為僮僕備辦茶酒之所，陳列煮茶燙酒相關的用具。後倉稍分作兩進，傍有小弄供出入，設小榻小几，榻供眠憩，榻下空間置衣箱、夜壺，[45]小几可供閱讀，有小櫥隔成二格，分置書卷與筆硯。舟舫主要以木板不以篷蕈作為外觀材料，亦不設欄杆雕飾，需要以布絹作帳遮蔽東西日照，無日時可以布帶高捲之。

舟舫的陳設，儼然就是一座會遊動的屋廬，將居室的生活，搬到水流舟行之中，可以有遊賞風景、茗罏交誼、閱讀書冊、寫字作畫……等活動。

至於山行登高涉遠，必有「濟勝之具」，始能成行。〈舟車篇〉中提到的行具，包括「巾車」與「籃輿」，巾車即「今之肩輿」，俗稱人力扛抬的轎子，需精麗與輕便。至於籃輿，更為輕便，是以繩絡織製而成，還能調節身體重心因上下陡坡造成的傾斜，達成如履平地的舒適感（已論述如上節）。

登高行遠的旅途中，一柄扶行的藤杖必不可少。頭戴遮避風日、黑絹綴簷的藤笠，[46]足踏冬月保暖的秧履、夏月清涼的棕鞋，或天雨泥溼時有木齒的方舄等鞋履，[47]也可能需要坐禪策蹇、披雪避寒的道袍。[48]必要時，一張可摺疊的便床，攜以山游，隨處擺設，便能臥擁山林，更將生活起居的觸角，延伸至天地間。

四、結論

文震亨《長物志》物類論述之每項物品，大多處於兩端的中途位置，一端是它的實用特性、功能，由此形成外顯論述；另一端，物又被納入文化系

---

45 原文中「虎子」一詞，乃便器之雅稱，《西京雜記》曰：「漢朝以玉為虎子，以為便器。」

46 參見卷八〈衣飾篇〉「笠」條。

47 同上「履」條曰：「履，冬月用秧履最適，且可暖足。夏月棕鞋惟溫州者佳，若方舄等樣制作不俗者，皆可為濟勝之具。」

48 卷八〈衣飾篇〉「道服」條曰：「道服制如申衣，以白布為之，四邊延以緇色布，或用茶褐為袍，緣以皂布。有月衣，鋪地如月，披之則如鶴氅。二者用以坐禪策蹇，披雪避寒，俱不可少。」

列之中，成為一個潛在反復的文化論述，往往是後者決定前者，在由氣氛與評價論述決定的前提下，功能論述難免有被弱化的現象。然而，《長物志》畢竟是生活風雅的指南，長物的文化論述所植根的基礎仍然是功能論述，其展列的生活架構可以符號學的立場觀之，由居室內至庭園外，由靜定的空間到遊動的世界，物類元件井然有秩地依程式定位在生活體系中。

《長物志》各項室內元件擺設出一個個具特種功能的居室單元，為花果禽魚、起居器服、文房閱藏等不同物類，辨說實用功能與製作技術，以材質、樣式與顏色、時令與節候、產地與場合等功能要件，透過擺設與佈置的理念說明，締造一個文人理想的生活型範。而由屋室延伸出去的室外空間，亦有典型的庭園元件與佈設方案，大致是由功能考慮出發，以閱玩清賞的風雅作為附加價值，最終希冀達致一個共通目的，文震亨曰：

> 位置之法，繁簡不同，寒暑各異。高堂廣榭，曲房奧室，各有所宜。即如圖書鼎彝之屬，亦須安設得所，方如圖畫。雲林清閟，高梧古石中，僅一几一榻，令人想見其風致，真令神骨俱冷。故韻士所居，入門便有一種高雅絕俗之趣。若使前堂養雞牧豕，而後庭侈言澆花洗石，政不如凝塵滿案，環堵四壁，猶有一種蕭寂氣味耳。（〈位置篇〉敘）

屋室的使用功能與物理因素的考量，是建構起居生活的基本條件，在這個基礎上，生活元件的安置，不妨學習倪雲林的神骨清冷，或是陶淵明的環堵蕭寂，寧可簡樸，也不繁雜，最理想的境界就是高雅絕俗。風雅的講究，是功能論述中不可或忘的重要因素。

文震亨的《長物志》與明末計成的《園冶》、清初李漁的《閒情偶寄》一樣，都是風雅生活的設計寶典。[49]而文震亨津津樂道「長物」，其目的何在？「長物」、「閒事」彷彿是文人處境的一種寄託，文震亨闈試不利，便

---

[49] 明末計成的《園冶》一書，為園林築造的重要文獻；清初李漁的《閒情偶寄》為生活經營之作。二書皆顯示了作者對於風雅生活的設計長才，敬請參閱。

棄科舉，優遊於水邊林下，倒成了不折不扣、退居邊緣的「閒人」。[50]

四庫館臣經常以「掉弄筆墨」、「強作雅態」、「自以為雅人深致」等語彙，嘲諷晚明文人的行事格調與著述，[51]唯獨對文震亨例外，回溯本文前言四庫館臣的一段評語曰：

> 震亨世以書畫擅名，耳濡目染，與眾本殊。……亦奕奕有一種風氣歟？且震亨捐生殉國，節操炳然，其所手編，當以人重，尤不可使之泯沒。

文震亨因人而書重，身為書香世家之族裔（按文震亨為明代中期吳派大畫家文徵明之裔孫），撰寫一部遊戲閒書《長物志》，最終竟以朱明王朝殉國者的悲劇命運收場！一位以長物閒事自嘲的士大夫，與一名捐生殉國的士大夫，怎麼合理的串連在一起？文震亨在晚明商業社會的機制下，觀察文化的變貌，心中不免充滿著焦慮，並油然升起護衛文人品味（傳統價值）的使命感。《長物志》集合「長物」，迷戀「古物」，講究「風雅」，企圖透過理想生活的物體系鋪陳，追蹤與再造古雅的歷史陳跡，《長物志》彷彿是一則等待解析的物的神話，這些豐富的意涵，值得再作深究。

---

50 由於人口穩定的成長，明末鄉試的競爭率也從明初的 59：1 增加到 300：1，生員終其一生不可能更上一層樓，造成了大量文士賦閒在鄉的現象。詳參林皎宏撰〈晚明徽州商人文化活動：以徽商族裔潘之恒為中心〉（《九州學刊》6 卷 3 期，1994，頁 35-60）頁 40。另外，晚明文人特別強調慕隱與求閒，表面上看來似乎與過去的隱逸傳統並無二致，但士人的出路比以往更為窄仄，慕隱與求閒透露了現實處境的一面。晚明文人慕隱與求閒的探討，詳參拙著〈閒賞：晚明美學之風格意涵析論〉，收入同註 1，《晚明閒賞美學》，頁 29-64。

51 這些話均出於同註 1，《四庫全書總目》收書或存目的提要，如「其劄記皆偶拈一二古事，……不出明人掉弄筆墨之習。」（〈陳禹謨・說儲提要〉）；「明之末年，國政壞，而士風亦壞，掉弄聰明，決裂防檢，遂至於如此，屠隆、陳繼儒諸人，不得不任其咎也。」（〈張氏藏書提要〉）；「書中所載專以供閒適消遣之用，……亦時有可採，以視勦襲清言，強作雅態者，固較勝焉。」（〈高濂・遵生八牋提要〉）；「大抵明季山人潦倒恣肆之言，拾屠隆、陳繼儒之餘慧，自以為雅人深致者也。」（〈樂純・雪菴清史提要〉）。

附編

莊子觀物思惟與中國繪畫鑑賞

一、緒言

人類思考，腦部必以某種方式在運行，思想的運行方式，就是思惟方法。日人中村元認為思惟方法，「特別是意味著對於具體的、經驗的問題的思惟傾向」。[1]莊子在先秦諸子中，與老子同屬道家學派，不僅思想內容迥異於儒、墨、法等各家，即連表達思想內容、關懷生命問題的思考方式，亦採取與各家殊異的方式，為中國思想開出了極不同於主流思想——儒家——的哲學風格。莊子哲學在道家思想中，一向被認為較老子哲學的簡易特性更具澎湃活潑的生機，其中的差別，大部分來自莊子運用「無端崖之辭」、「荒唐謬悠之言」所構造出來的豐富寓言，這些豐富寓言的主體，又都是來自於宇宙天地間琳琅滿目的物象，這些物象的演出，經由莊子慧眼觀察與敏心轉化，都成了表達其哲學意涵的重要媒介。吾人欲透徹瞭解莊子哲學，非由莊子的物象關懷入手不可；又欲掌握莊子物象關懷的內涵，若捨其觀物思惟則無由可入。

近人徐復觀先生以為中國文化中的藝術精神，窮究到底，只有孔子與莊子所顯出的兩個典型，孔門所啟示的藝術，是透過《樂記》中「大樂必易必簡」之雅樂的提倡而表現出來。然而根植於人性、將人的情感向上提昇、向內收歸於靜的雅樂，要在人欲去而天理天機活潑時，才能領受，一般人聽來，幾乎是枯槁平淡。因此孔門音樂在戰國末期便逐漸衰微，亦同時宣告儒家藝術精神隨之沒落。至於由莊子所開出的藝術精神，自魏晉「美的自覺」

---

1 參見中村元著、徐復觀譯《中國人之思維方法》（臺北：臺灣學生書局，1991），頁3-4。

時期開始，便逐漸表現在詩歌與繪畫的創作主體與作品上，徐先生更將繪畫視為莊學的「獨生子」。[2]由此可知，中國繪畫與莊學的關係非常密切，歷代繪畫鑑賞理論如：六朝氣韻生動的詮釋、魏晉玄學與山水畫的興起、唐代逸品畫風的崛起、宋代文人畫論的誕生、元代文人畫風的成熟、晚明南北宗理論的出現等等，皆可謂與莊學精神臍帶相連。

針對莊子哲學的觀物思惟及其於繪畫鑑賞的應用，本文試從以下三個角度進行探析：

一、莊子哲學的觀物思惟

二、莊子觀物思惟的藝術觀照作用

三、莊子觀物思惟對中國繪畫鑑賞的影響

二、莊子哲學的觀物思惟

莊子哲學是一種境界形態的哲學。所謂境界形態，乃相對於知識形態而言，哲學本是對於人類各種文化現象所作的反省，知識形態的哲學，面對諸多人文自然現象，著重以客觀理性的方式去分析；而境界形態的哲學，則避開這層認知模式，特重掘發與開拓人類內在的精神生命，因此對於任何有礙精神自由發展的活動，均須加以揚棄。莊子對人類認知活動作出檢討與批評，秉著特重人類內在生命開發的哲學特質，對於人類面對存有世界所起的種種認知活動，以及這些認知活動始終流於主觀是非永無休止的爭論，乃起於能知主觀的局限性、對象與認識關係的流變性、認識標準之難以建立、語言功能之受限制等種種原因。[3]

---

2 關於中國藝術精神窮究到底，惟有孔子與莊子所顯出的兩種典型，請詳參徐復觀著《中國藝術精神》（臺北：臺灣學生書局，1973）一書。

3 第一、能知主體因為生命的短暫、心智的有限，窮畢生之力亦無法認識自然的全部真象。第二、一切事物不停地變化，萬化如長流，所有的認識關係常在轉變，因此對象和認識關係的常變，會產生價值判斷的無窮相對性。第三、認識標準之所以難以建立，不僅因為對象與認識關係的流變無定，而且也因著人的主觀成心滲入，使任何判使認知活動產生障蔽的諸種原因中，對象與認識關係的見解，是莊子最為特殊的哲學重點。宇宙萬物不斷流轉變易，事物發展倏忽起滅，無有休止，物象瞬息萬化，一切的對待關係也變換無定。《莊子・齊物論》說明萬事萬物迅速流變的現象：「方生方死，方死方生」，可推得：「方可方不可，方不可方可；因是因非，因非因是」的結論。由於物象倏忽變滅，一切的對待關係成為無有定著，隨之而生的各種判斷亦只能視為相對性的暫論。

（一）物象思惟：由「物化」到「齊物」

以上關於對象與認識關係的理解，可作為莊子觀物思惟的認知基礎。莊子以精細入微的觀察例證來說明流轉變易不居的物象：

> 種有幾？得水則為㡭，得水土之際則為鼃蠙之衣，生於陵屯則為陵舄，陵舄得鬱棲則為烏足，烏足之根為蠐螬，其葉為胡蝶。胡蝶胥也化而為蟲，生於竈下，其狀若脫，其名為鴝掇。鴝掇千日為鳥，其名為乾餘骨。乾餘骨之沫為斯彌，斯彌為食醯。頤輅生乎食醯，黃軦生乎九猶，瞀芮生乎腐蠸。羊奚比乎不箰，久竹生青寧；青寧生程，程生馬，馬生人，人又反入於機。萬物皆出於機，皆入於機。（《莊子・至樂》）

在這段文字中，莊子認為宇宙中的變化種數，不可勝計。萬物雖有兆朕，得水土氣乃相繼而生，如青苔類的植物，根在水土際，張綿在水中，楚人謂之鼃蠙之衣，若生於陵阜高陸，即變為車前草（陵舄），車前草化為糞壤，可化生烏足之草根，水邊烏足之草根可化生蠐螬蟲，其葉則能化生胡蝶，胡蝶可迅速產卵，取灶下火溫而化生狀如新脫毛皮的鴝掇，鴝掇於千日之後，則可化生為乾餘骨這種飛鳥，乾餘骨的口沫則化生一種可使酒食發酵的斯彌蟲。與斯彌相同的如頤輅、黃軦等小蟲，亦均為醯酸中所化生。瞀芮化生螢

斷皆不免帶有主觀性，永遠難有客觀的實在性。第四、用以傳達意義，記述事象的語言文字，常易被使用者以主觀意見的導入而成飾辯的工具，語言的作用因而常被巧言偏辭所誤導。人類認知活動之所以產生障蔽，乃不出以上四個原因使然。詳參陳鼓應著《莊子哲學探究》（自印，1978）「三、莊子認識系統的特色」一章。

火蟲，羊奚草比合於久竹而生青寧之蟲，此青寧蟲生出名叫程豹，程豹又生出馬，馬又生出人，人老之後，又再返回到變化的機括中，再產生無窮的變化。[4]

莊子認為宇宙萬物馳騖奔競，表面看似無所更易，卻無時不在變動，每個萬物的本身，由於不停地變化而具生命活力。

> 物之生也，若驟若馳，無動而不變，無時而不移。何為乎？夫固將自化。（《莊子・秋水》）

宇宙萬物雖各自有其所屬的類別，看似個個獨立，不相關連，但彼此之間，卻可以不同的形態相互遞嬗承轉，其間的流變如玉環一般，沒有終始，反復循環，以至無窮，這便是莊子所觀察出來自然均平的現象。所以說：

> 萬物皆種也，以不同形相禪，始卒若環，莫得其倫，是謂天均。（《莊子・寓言》）

「北冥有魚，其名為鯤，鯤之大，不知其幾千里也，化而為鳥，其名為鵬」（《莊子・逍遙遊》），水生的魚可化生為飛行的鳥，當然也是牠們各自擁有可變的化機。以上種種由變化的機括中去觀察物象流轉所得的道理，莊子將其凝聚為「物化」的觀點。莊子以為宇宙內生存萬物的形狀，根本上都可以相互禪遞，所以「臭腐化為神奇，神奇復化為臭腐」（《莊子・知北遊》）在莊子看來，是極自然不過的現象。莊子有一段極精彩的胡蝶夢，就在說明「物化」的道理：

> 昔者莊周夢為胡蝶，栩栩然胡蝶也，自喻適志與！不知周也。俄然覺，則蘧蘧然周也。不知周之夢為胡蝶與？胡蝶之夢為周與？周與胡蝶，則必有分矣。此之謂物化。（《莊子・齊物論》）

莊周與胡蝶在夢與真實之間的形態變化，何異於前文所述的任何一種物象流轉？「自其異者視之，肝膽楚越也；自其同者視之，萬物皆一也。」（《莊子・德充符》）從萬物的殊相來看，物物之間有其差異，這就是莊周知其非蝶

---

[4] 本段文義解釋，參見清・郭慶藩輯《莊子集釋》（漢京）相關疏釋，以及胡楚生著《老莊研究》（臺北：臺灣學生書局，1992），頁 165-166。

的夢覺；從共相來看，則物物並無差異。莊子認為萬物之間，即使有所差異，其實是人們執著了某一角度使然，若有這樣的執著，則必然滋生出大小、短長、高低、尊卑等一切的尖銳對立，所有的煩惱與爭端亦隨之而生。從不同的角度觀物，會得到完全不同的結果：

> 以道觀之，物無貴賤；以物觀之，自貴而相賤；以俗觀之，貴賤不在己。以差觀之，因其所大而大之，則萬物莫不大；因其所小而小之，則萬物莫不小；知天地之為稊米也，知毫末之為丘山也，則差數睹矣。（《莊子・秋水》）

從形態的差別相去觀物，則萬物有大或小的一面，從小的觀點視之，天地不過與稊米一般，而毫末可視為山丘。若依從世俗的觀點，則個人貴賤的認定，往往操之在人，若從物物各自的觀點出發，則凡物莫不自覺己為尊貴而他物為卑賤，以致自貴而相賤，這些均是各執一偏的觀物方式。人們唯有將自己的心靈與境界提昇至超越時間與空間存在的宇宙根本──「道」的立場去觀照，始能泯除萬物之間由有限時空比較得來的各種相對性，則萬物的活潑精彩莫不齊同一律，何來貴賤尊卑的差異呢？莊子所採取的，就是將萬物置於廣闊天地間等量齊觀的思惟方式，在天地之中，人與萬物同樣來自於自然，亦同樣要回歸於自然，由無窮造化的立場觀物，則萬物終可歸於齊一等同，所謂「天地與我並生，萬物與我為一」（《莊子・齊物論》），物物彼此之間不再有高低尊卑的差異，這就是莊子經由「物化」的觀點體會而得的「齊物」智慧。

（二）觀物方式：「心齋」與「坐忘」

莊子以其特殊的思惟觀察自然萬物，他並非以高高在上或自外於萬物的人類觀點觀察物象變化。由莊周夢蝶的寓言來看，莊子為了說明人類亦是萬物流轉變化的一個環節，故亦將自己捲入主客難分的胡蝶夢中。明白宇宙萬物之間相互變遷轉化的道理，作為遷流環節之一的人們，要如何去體會「物化」的道理，以致能有「齊物」的襟懷？亦即，在觀物的過程中，究竟應如何消解成心而導致的認知障蔽，以及如何處置物我的關係呢？莊子特別提示了「心」的修養，莊子以為「至人無己」（《莊子・逍遙遊》），始能「乘天地之正，而御六氣之辯以遊無窮者」（同上），所謂的「無己」，就是「喪我」（《莊子・齊物論》），譬如鏡的作用：

> 萬物無足以鐃心者，故靜也。水靜則明燭鬚眉，平中準，大匠取法焉。水靜猶明，而況精神。聖人之心靜乎？天地之鑑也，萬物之鏡也。（《莊子・天道》）

鏡子何嘗「有我」、「有己」？必定待其「喪我」與「無己」，才能如實地映顯外物。認識者的心靈若能如一面鏡子般，達到靜明的境界，自然不染有一絲主觀的成見，而可以如實地照見外物。「至人之用心若鏡，不將不迎，應而不藏」（《莊子・應帝王》），此處的「用心若鏡」，一如上述，鼓勵人們保持心靈開放以涵攝與映照外物，這即是「以明」（《莊子・齊物論》）的真諦。「喪我」、「無己」、「以明」的實質修養，就是「心齋」與「坐忘」：

- 回曰：敢問心齋。仲尼曰：若一志，無聽之以耳而聽之以心，無聽之以心而聽之以氣。聽止於耳，心止於符。氣也者，虛而待物者也。唯道集虛。虛者，心齋也。顏回曰：回之未始得使，實自回也；得使之也，未始有回也，可謂虛乎？夫子曰：盡矣。……瞻彼闋者，虛室生白，吉祥止止。夫且不止，是之謂坐馳。夫徇耳目內通而外於心知，鬼神將來舍，而況人乎？是萬物之化也。（《莊子・人間世》）
- 顏回曰：回益矣。仲尼曰：何謂也？曰：回忘仁義矣。曰：可矣，猶未也。他日復見，曰：回益矣。曰：何謂也？曰：回忘禮樂矣。曰：可矣，猶未也。他日復見，曰：回益矣。曰：何謂也？曰：回坐忘矣。仲尼蹵然曰：何謂坐忘？顏回曰：墮肢體，黜聰明，離形去知，同於大通，此謂坐忘。仲尼曰：同則無好也，化則無常也。而果其賢乎？丘也請從而後也。（《莊子・大宗師》）

「無聽之以耳」指耳根虛寂，不凝宮商，反聽無聲，而心起緣慮，必與境合。「無聽之以心」則指令心凝寂，不復與境相符，使氣柔弱虛空，其心寂泊忘懷，方能應物，虛其心則至道集於懷也。莊子借孔子之口，糾正顏回

「家貧，不飲酒不茹葷者數月」，僅是「祭祀之齋」，要能「無聽之以耳」、「無聽之以心」，始能因虛其心使至道集於懷也，此即所謂「心齋」。若從觀看的經驗來說，空隙存在，始能使光通過，產生光明。吉祥之所集者，至虛至靜也。若不能形同槁木，心若死灰，則雖容儀端拱，而精神馳騖，這便是與「心齋」相對立的「坐馳」。若能達致「心齋」的境界，連鬼神都可為安身立命，何況人呢？這是造化萬物，孕育蒼生的關鍵所在。

所謂的「坐忘」，莊子亦借孔子與顏回的來往對話而表出。雖「忘仁義」、「忘禮樂」，已將外在的一切束縛拋棄，仍未達至極之境。及至毀廢四肢形體的作用（意指消解由生理所激起的貪欲），屏黜聰明心智的運用（意指由心智作用所產生的偽詐），既忘其跡（貪欲與偽詐），又忘其所以跡者（肢體與心智），內不覺其一身，外不識有天地，揚棄足以擾亂心靈的貪欲與智巧，才能使心靈從糾結桎梏中解放出來，然後曠然與變化為體而無不通也。若能達致外離形體，內除心識的「坐忘」境地，則無物不同，未嘗不適，何好何惡？既同於造化，則無是非好惡，這便是大通境界的寫照。

由此可知，「心齋」與「坐忘」是心靈活動達到最高境界的修養，透過這樣的修養，滌除了欲念的攪擾，便能遊於無所拘繫之境，觀賞天地之大美。因此莊子的觀物方式，實即為主體心性修養的功夫，一言以蔽之，便是「忘」，將生命成長過程中，因緣形成與積累的種種知識與經驗消解，便得所有一切因心識造作而起的美醜、是非、短長、善惡、大小等相對認知，雙雙遣離，以至一念不生的澄澈心靈境界，如鏡的作用，一視持平地照見宇宙萬物。

（三）無限宇宙觀

莊子的物象思惟與觀物方式已如上述，那麼莊子如何看待萬物賴以寄存的空間（上下四方謂之宇）與時間（古往今來謂之宙）？

> 出無本，入無竅。有實而無乎處，有長而無乎本剽，有所出而無竅者有實。有實而無乎處者，宇也。有長而無本剽者，宙也。（《莊子・庚桑楚》）

言天地六合曰宇，宇以言其廣也；古往今來曰宙，宙以言其長也。莊子此文以萬物生死難以找出本末的關係，以言天地之廣與古今之長。

> 朝菌不知晦朔，蟪蛄不知春秋，此小年也。楚之南有冥靈者，以五百歲為春，五百歲為秋；上古有大椿者，以八千歲為春，八千歲為秋。而彭祖乃今以久特聞，眾人匹之，不亦悲乎？（《莊子・逍遙遊》）

莊子提出了朝菌、蟪蛄、冥靈、大椿四物，其壽命分別短為一朝、一季；長則有以五百年、八千年為一季者。但是只要時間有刻度，可以尋求始與終之兩端，無論其多短或多長，是朝菌或大椿或彭祖，結果都一樣，仍需落在有限的範疇中。空間亦然，無論它多小或多大，是秋毫還是泰山，只要可丈量，也一樣要落入到有限中。人若不明白這層道理，還以泰山或彭祖之高大與長壽為欣喜，真是可悲。莊子對於宇宙特性的描述如下：

> 芴漠無形，變化無常。死與生與，天地並與，神明往與。芒乎何之？忽乎何適？萬物畢羅，莫足以歸。（《莊子・天下》）

無形無常即是無限，無限的境界是超時空的境界，投死生於無限之中，無長短計較之必要，故「死與生與，天地並與」，由此則無限可包羅萬象。莊子這段話，一方面表達了對於宇宙時空無限性的看法，亦同時指示了精神修養的歸趨。由於精神生命從一切形器界的拘限裡得到自由，由虛靜澄澈中得到充分的解放，這種人的修養，已提昇至天的境界，所以莊子會說：「獨與天地精神往來而不敖倪於萬物」、「上與造物者遊，而下與外死生無終始者為友」（《莊子・天下》），這時人的精神生命與宇宙無限生命等同合一。

莊子亦曾記錄惠施的相似見解：

> 至大無外，……至小無內，……天與地卑，水與澤平。日方中方睨，物方生方死。……南方無窮而有窮，今日適越而昔來，連環可解也。（《莊子・天下》）

莊子借惠施之口提出了時空的相對性，天尊地卑乃一般常識判斷的經驗，若從無限的觀點來看，則天地、山澤之差異如此有限且幾為無異，而中午至黃昏、生至死、今與昨的時間距離，以永恆的觀點來看，亦極為渺小，無甚差別。若泯除這些時空微小的差別，那麼宇宙就如循環之轉樞，自相與為前後，始終無別。這種思考，正如老子所說，「道」是先於天地而生，其作用為「返」，能往復循環，永無終止。[5]老子設定了時空的無限與絕對性，莊子則要人從相對的長短、大小中超拔出來。老子提舉了宇宙的根源，顯出周而復始的時空無限特性，莊子則將之融入生命中，突破有限形軀的桎梏，以自由自在的精神，在絕對無限的時空中優遊。

莊子的時空思惟，結合老子、惠施等各家說法，突破由相對性限制而來的一切框架，理解出具有廣袤深遠、持續創作、往復成環、通貫交融的特性。[6]

三、莊子觀物思惟的藝術觀照作用

（一）「濠梁對話」的藝術意義

莊子之於宇宙萬類，已達到「上與造物者遊」的冥合境地，觀察各種物類，誠如上文所述，乃是一種相應於「物化」而產生的「心齋坐忘」，經此觀照方式，無論昆蟲、禽類或動物，紛然眾多的品類，在其眼中莫不各自展現出活潑的生機，試舉莊子與惠施濠梁之辯作為討論的開端：

> 莊子與惠子遊於濠梁之上。莊子曰：「儵魚出遊從容，是魚之樂也。」惠子曰：「子非魚，安知魚之樂？」莊子曰：「子非我，安知我不知魚之樂？」惠子曰：「我非子，固不知子矣；子固非魚也，子之不知魚之樂，全矣。」莊子曰：「請循其本。子曰：汝安知魚樂云者，既已知吾知之而問我，我知之濠上也。」（《莊子‧秋水》）

正如惠施所反駁，莊子之不能知道魚樂，就像惠施之不能知道莊子是否知道

---

5 老子曰：「有物混成，先天地生，寂兮寥兮，獨立不改，周行而不殆，可以為天下母。吾不知其名，字之曰道，強為之名曰大。大曰逝，逝曰遠，遠曰返。」（《老子》第二十五章）

6 關於中國先哲的時空意識，請參見毛文芳著〈試論國畫手卷的美學意涵〉，《國立編譯館館刊》第二十卷第一期（1991 年 6 月），頁 302-305。

魚樂一樣，故以邏輯的立場而言，這場辯論的贏家應該是惠施。然而莊子不依傍邏輯，他將這場對話導向另一路徑，他告訴惠施：我所知道的魚樂，並不需要經由邏輯推理的方式而得，因為魚是否快樂，當我往濠梁中看時，已經有了答案。經過莊子的直覺觀照，「鯈魚出遊從容」已成為一種物我兩忘、主客合一的感性境界，這個境界，莊子以為就是一種「樂」的境界。

莊子所謂的樂，並不從外境對象的感觸而來，乃從主體精神修養而得，亦即是見道之後，一種自由無限、逍遙自在的精神境界，所以他說：「至樂無樂」（《莊子・至樂》），意指最高境界的樂不從外在對象的感觸而獲致。他說：「與天和者，謂之天樂」（《莊子・天道》），能冥合自然之道，即得天樂，由此可知莊子所嚮往的是從主體精神修養而獲致自由無限的至樂。而觀照的過程，即為主體精神冥合自然萬物的過程，這就是莊子哲學透顯出來的藝術精神，其審美方式是泯除物我之別，泯去個別對象之美惡相對判斷，進入一絕對理境，乃由於主體生命精神修養已達致相當悟境，根本不需特定的藝術對象。明代李元卓對於濠梁一文有深入的剖析：

> 夫出而揚，游而泳，無濡沫之涸，無網罟之患，從容乎一水之中者，將以是為魚之樂乎？以是為樂，齊諧且知之矣，又奚待周而後知？蓋魚之所樂在道，而不在水，周之所知在樂，而不在魚。惟魚忘於水，故其樂全；惟周忘於魚，故其知一。至樂無樂，魚不知樂其樂；真知無知，周不期知而知。……昔人嘗言之矣，眼如耳，耳如鼻，鼻如口，無不同也，在我者蓋如也。視死如生，視富如貧，視周如魚，視人如豕，視我如人，在物者蓋如也。如，則物物皆至，游無非妙處，奚獨濠梁之上也哉。如，則物物皆真，樂無非天和，奚獨鯈魚之樂也哉。吾知夫周與魚未始有分也。（李元卓《莊子九論・論濠梁》）

「周不期知而知」指不介入任何理性與累積經驗之分析比較，這就是莊子與惠施最大的分別處。李元卓認為莊子指出的魚樂，並非來自外境對象，而是出自主體對於道心的觀照，主體一旦證入到自由無限之精神境界時，則宇宙萬物莫不隨之而自由無限，無物而不樂，「奚獨鯈魚之樂也哉」！這就是一種直覺之觀照，實已超越個別對象，達致主客冥合，物我兩忘的境界，故云

「周與魚未始有分」。[7]

（二）「物化」的藝術意義[8]

主客冥合、物我兩忘的直覺觀照，其實也是「物化」的過程。筆者前已詳述宇宙萬象流轉變化不居的「物化」意義，吾人針對此一遷流變動的物象，以「心齋」、「坐忘」的方式始能冥合。然而〈逍遙遊〉的「鯤化為鵬」、〈齊物論〉的「莊周夢為胡蝶」，雖為「物化」所設的譬說，同時亦為莊子表達藝術觀照的最佳說明。莊周夢化為胡蝶，「化」不實指形體之轉化，而是主體精神在無分別計較、絕對自由的境界中，當下直覺：我即一切物，一切物即我，不知何者為我，何者為物。莊子在夢中之所以「適志」，是因為「不知周也」，正如莊子的濠梁之遊「周與魚未始有分」（李元卓語）一樣。物我兩忘而「化」後，周之與蝶亦未始有分了。如此主客冥合、物我兩忘的境界，徐復觀先生對「莊周夢蝶」有詳細的分析，他說：

> 一般地認識作用，常是把認識的對象鑲入於時間連續之中，及空間關係之內，去加以考察。惟有物化後的孤立地知覺，把自己與對象，都從時間與空間中切斷了，自己與對象，自然會冥合而成為主客合一的。既然是一，則此外再無所有，所以一即是一切，一即是一切，則一即是圓滿具足，便會「自喻適志」。主客冥合為一而自喻適志，此時與環境、與世界，得到大融和，得到大自由。……而在體驗中最有關鍵的，是此一故事中由忘知而來的兩「不知」，此兩不知，實際是在「忘我」「喪我」「物化」的精神狀態中，解消了理論及實踐的關連，因而當下的知覺活動，成為前後際斷地孤立。此一故事，是莊周把自己整個生命因物化而來的全盤美化、藝術化的歷程、實境，借此一夢而呈現於世人之前，這是他藝術性的現身說法的實例。（《中國

---

7 關於莊子哲學中藝術精神的探討，請參見顏崑陽著《莊子藝術精神析論》（臺北：華正書局，1985）一書，其中有精闢的剖析。

8 本節關於「物化」的藝術意義，由「對象孤立」、「以物觀物」以至「物我合一」的詮釋架構，參引自同上註，顏書，頁 270-280。

藝術精神》第二章）

徐先生為莊子主客合一與物我兩忘的胡蝶夢揭開了藝術化境的層次，其中極具啟示的是此一藝術化過程中的「對象孤立」作用。

何謂「對象孤立」？德國美學家閔斯特堡曾提出「藝術對象孤立」的理論，他認為科學認識的方式，是去分析觀察到的對象，一方面記述它構成的元素，一方面在分析過程中找出元素彼此的因果關係，從而去解釋宇宙間各種事物的真相。但閔斯特堡認為這種認識方式，並不能瞭解到對象本身整體的真相，只是透過對於該對象之分析，知道它會產生何種變化，反而將我們從事物本身引開。假如我們要把握事物的真相，就得先使對象孤立起來，斷絕它和一切事物的關係。此時，我們的眼中心中，除此對象外，別無他物，不作分析，也不作比較，把對象孤立起來，也就是讓它成為「審美對象」。[9]徐復觀的「對象孤立」，所指即為此義，藝術與科學最大的不同之處，在於前者不必推斷事物的前因後果，而是顯現當下的狀況。藝術家所從事的，便是將這種心靈的直覺經驗轉化成作品，由此可知，「對象孤立」乃是藝術觀照活動最重要的一個前提。莊子有則寓言說道：

> 仲尼適楚，出於林中，見痀僂者承蜩，猶掇之也。仲尼曰：子巧乎，有道邪？曰：我有道也。五六月累丸二而不墜，則失者錙銖；累三而不墜，則失者十一；累五而不墜，猶掇之也。吾處身也，若厥株拘；吾執臂也，若槁木之枝，雖天地之大，萬物之多，而唯蜩翼之知。吾不反不側，不以萬物易蜩之翼，何為而不得？孔子顧謂弟子曰：用志不分，乃凝於神，其痀僂丈人之謂乎！（《莊子・達生》）

這則「痀僂者承蜩」的寓言，更具體明陳「對象孤立」的藝術觀照作用。這種藝術性的觀照，對於主體來說，必須有「用志不分，乃凝於神」的工夫，「凝神」就是消解耳目心知中夾纏的知識與欲望，使心靈得以虛靜。由於痀僂者虛靜的心靈，雖處於同一時空之物甚多，卻不能引開他對蜩的直覺觀照，他以專一化、集中化的直覺，所觀照的對象——蜩，切斷時空因果關連

9 閔斯特堡的「藝術對象孤立」理論，轉引自同註 7，顏書，頁 274。

而被孤立起來，此蜩絕斷與其他諸物的各種關係，不必分析，無從比較，純然顯現其自在相。

莊子的藝術觀照，須以主體精神修養為基礎，當主體消解心中種種情識造作，則觀物者雖是我，卻是從對象物之自然本性去觀物。如何安排主體與對象物之間的關係？莊子舉梓慶削木為鐻的例子來說明：

> 梓慶削木為鐻，鐻成，見者驚猶鬼神。魯侯見而問焉，曰：子何術以為焉？對曰：臣工人，何術之有？雖然，有一焉。臣將為鐻，未嘗敢以耗氣也，必齊以靜心。齊三日，而不敢懷慶賞爵祿；齊五日，不敢懷非譽巧拙；齊七日，輒然忘吾有四枝形體也。當是時也，無公朝，其巧專而外骨消，然後入山林，觀天性，形軀至矣。然後成見鐻，然後加手焉，不然則已。則以天合天，器之所以疑神者，其是與！（《莊子・達生》）

梓慶所削之木器，之所以如鬼斧神工，先以「心齋」的方式「坐忘」一切紛擾，消除所有情識造作。這時進入山林，眼中心中所直覺到能成鐻的木材，必然被孤立化而能顯現其天性。這個觀物過程，對梓慶（主體）來說，是以消除一切偽矯之自然道心觀之，對於能成鐻之木材（客體）來說，乃以其自然天性被觀之，主客兩方，皆是究極之自然，二者可合而為一，故云「以天合天」。由「對象孤立」到「以天合天」，這則寓言表達了莊子觀物思惟中藝術觀照的步驟。莊子的「以天合天」即是宋代邵雍所提出的「以物觀物」：

> 聖人之所以能一萬物之情者，謂其聖人之能反觀也。所以謂之反觀者，不以我觀物也。不以我觀物者，以物觀物之謂也。既能以物觀物，又安有我于其間哉？（〈觀物內篇〉）

邵雍舉出「以我觀物」與「以物觀物」的差別，乃在一「我」字，此處的「我」，為情識矯作蒙蔽的假我，即邵雍所說：「任我則情，情則蔽，蔽則昏」（〈觀物外篇〉），以此假我觀物，將會執著對象的片面相。若去除主體的虛矯成分，以自然之道心去觀物，則可應合對象的自然本性而透視其全體真相，這就是邵雍的「以物觀物」，亦即莊子的「以天合天」。庖丁解牛之寓言，亦為此觀物思惟的具體表現：

> 始臣之解牛之時，所見無非牛者。三年之後，未嘗見全牛也。方今之時，臣以神遇而不以目視，官知止而神欲行。依乎天理，批大郤，導大窾，因其固然。（《莊子・養生主》）

庖丁剛開始解牛時，為「假我」所見之牛的皮相，三年之後，則不以「假我」目視，而以牛之自然天性觀之，即文中所說的：「依乎天理」、「因其固然」的「神遇」。

莊子觀物思惟顯示出藝術觀照的作用，乃由「物化」的道理所啟發，簡而言之，為以主體精神凝神修養而造成所觀之「對象孤立」，從而進入「以物觀物」（即「以天合天」）的狀態，最後達至「物我兩忘」的冥合境界。

（三）超越玄遠的境界追求

先秦時期的莊子哲學，後世有理論的擴充與轉化，莊學之所以能對藝術鑑賞產生重大影響，當屬魏晉時期玄學上的轉化。玄學為一包含了老莊易的混融性思想，內容相當龐雜。推根究柢，玄學為一言與意的辯證性思考，語言為吾人認識宇宙本體的工具，但並非宇宙本身，魏晉士人對於言與意的關注，引發哲學的論辯。

漢末名家在人物識鑑方面，已運用言意之辨，謂觀人不能單觀其言論骨相，必須觀其全、觀其神。知人常不能言傳，只能意會，能以語言傳達者，如人之形貌，善知人者，將越過形貌去注意人之神識，然神識只可意會，歐陽建曾說：

> 言不盡意，由來尚矣。至於通才達識，咸以為然。若夫蔣公之論眸子，鍾傅之言才性，莫不引此為談證。（〈言盡意論〉）

蔣濟以為觀人眸子可以知人，因為眼能傳神；鍾、傅（鍾會、傅嘏）二人亦不論形貌，而言人內在之才性，此皆為名實之辨。所謂的「天不言而四時行，聖人不言而鑑識存焉」，漢末時期的名家談「言不盡意」，乃就鑑識方面而言，後來的哲學家王弼則將「言意之辨」用在《周易》的詮釋上，莊子曾有一段荃蹄之言：

> 荃者所以在魚，得魚而忘荃；蹄者所以在兔，得兔而忘蹄；言者所以在意，得意而忘言。（《莊子・外物》）

王弼援引莊子此言，為《周易》進一新解。原來漢人解易經，偏重於象數，象數名言，非盡意不可。王弼取莊子意，以言為意的代表，最重要的是得意，故講《易》不應拘於象數，而應得聖人之意（見《周易略例・明象章》）。至是象數之學乃被丟開，成為玄學的開始。由此，莊子哲學中的「得意忘言」，便成為魏晉時代的新方法，時人用以解經典，用以證玄理。

由莊子哲學導引出來的「得意忘言」，王弼雖用以解《易》，然無論天道人事，悉可以之為權衡，故能建立玄學系統，成為當時人把握宇宙本體的普遍思惟。另一方面，魏晉士人由於玄學談辯風氣的熏染，莫不嚮往：「遊外以弘內，無心以順有，故雖終日揮形而神氣無變，俯仰萬機而淡然自若。」（郭象語）這種超越塵世的理想精神境界，乃指現實生活之不可逃，超世理想的追求，轉化為人格心智的變換。[10]

莊子提示的觀物思惟，到了魏晉時代，成為把握宇宙本體的玄學方法——「得意忘言」，經此轉化，普遍影響人們生活境界的追求，是一種超越塵俗、邁向玄遠的境界追求，這與藝術家的理想不謀而合。

四、莊子觀物思惟對中國繪畫鑑賞的影響

（一）形、神、意之辨

魏晉時期，接續漢末以來時代戰亂引起的疲弊，使得亟欲休養生息的士子百姓，一致追慕和平寧靜的生活，這種嚮求，不僅表現於學問非功利的玄理談辯，亦在文學藝術方面，鼓動著山水玄遠意境的慕求。如前文所析，魏晉時期於哲學方法有所發明，所謂的「得意忘言」乃出自莊子的哲思，開啟

---

[10] 關於魏晉玄學的理論內涵及其方法學上的探討，請參見湯用彤著《理學・佛學・玄學》（臺北：淑馨出版社，1992）之〈魏晉玄學和文學理論〉，另詳參毛文芳著〈魏晉玄學的方法論及其解析〉，《孔孟月刊》第三十卷第七期（1992 年 3 月）。

的玄學方法，奠基於言與意糾葛關係的釐清，時人不僅用以解經籍、證玄理以及有關天道與人事的談論，更為魏晉及其後代的美學史，開創出一系列的思想範疇，這正是中國「美的自覺」時代的來臨。[11]

由言意之辨引發的思考，以繪畫的形神問題最具代表。重神的觀念，劉邵的《人物志》是人物品鑑的先驅，人倫識鑑由漢魏的政治實用轉變為兩晉對人物神情風姿的欣賞，記錄當時士大夫言行的《世說新語》，便有豐富的佐證。身為中國畫論奠基者的顧愷之，〈魏晉勝流畫贊〉便是他為魏晉名臣所作的評贊文獻。[12]對於繪畫，他移借品人風神的理論，具體落實到當時流行的畫科——人物畫——的品評，以「傳神」作為其畫論中心。古代人物畫作的優劣，他以傳神作為批評依據，[13]他說：

> 凡生人亡有手揖眼視而前亡所對者，以形寫神而空其實對，荃生之用乖，傳神之趨失矣。（〈魏晉勝流畫贊〉）

沒有一位畫人，其手中專一描畫而眼前卻茫然無一對象。若想以外形傳達內在的神氣，卻沒有一個對象物，就好像還未捕到魚，就把荃籠先拋掉一樣，根本達不到傳神目的，可見得「寫形」仍是「傳神」的必要條件。然而除了形體之外，尚有其他因素，有助於傳神的達成，如：骨法、用筆、墨彩、佈置等，還包括服飾、體態、動勢、人物環境、用筆、位置等各種畫面上的綜

---

11 關於魏晉乃中國人「美的自覺」的時代，為哲學大師牟宗三所提出。他認為魏晉時期的社會普遍對美產生自覺，各類藝術如詩文書畫均有長足的發展，此即其所謂由才性名理之論而開出美學境界的說法。詳參牟宗三著《才性與玄理》（臺北：臺灣學生書局，1989），第二章〈「人物志」之系統的解析〉。另可旁參同註 2，徐復觀著《中國藝術精神》，第三章〈釋氣韻生動〉，第三節「玄學的推演及人倫鑑識的轉換」。

12 〈魏晉勝流畫贊〉收錄於張彥遠《歷代名畫記》卷五〈顧愷之傳〉後，該文應是顧愷之見到為魏晉名臣所畫的畫像後，再以贊語贊許畫像中的人物行徑品格，乃贊人非贊畫。對此問題，詳見陳傳席著《六朝畫論研究》（臺北：臺灣學生書局，1991），第一章〈重評顧愷之及其畫論〉。

13 關於顧愷之以「傳神」為論畫的依據，請詳參毛文芳著《董其昌之逸品觀》（臺北：花木蘭文化出版社，2011），第貳章〈繪畫品目的建立與逸品觀念的進展〉，頁 13-71。

合安排，才能真正完成傳神的任務。因此顧愷之認為以傳神為主的人物畫最難：

> 凡畫，人最難，次山水，次狗馬。台榭，一定器耳，難成而易好，不待遷想妙得也。（〈論畫〉）

顧愷之發現繪畫的本質在傳神，畫傳神的人物與畫固定形體的台榭不同，後者以寫形為目的，不賴畫家「遷想妙得」心的作用。所謂「遷想妙得」是指畫家的心要隨著對象物的變化而變動不居，從各個不同面向反覆觀察、思索與聯想，以得到對象物精彩之神。建築物為固定之器，難於完備而易於見好，因為不需要畫家多作「遷想妙得」的工夫。論人物畫「重神不重形」的觀點，不但是得自玄學方法「得意忘言」的啟示，也是為了所畫人物隨時變動而「遷想妙得」的觀物方法，豈不與莊子體察物象流轉的「物化」觀有契合之處？

與顧愷之同屬六朝時期而略晚的兩位畫論家——宗炳與王微，則將顧的人物畫傳神說，應用到山水畫論中，各自表述於其畫論文字——〈畫山水序〉與〈敘畫〉。與人物風姿類似，山水之神則指自然景物予人的整體美感。山水之神要如何傳呢？宗炳認為：

> 夫以應目會心為理者，類之成巧，則目亦同應，心亦俱會。應會感神，神超理得。（〈畫山水序〉）

山水的形象，通過吾人眼睛觀看和心靈體會，便能得到蘊含其間的神理。同樣地，如果畫家畫得很巧妙，那麼觀畫者在畫面看到和體會的，就可以與得山水之神的畫家相應合，因為二者應目會心而得者，皆感通於山水顯現的神理，故寫山水，其實就是要傳達山水之神。把山水畫與地圖分開來的王微，認為山水的形與神是密合分不開的一體，他說：

> 本乎形者融靈，而動變者心也。靈亡所見，故所託不動。（〈敘畫〉）

山水和死板的地圖不同，其神靈是寄託在不動的形質內，那麼畫山水如何在不動的形中表現山水的神靈呢？這就要靠創作者「心」的作用了。此外，由於山水形與靈的融合，其中必有與死板地圖不同的動變之勢，這也要靠觀畫者「心」的體會。[14]

魏晉山水畫的理論在宗炳、王微等人的手中，已得到進一步的發展。宗炳為山水找出了神理，王微則要畫家與觀畫者以動變之「心」去應合山水之神理，這種繪畫創作與鑑賞「重神忘形」的見解，深深影響到後世以北宋為主導的文人畫理念。北宋文人對於繪畫所表達的核心意見，是「形意之辨」，歐陽修修正了韓非子認為犬馬難而鬼魅易的看法（見歐陽修《居士外集》卷 22〈題薛公期畫〉），他認為要以簡筆描畫出鬼神陰威慘淡、變化窮奇、撼動人心的意象，豈會比定形的狗馬容易呢？由此導出「重意不重形」的結論：

> 古畫畫意不畫形，梅詩詠物無隱情。忘形得意知者寡，不若見詩如見畫。（《居士集》卷 6〈盤車圖〉）

由讀詩「忘言得意」的方法去領略畫意，自然比執著物形更為豐富。蘇軾「論畫以形似，見與兒童鄰」，亦為相同看法。如果以意為畫的最高原則，在山水物類繁複的景象中，草草用筆似乎更能切合地表達畫意，使近視不類的物象，遠觀卻能景物一片粲然。因此創作者與觀賞者，均當以神意會，不在形器上斤斤計較。沈括曾說：

> 書畫之妙，當以神會，難可以形器求也。世之觀畫者，多能指摘其間形象、位置、彩色瑕疵而已，至於奧理冥造者，罕見其人。……余家所藏摩詰畫〈袁安臥雪圖〉，有雪中芭蕉，此乃得心應手，意到便成，故造神入理，迥得天意，此難可與俗人論也。（《夢溪筆談》卷 17〈書畫〉條）

沈括認為畫作的欣賞，當以神會，不以形器求，便是歐陽修「畫意不畫形」的最佳例證。花鳥畫亦然，董逌以為具有江南野逸畫風的徐熙，其筆下的花卉物象，便遠遠勝過趙昌求形似重設色的趙昌，因為畫家若不從花光艷逸、曄曄灼灼的自然生意著手，而只在暈形布色的工夫裡打轉，則技巧再好，也不過如高明的女紅繡帳罷了（董逌《廣川畫跋》〈書徐熙畫牡丹圖〉）。文人們

[14] 關於宗炳與王微的山水畫傳神理論，請參同註 13，毛文芳撰文。

對「畫意不畫形」意見的廣泛認可，已形成文人畫意識：

> 觀士人畫，如閱天下馬，取其意氣所到。乃若畫工，往往只取鞭策皮毛、槽櫪芻秣，無一點俊發，看數尺許便倦。（蘇東坡〈又跋漢傑畫山二首〉）

士人畫，即後來所謂的文人畫，蘇軾等北宋文人，率皆以為文人畫的理想，便是以意氣畫出萬物生機。

顧愷之開始要為人物傳神，宗炳、王微進而要求為山水傳神，這樣的繪畫思想，為北宋文人接續，擴大為傳達萬物生意。這股由玄學方法「得意忘言」所啟發的思考，經由魏晉士人的「重神忘形」，轉為北宋文人的「重意忘形」，一脈相承的繪畫理念，成為中國繪畫創作與鑑賞的最高指導，追根究柢，其原始的根源與莊子的觀物思惟不謀而合。

（二）畫家的觀照作用：「遺物以觀物」、「以天合天」、「技進於道」

前文論析莊子「物化」的觀物思惟，啟引藝術活動由「對象孤立」、「以物觀物」以至「物我合一」的一連串觀照作用，對繪畫理論有著深刻的影響。宋代文人畫論家董逌說：

> 無心於畫者，求於造物之先，凡賦形出象，發於生意，得之自然，待其見於胸中者，若花若葉，分布而出矣。然後發之於外，假之手而寄色焉，未嘗求其似者而託意也。（《廣川畫跋》卷 5〈書李元本花木圖〉）

「無心於畫」，便是要畫家去除我執；「求於造物之先」，就是以物的觀點透視其自然本性，亦即以物觀物，如此始能「發於生意，得之自然」。經由這樣的觀物思惟，胸中所現者，無非花葉分布，之後，胸有成竹，發為筆墨，一切均將為物象與畫家心靈自然的流露。

宋代文人對於形意之辨的討論，引發而來的第二層思考，便是創作主體與物象之間的關係。東坡對此問題，有獨到的剖析：

> 余嘗論畫，以為人禽、宮室、器用，皆有常形。至於山石、竹木、水

> 波、煙雲，雖無常形，而有常理。常形之失，人皆知之。常理之不當，雖曉畫者有不知。故凡可以欺世而取名者，必托於無常形者也。雖然，常形之失，止於所失，而不能病其全；若常理之不當，則舉廢之矣。以其形之無常，是以其理不可不謹也。世之工人，或能曲盡其形，而至於其理，非高人逸士不能辨。與可之於竹木枯石，真可謂得其理者矣。如是而生，如是而死，如是而攣拳瘠蹙，如是而條達遂茂，根莖節葉，牙角脈縷，千變萬化，未始相襲，而各當其處。合於天造，厭於人意。蓋達士之所寓也歟？（《蘇軾文集》卷 11〈淨因院畫記〉）

有一定原則可以遵循的物象具有常形，這即是畫工曲盡而畫家不必過分執著者。然而沒有固定形態且善於變化的物象，如山水煙雲等無常形的物態，便可任人隨意塗抹嗎？東坡針對一般以無常形之山水畫售欺世人的流弊，提出「雖無常形，但有常理」的針砭意見。常理指的是這些千變萬化物象的背後，依著一個如是如是的自然天理在，這個合於天造的自然之理，更是文人畫家所最應留心謹慎之處，能把握常理，所畫者才不會是塊然無情之物。蘇東坡對於北宋墨竹畫家文同有極高的推崇，曾對文同的墨竹理論有詳細的紀錄：

> 竹之始生，一寸之萌耳，而節葉具焉。自蜩蝮蛇蚹以至於劍拔十尋者，生而有之也。今畫者乃節節而為之，葉葉而累之，豈復有竹乎？故畫竹必先得成竹於胸中，執筆熟視，乃見其所欲畫者，急起從之，振筆直遂，以追其所見，如兔起鶻落，少縱即逝矣。（蘇東坡〈文與可畫篔簹谷偃竹記〉）

畫家文同的繪畫筆記，不啻為莊子觀物思惟「物化」的實踐過程。「先得成竹於胸中，執筆熟視，乃見其所欲畫者」，即是由「對象孤立」進而「以物觀物」，之後以兔起鶻落的快筆，直追不同自然條件下的竹枝與竹葉。對創作主體而言，其心中對竹的印象與自然界的竹已合而為一，成為畫家倏忽完成的「墨戲」，「墨戲」可視為畫家將自然景物融成心中意趣的藝術表現。因此，藝術活動由思到成的過程，胸有成竹還不夠，創作主體必須進一步與對象物合而為一，蘇東坡認為文同的繪畫可謂為莊子哲思的實踐：

> 與可畫竹時，見竹不見人。豈獨不見人，嗒然遺其身。其身與竹化，無窮出清新。莊周世無有，誰知此疑神。（蘇軾〈書晁補之所藏與可畫竹〉）

畫竹時無物我之分，身與竹化，竹之情性乃我之情性，我之情性亦成竹之情性。除了要遺去我之身之外，還須晁補之「遺物以觀物」的專注精神：

> 然嘗試遺物以觀物，物常不能廋其狀。……大小惟意，而不在形。巧拙繫神，而不以手，無不能者。（《雞肋集》卷 32〈跋李遵易畫魚圖〉）

「遺物以觀物」，不僅須遺棄世俗之物，而後始能發現作為藝術對象之物，並且還要遺棄被觀照者以外之物，而後始能沒入被觀照的對象物之中，以得出物的精神特性。這就是邵雍所提出「不以我觀物」、「以物觀物」的精神。莊子由「物化」推出「以天合天」的思惟，在北宋畫論中得到發揮，董逌說：

> 明皇思嘉陵山水，命吳道玄往圖，及索其本，曰：寓之心矣，敢不有一於此也。詔大同殿圖本以進，嘉陵江三百里，一日而畫，遠近可尺寸許也。論者謂丘壑成於胸中，既寤則發之於畫，故物無留跡，景隨見生，殆以天合天者也。（《廣川畫跋》〈書燕仲穆山水後為趙無作跋〉）

吳道子將嘉陵三百里丘壑成於胸中，能在一日而圖出，乃吳道子有「以天合天」的本領。第一個天字，指創作者本為自然的一部分，第二個天字，便是自然的全體。畫家遺我、遺物而得化工之巧，如造物者之偶然成文。由此可知，「以天合天」所揭示的繪畫理念，是要畫家在創作時，能將我縱身入大化中，隨大化流行，筆下便能有天人合一的景象產生，不再有人工雕琢的斧痕。北宋文人畫的實踐者中，李公麟能以筆墨為遊戲，不拘於規矩，亦不必計較形似得失，尚有餘裕能放情蕩意，因為他能汲取《莊子・養生主》庖丁解牛的精神——「臣之所好者道也，進乎技也」，以掌握天機，蘇東坡便曾說：

> 或曰：龍眠居士作〈山莊圖〉，使後來入山者信足而行，自得道路，如見所夢，如悟前世，見山中泉石草木，不問而知其名，遇山中漁樵

隱逸，不名而識其人，此豈強記不忘者乎？曰：非也。畫日者常疑餅，非忘日也。醉中不以鼻飲，夢中不以趾捉，天機之所合，不強而自記也。居士之在山也，不留於一物，故其神與萬物交，其智與百工通。雖然，有道有藝，有道而不藝，物雖形於心，不形於手。（《蘇軾文集》卷 70〈書李伯時山莊圖後〉）

東坡眼中的伯時，既能對宇宙萬事萬物循環不已的規律（道）有深刻認識，且能對此認識有所體驗，並予以高妙技巧的展現（藝）。換言之，李龍眠不只有精湛的畫藝，生活中不特別留意於某一物，全神與物交流，故還能有道的修為，能與天機合。因此他畫的〈山莊圖〉，讓觀賞者如臨其境，李公麟可謂北宋文人畫中，遺物觀物、以天合天、技進於道、道藝合一的最佳典範。

（三）國畫手卷的時空意涵

如前文所述，莊子的時空思惟，結合老子、惠施等各家說法，具有廣袤深遠、持續創作、往復成環、通貫通融的特性，並表現在中國繪畫的手卷形式中。

國畫手卷的構圖與觀賞經驗密不可分，觀賞手卷由右向左逐漸展開，觀者視線與長幅手卷內容，不會在同一時間內作完全的接觸，靠著左手展開及右手捲收，觀者看到的是隨著時間變動的畫面景物，彷彿觀者正在走遊風景。由觀賞手卷的經驗可逆推畫家構築畫面的意念，觀者視覺遊歷而得的畫面景物，就是畫家以相同視覺經驗捕捉到的自然景物，因此手卷的構圖，必由移動的視點始能達成。關於視點的選擇，中國畫家不採用科學的單一透視法，若只從單一角度捕捉景象，僅能畫下局部景物，如何能把山水景物全幅鋪現於畫面上呢？郭熙提出「三遠法」（「自山下而仰山顛謂之高遠，自山前而窺山後謂之深遠，自近山而望遠山謂之平遠」），便主張一幅畫可同時融入仰視、俯視和平視等多種取景法，郭熙為中國繪畫移動視點構圖奠下理論基礎。

手卷畫家運用移動視點，把每個單一視點觀看的景物融接黏繫起來，組成一連串堆疊連續的山水畫面。手卷在長長的紙幅中，是以區隔而連續性的空間串連而成，這些空間，有用樹石土坡隔開者，如顧愷之的〈洛神賦圖卷〉；有用床榻屏風隔開者，如顧閎中的〈韓熙載夜宴圖〉；或以人物的面向動勢暗示空間區隔，如顧閎中的〈韓熙載夜宴圖〉；或用船行進的方向暗示空間區隔，如趙幹的〈江行初雪圖〉等。[15]然而手卷區隔的空間單元，實際相隔而不隔，因為在觀畫者捲收與展放的時間行進中，暗示了空間的連續性。

手卷提供了類似旅行的「遊」的經驗，長幅手卷對於畫家或觀者捲收與展放的經歷，可視為是莊子時空觀的反映，捲收部分如同過去，眼前瀏覽部分如同現在，而即將展放部分如同未來。手卷由內容與形式所呈現的，為一種流動延續的時空觀，通常在手卷卷尾，會出現與卷首相同的主題呼應，彷彿提醒觀者，展卷至此，又將重新開始，提示著時空無限，往而復返的哲思。

（四）逸品畫風與超逸精神

中國書畫鑑賞很早便有品第觀，魏晉時期「重神不重形」的美學觀念導引，逐漸發展出書畫評鑑「神妙能」的品級架構。唐人張懷瓘的《書斷》首先為書法提出品級架構，定義簡說如下：「神」品，指書法體勢是由神明造化「天資偶發」的神祕產物；其次「妙」品，指用筆純熟精妙；其次「能」品，表現精勤學習之功。此三級序列：技法純熟後，要超越「能」的層次，才能入「妙」，再超越才能通「神」。這樣的品評序列亦被當時流行的人物畫科所挪借，畫評家要欣賞的，不僅是人物形象的巧似與用筆設色的精妙，更要欣賞畫中人物的「風神」。張懷瓘推崇兩位畫家的用語：「神妙無方，以顧（愷之）為最」，「吳道子，下筆有神」（〈畫斷〉）。

在以人物畫為主流畫科的魏晉與唐代前期，「神」的觀念主宰著繪畫鑑賞，直到山水畫逐漸成熟的中晚唐時期，繪畫品鑑加入了「逸品」，一躍成為超越「神品」的最高品級，這個觀念的推進，來自「逸品畫風」的催化。

---

15 文中所列舉手卷空間區隔的圖例分析，請詳參同註6，毛文芳撰文，頁307-309。

「逸品畫風」為中唐畫評家朱景玄所提出的一種新興畫風，他提出的逸品畫家及其畫風如下所述：

- ♦ 李靈省，落托不拘檢，長愛畫山水，每圖一幛，非其所欲，不即強為也。但以酒生思，傲然自得，不知王公之尊貴。若畫山水竹樹，皆一墨一抹，便得其象，物勢皆出自然。或為峰岑雲際，或為島嶼江邊，得非常之體，符造化之功，不拘於品格，自得其趣爾。（《唐朝名畫錄》）
- ♦ 王墨者，……不知其名，善潑墨畫山水，時人故謂之王墨。多遊江湖間，常畫山水松石雜樹，性多疏野，好酒。凡欲畫圖幛，先飲醺酣之後，即以墨潑。或笑或吟，腳蹙手抹；或揮或掃，或淡或濃，隨其形狀；為山為石，為雲為水，應手隨意。倏若造化，圖出雲霞，染成風雨，宛若神巧，俯觀不見其墨污之跡。（同上）
- ♦（張志和）性好畫山水，皆因酒酣乘興，擊鼓吹笛，或閉目，或背面，舞筆飛墨，應節而成。大曆九年秋八月，訊真卿於湖州，前御史李崿以縑帳請焉。俄揮灑，橫拂而纖纊霏拂，亂搶而攢毫雷馳，須臾之間，千變萬化，蓬壺彷彿而隱見，天水微茫而昭合。觀者如堵，轟然愕貽。（顏真卿《文忠集》卷 9〈浪跡先生玄真子張志和碑銘〉）
- ♦ 大曆中吳士姓顧，以畫山水歷抵諸侯之門。每畫，先帖絹數十幅於地，乃研墨汁及調諸彩色，各貯一器，使數十人吹角、擊鼓，百人齊聲噉叫。顧子著錦襖，錦纏項，飲酒半酣，遶絹帖走十餘匝，取墨汁灘寫于絹上，次寫諸色，乃以長巾一一覆于所寫之處，使人坐壓，己執巾角而曳之，回環既遍，然後以筆墨隨勢開決，為峰巒島嶼之狀。（封演《封氏見聞記》卷 5）

李靈省、王墨、張志和、顧生等人的繪畫方式相當特別，他們藉助酒力或樂響以鬆動拘謹的精神狀態後，便開始潑墨於畫幛上，恣墨飛濺，之後再隨墨所聚離而成的塊面點狀，任其推抹成山水意象。他們的作畫特點，可簡要歸納為二：（一）具有顛狂快速的作畫過程、（二）因潑墨偶成簡略率意的物象。這種畫風被朱景玄稱為「逸品」，概有兩種含意：第一、由簡略而變形的潑墨物象來說，已背離畫家向來的繪畫邏輯——「筆隨心使」，顛倒畫家由產生意念而造作物象的過程，這個超出傳統畫法的全新畫風，使得逸品畫家不到最後關頭，無法確知自己將會完成什麼？依潑灑的墨漬，隨機偶成畫面形象，繪畫成為一種無可預期，充滿刺激的歷險活動。因此，「逸品」成為超出傳統的嶄新畫法。第二、由作畫過程而言，藉助酒力，或擊鼓樂以鬆弛現實緊繃的狀態，進而顛狂快速的運筆，「逸品」暗示著畫家作畫時精神的自由解放。

五代的黃休復對逸品畫風有原則性的提示：

> 畫之逸格，最難其儔。拙規矩於方圓，鄙精研於彩繪，筆簡形具，得之自然，莫可楷模，出於意表，故目之曰逸格爾。（《益州名畫錄》）

所謂逸格，乃超越形體與簡筆彩繪物形生意皆備的自然，這些逸格畫家，例如：孫位畫鷹犬動物，三五筆則立成；吳道子畫江陵山水，一日而成，二家皆具快速捕捉物象的能力。另如孫位畫弓弦斧柄等器形，可不藉準繩之助而筆描準確，吳道子畫佛像背後的圓光，亦不以圓規輔助，一筆而成，這便是黃休復所謂的「筆簡形具，得之自然」。

中唐所發展出來的「逸品」畫風，其超越傳統畫法與創作主體的精神自由兩大特徵，為北宋文人畫理論所吸收。文人畫重意忘形，故捨棄描摹形似的繁筆，以簡筆表達畫意，要身與物化，才能盡物之情性，進而道藝合一，並以追求玄遠淡泊的天趣為最高境界。北宋以後的文人畫成為獨抒性靈以遣興寄懷的藝術表現，無寧是「逸品畫風」的啟發。特別值得一提的是，逸品畫狂簡不拘的作風，又與唐宋以後的禪宗意蘊相結合，莊學與禪學二者相融的思潮，促使後來叢林禪師狂逸簡筆的禪畫，發揮著莊禪合一的超逸精神。

（五）道藝合一

老子的道，具有形而上超越經驗的本體義（「有物混成，先天地生。寂兮寥兮，獨立而不改。周行而不殆，可以為天下母」——《老子》第 25 章），同時亦具有化生義（「道生一，一生二，二生三，三生萬物」——《老子》第 42 章）。莊子的道繼承老子意蘊，所謂「自本自根，未有天地，自古以固存」（〈大宗師〉），是先於經驗而存在的形上實體，所謂「神鬼神帝，生天生地」（同上），則指出道為實現萬有的原理。因此老莊哲學，乃在啟發人顯「道」體的工夫與境界，於是老子教人「致虛極，守靜篤」（《老子》第 16 章）的心靈修養，莊子同樣教人透過「心齋」、「坐忘」的心靈修養工夫以體證宇宙實體的存在，通過虛靜之心所體驗到的道，實為一種境界。

「道」與「藝」有真、虛、和、美的共同基性，[16]「道」的哲學意涵可轉化為「藝」的極致表現。誠如前文述及「道」與「藝」的關係，簡而言之，「道」是對宇宙萬事萬物規律的深刻認識與體驗，「藝」則要將此認識與體驗化為技巧的表現。

1.留白

中國畫家喜歡留白，這些留白，有時是廣遠的天際，有時是遼闊的江河，也可以是屋宇的空間或花鳥物象的背景。這些空白，不只存在畫面上，也可以是陶淵明「但識琴中趣，何勞絃上音」的無絃琴，或白居易〈琵琶行〉的「此時『無聲』勝有聲」，還可以是園林建築四面敞開的亭或廊，或是戲劇除了一組簡單桌椅外便空無一物的舞台。這些揚棄一切複雜聲音的、色彩的、形狀的、裝飾的、動作的藝術表現，亦可謂落實了老莊觀物哲思「道」的內涵，一言以蔽之，即是「虛」。整個天地自然，廣大寥廓，一片虛空，卻能蘊涵無窮，自有無限生機，這種虛而涵有，有而歸虛，正是「道相」最好的描述。各種藝術的創造，莫不從這蘊涵一切的「虛」中生出。莊子對宇宙虛以涵有的觀察，以「天籟」為最明確，天地自然，本來虛寂無聲，但厲風一起，眾聲皆自虛中生出，那無聲之虛，便是「天籟」，便是一切聲音之所本，眾竅怒號的「地籟」乃由此生出，而器樂並作的「人籟」，當然也由此而出。總括而言，「虛」是莊子掌握宇宙超越實體——「道」的主要特性。

表現自然的山水畫留有大片的空白，這是構圖的一個重要部分，它是水

[16] 關於「道」與「藝術」具有真、虛、和、美等共同基性，詳參同註 7，顏書，頁 93-154。

或天或雲的延展，特別於文人畫成立後，留白在元代黃公望、王蒙、吳鎮、倪瓚四大家手中靈活運用。他們所處理的山水已非具體的山水，而是在理想與現實、自然與塵寰中興發的各種心跡而已。因此超越技巧的炫耀與賣弄，繪畫藝術可以是哲理內涵的充分表述。

2.筆皴墨染

除了留白，中國山水畫使用媒材——毛筆與水墨作畫，亦可視為對哲理虛實相涵的藝術表現。畫家用毛筆作出各種方向與角度的運筆痕跡就是皴，皴與皴之間必須以空白隔出，皴是實，白是虛，有時皴筆本身便有飛白產生，一筆之間便有虛實。另外，水與墨各種濃淡程度的交融，亦表現了複雜的虛實互動。紙絹上由畫家「筆隨心使」繪就的山水景物，亦是一場水墨皴染而成黑與白的對話，然而黑與白交相呈現的山水畫藝術表達，根本上來說，就是對宇宙道體虛實相生的體驗。

3.由氣韻生動到動勢的追求

魏晉時期謝赫所提出繪畫六法之首位的「氣韻生動」（《古畫品錄》），成為後世文人畫家創作的圭臬。宋代文人加入了人格涵義，如郭若虛說：「竊觀自古奇蹟，多是軒冕才賢，巖穴上士，依仁游藝，探賾鉤深，高雅之情，一寄於畫。人品既已高矣，氣韻不得不高，氣韻既已高矣，生動不得不至。」（《圖畫見聞志》卷 1〈論氣韻非師〉）將個人品格的修養視為畫品崇高的保證，如歐陽修的淡泊蕭條，蘇東坡的蕭散簡逸，皆為黃山谷譽為無窮「韻」致。黃山谷從觀人到論書、畫、文章，皆要以「韻」勝。「韻」在人物是語少意密，在詩文是有言外之旨，在書畫則是妙在筆墨之外。就像李伯時畫李廣挾奪胡人，一邊飛奔，一邊引弓發箭追馳，李廣箭所直發方向的人馬皆應弦而倒，暗示李廣箭速又快又準，不必真畫出人馬於奔跑時中箭的模樣。這種對韻非俗的創作品味，需以胸中萬卷書陶鍊出不俗的人品。

宋代士子在學術上援道入儒，新闢理學的領域，新學問的鑽研，特重人品氣節，應用在繪畫理念上，便將畫法中的氣韻賦予人格的涵義。他們觀察上品繪畫的韻致就像品格高尚人物的氣度一樣，皆是宇宙深刻規律的體現。強調「蕭散簡遠，妙在筆墨之外」（蘇東坡〈黃子思詩集後〉），道藝合一的韻致，以追求天趣為境界，以淡泊趨遠為依歸，亦成為元明清以降文人畫的理想。

明清畫家，繼承宋代融入人品的氣韻觀，別有新裁，將「氣韻生動」解為「氣運生動」，成為畫家努力營造畫面「動勢」的理念來源。董其昌曾說：

> 山之輪廓先定，然後皴之。今人從碎處積為大山，此最是病。古人運大軸，只三四大分合，所以成章，雖其中細碎處多，要以取勢為主。（〈畫旨〉）

動勢如何表現呢？畫家以樹身與山脈稜線相互連接纏繞得致的動線，示意山水畫中動勢的由來，大致即是畫面景物的堆砌與走向呈現數個 S 形的彎轉，亦即明清畫家非常強調的「龍脈」。[17]山水畫家藉著「龍脈」起伏的表現，作為對於宇宙深刻規律——道——的體察與把捉，無怪乎畫家咸以為山水畫不僅可體悟聖賢之道，更可契知天地之道。明清山水畫家透過「動勢」的追求，更具體掌握與表現了莊子「道」的義蘊。

五、結論

本文經由三個向度考察，所得結論簡括如下：

其一、「莊子哲學的觀物思惟」。莊子的物象思惟，表達在觀察主體「與物同化」的過程，終達齊物逍遙的境界，欲達此境界所採取的必要途徑是「心齋」與「坐忘」。觀物思惟著重在主體形軀桎梏的解脫，不僅能達齊物逍遙之境，我執一但鬆解，更能放開對於時空宇宙的限定，莊子的觀物思惟肯定了與萬物同在之時空宇宙的無限性。

其二、「莊子觀物思惟的藝術觀照作用」。筆者透過莊子數則寓言如：濠梁之遊、莊周夢蝶、痀僂者承蜩、梓慶梢木為鐻、庖丁解牛等，揭示莊子

---

17 關於董其昌如何以山水畫表達「動勢」，請詳參毛文芳撰〈董其昌的離合說及其繪畫實踐〉，刊於《國際佛學研究年刊》第四期（1994）。

觀物思惟隱含的藝術觀照作用。「魚樂」是一種直覺的觀照，夢蝶、承蜩、為鐻、解牛等所提示的是一連串觀照過程，統稱為「物化」，分疏則為由「對象孤立」、「以物觀物」而至「物我合一」的觀照次第。這些藝術觀照作用，啟示了後世的繪畫鑑賞理論。莊子提示的觀物思惟，到了魏晉時代，成為把握宇宙本體的玄學方法——「得意忘言」，轉化成為一種超越塵俗、邁向玄遠的境界追求，正與藝術家的理想不謀而合。

其三、「莊子觀物思惟對中國繪畫鑑賞的影響」。溯源於魏晉時期，由月旦人物而來的風神要求，鼓動著「重神忘形」、「重意忘形」的繪畫理念。筆者考察畫家的繪畫觀照作用——「遺物以觀物」、「以天合天」、「技進於道」，可謂由莊學的「物化」概念衍伸而來。在創作媒材與構圖方面，國畫手卷一捲收、一展放的特質，豈非映現著老莊的無限時空觀嗎？另外，由中唐潑墨山水發展而來的逸品畫風，其特異的作畫過程，使莊禪融匯合一，催生北宋的文人畫理論，並建立元明清文人畫超逸玄遠的理想。繪畫如何表達抽象的真理呢？莊學的「道」提供畫家對於宇宙萬事萬物規律的深刻認識，「藝」是對「道」認知與體察的技巧實踐，且看那畫幅中一大片似無意卻有意的「留白」；且聽那筆皴墨染絜叨的虛與實、墨與白的對話；且感受那表達山水靈性的氣韻生動與「龍脈」起伏的動勢追求，中國繪畫的最高境界：「道藝合一」，是如此地與莊子哲思絲縷相連。

試論國畫手卷的美學意涵

一、引言

美學的研究層面，概可分為實踐層及思想理論層二者。前者或細密分析個殊的藝術作品，或從普遍創作中，抽繹出形式媒材限定下之審美原則，而建立書法、繪畫、音樂等美學分支。後者則針對實踐層的經驗現象，提出後設性思考，將觀念系統化而產生理論，其對象為創作心靈的審美活動，例如藝術哲學。若針對理論再做第二步後設的反省，這是理論史或觀念史的研究。一個研究者，可以選擇直接面對藝術作品而作形式的探討，亦可選擇對理論觀念的整建及詮釋，當然最好能綰合二者，以思想理論層之所以然補足實踐層之其然，並以實踐層之其然去印證思想理論層之所以然，始能跨越及彌縫二者的鴻溝。

筆者觀覽畫作，對五代趙幹〈江行初雪圖〉將近四百公分長的條幅，能作繁多母題而統一性的處理頗覺興趣，遂引發對手卷形式與內涵及其相關種種問題的思考，於是結合實踐與哲思兩個層次，試作美學路向的闡析。本文針對相關文獻資料的搜集、整理與詮釋，並使用統計法製成座標曲線以輔助說明，針對實際作品的解說，適度援引前人成果，以具體推導相關論點。正文共有三大部分，首先進行手卷形式的探討，形式來源為何？長幅形式中，其結構如何？長寬是否傾向某種固定的比例？其次，以文字學及哲學思維的觀點，探討手卷關涉的時空架構。最後，由實際作品探索手卷繪畫的構圖意念，其視點是固定或移動？其空間在長幅中如何處理？主題如何在架構中反覆呈現？時空的表現與音樂性有無密切關係？

二、手卷形式的探討

（一）形式來源

手卷形式的起源與我國古書籍的裝訂方式有密切關係，目前考古出土的實物中，多有漢朝時候的兵書木簡，[1]皆為長條形。學者相信在漢朝以前已盛行簡策，把文字書寫於竹片或木皮上，再用皮或絲繩將之串連起來，成編收捲。漢代曾一度流行帛書，將文字書寫於縑帛上，便於攜帶，唯成本過高。東漢和帝時，蔡倫改良造紙術，漸能大量生產紙書卷，廣為流布。考古發掘大批藏於敦煌石窟中的經卷，皆由紙卷寫成。顧名思義，「手卷」即可以手捲收成卷，必有一個軸心作為支點，以便捲繞，所以一卷書亦可稱為一軸書，其一端黏裹一支木棍作軸心，收捲而為一軸書。後來的書法繪畫手卷，便是借用其形式發展而成。張彥遠紀錄了失傳的古代秘畫珍圖，在許多畫名後加小注，皆以「卷」名之，證諸傳世古畫或摹本，可知在北宋掛軸形式完備之前，手卷無疑是古來最主要的繪畫形式。

（二）形式結構

「卷」為中國書畫裝裱手續最繁複的形式，長度最長，結構複雜，所用於卷的材料有絹、綾、紙，上版糊裱時，由於絹、綾、紙遇潮收縮舒張程度不同，極需賴裱工熟練的技巧。

當我們展開一幅手卷時，注意力主要落在畫的內容上，而畫面之能呈顯，需依其他結構部位之助，這些部位，有的寫了各種書體大小不一的墨蹟，或長短有別的佳文妙句，有的鈐了印墨，或保有絹綾的空白，他們提供長卷藝術價值上多樣而統一的特點，亦擔負著鑑定畫蹟真偽及收藏流緒之責。

---

1 如西漢武帝初年的〈孫子兵法〉、〈孫臏兵法〉竹簡，東漢永元五年的〈兵器簿〉木簡，請參見葛婉章著〈漫談手卷〉，《故宮文物月刊》第 36 期（1986 年 3 月），頁 114-129。本段關於手卷形式發展的簡史說明，亦同參於葛文。

在「手卷形式結構圖解」(〔圖 1〕)中,「天杵」和「軸心」首尾遙對,負責把整幅綾布撐起,使卷形能挺直而美觀。「天頭」又叫「裱頭」,後接名家題寫畫名、揮灑墨趣的「引首」。「畫心」為畫面內容之所在,「拖尾」有後人題款識誌,又稱「跋尾」,「隔水」則為以上各部分的分隔接縫處,作用彷如文章的句讀。當手卷收捲後,一則保護卷軸,二則裝飾門面的為「包首」,上黏直長形標簽畫名的「題籤」,讓人尚未展卷,即可預知所畫為何。整個卷軸以一條「縧」與其尾端造形優美的玉質「別子」固定,以便收藏。

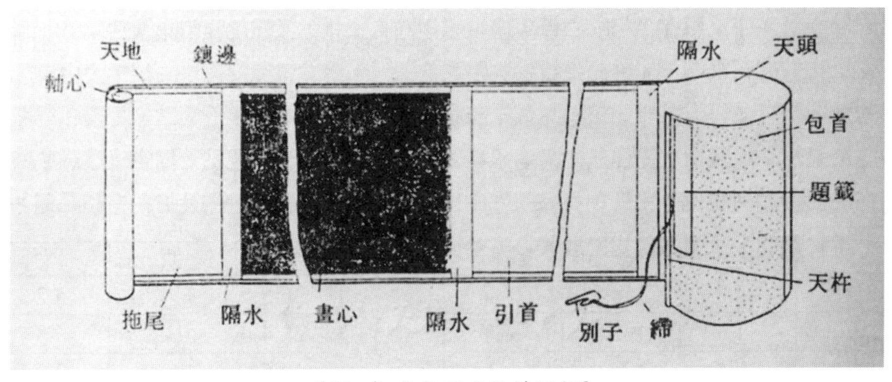

〔圖 1〕手卷形式結構圖解[2]

以上為手卷裱褙形式結構的簡要說明。歷代以來,無論這些部分有過如何的調整與更動,都是為了要襯托手卷的畫心。而裱裝的長寬尺度,會根據畫面大小而變動。因此考慮手卷形式的意涵,重點可置於畫心。西方繪畫無論水彩或油畫,不管畫面大或小,長寬始終維持某個基本的比例,這是文藝復興時代所建立的黃金比例,支配著西洋人的畫布空間。中國的國畫手卷有沒有類似於西洋畫的某種形式準則呢?它究竟有無某個基礎比例?或是某種範圍內的長寬規格呢?

---

2 〔圖 1〕「手卷結構圖解」,以及文中對於手卷形式細部結構及相關說明,悉引自同上註,葛婉章文,頁 115。

為尋繹一個可能的形式規則，雖然要以區區若干畫作，精確掌握整個畫史手卷形式的實際狀況，幾無可能，筆者試以石守謙教授等著《中國古代繪畫名品》為範圍，考察一個大致的趨勢。該書序文曰：

> 在現存幾十萬張古代畫作中，要挑出一百張作品來代表整個中國畫史，任何人都可想像到可能有千百個不同的方案。我們的選法則主要著眼於其在畫史上的重要性，配合考慮其創作品質，與其對某畫家或畫派的代表性，並且儘量作到不遺漏、不重複的要求。[3]

一如上文所述，《中國古代繪畫名品》精選歷代著名畫作，十分具有代表性。筆者根據《名品》一書所收歷代三十五幅手卷為採樣範圍，載錄各幅畫蹟之長寬尺寸，計算比例，進行排比、統計與列表，並製成曲線圖，以利討論。茲臚列四種圖表[4]如下：

〔表 1〕歷代手卷長、寬、比例抽樣統計表

朝代	手卷			朝代	手卷		
	寬度(cm)	長度(cm)	比例		寬度(cm)	長度(cm)	比例
晉	24.8	348.5	14.1	元	26.5	111.6	4.2
唐	31.4	492.8	15.7		28.4	93.3	3.3
	29.5	35	1.2		50.5	144.1	2.9
南唐	46	180	3.9		33	636.9	19.3
北宋	51	140.8	2.8	明	46	740	16.1
	40	72	1.8		25	319	12.8
	32	161	5.0		28.6	135.8	4.8
	28.7	335.5	11.7		33.7	400.7	11.9
	48.9	209.6	4.3		34.9	253.3	7.3
	32.4	104.8	3.2		30	1053.5	35.1
	51.8	789.5	15.2		30.3	307	10.1
	27	473	17.5	清	30.8	409.5	13.3

[3] 引自石師守謙等著《中國古代繪畫名品》（臺北：雄獅美術出版社，1989），石〈序〉，頁 7。

[4] 筆者以下四種圖表，悉抽樣自同上註《中國古代繪畫名品》一書所收 35 幅手卷畫作而來。

	19.1	161.3	8.5		26	344.2	13.2
	29.3	560.3	19.12		47	599.4	12.8
	30	45.7	1.5		29.2	157.4	5.4
	51.5	191.5	3.7		35.7	545.1	15.2
南宋	27.5	57	2.1	共計 35 幅			
	30.3	403.6	13.3				
	46.5	889.1	19.1				

〔表 2〕歷代手卷寬度分配統計表及曲線圖

寬度（以內）	20	25	30	35	40	45	50	55
件數	1	2	10	11	1	0	6	4

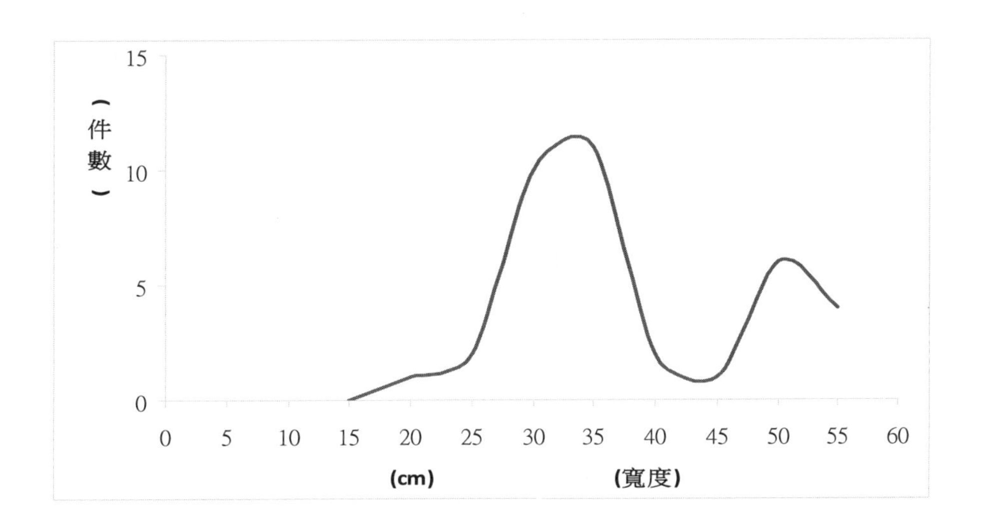

〔表 3〕歷代手卷長度分配統計表及曲線圖

長度(以內)	50	100	150	200	250	300	350	400	450	500	550	600	650	700	800	900	1000	1000以上
件數	2	3	5	5	1	1	5	0	3	2	1	2	1	0	2	1	0	1

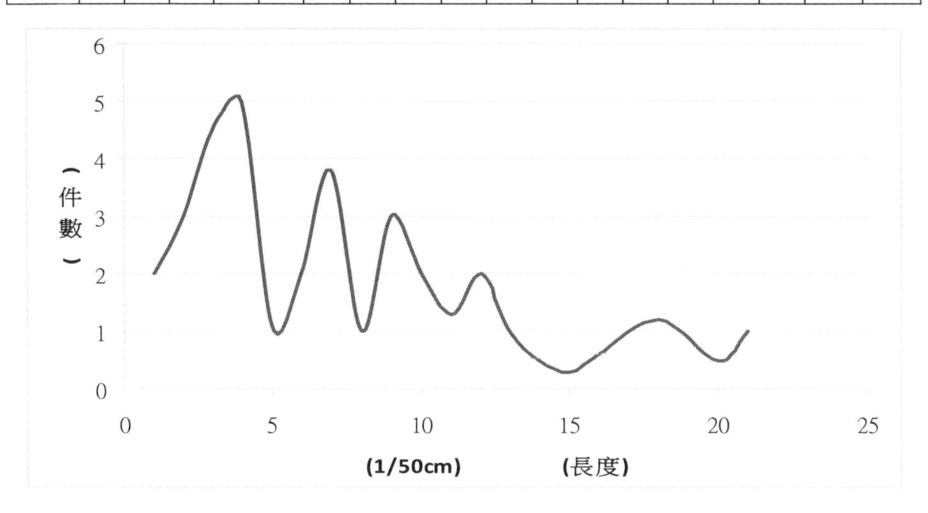

〔表 4〕歷代手卷長、寬比例分配統計表及曲線圖

比例(以內)	1	2	3	4	5	6	7	8	9	10	11	12	13	14	15	16	17	18	19	20	30	40
件數	0	3	3	4	3	2	0	1	1	0	1	2	2	3	1	3	1	1	0	3	0	1

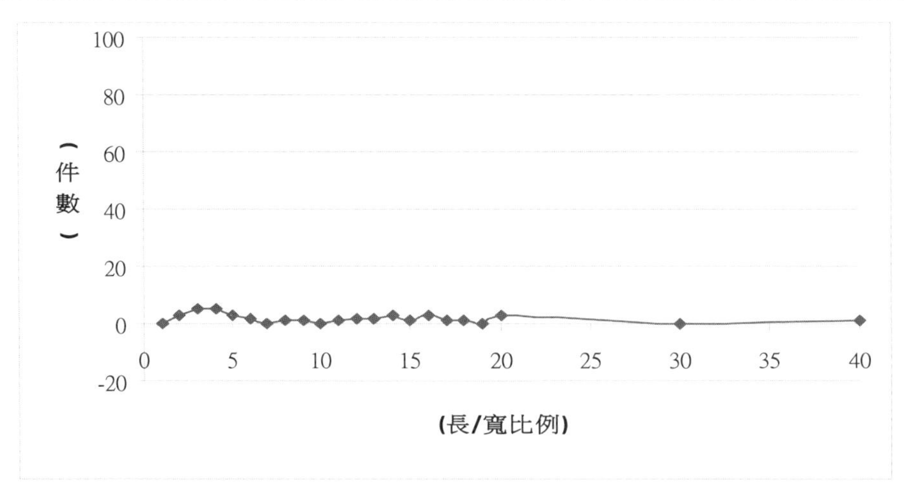

筆者根據上述圖表，進行討論如下：

第一、〔表 2〕「歷代手卷寬度分配曲線圖」顯示的一個高峰，數值範圍大約在 25 至 40 公分之間，共有二十四幅，超過總件數的三分之二，為手卷寬度使用最頻繁的尺寸。如果我們將手卷的寬度與古書簡策所使用的材料作一聯想，這個 30 公分上下的尺寸，正好相近於一節竹幹的長度，適足補充手卷形式源於古代簡策的理由，也顯示脫胎於竹簡的手卷，儘管經過千百年的歲月，由原先受物質性限制的書寫工具，過渡為藝術媒材，進一步與繪畫內容互動，昇高為美學思考的形式元素，仍維持其古老素樸的原型。

第二、〔表 3〕「歷代手卷長度分配曲線圖」較難看出突顯狀況。但小於 50 公分的作品僅有兩件，大部分均超過 100 公分以上，集中在 150 至 500 公分之間，超過 1000 公分者僅有一件。這個現象顯示了什麼呢？由於手卷的觀賞方式，是由觀畫者一面展放左手的畫卷，一面收捲右手的部分，在收捲與展放之間，停留在我們眼前的，約等於兩手微微張開的距離，這個距離約為一公尺。長卷畫的特點就在於觀賞者可以透過捲放的變動，去經驗畫面，所以手卷絕不會在一時間完全攤開，它需保留可捲可放的性質。從表 3 曲線圖可得知，極大部分的手卷作品長度都在 100 公分以上的理由了。

第三、〔表 4〕「歷代手卷長寬比例分配曲線圖」，平緩無變化，比值從 1 至 20，每一單位件數差異不大，顯出相當均勻的分配。這個現象指陳一個事實，即固定比例的放棄，迥異於西方自文藝復興以來，對黃金比例的堅持。這個放棄，卻意味著另一種堅持，畫家在沒有固定拘束的長寬中，締造心靈自由的時空感。

手卷源於簡策，屬於一種觀物方式。這究竟是長卷簡策的物質性限制決定了觀物方式？抑或是這種觀物的方式促使中國畫家選擇了長卷形式？這個疑惑，或許可以用相互影響的辯證性發展試作詮解。

三、手卷關涉的時空意識

蔣勳先生認為：中國與西方對空間與時間的觀念似乎一開始就朝向不同

的方向發展。在埃及，金字塔是三角形，向內封閉的、固定的、靜止的、單一視覺的；在中國，那起伏於大地上的長城，做一種象徵符號，是展開的、流動的、無限延長的。在這些久遠的視覺符號中，已經隱含著文化體系各自不同的思考方向。[5]究竟中國文化體系對於宇宙時空的思考為何？

人類思想文化的發展過程是不斷地運用概念和語言文字，對宇宙萬物萬事逐漸予以分類和命名，對事物分析了解溝通和掌握。發展的同時，又有哲學思維一直進行著反省與質疑。關聯著中國古老農業帝國其生存命脈的時空觀念，亦是在概念的思辨與體悟中，指導著中國人的一切活動。以下將由文字學與哲學的觀點，探討中國的時空觀。

（一）文字學觀點：「時」、「間」、「空」、「宇」、「宙」[6]

1.「時」

時的古文為「旹」、「㞢」的離形為「[illegible]」，本義是足踏地面，即後來的「止」、「之」。「之」含有動義，「止」含有靜義，足踏地面，即是行之止，亦是止而將行。對於造字之初民來說，太陽行而復止，止而復行的律動，便是時間的概念，這是經由觀察而得。後來結合了具體事象活動如農業生產，「時」則開始分節分段，如月、季、年。此時已由本能的覺察，轉變到以自然秩序為主宰之人為活動的準則。

2.「間」

間的古字為「閒」，《說文》云：「隙也，從門月。」實意亦形。閉而見月光是有間隙，引申則泛指實體間的虛空部分。「間」的意象包括了代表特定空間場所的「門」，與暗示時間行進的「月」光，象徵著一件含有時空因素的事件。日人磯琦新在《日本時空觀》一文中論道：

> 間是記號組成的序列，間是一個虛的空間，各種各樣的現象在此出現、通過、消失，現象的各種表徵，高度彈性造形及各種可能性也都

---

5 參見蔣勳著《美的沈思》（臺北：雄獅美術出版社，1986），頁 97。

6 詮釋架構參考自盧惠敏著《中國建築時空論》，成大建築研究所碩士論文，1987 年 6 月。

在此際會。[7]

《禮記》亦云：「一動一靜者，天地之間也。」同樣表達空間的轉換——天動；時間的持續——地靜，兩個因素的對立與融合。「間」可理解為區隔、單元，具有中介性與衍生性，人在其中，可感覺周圍事物的存在，故亦可定義為體驗的區隔單元，它代表著事件發生與場所存在兩相交融的中介領域。

3.「空」、「宇」

空的原始意義較為單純，指的是穴、孔、竅之意。甲骨文中的造形為「⋀」，像圍牆、像屋頂，其內交代了一個有蔽護的場所，字形上強化了區隔單元的意義，給予一個存在概念上有效的規定。與甲骨文「⋀」（宀）字的起源相近，亦有蔽護意義的是「宇」，《說文》云：「宇，屋邊也。」《易》繫辭傳曰：「上棟下宇以蔽風雨。」釋曰：「宇，羽也，如鳥羽翼，自覆蔽也。」宇所代表的「屋邊」或「羽翼」，皆具覆蔽的功能。這與「⋀」所指之意相似，都是與大自然搏鬪下的退避所在。「宇」空間的原始意義，暗示著感覺上的界線與包被，故亦有「上下四方謂之宇」空間界線的提出。

4.「宙」

《說文》云：「宙，舟輿所極覆也。」段注曰：「舟車自此至彼而復還此如循環然。」於此，舟車往返回復，具有動的變化，舟車一往一返，暗示了時間的經歷，於是引申出延展性。其後則直接代之以「古往今來謂之宙」的時間意義。

以上分別探討了中國人由觀察自然及體驗生活中，對於時間、空間表達在文字上的推想。先民在有節奏的時間與有秩序的空間組合成的宇宙中，從容地安頓著一切活動。

---

7 轉引自同上註，頁17。

（二）哲學思維

先民時空概念的重要線索為《周易》，《易》之時空觀乃透過卦爻之時位來表現，六爻的卦象，也採時空交揉的綜合狀態來說明。六爻由下而上，稱名為「初、二、三、四、五、上」。第一、第六爻既不以「初終」，又不以「上下」兩組相對應的名稱來命名，而一稱初，一稱上，蓋「初」言時間，「上」指空間，六爻的變化象徵萬物在現象界生滅的一段過程，為時空的綜合呈現，故首終二爻以時空義綜合界定之。[8]《易經》中，從未抽離現象而孤言萬物創化，故乾文言云：「時成六位，位因時成」，空間聯結時間而談，時空相依相生，時間流轉，空間圓道，沒有終極，沒有固定，這就是《易經》緊扣生命創化歷程的「時空融貫觀」，其「無往不復，天地際也」的說法，主導著中國人觀看宇宙萬事萬物的時空意識——綿延廣續、循環無已。

莊子對於時空本身的見解見於〈雜篇〉：

> 出無本，入無竅。有實而無乎處，有長而無乎本剽。……有實而無乎處者，宇也；有長而無本剽者，宙也。[9]

根據王煜解釋：「宇是空間，具備實在性而不囿限於任何方所畛域；宙是時間，具備連續性而無始終首尾。」[10]

如果拿《淮南子》作進一步說明：「往古今來謂之宙；上下四方謂之宇。」[11]則可知時間彷如空間中的運動實體，一往一來，由過去走向現在，又由現在走向未來，亦可逆推回去。時空若以人為量度中心，可找出時間與空間的定點——現在與這裏，卻不保證永恆存在。定點只能對應出廣袤深遠的空間與綿延不絕的時間，這是由一個人的實存，即特定的時空，串連組購

8 內文說法，參見劉君燦著《不以規矩不能成方圓》（臺北：三民書局，1984）。

9 參見清・郭慶藩輯《莊子集釋》，〈庚桑楚〉篇。

10 參見王煜著《老莊思想論集》（臺北：聯經出版公司，1979），〈道家時間觀〉一文。

11 參見《淮南子》，〈齊俗〉篇。

而成。至於宇宙時空的背後，是否有某種推動的根源呢？《老子》第二十五章云：

> 有物混成，先天地生，寂兮寥兮，獨立不改，周行而不殆，可以為天下母。吾不知其名，字之曰道，強為之名曰大。大曰逝，逝曰遠，遠曰返。[12]

這裏舉出了一切實體存在物的創造與推動者——道，先於天地而生存，其體性為大，其作用為返，能往復循環，永無終止。這樣周而復始的道性，顯出時空的無限性。老子對宇宙根源的提舉，莊子則要融之以中國人的生命中。人無可避免地被形軀桎梏，而形軀終將腐朽，又被時空所拘限，因此某種意義上，人類的努力就在突破這雙重的限制。然而不管如何的奮鬪，一旦覺察到更為廣漠的時空一逕存在時，難免感傷，莊子的逍遙遊，就要人們正視這個廣袤的時空體，以無限心去突破它，進入生命絕對自由的境界。他提出了朝菌、蟪蛄、冥靈、大椿，其壽命分別短則為一朝、一季，長則有以五百年、八千年為一季的。其文曰：

> 朝菌不知晦朔，蟪蛄不知春秋，此小年也。楚之南有冥靈者，以五百歲為春，五百歲為秋。上古有大椿者，以八千歲為春，八千歲為秋。[13]

只要時間有刻度，可以尋求始終兩端，無論它多短或多長，是朝菌或大椿，結果都一樣，仍需落在有限的範疇中。空間亦然，無論多小或多大，是秋毫還是泰山，只要可丈量，也一樣要落入有限中。老子設定了時空的無限與絕對性，莊子則要人從相對的長短、大小中超拔出來，以精神的自由自在，在絕對無限的時空中優遊，這是道家對有限形軀與無限時空所提出的一套可貴的辯證思維。

不只道家，即連名家惠施，亦有相似的看法：

> 至大無外，……至小無內。……天與地卑，山與澤平。日方中方睨，物方生方死。……南方無窮而有窮，今日適越而昔來，連環可解也。[14]

---

[12] 參見《老子道德經》。

[13] 參見同註9，〈逍遙遊〉篇。

[14] 參見同註9，〈天下〉篇。

其中提出了時空的相對性，天尊地卑乃一般常識判斷的經驗，若從無限的觀點來看，則天地、山澤之差異，如此有限且幾為無異。而中睨、生死的時間距離，以永恆的觀點來看，亦極為渺小，無甚差別。如此時空的同異差別現象，皆消融在無限永恆的觀點中，這便是惠施的時空意識。

綜合以上所述，中國哲學的時空思維，在於突破由相對性限制而來的一切框架，具有廣袤深遠、持續創化、往復成環、通貫交融的特性。

四、手卷的構圖意念

通過文字學與哲學思維的剖析之後，我們對中國的時空意識有了梗概的認識。本節將進一步探討手卷畫家的構圖意念，究竟畫家在這樣的時空架構下，運用了如何的視點來觀察自然景物？以怎樣的空間形式表達時間的連續因素？如何處理繁複的主題？

（一）移動視點的選擇

西方文藝復興時期，科學及數學影響了繪畫，畫家透過視覺準確的科學方法觀看世界，逐漸發展出透視法。透視法是一種客觀的視覺方法，要求人的眼睛與物象之間距離固定，而人的視點亦固定，於是由此固定視角所觀看的物象必定有限。若以視線投注於物象的一點為中心，視線所及的上下左右各有一個邊界，把這四條邊界連接起來，大致就形成一個畫的比例空間，這個建立在固定視點的透視比例空間，便是西方繪畫形構的基礎。[15]

手卷的視覺基礎呢？我們不妨由觀賞手卷的經驗逆推畫家構築畫面的空間意念。一般觀賞手卷，是由右向左逐漸展開，觀者與長卷的內容，不會在同一時間內作完全的接觸，靠著左手的展開及右手的捲收，觀者看到的是分秒變化的畫面景物，彷彿在走觀景物，觀者的視覺在遊歷。同樣的，經由觀者視覺遊歷而得的畫面景物，就是畫家在相同視覺經驗下，捕捉到的自然景

---

15 本段文字摘引濃縮自同註 5，蔣勳《美的沈思》，頁 96。

物。因此長卷的內容，必由移動的視點始能達成。中國畫家並非不懂定點透視法，沈括發現：北宋畫家「李成畫山上亭館及樓閣之類，皆仰畫飛簷，其說以為自下望上，如人平地望屋簷間，見其榱桷。」[16]李成仰畫飛簷，自下望上所採取的是固定視點，然而這種視覺方法何以未受重視？西方學者蘇利文說道：

> 中國畫家故意避免透視學，就像他們故意避開光影的原理一樣。所謂科學的透視學，主要是在一個確定不動的位置上來觀察世界，畫中所有的景象都從那一點上來觀看。這種方式可以滿足具有邏輯頭腦的西方畫家，然而對中國畫家來說，這樣的觀點是不夠的。他們會問為什麼要如此限制自己？為什麼只畫我們眼睛從一視點上所看到的東西？[17]

中國人經過審慎的思考，捨棄了單一透視，沈括對李成的「仰畫飛簷」，有進一步的批駁：

> 大都山水之法，蓋以大觀小，如人觀假山耳。若同真山之法，以下望上，只合見一重山，豈可重重悉見？兼不應見其谿谷間事。又如屋舍亦不應見其中庭及後巷中事。若人在東立，則山西便合是遠景；人在西立，則山東卻合是遠景，似此如何成畫？李君（按指李成）蓋不知以大觀小之法，其間折高折遠，自有妙理，豈在掀屋角也。[18]

沈括以大觀小的畫法，是要把山水景物全體壟罩於視野中，再將之鋪現於畫面上，若不放棄固定視點，只從單一角度捕捉景象，勢必掛一漏萬，僅能畫下局部的景物，沈括是不能接受的。後來的畫家郭熙由繪畫的實踐中，體悟出移動視點的概念，提出三遠法：

> 山有三遠：自山下而仰山巔謂之高遠，自山前而窺山後謂之深遠，自

---

[16] 引自沈括著《夢溪筆談》，參見俞崑編著《中國畫論類編》（臺北：華正書局，1984）上冊，山水（上），頁 625。

[17] 參見蘇利文著、曾堉譯《中國藝術史》（臺北：南天書局，1984），頁 181。

[18] 引自同註 16。

近山而望遠山謂之平遠。[19]

中國畫家要客觀景物來為主觀心靈服務，並不主張忠實地描繪客觀景物。因此一幅畫，可同時融入仰視、俯視和平視等多種取景法，郭熙為中國繪畫的移動視點取景法奠下了理論基礎。

手卷畫家運用移動視點，把每個單一視點所觀看到的景物，融接黏繫起來，組成一連串堆疊連續的山水畫面，手卷提供了類似旅行的「遊」的經驗。前文曾論及，手卷形式的淵源為簡策，至於漢代盛行的石刻畫像以及佛教壁畫，特別像敦煌石窟的經變圖，一連串敘述性的構圖，也給予手卷結構很大的啟示。然而為了配合牆壁形制而成的長條形壁畫結構，與移動視點卻並無必然關係，試觀西方極負盛名的藝術家米開朗基羅，在西斯汀大教堂完成的創世紀壁畫，狹窄的空間並不呈現連續性畫面，而是分成數個獨立方塊，分別以方形畫幅來處理，迥異於敦煌壁畫。同樣是壁畫，卻有兩種不同的畫面結構，關鍵在於中西畫家採取了相異的繪畫視點。

至於中國人為何會放棄定點透視，選擇移動視點呢？或可由中國的哲學思維來探思，特別是時空觀，筆者已於上文剖析。手卷之於畫家或觀者的捲收與展放，可視為中國時空觀的反映，捲收的部分如同逝去者，眼前瀏覽的如同現在，即將展放的如同未來，手卷由內容與形式所呈示的，為一種流動延續的時空觀。往往在卷尾出現與卷首相同的主題呼應，彷佛展卷至此，又將重新開始，在在提示了時空無限，往而復返的哲思。

（二）區隔而連續性的空間

前文曾述及「間」的字源學涵義，可理解為區隔性單元，具有中介及衍生性。在手卷構圖中，便常見空間區隔的處理法，例如東晉〈竹林七賢與榮啟期〉的磚刻畫（〔圖 2〕），畫面中每位人物各有不同坐姿及表情，分別以出枝狀態相近的樹隔成每個人物的獨處空間。雖然樹在畫面上擔任著分界功能，卻也可以成為風景的一部分，譬如向秀側首倚樹，樹兼具界線與背景雙

---

[19] 引自郭熙著〈林泉高致〉，參見同註 16，《中國畫論類編》上冊，頁 639。

〔圖2〕（東晉）磚畫：竹林七賢與榮啟期（局部）[20]

重效果，這是單一界線功能所沒有的效果。

東晉顧愷之〈洛神賦圖卷〉也有區隔空間的情形。圖卷忠實畫出賦中所述曹植與幻想思慕的宓妃邂逅的情形。卷首為休息秣馬圖，其次畫曹子建一羣人看到岩畔美人，接續是洛神及其從者的各種姿儀，不久宓妃乘六龍雲車而去，卷終畫曹子建思慕落空，乘車東歸。畫面在各段情節間，以樹石作分隔，同樣地，這些垂枝樹與小土石宛如洛水一帶的自然生態，也達到了空間區隔的效果。

〈洛神賦圖卷〉是以樹石來區隔空間，到了唐代〈輞川圖〉，用連綿的山、環繞的水及人為籬笆相互結合而隔出不同單元，共描繪出輞川二十景。採連景處理法，符合遊覽山水的實際狀態，類似遊景導覽圖，呈現莊園生活及求道歷程。〈輞川圖〉二十景所用的連景畫法，與唐代盧鴻〈草堂十志圖〉分景冊頁的處理法完全不同，前者服膺了手卷雖隔而連續的空間原則。

五代南唐趙幹〈江行初雪圖〉，以初雪時期捕魚行旅的生活小景為主題。畫幅中間，有著幾株大樹及蘆葦的土坡，將整個長幅隔出前（右）後（左）兩個主要場景。土坡右上方有兩條東南走向的船，土坡下方有行進方向與前船相反背著觀者的兩位漁人，一進一出的方向，正好暗示著前後兩個時空的遞移（〔圖3〕）。前半段的場景，由三大塊土坡圍成一個廣大的空間單元，主要是水域，其中有幾棵巨大的樹隔斷左右區域，但這個阻隔卻由畫幅下方土坡上的一座小橋，予以連貫起來，使觀者的視線藉小橋的引導，順

20 圖版引自《中國美術全集》（臺北：錦繡出版社，1989），「繪畫編一」，頁144。

〔圖3〕（南唐）趙幹〈江行初雪圖〉空間區隔簡圖

利過渡到前半段的左方水域，經由中央土坡下方兩個漁人的行進方向，進入後半段的場景。這個場景也有幾個空間小單元，分別由長著樹和蘆葦的小土坡，或水中竹籬圍隔而成。但是這些空間小單元也各自因為小橋、竹籬開口或行船走向而相互連貫。趙幹〈江行初雪圖〉畫幅大大小小的空間單元，看似皆有景物隔開，但經畫家巧妙布置後，卻又連續相接，形成一個整體性的空間，同時表達了空間連續進行的時間因素。[21]

最後再舉南唐顧閎中〈韓熙載夜宴圖〉為例（〔圖4〕）[22]，全畫可以韓熙載出現的次數分為五段，卷首的床榻為布景的開始，〈韓熙載夜宴圖〉第一與第二、第四與第五段之間由屏風隔開，第三與第四段之間以床榻及屏風隔開，唯第二與第三段之間沒有大型物件中隔，由空白及兩名面向相反的女子提示兩個不同的場景。〈韓熙載夜宴圖〉為進行空間與時間極複雜的一件手卷，它由人物活動的時空錯置，表現了周而復始、「始無端而終無盡」的時空觀。

21　關於此圖之詮釋及〔圖3〕空間區隔簡圖，悉引自梁麗祝撰《南唐趙幹江行初雪圖之研究》，文化大學藝術研究所碩論，1987年1月。

22　圖版參見同註20，《中國美術全集》，「繪畫編二」，頁128-129。本畫構圖分段的觀點說明，引自同註5，蔣勳著《美的沈思》，頁101-104。

〔圖 4〕（南唐）顧閎中〈韓熙載夜宴圖〉（局部）空間區隔

手卷的空間，不一定要用具體的樹石土坡或床榻屏風區隔，人物的動勢、船行進的方向，甚至是空白，都可以達成區隔空間的任務。手卷雖區隔而實連貫的空間單元，則以連續性暗示了時間的行進。

（三）景物堆疊延展的處理

在畫面上，依照景物基部的高低分出物象的遠近——「居高者遠，居下者近」是中西一致的畫理。中國畫家向來習於在畫面作主觀化的層次結構，雖然並非忠實的刻畫自然景物，卻有一套獨特的處理方式。國畫以移動視點描寫物象，一幅畫可同時融入三遠法的移動視點取景，給予視界很大的自由，以拓展畫面極為廣闊的空間。這些在不同時間內所捕捉到的遼闊空間，如何收攝於尺幅中呢？畫家採取堆疊的方式，做空間層次的處理。

著名的藝術史學者方聞教授認為南宋末年，畫家已能純熟掌握繪畫之幻象製作，他舉三個例子作為對宋元時期不同階段構圖發展的說明。第一階段，以〈鷺鳥水禽圖〉為例，該圖是由幾個分離的段落疊架而成（〔圖 5〕）。第二個階段，以李生〈瀟湘臥遊圖〉為例，該圖是在連串平行面的序列上，安排母題的後推（〔圖 6〕）。第三階段，以趙孟頫〈鵲華秋色圖〉為例，畫中各因子順著一個業經提示的連續地表，在空間上達到整合（〔圖 7〕）。[23]

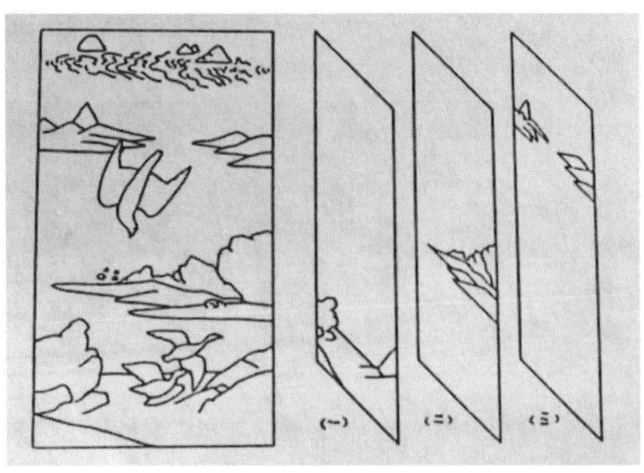

〔圖 5〕〈鷺鳥水禽圖〉示意圖

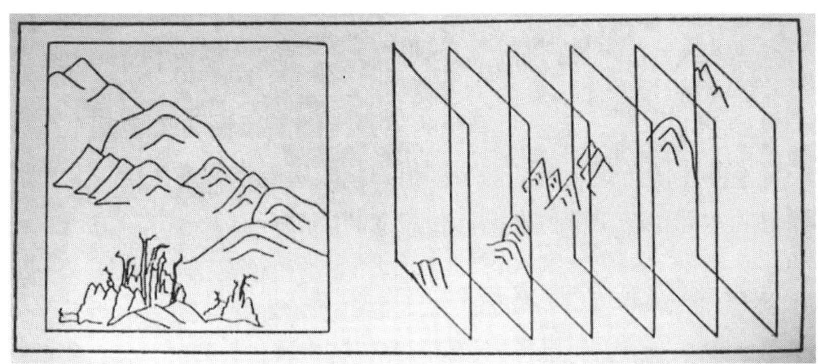

〔圖 6〕〈瀟湘臥遊圖〉示意圖

〔圖 7〕〈鵲華秋色圖〉示意圖

---

23 本段關於宋元山水畫構圖的三階段發展及三幅畫作示意圖解，悉引自方聞著、石守謙譯〈西方的中國畫研究〉，《故宮文物月刊》第 45 期（1986 年 12 月），頁 50-51。

方聞教授提出的銳見，揭示了中國山水畫構圖的祕訣與階段性發展，以及空間畫面的視覺分析。儘管〈鷺鳥水禽圖〉是立軸型式，其表現空間架構於手卷亦然，筆者前文述及手卷獨特的觀畫方式，是經由不停捲收與展放的過程，也就是隨著畫卷收放而產生無數系列視覺切片的觀看體驗。而萬里江山的風景，得以在手卷中綿延不絕，也正如〈瀟湘臥遊圖〉以連串平行面的序列，安排母題山水向後推展的結果。

國畫早期或以堆架的方式黏合分離的段落，如立軸的〈鷺鳥水禽圖〉、手卷的〈江行初雪圖〉等；或以連串平行面之序列，橫向疊合空間景物，如〈瀟湘臥遊圖〉、王希孟的〈千里江山〉等。到了元代趙孟頫〈鵲華秋色圖〉，他把華不注山前一片遼闊的沙洲景物，以自然透視法，羅列疊置為畫面空間。不同於前述二者針對平遠和高遠景物採取分離段落的疊架方式，趙孟頫在手卷中將廣闊深遠的景物，作連續性處理，顯示其對物理空間的講究，這種手卷的處理，是屬於後起更成熟的例子。至於繪畫史前期手卷採疊架方式，不作有機連貫，常把極高景物拉低，將極深景物拉於眼前橫列，畫家依據的，不是物理基礎，而是心靈的眼。

（四）主題的重覆

方聞先生亦為中國早期的山水畫找出三個基本構圖：[24]

1.概念性的高聳山峰；

2.水平走向的多層級山坡；

3.以垂直和水平元素表現溪谷。

這三種基本圖式在山水手卷中，成為一再出現的母題。如五代董源的〈瀟湘圖〉（〔圖 8〕），畫中空間結構乃以疊架法安排不連續的地景，前景為突出江面的狹長坡岸，中景為圓頭三角狀的林地，遠景有布滿墨點的山羣，一條 Z 字形河流自山谷注入江面。畫中層級土坡分別在前、中、遠景部分，橫列於江面上，使得沒有波紋的江水，因土坡母題的往來呼應，造成

[24] 參見 Wen Fong, “Rivers and Mountains after Snow”, Archives of Asia Art, No:30, 1976.

〔圖8〕（五代）董源〈瀟湘圖〉（局部）[25]三層級土坡母題之構圖

〔圖9〕（北宋）許道寧〈漁父圖卷〉（局部）[26]兼含垂直元素與水平元素之構圖

流動的感覺。北宋許道寧的〈漁父圖卷〉（〔圖9〕），發揮了手卷利於表現廣度的特性，同時捕捉了山水景物的高度及深度，其構圖有一明顯的特色，即山壁的垂直元素與溪流的水平元素，直皴與橫筆強化了其間高低的對比，如此則形成波浪狀律動，回應了遠山起伏的輪廓。此外，再如宋代李唐〈江山小景〉圖卷，畫面是以「兩山一塢」為主題所構成，兩山之間，不論是塢，是溪，是壑，總以突出部分間以低陷部分作為構圖的基式。

手卷繪畫的構圖，常以某個基式作一連串主題式的呈現，使得漫長的畫幅延展，具有呼應的緊密結構，並表達了時空的節奏與旋律。

---

25 圖版引自同註20，《中國美術全集》，「繪畫編二」，頁141。

26 圖版引自同註20，《中國美術全集》，「繪畫編三」，頁25。

（五）音樂性

音樂是由聲音按照一定秩序相互組織而成，包含：樂音的條件——音高、音長、音強、音色；以及要素——和聲、旋律、節奏。前者為音樂的主體部分，後者為音樂的必要條件。以下簡要敘述此一必要條件的意義：

和聲：依照對稱、平衡或其他原則，為不同樂音作縱向（齊時）的連結。

旋律：依照表現意圖，為樂音作統一形式的橫向（繼時）連結。

節奏：音符的時值（長短）依照合理秩序或藝術價值排列而成。

「和聲」是一首曲子中不同樂音在同一時間內（齊時）有秩序的連結，廣義來說即是和諧。

「節奏」通常是以音符的長短來規定，但實際上它的多變性與多樣化，並非音符長短所能規定，需取決於抑揚的位置、速度的緩急、律動性等因素。故節奏的成立是要人在時間裏覺察到的，並非物理時間，而是心理時間。譬如休止符在物理時間上代表零的狀態，但在音樂的心理時間上，卻是節奏運動中的高峰。所以「節奏」的根源性亦可由超音樂的存在來說明，它不僅是音樂直接的組織素材，而且具有時間和生機的力量，它是超音樂的，為一切時間藝術的基本命題。廣義來說，「節奏」可謂為「在時間中有秩序進行而連續的運動現象」。

「旋律」為音樂橫向繼時的連結，它與「和聲」縱向齊時的連結相互輔助。但「旋律」若無「節奏」配合，則只是一連串樂音毫無意義的高低羅列；反之，「旋律」纔會表現許多不同的、顯著的個性。例如「旋律」上行加快表示緊張，下行放慢表示弛緩，二者相間則呈現波浪狀與彈性，等分節奏表示平衡等等，「旋律」一樣可以擴及至藝術層面。

本節試圖探討所謂的音樂性，乃捨棄樂音部分（音高、音長、音強、音色），專指音樂的組織要素——「和聲」、「節奏」、「旋律」，類比於繪畫，視其在手卷中所發揮的結構性效用。

音樂為時間藝術，手卷的繪畫內容雖為空間景物的描寫，卻由於其特殊形式與觀畫活動，含有時間因素在內。茲以上文敘述的音樂結構要素來說明，手卷為每個片斷畫面的各因子，在橫向延伸的行進過程中，其對立因素（指高低、緩急、主副、隱顯……）統一的律動性變化及和諧的組織，而繪畫的基本因子指山、石、水、木、人、舍……，亦指筆形和墨彩，繪畫的「和聲」或可指畫家透過筆形墨彩所組合成的物象，能使觀者在某一時刻內觀看而滋生和諧的感受。每一筆畫就像音符，一個片斷畫面就是一組「和聲」，例如八大山人的〈鴨〉（〔圖 10〕），這組「和聲」係由墨點、線段、曲線、塊面以及淡、中、濃三層墨色交相聯結而成；吳作人的〈奔犛圖〉（〔圖 11〕）可視為兩組「和聲」，一組為上方獨隻的小牛，一組為前段兩隻疊合的牛，各自運用不同比例的水墨成分組構而成。

〔圖 10〕（明）八大山人〈鴨〉（局部）

繪畫的「節奏」與「旋律」，可以主題重覆出現的方式表達，如〔圖 12〕的彩陶雙耳壺，大大小小的圓形流線紋反覆出現，視覺上有動態效果，由於圓形紋的主題有位置高低、形狀大小，以及主題的對比，產生速度感的幻覺，使觀者彷如經驗了一首樂曲的「旋律」與「節奏」。

〔圖 11〕（清）吳作人〈奔犛圖〉

石濤的〈潑墨山水〉（〔圖 13〕），大量墨點的主題在畫面上呈現疏密緊鬆的排列，像極了微觀世界裡原子的運動狀態，也像極了許多音符在聽覺上撞擊出的旋律與節奏，這就是畫面經由主題不斷重覆而造作的音樂效果。

前文曾述及手卷構圖有空間區隔性，這種特性對觀畫者的視點會產生阻擋的情形，然而手卷的空間雖隔而實連續，能使觀者的視點由重重阻隔中解脫出來。於是觀畫時，視點會因畫面的構圖而呈現出或流暢，或斷續，或直行，或迴環，或緩，或急等多種變化。前文趙幹〈江行初雪圖〉假擬的視點連線（〔圖 14〕），[27]可由兩方面詮釋：

〔圖 12〕彩陶雙耳壺

第一：當手卷以等速展收移動時，對於景物疏宕處，視覺可輕鬆舒緩的經過；而對於景物繁複而緊密處，視覺則呈緊湊而跳躍的現象，於是視點連線有平滑與波折的變化。

第二：當手卷展收移動的速展，配合視覺對繁簡畫面的反應時，對於疏宕簡略的景物，視覺可暢快通過；而在緊複繁密的景物細節處，視覺則需作較長的駐留，視點連線則因視覺在畫面上停留時間的久暫，呈平滑與波折的變化。

〔圖 13〕（清）石濤〈潑墨山水〉（局部）

[27] 圖版引自同註 20，《中國美術全集》，「繪畫編二」，頁 138。

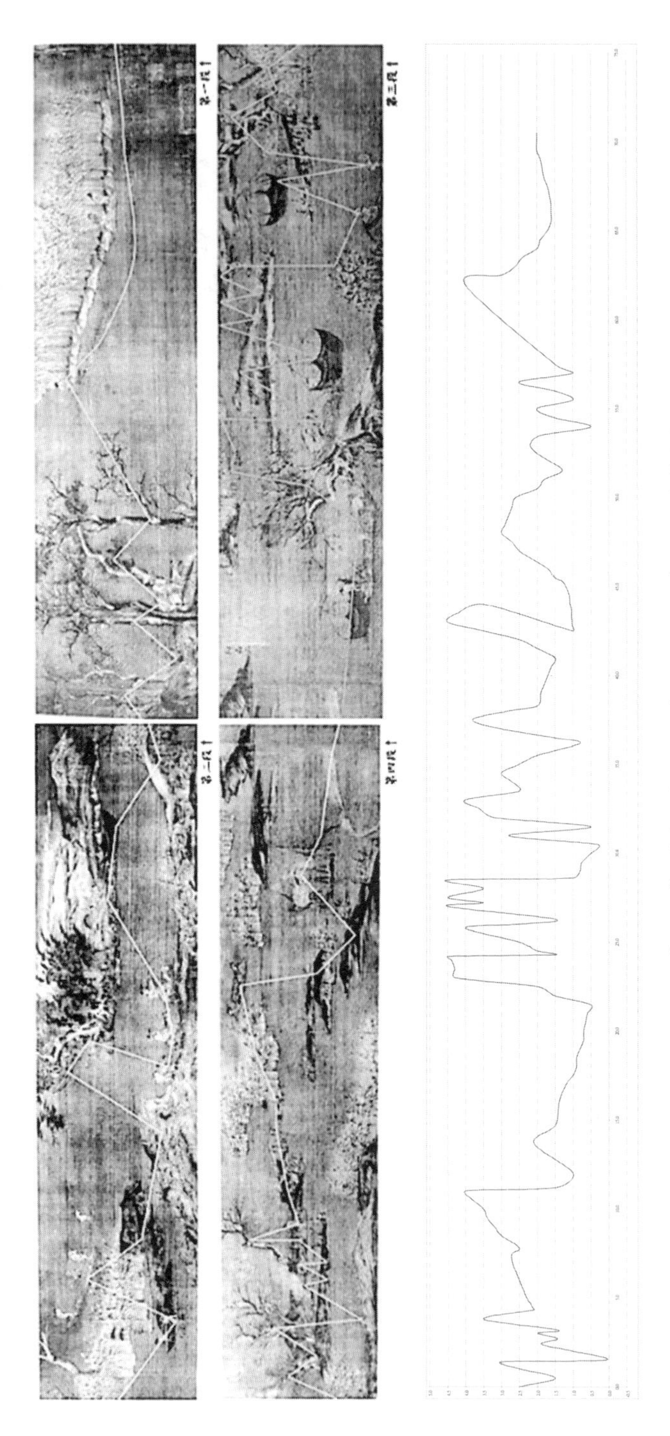

〔圖14〕（南唐）趙幹〈江行初雪圖〉視點連線假擬圖

如果將觀看手卷的視點連成線形，更能貼近音樂的「旋律」與「節奏」。觀看這條疾徐有致的曲線，像不像是一曲有快慢節奏構成的旋律呢？音樂為時間藝術，手卷恰如其分的表現了節奏與旋律，無疑地，手卷作為空間藝術，因為觀看活動的進行，加入了時間因素。

五、結語

由中國古籍「簡策」的裝訂方式發展而成的手卷，挪入藝術領域，成為中國書畫一種深具支配性的型式。在接近一段竹節的寬度、超過一公尺的長度及不堅持任何比例的畫幅中，畫家邀請觀者在手卷的捲收與展放之間，參與畫家對山川景物流轉不居的體驗。

手卷的形式，不應只是物質性（竹節或簡策）制約下的選擇，還應關涉到中國人獨特的時空觀。「時」、「間」、「空」、「宇」、「宙」的文字構造，乃先民觀察自然及生活體驗中，對抽象時空概念與秩序的推想，並經由聖哲一再的反省，提出對有限形軀與無限時空的辯證思維，手卷的形式與內涵，可謂根源於突破相對性框架的哲思，企圖追尋深廣往復而循環的美感。

這樣的辯證思維落實在繪畫實踐中，移動視點的抉擇，無數視點結合的空間，便已加入了時間因素，手卷畫家以「三遠法」組構成流動延續的時空，提供賞畫者近於真實山水「遊」的經歷。畫家如何可能在綿長的條幅上布置這個永恆的理想呢？他將在不同時空中視覺經驗的記憶片斷，堆疊成區隔而實連續的空間型式，並以主題不斷的深化與重覆，創造出擬仿音樂性的「和聲」、「旋律」與「節奏」。這些經由堆疊區隔，以及不斷重覆近於音樂性的處理，已經突破繪畫作為一門空間藝術所受的限制。它尤以「旋律」與「節奏」提示了時間藝術的特性，手卷畫家所欲展現的，不只是個人對生命流轉的讚歎，更是中國普遍的藝術心靈，在感性訴求下，永恆而深邃的理性哲思。

纏綿悱惻與超曠空靈：宗白華美學思想試探

一、引言

宗白華的哲學思想，受到康德和經驗派哲學很大的啟發。康德以為整個世界是現象，本體渺不可知，如果未先研究人類知識的能力範圍，這樣的哲學系統極不穩固，他有以認識論代替本體論的傾向。宗白華受到這些哲思的影響，認為吾人直接經驗的世界，始終是個感覺的世界，無法察知感覺以外的物質世界，具有濃厚的經驗派色彩，表現於美學研究，自然有以審美鑑賞取代審美本質的哲思傾向。

二、中西藝術結構之比較

宗白華審美思維及觀念的演替，透過他對於中西宇宙觀、人生觀的考察，建立在中西藝術的比較方法之上。他著意於研究某種特定的藝術和美學思想形成的內在原因及其基礎，這樣的比較觀點，可以歸納為三：

（一）藝術淵源

中國：書法（點、線及後來的暈染）

西方：雕刻、建築（幾何學、透視法）

宗先生以為中國藝術的淵源，是在商周鐘鼎鏡盤雕繪大自然深山大澤的龍蛇虎豹、星雲鳥獸的飛動形態，而以卍字紋，回字紋等連成的各式模樣以為底，筆法是流動有律的線紋，非靜止立體的形相。當時人尚在山澤原野中與天地的大氣流衍及自然界奇禽異獸的活潑生命相接觸，有神魔的感應（如

《楚辭》表現）：他們從心裡感覺萬物有神魔的生命與力量，故雕繪的生物也琦瑋譎詭，呈現異樣的魔力。由於筆法流轉而呈現的線條之美，既抽象又不完全抽象，仍暗示著實物生命的姿勢，所以線條成了中國情感和人格的表現。中國藝術的根源，便是書法，它運轉出來具有音樂舞蹈般節奏的筆法——點、線、暈染，充分運用在繪畫上，而其他門類的藝術，也或多或少適切地吸收著書法的蘊涵。

至於希臘人住在文明整潔的城市中，地中海日光朗麗，一切物象輪廓明晰，思想亦攸遊於清明的邏輯和幾何學中。神祇奇詭的幻感漸失，神祇也失去深沉的神秘性，似乎只是一種在高明愉快境域裡的人類。希臘人渴念著「人體的美」，他在人體美中發現宇宙的秩序、和諧、比例、均衡，這是宇宙結構的原理，是神的象徵。人體雕刻與神殿建築是希臘藝術的極峰，也成了西洋藝術的根源所在。

（二）意境

中國：道、舞、空白

西方：光的獨幕劇

宗先生把中國藝術意境的創成，看作是個矛盾對立統一的過程，他說：

> （屈原）纏綿悱惻，才能一往情深，深入萬物的核心，所謂得其圜中；（莊子）超曠空靈，才能如鏡中花，水中月，羚羊掛角，無跡可尋，所謂超以象外。（〈中國藝術意境之誕生〉）

在這裡，他把靜穆的觀照和飛躍的生命，統一在意境裡，並非意境的兩種區分，而是藝術意境構成的兩元。他所謂的意境，以宇宙人生的物體為對象，賞玩其色相、秩序、節奏、和諧，藉以窺見最深心靈的反映，化實景為虛境，創形象為象徵，使人類心靈具體化，使客觀景物作為主觀情思的象徵。

宗先生將意境視為一種深層的結構，中國特點是由道到舞到空白的過程。「道」並非純粹的自然，而是經過接觸和選擇，令人領悟和震動的主客交融合一的歷程，美的境界由此誕生。「舞」是深一層次，是藝術家深心充沛自由的具體流露，中國的書法、畫法都趨向飛舞，建築的飛簷也表現著舞姿，「舞」可說是中國一切藝術意境的典型。「空白」是藝術境界的最高表現，他說：

> 中國畫家用心所在，正在無筆墨處，無筆墨處卻是飄渺天倪，化工的境界。（即其筆墨所未到，亦有靈氣空中行）這種畫面的構造，是植根於中國心靈裡葱蘢絪縕，蓬勃生發的宇宙意識。（〈中國藝術意境之誕生〉）

「空白」這個意境虛空要素形成的結構，不是純粹的虛無，而是中國人宇宙和心靈的淨化。宗先生談中國藝術的意境，不是自然主義地模寫現實，不是抽象空想的構造，它要從生活極深刻和豐富的體悟裡，一層一層的透過心靈與自然的交融（道），具體的流露表現（舞），直到宇宙意識的象徵（空白）。

關於西方的意境，他批評了鄒一桂關於西洋畫「筆法全無，雖工亦匠，故不入畫品」的說法。指出西畫未嘗不注重筆觸，未嘗不講究意境。他舉一位德國畫家門采爾的一幅油畫為例，畫上是燦爛的晨光，從窗門撞進了一間臥室，乳白的光輝，浸漫在長長的紗幕上，隨著落上地板又返跳進入穿衣鏡，又從鏡裡跳出來。撫摸著椅背，我們感覺晨風清涼，朝日溫煦，這是光的獨幕劇。這樣的意境，訴說著太陽光源的行經路線，表達在一個模仿真實的空間裡，與中國藝術的意境顯然有很大的不同。

（三）空間意識

中國：結構為力線律動的空間境。意識為「高山仰止，景行行止，雖不能至，心嚮往之」。使人流連盤桓，欲縱身大化，與物推移。

西方：結構為幾何學；光影、空氣的透視空間，意識則因固定視點造成的透視空間，使視線落於無窮，欲控制、冒險、探尋。

中國藝術並非不懂透視法，而是用音樂和舞蹈的節奏表達對宇宙的感覺。國畫所採用的三遠（高遠、平遠、深遠），要求我們的視線是流動的、曲折的，由高轉深，由深轉近，再橫向於平遠，成為節奏化的行動。宗先生研究中國畫法淵源，從宇宙的哲學構思「道」，到流動虛靈的音樂節奏，到詩意的創造性空間，到動力學的線條構成，……概化為哲思→音樂→藝術空間→動力學，一系列的美學思維，有意將哲學、藝術、科學融為一體。

中國藝術由點、線、面的筆墨；高遠、平遠、深遠的取景；以開合起伏的構圖法，創造具有律動力的藝術空間，包含著極深刻又豐富的層次內容，誠如宗先生所說：

> （中國人以）心靈的俯仰的眼睛來看空間萬象，我們詩畫所表現出的空間意識，不是像代表希臘空間感覺的有輪廓的立體雕像，不是像那表現埃及空間感的墓中的直線甬道，也不是那代表近歐洲精神的倫勃朗的油畫中，渺茫無際追尋無著的深空。（〈中國詩畫中所表現的空間意識〉）

中國繪畫塑造了一個可以盤桓流連、無往不復、縱身大化、與物推移的宇宙空間。

西洋繪畫在希臘及古典主義畫風裡所表現的是雕刻和建築的空間意識，這是由幾何學的透視法發展而得。文藝復興以後，發展到印象主義，繪畫的空間寄托在光影色彩明暗中。光影透視法，主張由於物體受光而顯出明暗，因此強調出立體感；空氣透視法，主張與物之間不是絕對真空，其間的空氣含著水分和塵埃，地面山川因空氣的濃淡陰暗，色調變化，顯出遠近距離。相較而言，西洋人的宇宙觀及空間感，一方面把握住自然的現實，一方面重視其中的數理和諧性，藝術家雖熱愛自然，陶醉於形色，終不能如中國人一樣與自然冥合為一，而是拿對立抗爭的眼光正視世界，科學理智的態度，更暗示著物我之間的緊張分裂。西洋畫在一個近於方形的框裡，幻出錐形的透視空間，由近至遠，層層推出，以至於目極難窮的遠天，令人心往不返，視線落入渺遠不堪把握的虛空，使徬徨追尋的心靈馳向無盡，這樣無限追求的態度，同時也表徵了積極冒險與主宰控制的企圖。

宗白華的審美思維循本探源，比較了中西哲思與藝術，民族但非本位，融通而無偏見。

三、美學思想特色

宗白華以一位詩人兼書法家的藝術實踐者，從體驗中思索而得的美學見解，未捲入一九五六年美學大論戰中，也許是他的觀點不具備尖銳的批評與攻擊性！以下就他的美學內容，歸納成幾點特色。

（一）散步學派

古希臘哲學家亞里斯多德在雅典講學時，常與學生在郊外小道上探討學問，他們一邊散步，一邊議論，從容不迫，逍遙自在，因此亞氏學派被稱為「散步學派」。宗先生命自己的書名為「美學散步」，他說：

> 散步是自由自在、無拘無束的行動，它的弱點是沒有計劃、沒有系統。看重邏輯統一的人會輕視它、討厭它，但是西方建立邏輯學的大師亞里斯多德的學派卻喚作「散步學派」，可見散步和邏輯並不是絕對不相容的。中國古代一位影響不小的哲學家——莊子，他好像整天在山野裡散步，觀看者鵬鳥、小蟲、蝴蝶、游魚，又在人世間凝視一些奇形怪狀的人：駝背、跛腳、四肢不全、心靈不正常的人，很像意大利文藝復興時，大天才達文西在米蘭街頭散步時速寫下來的一些「戲畫」，現在竟成為「畫院的奇葩」。莊子文章裡所寫的那些奇特人物，大概就是後來唐宋畫家畫羅漢時心目中的範本。（〈美學的散步〉）

宗先生借用了亞氏散步學派的名稱，以及莊子思維的特點，寄寓他尋思的直覺與趣味，自由無拘。他散步美學的特色，不是符號概念的邏輯系統，不針對某特定美學觀念，作抽絲剝繭的分析，而是屬於形象思維的邏輯系統。他說：「從直觀感相的模寫，活躍生命的傳達，到最高靈境的啟示，可以有三層次。」（〈中國藝術意境之誕生〉）他所謂境界，是透過表面的形象直觀，而一層深似一層的思維創構，使境界呈現出深層的情感邏輯，而不是抽象的知識迷宮。宗白華並不單就他詩化的語言和直覺興趣的感受，來闡發藝術美的真諦，更在於他能以精闢的語言，去點化藝術史上各類藝術所概括出來的美學思想，透過形象思維的邏輯，帶領我們沈潛於中國的美感世界。

（二）泛神論

「有神論」關心與神的接觸與溝通，而「泛神論」則成了與大自然的神秘交往，廣義而言，「泛神論」的神就是大自然，沒有人格化意志。宗先生不管是作詩的題材或是分析藝術意境時，總會表現出取之於自然，效之於自然，合之於自然的觀點，大自然便是其審美的範本。在落花細雨、流水微風、藍天孤星、窗外落日、綠蔭濃夢、雨夜微光……中，那種如惆悵、如喜悅、如覺悟、如恍惚的種種感受，一顆靈敏易感的心，與遙遠的自然打通了暗道，親密的接觸，宗先生的審美觀點，大多站在自然與人生的相應相合上。

（三）流動的美

> 美在流動之中。……畫家只能叫人猜到動，事實上，他的形象是不動的。……在文學裡，魅惑力是流動的美。（〈美學的散步〉）

萊辛這段話表達了文學美的趨向在於流動。宗先生引伸為「繪畫是托不動的形象以顯現那靈而變動（無所見）的心」。這個關於動的想法，他在羅丹的雕刻中有進一步的說明。羅丹說：

> 動是由一個現狀轉變到第二個現狀，畫家與雕刻家之表現動象，就在於能表現出這個現狀中間的過程，他要能在圖畫或雕刻中表示出那第一個現狀，於不知不覺中轉化入第二個現狀，使我們觀者能在這作品中，同時看見第一現狀過去的痕跡，和第二現狀初生的影子，然後動象就儼然在我們眼前了。（〈看了羅丹雕刻以後〉）

對大自然無處不在，積微成著、瞬息變化、難以捉摸的動態，以及對羅丹雕刻的深切體會，宗先生提出了「『動象的表現』是藝術的最後目的」，就因為藝術能表現「動象」——精神和生命，這是大自然的真相，而照片不能，所以羅丹說：「照片說謊，而藝術真實」。宗白華的審美觀點，便是「流動生變而成綺麗」，配合著泛神論，美成為自然與具現的藝術形象，美成為生意躍然，神采奕奕的流動範疇。

（四）重視美感發展史

一個人的面目，必藏蘊著過去的生命史和時代文化的痕跡，這是個人與歷史的關係。中國人的美感挺立於世界藝壇，富有獨創性，這種認知關聯中國美學縱橫發展的脈絡，有其特殊的規律。宗白華的美學觀含有明晰的史觀，他釐析中國的美感發展史，舉出三大階段：

1.第一階段為三代

當時文化最底層的物質器皿——玉器圭璧，是由石器時代的石斧、石磬昇華而來，銅器也是由銅器時代的烹調飲器昇華而來。三代禮器的形體、樣式、花紋、色澤，以及其上的鐫刻銘文，已略具書、畫、雕刻的設計模型，經由冶鑄家的技巧，使社會政治生活的禮樂，透過衣食住行日用品的昇華，進入端莊流麗的藝術領域，同時也反應著這一個時代民族的宇宙意識和生命情調，充滿了和諧與節奏。

2.第二階段為漢末魏晉六朝時代

他說：「這幾百年是精神上的大解放，人格思想上的大自由，人心裡面的美與醜，高貴與殘忍，聖潔與惡魔，同樣發揮到了極致。」（〈論世說新語和晉人的美〉）魏晉人擺脫了漢儒禮教的束縛，發展出人物品藻的美學，拿自然界的美來形容人物品格的美，亦即這兩方面的美——自然美與人格美，在魏晉時期被發現。山水詩畫正在萌芽，魏晉士人富於宇宙深情，詩畫意境參透了玄遠幽深的哲學意味，使藝術成了不可企及的典範。整個來說，這一階段的美感，是以老莊哲學的宇宙觀為基礎，富於簡淡玄遠的意味，奠下了山水詩畫的發展路向。

此外，他又高度評價了：王羲之父子的書法，顧愷之和陸探微的畫，戴逵和戴顒的雕塑，嵇康的廣陵散，曹植、陶潛、謝靈運、鮑照、謝朓等人的詩，酈道元、楊衒之寫景詩，雲岡龍門的莊偉造像，洛陽和南朝的閎麗寺院……。（〈論世說新語和晉人的美〉）它們無不是光芒萬丈，前無古人，魏晉人以狂狷來反抗桎梏性靈的種種束縛，在靜觀中求創新，為美感發展史奠定了文學藝術的根基與趨向。

3.第三階段為六朝至晚唐宋初的佛教藝術

延續了七八百年的佛教思想，創造了空前絕後的佛教藝術，包括雕像、壁畫、寺廟建築，宗先生把這時代的美感特徵，以一精鍊的字概括——「飛」，他說：

> 這真是中國偉大的「藝術熱情時代」，因為西域傳來宗教信仰的刺激，及新技術的啟發，中國藝人擺脫了傳統禮教的束縛，馳聘他們的幻想，發揮他們的熱力。線條、色彩、形象，無一不飛動奔放，虎虎有生氣。「飛」是他們的精神理想，飛騰動蕩是那時藝術境界的特徵。（〈略談敦煌藝術的意義與價值〉）

於此，宗先生又提示了敦煌藝術的特點和價值，在於以人物為對象，與希臘藝術相似又有不同。希臘的人體雕刻重在「體」——由皮膚輪廓所包被的體積，表現得靜穆穩重；而敦煌人像，包括立像和坐像，全部在飛騰的舞姿中，人像的著重點不在體積，而在克服了地心引力的飛動旋律。所以身體上的主要衣飾，不是貼體的衫裼，而是飄蕩飛舉纏綿繚繞的帶紋（北魏畫甚且有全以帶紋代替衣飾者）。佛背後火焰似的圓光，足下波浪似的蓮座，聯合著這許多帶紋組成一幅廣大繁富的旋律，象徵著這時期的宇宙節奏，這是敦煌藝術特別是人像給我們的啟示。

4.第四階段為唐宋以來的文人畫

宗先生以為，文人畫是玉的境界，可以倪瓚的畫作為代表。不但古之君子比德於玉，即連中國的弦琴、書畫、詩、畫、瓷器，都以精光內斂，溫潤如玉的美為最高境界。此期發展成熟的文人畫，脫去錙銖匠氣，為畫家人格心志及胸懷理趣的意象，這樣的境界，須靠藝術家平素的精神涵養，天機培植，在活活潑潑的心靈中飛躍，而又成就於凝神寂照的體驗裡。在這種心境下完成的藝術作品，自然能空靈動盪而又深邃幽眇。文人畫的出現，顯示了中國人自古以來的深沉理想——技進於道。

宗白華綜合比對與分析先人的文藝理論及作品，在廣漠的歷史之流裡，為美學史的轉捩期，以形象思維尋找出美的典範，提示中國民族獨具的美感特質及發展脈絡。

四、結語

宗白華以為人類美感是一種高級情感，同理智、道德一樣，都是人對於社會生活和人生價值的一種情感。他透過了中西兩大文化架構的對比，經由「散步」思維對於概念系統的鬆動，尋繹中國的美感特質——泛神論觀的流動的美，並在中國文化發展中，尋得關鍵性的美感重點，由三代物質器皿形制的端莊流麗；到魏晉解開束縛，簡淡玄遠的山水幽情；到晚唐宋初佛教藝術的飛揚飄蕩；到唐宋以來文人畫的如玉境界。除了為中國漫長的美學史提綱挈領之外，宗先生對這些美感的高度評價，亦暗示了他的審美理想——理想的人格及唯美的人生態度。宗先生把美與形象、美與心靈、美與世界、美與真善，緊密地結合在一起，他說：

> 哲學求真，道德或宗教求善，介於二者之間表達我們情緒的深境和實現人格的諧和的是美。（〈論文藝的空靈與充實〉）

他把藝術家的審美理想，看作是時代民族審美理想的反映。宗先生一往情深，真氣撲人，其審美理想可說是樂觀、積極而創造的人生觀。

〔附註〕

注一：本文夾注所引之篇章，參見宗白華著《美從何處尋》，臺北：元山書局，1985。

注二：本文若干見解，參自林同華著《宗白華美學思想研究》，臺北：駱駝出版社，1987。

【書評】
Jamie Greenbaum: *"Chen Jiru (1558-1639): The Background to, Development and Subsequent Uses of Literary Personae"*（陳繼儒：文人之背景、發展及繼起之用）*

一、緒言

青史流芳者何其多！沈德符曾就物品與人名相繫流傳於世之現象論曰：

> 古來用物，至今猶繫其人者，……無如蘇子瞻、秦會之二人為著，如……東坡椅；……東坡肉；……東坡巾；……太師椅；……太師榻，皆至今用之稱之。近日友人陳眉公作花布花纈綾被，及餅餌、胡牀、溲器等物，亦以其字冠之，蓋亦時尚使然。（《萬曆野獲編》卷 26〈玩具〉）

某些物品與庶民世俗生活緊密相連又傳頌廣遠，沈氏以物質的角度為流行文化提出敏銳觀察，認為這些模仿名人以追求品味的行為，是「時尚使然」。李漁亦曾針對大眾文化的不理性戲論曰：

> 食以人傳者，東坡肉是也。卒急聽之，似非豕之肉，而為東坡之肉矣。噫，東坡何罪，而割其肉，以實千古饞人之腹哉？甚矣，名士不可為，而名士遊戲之小術，尤不可不慎也。至數百載而下，糕、布等

---

* Leiden: Brill 2007. (Volum 81 in the Series Sinica Leidensia). pp.43+292. ISBN: 978 90 04 16358 4.

物，又以眉公得名。取眉公糕、眉公布之名，以較東坡肉三字，似覺彼善於此矣。而其最不幸者，則有溷廁中之一物，俗人呼為眉公馬桶。噫！馬桶何物，而可冠以雅人高士之名乎？（《閒情偶寄》〈飲饌部，肉食第三〉「豬」）

利用語言的歧義性將東坡嗜食的五花肉簡化為「東坡肉」一詞，使千古風流文士與市井庖物產生不諧調的俗趣，李漁稱為名士的遊戲小術。那麼害死忠良岳飛的宋相秦檜，被送入油鍋製成：「油炸檜」，咬牙切齒的咀嚼動作落實了庶民為忠懲奸的復仇意欲。李漁調侃著躍為晚明大眾文化的新寵陳繼儒（號眉公，1558-1639），若與五花肉連結的東坡才子相較，糕、布甚至是馬桶繫聯的陳眉公，時名可謂不遑多讓。

以大眾文化視角考察晚明文人陳繼儒，最近一部漢學力作：Jamie Greenbaum: *"Chen Jiru (1558-1639): The Background to, Development and Subsequent Uses of Literary Personae"*（陳繼儒：文人之背景、發展及繼起之用），有精彩的闡論。政經社會皆已產生巨變之際，陳繼儒是一位靈活周旋於仕／隱／商等場域的文士，作者引清代蔣士銓《臨川夢・隱奸》出場詩：「翩然一隻雲間鶴，飛去飛來宰相衙」，認為再沒有比「雲間鶴」這個意象更適合用來作為一個前現代中國文士的隱喻，擺盪在政治、經濟、社會、文化諸多面向的陳繼儒，正是這個飽含讚美、質疑與嘲諷的意象源頭。Jamie Greenbaum 之大作奠基於其 2003 年的博士論著，經年修訂而成，作者得益於西方文學批評家對於 Shakespeare、Charles Dickens 或屈原等中外文學家的重新審視，對頭緒紛紜的評論作脈絡清晰的鋪陳與剖析，以達致陳繼儒「再發現」的任務。本書包含：陳氏傳記細節性的研究、陳氏文學書寫的社會效應，以及 400 年來的陳氏接受史。書共九章，一至四章處理陳氏略歷，五、六兩章處理陳氏兩種不同的書寫性格與文學市場，後三章涵蓋晚明迄今陳氏聲譽與著作所衍生的種種形貌。

本書出版後次年，Allan H. Barr 曾發表一篇書評（參見 Ming Studies, no.58, Fall, 2008, pp.72-78），文中肯定 Jamie Greenbaum 在以遠距離審視陳繼儒生涯與著作的優勢觀點上，提供了一個富有同理共感的閱讀。此外，該文幾乎完全負面地舉出該書的疏漏與錯誤，大抵歸結於對史料文獻解釋的不足、偏斜、任意與矛盾所致，包括錢謙益《列朝詩集小傳》、朱彝尊《明詩綜》、尤侗《艮齋雜說》、張岱〈自為墓誌銘〉、陳氏〈空青先生墓誌銘〉、《四庫全書總目提要》……等涉及陳繼儒的相關論說，因為解釋不當而造成多處論述武斷的現象。舉例而言，Greenbaum 費盡周章地為朱彝尊《明詩綜》中陳氏只重個人名聲而忽略家國傾危的形象辯析，Barr 認為作者似乎用錯精力，朱氏或尤侗等人並不真正責難陳氏忽略的家國意識，而在陳氏過分沈醉於晚明日漸膨脹的自我名聲，其雖成為引領社會品味的仲裁者，卻並無足夠的成就去符應這種喝采（p.75）。另外，Barr 對於 Greenbaum 視陳繼儒為《牡丹亭》劇中塾師角色陳最良的典型則比附不當，甚至失去常識性判斷（76-77），又對陳氏作品《寶顏堂祕笈》的編集說法前後不一致（77）。Barr 的負面意見還擴及 Greenbaum 參考文獻引用的正當性與否，如漏引現代學者 John Meskill、吳承學、周明初的重要著作，卻牽合 Craig Clunas 的觀點於陳氏傳記「陳子曰」的體例解釋中。作為一位精密的讀者，Barr 在註腳中慧眼辨出語法彆扭與錯誤的文句（p.178，註 27），又不滿於書名副標題的句讀文意費解如謎，文末則嚴斥 Greenbaum 和 Brill 出版公司皆未克盡職責。

基本上，Allan H. Barr 犀利精銳的評論十分專業，為此書求全責備而費心的指疵亦具糾繆之功，其中有些部分的確指出作者行文疏忽或思慮欠周，有些部分則屬文獻詮釋之角度不同所致。總體來說，Barr 的書評並未攻詰 Greenbaum 的立論觀點，亦未動搖該書「陳繼儒接受史」的撰寫架構，筆者以下試由幾個視角綜觀全書為讀者帶來的研究視域與啟發。

二、文人型態與文學聲譽

Jamie Greenbaum 首先詳辨西方文學批評界通曉的三個詞彙：fame、renown 與 celebrity 之意涵，前二者具有政治聚焦力與倫理定位，意指某人的成就或功績，擁有一個在史傳長廊裡光輝不朽的烙印。後者則轉向廣泛的接受群體，並指涉語言對應出來的複雜社會條件。celebrity 在晚明經濟發達、商業躍進、傳播流暢的變遷社會下應運而生，類似歐洲十九世紀該詞彙興起的狀況，擁有市場價值的連結。作者細忖 celebrity 所植根的商業文化基礎，與中國傳統的史傳名聲作對照，為陳繼儒的傳記研究作一張本。陳氏享有新興的 celebrity，突破傳統 fame 與 renown 的範圍，擁有具階層跨越性的接受群體網絡：官員、鄉紳、商賈、名流、土著酋長、酒樓茶館老闆、糕餅師父、文盲……，尋繹聲譽本質的視角，使本書在理解陳氏一生軌跡時，更有著力點。

第一～三章，處理陳氏傳略與發跡緣由。首先考察早歲生涯，陳氏與董其昌、莫是龍、王世貞等人的友誼，以及在王錫爵、范允臨家擔任私塾，為早期榮顯與建立人格的重要因素。第二次應試失敗後，28 歲的他以焚燒儒服作為謝絕官職的儀式，開啟迴異於傳統文人的生涯。作者由陳氏性格、家庭背景、教育環境、惡化政治等面向，揣摹此一儀式性舉動，表徵退離的自我價值，並努力營造社會接受他的氛圍。焚燒儒服若代表違背禮法，那麼隱居於華亭附近的小崑山，靈感可能取自對阮籍、嵇康人生情態的傾慕，闢築一個與魏晉名士相連結的遁世桃園。然而具有新社會型態與經濟關係的江南，並不適合複現一個名流隱居的歷史情境，與僧道交遊而成為「市隱山人」的陳繼儒，並未疏離於地方事務：動員人力修築建物，為饑民賑災請願，集資覓地重建頹圮寺廟，或為公共建築獻詞，或為名流撰寫墓銘。小崑山北麓的隱居，從未真正切斷與外在世界的聯繫，他建造了一個引典於陸機的「婉孌草堂」，足以活絡其悉心經營的江南社交圈，賦予魏晉名流隱居的新意義與型式。陳繼儒稱病謝絕薦舉入仕，亦婉拒進入政治標幟性的東林書院，雖揚棄書院背後強大同盟力量所可能給予出版鏈結與財務奧援，他卻創造一條與佛道僧徒文化名流強固的瑣鍊。Greenbaum 在第二章詳細剖析陳繼儒如何藉由山中隱居與佛道交遊的關係，形塑一個公眾形象，利於其參與地方事務或拒斥政治召喚。

第四章考察陳繼儒獲得文化聲譽後的社會位階。陳氏以文化涵育的審美品味經營個人的隱居樂園，成為人們造訪的據點，又從一位受訪者逐漸成為盛名獲邀的出訪者。論及陳氏之死及其傳說，Greenbaum 比對部分細節不免誇張或杜撰的諸種文獻，藉以探討陳氏人格如何連結公眾人格。饒有興味的是，如同許多明人撰寫「自祭文」一樣，陳氏亦曾自撰死亡啟事：〈空青先生墓誌銘〉。作者藉此推想陳氏死亡逼近的臨終心境，著墨於尾段的幻想情節，末句「堂中有白虹一道，仰首飛指青天而去」，將一個神祕脫俗的意象長留後人心中。此文意味著陳氏一生的努力：一個出身平庸鄙賤的庶子，透過靈活的文學手腕，轉型為社會名流，自我提昇至一個文化權貴的高度，這是近代中國一種新興的文人型態，陳繼儒建構了一個脫逸傳統軌跡的新世界。

三、商業出版與大眾文化

商業發達的晚明時期：印刷出版專業化，印物種類多樣化，銷售市場普及化，閱讀受眾廣泛化。Greenbaum 以《明史》本傳為引線，特別就陳繼儒「遠近競相購寫，徵請詩文者無虛日」的文意勾勒出文學書寫背後存在一個市場交易的曖昧世界。本書第三章探討陳繼儒，既是一名詩文雜著的作者，又是一名參與印刷流程的計畫編輯，也是審訂校注他人著述的讀者，以及與人配合編撰的共同作者。終其一生，他扮演由書籍生產者到消費者的多重角色，並發展出多樣化的閱讀市場，歷經一個逐步被授與文化權柄的過程。

接著陳繼儒的兩類書寫：第五章的「傳記」與第六章的「小品」。隱士身分的陳氏以職業作家身分入世，由《陳眉公集》多達八卷的傳記作品如：題敘、碑記、祭文、墓誌、壽序、誄、行狀等可見一斑。這些接受委任的寫作有兩個面向值得注意：其一，陳氏擁有一名傳記作家不可忽視的技巧，在大量傳記樣式需求下的成就如何？其二，所有傳記皆可視為自傳，評贊他人一生的陳氏是否也顯現了文人品格的自我建構？德高望重者之外，他也為社會位階與處境低落的商人及一般男女作傳，陳氏的傳記語言隱藏在傳記文本裡自塑一種寫作人格，賦予道德仲裁者寬容與理解。陳氏開闢一些當代的議題如慈善行為、儉樸個性等，以利扭轉傳主的頹勢，透過書寫的設計為傳主努力爭取家族榮耀，締造低位階卻贏得褒揚的人格典範，成功地連結史傳不朽的傳統，這恰好也是陳氏個人的願想。特定人士委託的「傳記」面向小眾市場，第六章討論的「小品」則開闢了大眾市場。傳記書寫中的陳氏以史家口吻論贊，罕現個人面貌；而小品書寫中的他，總是顯出一種活力充沛的人格，自我再現為一名別具鑑賞品味的高手。小品結集成具有行銷價值與商品意義的書籍，將蒔花、茶道、旅遊等文人的審美生活，出之以人生慧語而抓緊讀者口味。擁有獨特品味的陳繼儒，以小品書寫成為商業市場主題編輯的美學權威。

文化生成是一個社會實踐的過程，大眾文化的意義並不純然在文本裡，所有扮演文化角色的話語和文本，需在社會體系的關聯中方得以傳播。陳繼儒機敏地感知江南印刷、運輸與市場行銷活絡的局面，焚燒儒服看似退隱的作風，恰好提供他一個更自由的身段，更新傳統「藏諸名山」的不朽觀，以迎合大眾口味的前提進行創作。Greenbaum 將陳繼儒文學置於商品文化脈絡下來理解，以晚明迄今一再出版的《小窗幽記》為例，雖然該書著作權歸屬是一大懸案（作者對此問題曾細作考辨），確是陳氏榮名卓著的一部遺產。晚明以「小窗」為名的另外四部書亦與陳氏姓名連結，《小窗幽記》甚至可視為陳繼儒的轉喻。此書一度沈寂，到 1990 年代中國社會結構改變與休閒時間鬆綁後再度盛行，此書與糾纏不清的《醉古堂劍掃》不斷再印，該書的排架位置，已從文學評論的場域滑向通俗閱讀的領地。四百年來陳繼儒引發爭議的隱居恰好成為一種魅力，誠然遁入山中與僧道游談的「雲間鶴」形象不被鼓勵，卻可能將陳繼儒提昇為一位足以帶領現代讀者穿越挫敗世界的古代智者。《小窗幽記》有益於徧及校園、企業界、一般職場、政治圈的廣大讀者群，這可由兩岸三地出現許多節錄本、重編本、白話本、卡通繪本的現象見出端倪，此書成為新世紀讀者的心靈伴侶。

四、正、反兩讀的接受史

文本一旦進入公共領域後則有待閱讀，每個文本並不如水晶般透明，話語的模糊性引發讀者與文本間的交流與詮釋，讀者只會根據局部情勢接受文本的意義，作品有獨立於作者及所宣示意圖之外的客觀身分，作者主體性一旦被擱置，意味著文本將被批評家接管，本書後三分之一篇幅便是以時代為次的陳繼儒接受史。第七章探討明代中葉興起之山人風潮中的陳繼儒形象，作者闡析文獻紀錄的多幅畫像，這些視覺材料呈現了陳氏部分的形體想像：或虛弱，或慷慨寬厚，或儒士，或道徒，或文學家，或社群要員。戲曲作品則多強調眉公文化地位的崇高。陳氏大量的文學創作擴及書畫譜錄與醫學讀物，以廣告行銷方式吸引更多讀者，或盜版，或託名的偽作，與這些作品連結的身分可能是創作者、編輯者、校注者、審訂者、掛名者等。眉公名聲廣被以致身故後其名號仍是票房保證，不僅印刷讀物的作者姓名，市井茶館懸掛的畫像，廣及飲食器具、豆糕甜糖、絲棉織品的眉公品牌，文學家、藝術家、出版權威、美學專家集於一身的陳繼儒，在晚明清初立於一個十分榮顯的位置。

第八章考察清中葉到晚清陳繼儒於正史引發的政治思維，包括著作置於禁燬書目的爭議。因為夾雜了王朝覆滅的遺恨，清初已出現負面聲浪，如顧炎武、朱彝尊等遺民，對仕途退隱的陳繼儒大加抨擊：獨善其身卻無視王朝淪亡，由文學成就轉為道德抉擇的論辯， Greenbaum 認為這是清初漢人因身世感受而興起的「指桑罵槐」。清代前期官方對陳繼儒確實不懷好意，陳著《建州考》、《捷錄》等書曾被羅織異端思想而一度被禁，顧、朱的遺民觀點具現在清中葉蔣士銓的傳奇劇本：《臨川夢》，將陳氏塑造成一個欲以「眉公糕」媲美「東坡肉」，或以「眉公馬桶」媲美「李斯狗枷」的無行文人。同樣都是日常用物品牌的形象來源，清中葉的蔣士銓封給陳繼儒「隱奸」稱號，晚明王世貞封為「山中宰相」，一反讀一正讀，實有天壤之別。

蔣士銓傳奇對陳氏辛辣的形象塑造，是攻擊浪潮的壓軸之作，此後則不再如此嚴斥，如毛祥麟、陳田等人將政治攻訐轉成歷史評論，持平地綜觀陳氏一生作為。《明史》本傳的陳繼儒形象正面，與具有文藝才華的高士倪瓚、沈周一同排序歸入〈隱逸傳〉，方志亦大致順此論調。清代的私家批評，總是涉入攸關王朝命運的政治因素，清亡後，對陳繼儒的評論同樣不脫於此，不同的是，過去被視為衰頹毀滅象徵的晚明作品，民國初期反成為一種新生的力量。第九章聚焦在 1930s 以及 1990s 兩個高度關注晚明小品的時代。首先探究民初的文學運動，林語堂、周作人等發現晚明小品能為新時代注入美學價值，給予陳氏一個新舞臺。拜賜於印刷技術的進步，陳氏作品再版有兩類：一是完整作品置於大型叢書如《叢書集成》，二是個人序記等單篇被選入小型選集如《晚明二十家小品》。此時的陳繼儒已非明清論述中的「隱士」，而回歸為一位文學家。

當代對陳繼儒的評論約有三方面：其一、文學史家或文選編者主張陳氏是一位意涵豐富而有價值的文學家。其二、大陸評論家多援引社會主義觀點，對遁入山中的「雲間鶴」帶有譴責意味，認為陳氏反社會的隱居模式不值效法。其三、臺港或海外學者，對陳氏的隱逸文學有豐富的理解，或認為陳天生具有一種恬淡退隱而不失優雅的人格風範；或發現陳氏曾寫信給宦官魏忠賢，亦參與方志編纂，並未完全脫離世務；或認為陳氏是因為痘瘡臉容而逃離官職生涯，但此說啟人疑竇。總之，四百年來陳繼儒及其文本已成為公共論壇，本書作者盡力挖掘真相，並探賾後代「各取所需」的同情揀擇、局部改裝與誤讀扭變等虛構性意圖，使傳主自己、閱讀客體與書寫行為三者相互滲透，把捉歷史洪流所賦予的重重疊影與迴然相異的聲音，建構一個多影多聲相互競起的對話場域。

五、結論

傳統文人的聲譽總要透過書寫紀錄被定義，為理解陳繼儒聲譽的作用方式，Jamie Greenbaum 由正史的分類位置，仰視方志的頌揚角度，俯聽墓碑銘記的書寫語調，描畫虛構文本的人格形象，使陳繼儒在文化巨變中成為一個迷人的焦點。作為晚明物質文化的一個客體，他積極扮演文化權貴的角色，又具備迎合市場的職業作家特性，在廣告行銷中成為一個社會流佈的偶像，眉公品牌被廣泛運用於日常用品。陳繼儒擁有敏銳的感知與手腕，從未倦於喚醒讀者與出版商，他接受絡繹前來請託的各類書籍產製工作：編輯、校注、審訂，甚至掛名，由其名聲廣佈於大眾口耳間，從中締造個人身價並積累財富。他親身參與了十七世紀萌發的城市文明，並見證了晚明商業出版為中國開啟的現代化道路。作者以為，涉入眉公名號的印刷品成為中國廣告業發展史的一環，儘管未達李杜詩人的文化識別高度，亦不如奧運金牌選手李寧般家喻戶曉，而現代的眉公名聲似乎不比他死後任一時期還沈寂，輻射模式改變了中國歷史名聲的傳播特性。一位本應青史流芳的文人，連結到二十世紀末的消費網絡，那些曖昧隱微又模棱兩可的小品格言，提供著非文學的理解意涵，成為現代職場汲汲於古老哲學中尋找的「處世良方」，出版商以小品文學、生活美學、人生哲學、經營管理學、通俗漫畫等多樣面貌異質化地鏈結，將「陳繼儒」轉換成一個生機勃勃且持續擴大影響範圍的「商品」。原本屬於文人書齋桌案的小眾書冊，搖身一變而成為讀者共鳴的普世讀本，與堂皇古籍《道德經》、《易經》、《論語》並列於櫥窗中。透過本書作者穿針引線的帶領，四百年來的陳繼儒已由一隻展翅飛翔的「雲間鶴」，幻化成一幢文化魅影，他無疑是一則多重身分的寓言，是一則中國文人的神話。

Jamie Greenbaum 游移於道德莊重的儒家仕進傳統、清高脫俗的佛道退隱氣息，以及新興廣告行銷的商業氛圍，以靈活細密的文思詳辨相關的語彙意涵，描畫一個歷時長久、矛盾糾葛、複雜多變甚至略帶嬉遊況味的文人形象，在紮實文獻解讀下，發揮豐富的想像力，建立一個足以理解陳繼儒在中國文化史特殊定位的穩固架構，使讀者充滿閱讀興味。本書揭示了文學商品化的一種研究路向：精英階層的書寫文本在商業傳播下如何成為普羅大眾的流行讀本？廣告行銷的接榫點何在？晚明以降，城市活躍的文人階層在適應新的社會變局下，其生存之道及活動軌跡究竟為何？本書提供了一個研究個案的具體展示，激發吾人對相關論題作進一步探思。

國家圖書館出版品預行編目資料

詩．畫．遊．賞：晚明文化及審美意涵

毛文芳著. – 初版. – 臺北市：臺灣學生，2022.08
面；公分

ISBN 978-957-15-1885-5 (平裝)

1. 明代文學 2. 文學評論 3. 審美 4. 文集

820.906 111009860

詩．畫．遊．賞：晚明文化及審美意涵

著作者 毛文芳
封面設計 盧詮
出版者 臺灣學生書局有限公司
發行人 楊雲龍
發行所 臺灣學生書局有限公司
地址 臺北市和平東路一段 75 巷 11 號
劃撥帳號 00024668
電話 (02)23928185
傳真 (02)23928105
E-mail student.book@msa.hinet.net
網址 www.studentbook.com.tw
登記證字號 行政院新聞局局版北市業字第玖捌壹號
定價 新臺幣五〇〇元
出版日期 二〇二二年八月初版
ISBN 978-957-15-1885-5

82065